CB030407

*Wuthering Heights* (1847)



**Tradução**
*Fernanda Castro*

**Preparação**
*Rhamyra Toledo*

**Revisão**
*Tainá Fabrin*
*Letícia Nakamura*

**Capa**
*Giovanna Paupério*

**Arte, projeto gráfico e diagramação**
*Francine C. Silva*

Dados Internacionais de Catalogação na Publicação (CIP)
Angélica Ilacqua CRB-8/7057

B887m Brontë, Emily, 1818-1848
O Morro dos Ventos Uivantes / Emily Brontë; tradução de Fernanda Castro. – São Paulo: Excelsior, 2021.
368 p.
Bibliografia
ISBN 978-65-87435-28-2
Título original: *Wuthering Heights*
1. Ficção inglesa I. Título II. Castro, Fernanda

21-1703 CDD 823

**TIPOGRAFIA** Garamond Premier Pro
**IMPRESSÃO** Coan

# Capítulo 1

## 1801

Acabei de retornar de uma visita ao meu senhorio – o único vizinho com que tenho de me preocupar. Esta é com certeza uma bela região! Não creio que eu pudesse ter me assentado, por toda a Inglaterra, em um local mais completamente alheio às agitações da sociedade. O paraíso perfeito para um misantropo; e eu e o senhor Heathcliff somos o par ideal para compartilhar tamanha vastidão à nossa frente. Um ótimo sujeito! Ele nem faz ideia de como fiquei feliz ao perceber, assim que cheguei em meu cavalo, que seus olhos escuros se retraíram com desconfiança por baixo das sobrancelhas. Ou que os dedos dele se abrigaram, com uma determinação invejável, ainda mais fundo em seu colete conforme eu anunciava meu nome.

– Senhor Heathcliff? – perguntei.

A única resposta foi um aceno de cabeça.

– Sou Lockwood, seu novo inquilino, senhor. Permiti-me a honra de visitá-lo o mais rápido possível após minha chegada. Espero não lhe ter causado nenhum aborrecimento com minha insistência em solicitar a ocupação da granja Thrushcross. Ontem mesmo ouvi dizer que o senhor pretendia...

– A granja Thrushcross é propriedade minha, senhor – ele me interrompeu, o rosto contraído. – Não deixo que ninguém me aborreça, pelo menos não se eu puder evitar. Entre!

O "entre" foi proferido através de dentes cerrados, e parecia expressar mais um "vá para o inferno!". E nem mesmo o portão no qual ele se apoiava manifestou qualquer movimento solidário ao convite. Penso ter sido justamente isso que me levou a aceitar a oferta: senti-me interessado em conhecer um homem que parecia ainda mais exageradamente reservado do que eu.

Foi só quando viu o peito de meu cavalo empurrando o cercado que ele abriu o portão, e então me escoltou, carrancudo, pelo caminho pavimentado. Quando adentramos o pátio, ele bradou:

– Joseph, leve o cavalo do senhor Lockwood e traga um pouco de vinho.

*Suponho que essa seja toda a criadagem que temos aqui*, pensei ao ouvir aquela ordem dupla. *Não me admira que a grama esteja crescendo entre as lajotas do pátio e que o gado seja o único a apará-la.*

Joseph era idoso, ou melhor, antigo: muito velho, mas também robusto e resistente.

– Que Deus nos ajude – ele murmurou para si mesmo em um tom rabugento de desagrado enquanto tomava as rédeas do meu cavalo, olhando para mim com tanta amargura que fui obrigado a pensar que o homem necessitava de ajuda divina para digerir o almoço, e que portanto sua devota imprecação nada tinha a ver com minha chegada repentina.

Wuthering Heights é o nome da morada do senhor Heathcliff. "Morro dos ventos uivantes", um adjetivo provinciano digno de nota, descreve o tumulto atmosférico ao qual a residência é exposta nos dias de tempestade. De fato, deve haver o tempo todo lá em cima uma ventilação pura e estimulante: é possível adivinhar a força do vento nortenho que sopra as paredes por meio da inclinação excessiva de alguns abetos raquíticos crescendo nos fundos da casa, além de uma série de espinheiros magros, todos estendendo seus braços na mesma direção, como se suplicando por um pouco de sol. Felizmente, o arquiteto teve o bom senso de reforçar a construção: as janelas estreitas foram cravadas com firmeza nas paredes, suas arestas, protegidas por enormes pedras salientes.

Antes de cruzar o umbral, parei para admirar alguns grotescos entalhes, espalhados com abundância pela fachada, especialmente junto à porta da frente, sobre a qual, entre uma selva de grifos em ruínas e meninos despudorados, identifiquei a data de 1500 e o nome "HARETON EARNSHAW". Gostaria de ter feito uns poucos comentários e pedido ao proprietário rabugento que me contasse alguma história sobre o local, mas o comportamento dele à porta parecia exigir que eu entrasse de uma vez ou que fosse logo embora, e eu não desejava agravar sua impaciência antes de inspecionar o interior da habitação.

Um único batente nos levou direto à sala de estar da família, sem qualquer saguão de entrada ou passadiço: é essa parte das residências que eles consideram "a casa" propriamente dita. De modo geral, deve incluir cozinha e um salão, mas acredito que aqui em Wuthering Heights a cozinha foi forçada a se retirar por completo para outro lugar: pelo menos, distingui um burburinho de conversa e o bater de utensílios culinários mais adiante, e não vi sinal algum de que a imensa lareira fosse usada para assar, ferver ou cozinhar; muito menos o brilho acobreado das panelas e das caçarolas de latão nas paredes. Um dos cantos da sala, de fato, refletia esplendorosamente a luz e o calor em fileiras de pratos de estanho intercalados por jarras e canecas de prata, os objetos empilhados uns por cima dos outros em um amplo guarda-louça de carvalho que ia até o teto. Por falar em teto, este nunca recebera acabamento: sua anatomia jazia exposta aos olhares curiosos, exceto onde uma estrutura de madeira, repleta de pão de aveia e amontoados de pernis de boi e de carneiro, além de presunto, a escondia. Subindo pela chaminé da lareira, havia vários armamentos antigos e abomináveis, além de um par de pistolas de montaria. Fazendo as vezes de ornamento, três latas de chá pintadas em cores espalhafatosas repousavam em uma prateleira. O piso era de pedra lisa e branca; as cadeiras, de espaldar alto e estrutura primitiva, pintadas de verde. Uma ou duas delas, pintadas de preto, espreitavam nas sombras. Em um arco sob o guarda-louça, uma enorme cadela perdigueira cor de fígado descansava, rodeada por um exército de filhotinhos barulhentos. Outros cães assombravam os diferentes recônditos da casa.

O cômodo e a mobília não teriam nada de extraordinário caso pertencessem a um modesto fazendeiro nortenho, de semblante teimoso e membros fortes, ressaltados por calções de montaria e perneiras. Tal indivíduo, sentado em sua poltrona, a caneca de cerveja espumando na mesa redonda diante de si, pode ser encontrado em qualquer lugar em um raio de oito a dez quilômetros por essas colinas, desde que você chegue no horário certo após o jantar. Mas o senhor Heathcliff produz um contraste único com sua residência e seu modo de vida. Tem a aparência de um cigano de pele escura, mas com os trajes e os modos de um cavalheiro. Ou melhor, tão cavalheiro quanto qualquer nobre rural: um tanto desleixado, talvez, ainda que não pareça deslocado em sua negligência, pois tem uma figura altiva e bela, mesmo que taciturna. É possível que algumas pessoas vejam nele certo grau de orgulho malcriado. Mas tenho a sensação de que não é nada disso: sei, por instinto, que sua reserva natural brota de uma aversão a demonstrações exageradas de sentimento, ou ainda a manifestações de gentileza mútua. Ele tanto amará quanto odiará em segredo, e deve considerar uma espécie de impertinência ser amado ou odiado em retorno. Não, estou indo rápido demais, estou sendo generoso e concedendo meus próprios atributos a ele. O senhor Heathcliff pode ter razões completamente diferentes para manter sua reserva ao travar novos relacionamentos do que aquelas que atuam sobre mim. Gosto de pensar que meu temperamento é quase peculiar: minha querida mãe costumava dizer que eu nunca teria um lar confortável – e foi apenas no verão passado que me provei perfeitamente indigno de um.

Enquanto desfrutava de um mês de clima ameno à beira-mar, fui atirado à companhia da mais fascinante das criaturas, uma verdadeira deusa aos meus olhos, desde que não prestasse atenção em mim. Nunca cheguei a verbalizar meu amor. Ainda assim, se olhares falassem, o maior dos idiotas poderia adivinhar que eu estava apaixonado. Ela percebeu, no fim das contas, e retribuiu o olhar – o mais doce de todos os olhares possíveis. E o que eu fiz? Confesso, envergonhado: encolhi-me em minha concha gelada tal qual um caracol. A cada olhar, eu me retraía, mais frio e mais distante, até que a pobre inocente começou, por fim, a duvidar das próprias percepções, e, tomada pela confusão do suposto erro, persuadiu a mãe a irem embora. Foi por essa curiosa mudança de atitude que ganhei a reputação de ser deliberadamente cruel. Se ela é injusta, só eu posso avaliar.

Sentei-me na pedra da lareira, no canto oposto ao que meu senhorio avançava, e preenchi um intervalo de silêncio tentando acariciar a mãe canina, que deixara sua ninhada para se esgueirar como um lobo por trás de minhas pernas, o focinho franzido e os dentes brancos antecipando uma mordida. Meus carinhos provocaram um rosnar comprido e gutural.

– É melhor deixar a cachorra em paz – grunhiu o senhor Heathcliff, em uníssono, interrompendo quaisquer novas demonstrações de afeto com uma batida do pé. – Ela não está acostumada a ser mimada, e nem é mantida como animal de companhia. – Depois, andando rápido até uma porta lateral, gritou de novo: – Joseph!

Joseph balbuciou algo indistinto nas profundezas da adega, mas não deu sinal de que estava subindo, então seu patrão desceu até ele, deixando-me frente a frente com a cadela bárbara e um par de cães pastores desgrenhados e severos, que compartilhavam com ela uma vigilância zelosa sobre todos os meus movimentos. Nem um pouco ansioso por experimentar suas presas, sentei-me imóvel. Mas, imaginando que os animais não entenderiam insultos tácitos, deixei-me levar pela infeliz ideia de piscar e fazer caretas para o trio. Algo em minha mudança de fisionomia deixou a madame tão irritada que ela se enfureceu de repente e atirou-se em meus joelhos. Empurrei-a para longe e me apressei em colocar a mesa entre nós. O procedimento serviu para despertar a matilha inteira: meia dúzia de demônios de quatro patas, em diferentes tamanhos e idades, saíram de seus recantos ocultos até o centro do cômodo. Senti que meus calcanhares e as extremidades de minha casaca seriam especialmente alvejados pelo ataque, e, afastando os maiores combatentes com tanta efetividade quanto pude ao usar o atiçador de brasas, fui forçado a exigir, aos gritos, a ajuda de algum morador da casa para restabelecer a paz.

O senhor Heathcliff e seu criado subiram os degraus da adega com uma serenidade vexatória: não creio que se moveram um segundo mais rápido que o normal, mesmo que a lareira fosse uma tempestade absoluta de preocupação e uivos. Felizmente, uma habitante da cozinha foi mais enérgica: uma dama robusta com o vestido arregaçado, os braços nus e as bochechas coradas pelo fogão correu para o meio de nós agitando uma frigideira. Usou aquela arma e a própria língua com tanto propósito que a tempestade passou feito mágica, e apenas ela restou, erguendo-se tal qual o mar após uma forte ventania no instante em que seu patrão entrou em cena.

– Que diabos aconteceu aqui? – ele perguntou, olhando-me de um jeito que mal suportei, ainda mais depois de seu tratamento nada hospitaleiro.

– Que diabos mesmo! – resmunguei em resposta. – Uma horda de suínos possuídos não poderia ter comportamento pior que o desses seus animais, senhor. Seria o mesmo que deixar uma visita junto a uma ninhada de tigres!

– Eles não se metem com pessoas que não tocam em nada – ele comentou, colocando a garrafa diante de mim e arrastando a mesa de volta ao lugar. – Os cães estão certos em manter a vigília. Aceita uma taça de vinho?

– Não, obrigado.

– O senhor não foi mordido, foi?

– Se tivessem me mordido, eu teria deixado a marca de meu sinete no atacante.

O semblante de Heathcliff relaxou em um sorriso.

– Tenha calma – ele disse. – O senhor está agitado, senhor Lockwood. Aqui, tome um pouco de vinho. Visitantes são tão raros nessa casa que me vejo obrigado a reconhecer que tanto eu quanto os cães mal sabemos como recebê-los. Vamos brindar à sua saúde?

Fiz uma mesura e retribuí a saudação, percebendo que seria tolice ficar de mau humor por conta das travessuras de um bando de vira-latas. Além disso, não quis permitir que meu companheiro continuasse se divertindo às minhas custas, uma vez que seu senso de humor tomava tal direção. Ele – possivelmente levado pela prudente consideração de que seria loucura ofender um bom inquilino – relaxou um pouco em seu jeito lacônico de descascar pronomes e verbos auxiliares da fala, introduzindo na conversa o que ele supunha ser um assunto de meu interesse: um discurso sobre as vantagens e desvantagens do meu atual local de retiro. Achei-o muito inteligente nos tópicos pelos quais passamos, e, antes de voltar para casa, tomei coragem de me voluntariar para uma nova visita no dia seguinte. Ele evidentemente não desejava outra intrusão de minha parte. Não obstante, devo ir mesmo assim. É impressionante como me sinto sociável quando me comparo a ele.

# Capítulo 2

A tarde de ontem foi de frio e neblina. Eu estava quase decidido a ficar junto ao fogo de meu estúdio em vez de vadear pelo mato e pela lama até Wuthering Heights. Ao retornar do almoço (nota: almoço entre meio-dia e uma da tarde. A governanta, uma matrona que me foi cedida junto à casa, não consegue, ou não quer, compreender meu pedido de que a refeição seja servida às cinco), porém, enquanto eu subia as escadas com esse intuito preguiçoso, ao entrar no estúdio, vi uma jovem criada de joelhos, cercada por escovas e suprimentos de carvão. Ela levantava uma poeira infernal, extinguindo as chamas com pilhas de cinzas. Tal espetáculo me fez recuar imediatamente. Peguei meu chapéu e, após uma caminhada de seis quilômetros, cheguei ao portão do jardim de Heathcliff bem a tempo de escapar dos primeiros flocos macios de uma nevasca.

Naquela colina desolada, a terra estava endurecida por uma geada escura, e o ar me fazia tremer por inteiro. Incapaz de remover a corrente do portão, pulei por cima dele, e, depois de subir correndo o caminho pavimentado ladeado por arbustos espinhosos de groselheira, bati em vão à porta até que meus dedos formigassem e os cães começassem a latir.

*Ermitões miseráveis!*, praguejei mentalmente. *Merecem de fato o isolamento perpétuo de sua espécie por essa falta grosseira de hospitalidade. Pelo menos eu não manteria minhas portas trancadas durante o dia. Não me importo, vou entrar!*

Decidido, agarrei a aldrava e me pus a sacudi-la com veemência. Joseph projetou sua cara azeda para fora de uma das janelas redondas do celeiro.

– O que é que veio fazer aqui? – ele gritou. – O patrão está lá embaixo com as ovelhas. Dê a volta na cerca se quiser falar com ele.

– Não há ninguém aqui dentro para me abrir a porta? – gritei em resposta.

– Ninguém além da patroa, e ela não vai abrir mesmo que o senhor continue com essa barulheira até de noite.

– Por quê? Não pode explicar para ela quem eu sou, Joseph?

– Eu não! Não tenho nada a ver com isso – a cabeça balbuciou antes de desaparecer.

A neve começou a engrossar. Segurei a aldrava da porta a fim de ensaiar uma nova tentativa, mas então um homem jovem, sem casaco e carregando um forcado nos ombros, apareceu no quintal dos fundos. Ele me cumprimentou e pediu que eu o seguisse. Depois de passar pela lavanderia e por uma área pavimentada contendo suprimentos de carvão, uma bomba de água e um pombal, chegamos por fim ao salão amplo, quente e convidativo onde eu fora recebido no dia anterior. O cômodo brilhava deliciosamente sob um imenso fogo, alimentado por carvão, turfa e madeira. Perto da mesa, posta para uma farta refeição ao entardecer, tive o prazer de observar a "patroa", uma criatura de cuja existência eu jamais suspeitara. Fiz uma mesura e esperei, imaginando que ela me convidaria para sentar. Ela olhou para mim, recostando-se em sua cadeira, e permaneceu imóvel e em total silêncio.

– O tempo está bem feio – comentei. – Receio, senhora Heathcliff, que a porta tenha sofrido as consequências do desleixo de seus criados. Tive muito trabalho para me fazer ouvir.

Ela nem chegou a abrir a boca. Eu a encarei – e ela me encarou de volta, mantendo os olhos sobre mim de um jeito frio e desdenhoso, extremamente constrangedor e desagradável.

– Sente-se – disse o rapaz, um tanto ríspido. – Ele vai chegar logo.

Obedeci. Pigarreando, tentei chamar a desprezível Juno, que se negou, em nosso segundo encontro, a sequer mover a ponta da cauda em sinal de reconhecimento.

– Um belo animal! – comecei de novo. – A senhora pretende vender os filhotes, madame?

– Eles não são meus – respondeu a amável anfitriã, tão doce quanto o próprio Heathcliff conseguiria ser.

– Ah, então são estes aqui os seus favoritos? – prossegui, virando-me para uma almofada obscura ocupada por coisas que se pareciam com gatos.

– Seria estranho tê-los como favoritos – ela zombou.

Por azar, era uma pilha de coelhos mortos. Pigarreei outra vez, chegando perto da lareira e repetindo meu comentário sobre o clima selvagem daquele entardecer.

– O senhor não devia ter saído de casa – ela disse, levantando-se para alcançar duas das latas coloridas na prateleira da chaminé.

Na posição em que estava antes, ela ficava protegida da luz, mas, agora, eu podia ver claramente sua silhueta e suas feições. Ela era esbelta, mal parecia ter saído da adolescência: tinha formas admiráveis e o rostinho mais primoroso que eu já tivera o prazer de contemplar; traços finos, delicados; cachos cor de trigo, ou mesmo dourados, pendendo soltos em seu pescoço gracioso; e os olhos, caso tivessem uma expressão agradável, seriam irresistíveis. Felizmente, para meu coração suscetível, o único sentimento que aqueles olhos manifestavam oscilava entre o desprezo e algum tipo de aflição, algo igualmente curioso de ser detectado ali. As latas de chá estavam quase fora de seu alcance, então fiz menção de ajudá-la. Ela voltou-se contra mim do mesmo modo que faria um avarento ao ver alguém tentando auxiliá-lo na contagem de suas moedas.

– Não quero sua ajuda – ela disparou. – Consigo pegar sozinha.

– Peço desculpas! – apressei-me em responder.

– O senhor foi convidado para o chá? – ela quis saber, amarrando um avental por cima do elegante vestido preto e segurando uma colher de folhas secas acima do recipiente.

– Eu adoraria tomar uma xícara – respondi.

– Mas o senhor foi convidado? – ela repetiu a pergunta.

– Não – falei, sorrindo de lado. – A senhora é a pessoa apropriada para me convidar.

Ela arremessou o chá de volta, com colher e tudo, e voltou para sua cadeira, a testa franzida e o lábio inferior projetado para frente, corado, como uma criança prestes a chorar.

Enquanto isso, o rapaz havia posto uma casaca bastante surrada sobre os ombros. Erguendo-se contra a luz, observou-me de cima pelo canto dos olhos, como se existisse entre nós, na falta de melhores palavras, alguma rixa mortal clamando por vingança. Comecei a duvidar que fosse mesmo um criado. Tanto as roupas como seu modo de falar eram rudes, completamente desprovidos da superioridade observada no senhor e na senhora Heathcliff. Seus grossos cachos castanhos eram ásperos e mal aparados, com costeletas avançando de modo selvagem pelas bochechas. As mãos estavam sujas como as de um trabalhador comum. Ainda assim, sua postura era livre, quase arrogante, e ele não demonstrava sinal algum de deferência doméstica para servir à dona da casa. Na ausência de provas claras de sua condição, julguei ser melhor não reparar em sua curiosa conduta, e, cinco minutos depois, a entrada de Heathcliff me aliviou, em certa medida, daquela situação embaraçosa.

– Como pode ver, senhor, estou aqui, conforme prometido! – exclamei, assumindo um tom alegre. – Receio que o tempo me detenha por mais meia hora, mas apenas se o senhor puder me dar abrigo durante esse período.

– Meia hora? – ele respondeu, sacudindo os flocos brancos das roupas. – Fico pensando no que o levou a escolher o pior momento de uma nevasca para passear por aí. O senhor sabe que corre o risco de ficar preso na charneca? Gente mais familiarizada com esses charcos costuma perder o rumo em tardes como essa, e posso garantir ao senhor que o tempo não vai mudar tão cedo.

– Talvez eu consiga pegar um guia emprestado entre os seus rapazes? Posso hospedá-lo na granja até o amanhecer... O senhor poderia me ceder um deles?

– Não, não poderia.

– Ah, sem problemas. Nesse caso, então, vou precisar confiar em minha própria sagacidade.

– Hum!

– Não vai preparar o chá? – quis saber o rapaz da casaca surrada, transferindo seu olhar feroz de mim para a jovem dama.

– E *ele* vai tomar chá? – ela perguntou, dirigindo-se a Heathcliff.

– Só prepare tudo, estamos entendidos? – foi a resposta do dono da casa, proferida com tanta selvageria que me causou espanto. O tom no qual as palavras foram ditas revelava uma natureza genuinamente má. Eu não me sentia mais tão inclinado a chamar Heathcliff de "um ótimo sujeito".

Quando o chá ficou pronto, ele me convidou com um "Agora, senhor, traga sua cadeira". E todos nós, incluindo o jovem rústico, fomos nos sentar ao redor da mesa. Um silêncio austero tomou conta da refeição.

Pensei que, se fora eu a causar aquele mal-estar, era meu dever fazer um esforço para dissipá-lo. Eles não podiam ficar sentados daquele jeito todos os dias, tão sombrios e taciturnos; e tampouco era possível que a carranca universal que portavam fosse seu semblante cotidiano.

– É estranho... – comecei, no intervalo entre terminar uma xícara de chá e receber outra. – É estranho como o costume pode moldar nossos gostos e pensamentos. Muitos não conseguiriam imaginar a existência de felicidade em uma vida tão exilada do mundo, como a que o senhor possui, senhor Heathcliff. No entanto, arrisco-me a dizer que, rodeado por sua família e com sua amável dama como guardiã de sua casa e coração...

– Minha amável dama? – ele interrompeu, um sorriso quase diabólico no rosto. – Onde ela está, essa minha amável dama?

– Quero dizer a senhora Heathcliff, sua esposa.

– Bem, sim... Ah, o senhor está dizendo que o espírito dela tomou o posto de anjo da guarda e que ela protege Wuthering Heights mesmo depois de seu corpo ter ido embora. É isso?

Percebendo que havia cometido um engano, tentei me corrigir. Eu devia ter notado que havia uma enorme diferença de idade entre eles para que fossem considerados um casal. Um tinha por volta dos quarenta anos, um período de vigor mental no qual os homens raramente nutrem a ilusão de se casar por amor com jovenzinhas; este sonho está reservado para consolar os anos de declínio. Já ela não aparentava ter mais de dezessete.

Então me ocorreu: *o estrupício sentado ao meu lado, bebendo chá em uma xícara sem pires e comendo com as mãos sujas, deve ser o marido dela. Heathcliff filho, é claro. Eis as consequências de ter sido enterrada viva: ela desperdiçou a vida com aquele homem rude por pura ignorância de que existiam indivíduos melhores! Uma pena...*

*Devo ter cuidado para não fazer com que ela se arrependa da escolha.* Talvez essa última reflexão soe presunçosa, mas não foi o caso. Meu vizinho de mesa causava em mim uma reação quase repulsiva; e eu sabia, por experiência própria, que eu era razoavelmente bonito.

– A senhora Heathcliff é minha nora – falou o mais velho, confirmando minha suposição. Ele se virou enquanto falava, dirigindo um olhar peculiar na direção da dama; um olhar de ódio, a menos que ele tivesse um conjunto de músculos faciais incapazes de interpretar, como nas outras pessoas, a linguagem de sua alma.

– Ah, certamente, agora eu entendo: é o senhor o feliz proprietário desta fada benevolente – comentei, virando-me para meu vizinho de mesa.

Foi pior do que antes: o rapaz ruborizou e cerrou os punhos, parecendo prestes a cometer uma agressão. Mas pareceu se recompor no mesmo instante, acalmando a tempestade com uma imprecação bruta, murmurada em minha direção, e que eu, contudo, tomei o cuidado de ignorar.

– Infelizes são as suas conjecturas, senhor – disse o anfitrião da casa. – Nenhum de nós tem o privilégio de possuir essa sua tal fada benevolente. O marido dela está morto. Falei que ela era minha nora, portanto, só pode ter se casado com meu filho.

– E esse jovem rapaz é...

– Com certeza não é meu filho.

Heathcliff sorriu de novo, como se atribuir-lhe a paternidade daquele urso já fosse ousadia demais de minha parte.

– Meu nome é Hareton Earnshaw – grunhiu o outro. – E eu o aconselho a respeitar esse nome!

– Não demonstrei nenhum desrespeito – foi minha resposta, e ri internamente da maneira digna com que o próprio rapaz havia se anunciado.

Ele manteve os olhos fixos em mim por mais tempo do que me preocupei em encará-lo, temendo a tentação de dar-lhe uns tapas nas orelhas ou tornar meu riso audível. Eu me senti inconfundivelmente deslocado naquele agradabilíssimo círculo familiar. A atmosfera sombria sobrepujou e mais do que neutralizou os confortos físicos que brilhavam ao meu redor, e resolvi ser cauteloso caso viesse a me aventurar uma terceira vez sob aquele teto.

Assim que terminei a refeição, e sem que ninguém houvesse proferido sequer uma palavra de conversa, aproximei-me da janela para examinar o clima. Que cena lamentável eu vi; a noite escura chegando de modo prematuro, o céu e os morros misturando-se em um redemoinho implacável de vento e neve sufocante.

– Suponho ser impossível chegar em casa sem um guia! – não consegui deixar de exclamar. – As estradas já devem estar encobertas. E, mesmo que estivessem limpas, eu não conseguiria enxergar um palmo na frente do nariz.

– Hareton, leve aquela dúzia de ovelhas para o celeiro. Elas acabarão soterradas caso passem a noite ao relento. E coloque uma tábua para segurá-las – falou Heathcliff.

– E o que faço eu? – continuei, cada vez mais irritado.

Não houve resposta para minha pergunta. Ao olhar em volta, vi apenas Joseph trazendo um balde de mingau de aveia para os cães, e a senhora Heathcliff divertindo-se em queimar um punhado de fósforos que haviam caído de cima da lareira quando ela devolvera a lata de chá ao seu lugar. Joseph, após descarregar seu fardo, inspecionou a sala com ares críticos e deixou escapar, com sua voz rouca:

– Não sei como é que aguenta ficar aí sem fazer nada enquanto todo mundo está lá fora! Mas tem gente que é inútil mesmo, não adianta falar. Nunca vai se corrigir, e vai logo para o inferno, assim como aconteceu com sua mãe!

Por um momento, imaginei que tamanha amostra de eloquência fosse dirigida a mim, e, suficientemente irritado, dei um passo à frente na direção do velho patife com a intenção de chutá-lo porta afora. A senhora Heathcliff, porém, deixou-me paralisado com sua resposta.

– Seu velho escandaloso e hipócrita! – ela respondeu. – Não tem medo de ser levado embora sempre que menciona o nome do diabo? Estou avisando, pare de me provocar, ou então eu faço os demônios te carregarem por meio de um favor especial! Espere! Olhe aqui, Joseph – ela continuou, retirando um livro grande e envelhecido de uma das prateleiras. – Vou mostrar como progredi nas artes obscuras. Logo serei capaz de fazer uma limpa nessa casa. A vaca vermelha não morreu à toa, e seu reumatismo dificilmente pode ser considerado uma providência divina!

– Ah, sua perversa! Perversa! – ofegou o idoso. – Que Deus nos livre de todo o mal!

– Não, seu torpe! Você que é um pária; afaste-se, ou vou machucá-lo gravemente! Vou modelar todos aqui em cera e argila! E o primeiro que passar dos limites ditados por mim... Não vou dizer o que vai acontecer, mas logo saberão! Vá, estou de olho em você!

A pequena bruxa atribuiu uma maldade fingida a seus belos olhos, e Joseph, tremendo com um horror sincero, saiu correndo, rezando e soltando brados de "perversa" conforme se afastava. Achei que a conduta da moça devia ser motivada por uma espécie de humor duvidoso, e, agora que estávamos sozinhos, tentei fazê-la se interessar por minha adversidade.

– Senhora Heathcliff – falei com franqueza –, a senhora precisa me desculpar pelo incômodo, mas acredito que, com um rosto tão bonito, a senhora não possa ter outra coisa que não um bom coração. Indique-me alguns pontos de referência para eu poder encontrar o caminho até minha residência. Eu tenho tanta noção de como chegar em casa quanto a senhora teria caso tentasse chegar em Londres!

– Pegue a mesma estrada pela qual veio – ela respondeu, acomodando-se em uma cadeira com uma vela, o grande livro aberto diante de si. – É um conselho curto, mas o melhor que posso oferecer.

– Então, se a senhora ouvir que me acharam morto nos charcos ou em um buraco coberto de neve, a sua consciência não vai sussurrar que o acidente foi em parte por culpa sua?

– E por que seria? Não posso escoltá-lo até lá. Eles não me deixariam chegar nem ao muro do jardim.

– A *senhora*? Ora, eu não pediria nem que cruzasse a soleira da porta por minha comodidade em uma noite como esta – exclamei. – Desejo apenas que a senhora me diga o caminho, não que o *mostre*. Ou então que convença o senhor Heathcliff a me ceder um guia.

– Quem? Só há ele, Earnshaw, Zillah, Joseph e eu. Quem o senhor escolhe?

– Não há nenhum garoto na fazenda?

– Não, somos apenas nós.

– Então presumo que serei obrigado a ficar.

– Isso o senhor resolve com o seu anfitrião. Não tenho nada a ver com o assunto.

– Espero que sirva de lição para que o senhor não faça mais jornadas imprudentes por esses morros – bradou a voz austera de Heathcliff, na entrada da cozinha. – Quanto a ficar aqui, não mantenho acomodações para visitantes; se quiser passar a noite, o senhor vai precisar dividir uma cama com Hareton ou Joseph.

– Posso dormir em uma cadeira aqui na sala – respondi.

– Não, não! Um estranho é um estranho, seja ele rico ou pobre. Não me agrada permitir qualquer um andando pela casa sem que eu esteja vigiando! – falou o desgraçado desumano.

Com mais aquele insulto, minha paciência chegou ao fim. Proferi meu desgosto e desviei de Heathcliff rumo ao pátio, colidindo com Earnshaw em minha pressa. Estava tão escuro que eu não conseguia nem enxergar o caminho da saída. Enquanto eu vagueava pelo terreno, ouvi outra amostra daquele comportamento civilizado que mantinham entre si. A princípio, o homem mais novo parecia inclinado a me ajudar.

– Vou com ele até o parque – disse.

– Pro inferno que você vai com ele! – exclamou seu patrão, ou seja lá qual fosse a relação entre aqueles dois. – E quem é que vai tomar conta dos cavalos, hein?

– A vida de um homem vale mais do que uma noite de negligência com os cavalos. Alguém precisa ir – murmurou a senhora Heathcliff, com mais gentileza do que eu teria esperado dela.

– Mas não vou só porque a madame aqui está mandando – retorquiu Hareton. – Caso se importe com aquele homem, é melhor ficar calada.

– Então espero que o fantasma dele venha assombrá-lo e que o senhor Heathcliff nunca mais arrume outro inquilino até que a granja esteja em ruínas – ela respondeu, ríspida.

– Escute, escute, ela está amaldiçoando os dois! – murmurou Joseph, em cuja direção eu me deslocava.

Ele estava sentado ao alcance da minha voz, ordenhando as vacas sob a luz de uma lamparina, a qual eu agarrei sem a menor cerimônia. Gritando que a devolveria na manhã seguinte, apressei-me até o portão mais próximo.

– Patrão, patrão, ele está roubando a lamparina! – gritou o velho, partindo ao meu encalço. – Ei, Mordedor! Ei, cachorro! Vai lá, Lobo, pega ele, pega ele!

Ao abrir a portinhola, dois monstros peludos voaram em minha garganta, derrubando-me ao chão e apagando a luz enquanto a gargalhada conjunta de Heathcliff e Hareton colocava a cereja no bolo de minha raiva e humilhação. Felizmente, as feras pareciam mais interessadas em esticar as patas, bocejar e abanar a cauda do que em me devorar vivo. Porém, também não aceitavam nenhuma espécie de rendição, então fui forçado a permanecer ali deitado até que seus mestres malignos tivessem o prazer de me socorrer. Por fim, sem chapéu e tremendo de raiva, ordenei aos malfeitores que me deixassem ir embora – e que sofressem as consequências caso me detivessem por mais um minuto –, usando várias ameaças incoerentes de retaliação que, na profundidade indefinida de minha virulência, pareciam ter saído das páginas de Rei Lear.

A veemência de minha agitação provocou-me um abundante sangramento no nariz. E ainda assim Heathcliff continuou rindo, e ainda assim o repreendi. Não sei o que teria encerrado aquela cena caso não houvesse ali uma pessoa mais racional do que eu e mais benevolente do que meu anfitrião. Esta era Zillah, a robusta criada, que finalmente veio averiguar a natureza do tumulto. Imaginando que algum deles havia me batido, e sem ousar atacar o próprio patrão, ela voltou sua artilharia vocal contra o canalha mais novo:

– Mas que beleza, senhor Earnshaw – ela exclamou. – Eu me pergunto o que virá depois disso. Vamos matar gente na soleira da porta? Vejo que esta casa nunca me merecerá. Olhem para este pobre homem, está quase sufocando! Calma, calma, o senhor não pode ir embora assim. Entre, e vou remendar isso aí. Pronto, agora fique quieto.

Com tais palavras, a mulher jogou sem aviso um bom litro de água gelada em meu pescoço antes de me puxar para a cozinha. O senhor Heathcliff veio logo atrás, sua acidental alegria transformando-se depressa na morosidade de sempre.

Eu estava me sentindo muito nauseado, zonzo e enfraquecido; e, portanto, fui compelido a aceitar a hospedagem sob o teto de Heathcliff. Ele ordenou a Zillah que me desse um copo de conhaque e depois sumiu pelo interior da casa. Então, a criada, compadecida de minha situação lamentável e tendo obedecido às ordens do patrão, graças às quais senti-me um pouco reanimado, conduziu-me até a cama.

# Capítulo 3

Enquanto me indicava o caminho pelas escadas, a criada recomendou que eu escondesse a vela e que não fizesse barulho, pois seu patrão nutria uma estranha superstição sobre o quarto onde ela iria me hospedar. Heathcliff nunca deixava que ninguém o ocupasse. Perguntei o motivo. A criada não soube dizer, mas explicou que vivia na casa fazia apenas um ou dois anos; e que havia tantas situações estranhas acontecendo ali que ela nem se dava ao trabalho de ficar intrigada.

Sentindo-me atordoado demais para exercer a curiosidade, tranquei a porta e virei-me à procura da cama. A totalidade da mobília consistia em uma cadeira, um guarda-roupa e uma gigantesca arca de carvalho, com quadrados recortados nas laterais superiores e que mais pareciam as janelas de um coche. Aproximando-me da estrutura, olhei direito e percebi tratar-se de um tipo peculiar e antiquado de cama, convenientemente projetada para eliminar a necessidade de cada membro da família de ter seu próprio quarto. De fato, os nichos da estrutura formavam pequenos cubículos, com o peitoril de cada janela fazendo as vezes de mesa. Abri as portas forradas, entrei com minha vela e voltei a fechá-las, sentindo-me protegido da vigilância de Heathcliff e de todos os demais.

O peitoril no qual apoiei minha vela continha alguns livros embolorados, empilhados no canto, e estava coberto por letras que haviam sido raspadas por cima da tinta. O que as letras formavam, no entanto, não era nada além de um nome, repetido em todos os tipos de caligrafia, fossem grandes ou pequenas: CATHERINE EARNSHAW, variando aqui e ali para CATHERINE HEATHCLIFF e então mudando para CATHERINE LINTON.

Com uma apatia enfadonha, apoiei a cabeça na janela e me pus a soletrar os nomes: Catherine Earnshaw, Heathcliff, Linton. Até que meus olhos se fecharam. Mas eu não havia descansado nem cinco minutos quando o lampejo de letras brancas surgiu na escuridão, tão vívido quanto um espectro e enchendo o ar de Catherines. Erguendo-me para dispersar aquele nome intruso, descobri que o pavio de minha vela havia se reclinado sobre um dos volumes antigos, perfumando o cômodo com o odor de couro de bezerro queimado. Apaguei a vela e, desconfortável pela influência do frio e de uma náusea persistente, sentei-me para abrir sobre meus joelhos o livro avariado. Era um exemplar do Testamento, com letras miúdas e cheirando terrivelmente a bolor. Havia uma inscrição na folha de rosto: "Este livro pertence a Catherine Earnshaw", junto a uma data de quase um quarto de século antes. Fechei o livro e peguei o volume seguinte, e depois outro e outro, até ter examinado todos. A biblioteca de Catherine era seleta, e o estado dilapidado dos livros provava que haviam sido bastante manuseados, embora não exatamente com um propósito legítimo: era difícil encontrar um capítulo que tivesse escapado de um comentário à tinta – ou pelo menos o que parecia ser um comentário –, as anotações cobrindo cada espaço em branco deixado pela tipografia. Determinados comentários eram frases soltas, enquanto outros pareciam os registros cotidianos de um diário, rabiscados por uma mão infantil e imatura. No topo de uma página extra (possivelmente considerada um tesouro quando foi descoberta), tive o imenso prazer de encontrar uma caricatura excelente de meu amigo Joseph – um tanto amadora, mas fiel em seus traços. Um interesse imediato pela desconhecida Catherine despertou dentro de mim, e comecei naquele momento a decifrar seus hieróglifos desbotados.

*Um domingo terrível,* começava o parágrafo logo abaixo. *Queria que meu pai pudesse voltar. Hindley é um substituto detestável – sua conduta para com Heathcliff é atroz. H. e eu vamos nos rebelar; esta noite demos os primeiros passos para isso.*

*Passamos o dia inteiro inundados pela chuva. Não pudemos ir à igreja, então Joseph precisou criar uma congregação no sótão. E, enquanto Hindley e a esposa se aqueciam diante da lareira no andar de baixo – fazendo qualquer coisa, menos ler a Bíblia, posso garantir –, eu, Heathcliff e o pobre garoto que lavra a terra fomos obrigados a pegar nossos livros de orações e subir. Fomos colocados em fila sobre um saco de milho, gemendo e batendo os dentes, torcendo para que Joseph também tremesse de frio e então nos desse um sermão curto para seu próprio bem. Uma esperança vã! A pregação durou exatas três horas, e, ainda assim, meu irmão teve a ousadia de exclamar ao nos ver descendo as escadas: "O quê, já terminou?".*

*Nas noites de domingo, nós costumávamos ter permissão para brincar, desde que não fizéssemos muito barulho. Agora, uma mera risada é suficiente para nos colocar de castigo. "Vocês esquecem que há um chefe aqui", disse o tirano. "Vou arrebentar o primeiro que me tirar a paciência! Faço questão de ter perfeito silêncio e sobriedade. Ah, garoto! Foi você? Frances, querida, puxe o cabelo dele, já que está de pé: eu o ouvi estalando os dedos." Frances puxou-lhe os cabelos com vontade e depois foi se sentar no colo do marido. Os dois ficaram lá, feito dois bebês, trocando beijos e falando besteiras – um falatório estúpido do qual todos nós deveríamos nos envergonhar.*

*Tentamos nos aconchegar do melhor jeito possível sob o arco da cômoda. Eu havia acabado de amarrar nossos aventais um no outro para improvisar uma cortina quando Joseph chegou, vindo dos estábulos. Ele desmanchou meu trabalho, deu um safanão em minha orelha e grasnou:*

*"O patrão mal acabou de ser enterrado, o domingo ainda não terminou e a palavra de Deus ainda está cantando em seus ouvidos. E mesmo assim vocês já estão aprontando! Deviam se envergonhar! Sentem-se, crianças! Existem livros*

*bons o suficiente para que vocês leiam. Sentem-se e comecem a pensar nas almas de vocês!"*

*Com essas palavras, ele nos fez mudar de lugar para que a luz do fogo distante pudesse iluminar as letras dos calhamaços que ele enfiou em nossas mãos. Eu não consegui suportar aquilo. Peguei pela lombada meu exemplar encardido*

*e o atirei ao canil, praguejando em voz alta sobre odiar bons livros. Heathcliff chutou o livro dele para o mesmo lugar. E assim estava feita a confusão!*

*"Patrão Hindley!", gritou nosso capelão. "Patrão, venha cá! A senhorita Cathy rasgou O elmo da salvação e Heathcliff chutou o primeiro volume de A longa estrada rumo à destruição! É um absurdo que o senhor os deixe assim impunes. Ah! O antigo patrão teria dado uma bela surra nessas crianças – mas ele não está mais aqui!"*

*Hindley saiu correndo de seu paraíso junto à lareira e, agarrando um de nós pelo colarinho e o outro pelo braço, atirou-nos nos fundos da cozinha onde, Joseph garantia, o diabo com certeza viria para nos pegar. Reconfortados com essa promessa, cada um de nós procurou um canto e ficou esperando por sua chegada. Peguei este livro e um frasco de tinta em uma das prateleiras. Deixei a porta da cozinha entreaberta para que entrasse um pouco de luz e passei os últimos vinte minutos aqui escrevendo. Mas meu companheiro está impaciente; ele propõe que roubemos a capa da leiteira para usá-la em um passeio nos charcos. É uma sugestão agradável – e aí, caso o velho ranzinza venha até nós, poderá acreditar que sua profecia foi realizada. Não ficaríamos mais úmidos e friorentos lá fora na chuva do que já estamos aqui dentro.*

Suponho que Catherine tenha levado o plano adiante, pois o parágrafo seguinte do diário tratava de um novo assunto; ela estava chorosa.

*Nunca pensei que Hindley pudesse me fazer chorar desse jeito!*, ela escreveu. *Minha cabeça dói ao ponto de não conseguir colocá-la no travesseiro, e mesmo assim não sou capaz de conter as lágrimas. Pobre Heathcliff! Hindley o chama de vagabundo e não deixa mais que ele se sente conosco ou que faça as refeições ao nosso lado. Ele diz que eu e Heathcliff não devemos mais brincar juntos, e ameaça expulsá-lo daqui caso alguém descumpra suas ordens. Hindley acredita que a culpa é de nosso pai (como ele ousa?), que deu liberdades demais para H. Ele diz que vai colocá-lo em seu devido lugar...*

Sonolento, comecei a cochilar em cima das páginas sombreadas, e meus olhos vaguearam do diário manuscrito para o texto impresso. Vi um título ornamentado em vermelho: *Setenta vezes sete e o primeiro da septuagésima primeira vez – um sermão piedoso proferido pelo reverendo Jabez Branderham na Capela de Gimmerden Sough*. Enquanto eu, semidesperto, tentava fazer meu cérebro adivinhar o que Jabez Branderham teria a opinar sobre aquele assunto, acabei afundando de volta na cama e adormecendo. Malditos sejam os efeitos de um chá ruim e de um comportamento ainda pior! O que mais seria a causa de uma noite tão maldormida? Não me lembro, desde que entendi o que era sofrimento, de ter tido outra noite tão ruim como essa para servir de comparativo.

Comecei a sonhar quase no mesmo instante em que perdi a noção de meus arredores. Achei que já era manhã e que eu estava a caminho de casa tendo Joseph como guia. A neve formava metros de profundidade em nossa estrada. À medida que avançávamos, meu companheiro me aborrecia com constantes reprovações por eu não ter trazido comigo um cajado de peregrino. Dizia que eu jamais conseguiria entrar em casa sem um cajado e, enquanto isso, brandia ostensivamente um pesado porrete, ou pelo menos eu o interpretei dessa maneira. Por um momento, considerei absurdo que eu precisasse de uma arma daquelas para ser recebido em minha própria residência. Mas então uma nova ideia surgiu em minha mente. Eu não estava indo para casa: nós estávamos viajando para ouvir a pregação do famoso Jabez Branderham a partir do texto *Setenta vezes sete*. Um de nós três (fosse lá Joseph, o reverendo ou eu mesmo) havia cometido o pecado "primeiro da septuagésima primeira" e precisaria ser desmascarado publicamente e depois excomungado.

Chegamos à capela. Eu já havia passado por ela duas ou três vezes durante minhas caminhadas. Fica em uma depressão entre duas colinas: é uma depressão elevada, vizinha a uma charneca cuja umidade turfosa tem a fama de ser ideal para embalsamar os poucos cadáveres ali depositados. A capela é mantida inteira até o momento; porém, com uma renda de apenas vinte libras anuais, além de uma casa com dois quartos que ameaçam rapidamente virar um só, nenhum clérigo deseja assumir ali os deveres de pastor. Especialmente sabendo que seu rebanho preferiria deixá-lo morrer de fome a provê-lo com sequer uma moeda do próprio bolso. Porém, em meu sonho, Jabez tinha uma congregação completa e atenciosa para a qual pregar. Bom Deus! E que sermão: dividido em *quatrocentas e noventa* partes, cada uma do tamanho de um sermão convencional feito no púlpito, cada uma discutindo um pecado diferente! Onde o homem foi buscar tantos pecados? Não sei dizer. Ele tinha uma maneira própria de interpretar as frases, e parecia que o ouvinte precisava cometer diferentes pecados em cada ocasião. Os pecados eram dos mais curiosos: transgressões estranhas que eu nem sequer havia imaginado.

Ah, como fiquei cansado. Como eu me contorci, bocejei, peguei no sono e despertei de novo! Como me belisquei e me cutuquei, esfreguei os olhos, fiquei de pé, voltei a me sentar e pedi a Joseph para me dizer se aquilo *nunca* teria fim. Eu estava condenado a ouvir tudo. Finalmente, o reverendo alcançou o pecado "primeiro da septuagésima primeira vez". Naquele momento crítico, uma inspiração repentina se abateu sobre mim. Fui impelido a ficar de pé e a denunciar Jabez Branderham como o transgressor cujo pecado nenhum cristão é obrigado a perdoar.

– Senhor! – exclamei. – Sentado aqui, dentro destas paredes, suportei e perdoei, de uma só vez, as quatrocentas e noventa partes de seu discurso. Setenta vezes sete vezes peguei meu chapéu e estava prestes a ir embora. E setenta vezes sete vezes o senhor me forçou a retomar meu assento. Quatrocentas e noventa e uma já é demais. Companheiros de martírio, peguem-no! Arrastem-no e reduzam-no a partículas até que o lugar que antes o conhecia seja incapaz de reconhecê-lo!

– És tu o homem! – bradou Jabez, após uma pausa solene, inclinando-se sobre o estofado. – Setenta vezes sete vezes contorceste escancaradamente teu semblante, e setenta vezes sete vezes aconselhei-me com minha própria alma. Eis aqui a fraqueza humana: ela também é passível de absolvição! Eis o Primeiro da Septuagésima Primeira. Irmãos, executem sobre este homem a sentença escrita. Que todos os Santos recebam esta honra!

Com aquelas palavras de encerramento, a assembleia inteira, brandindo seus cajados, avançou sobre meu corpo. Eu, sem nenhuma arma que pudesse desembainhar em defesa própria, comecei a lutar com Joseph, meu atacante mais próximo e mais feroz, tentando tomar-lhe o porrete. Na confluência da multidão, vários bastões se cruzavam; os golpes, direcionados a mim, acertavam outras cabeças. Logo toda a capela ressoava em ataques e contra-ataques, e a mão de cada homem erguia-se contra seu vizinho. Branderham, não desejando permanecer ocioso, descarregava seu ardor em uma chuva de pancadas contra as tábuas do púlpito. Estas, por sua vez, respondiam com sons tão hábeis que, para meu indescritível alívio, acabaram me acordando. E o que havia sugerido o enorme tumulto no sonho? Qual o papel de Jabez na disputa? Apenas um galho de abeto, roçando na veneziana da janela ao ser soprado pelo vento e sacudindo suas pinhas ressequidas contra as vidraças! Fiquei escutando, em dúvida por um instante. Mas, ao detectar a fonte da perturbação, apenas virei de lado e adormeci. Sonhei de novo: como se fosse possível, um sonho ainda mais desagradável que o anterior.

Desta vez, lembro-me de estar deitado na arca de carvalho e de escutar as rajadas de vento e o cair da neve. Ouvi, também, o galho de abeto repetir suas provocações ruidosas, e dessa vez atribuí ao som a causa correta. Porém, aquilo me deixou tão incomodado que resolvi, caso fosse possível, silenciá-lo. Então me levantei e tentei abrir a janela, ou pelo menos imagino que tenha sido assim. O gancho estava fixado ao ferrolho, uma circunstância que eu observara quando acordado, mas agora estava esquecida.

– Devo dar fim ao barulho, não importa como! – balbuciei, atravessando o vidro com os punhos e estendendo o braço para capturar o galho inoportuno. Em vez disso, meus dedos se fecharam sobre os de uma pequena e enregelada mão!

Fui tomado pelo intenso horror do pesadelo: tentei puxar o braço de volta, mas a mão me segurava. Uma voz das mais melancólicas soluçou:

– Deixe-me entrar, deixe-me entrar!

– Quem é você? – perguntei, ainda lutando para tentar me soltar.

– Catherine Linton – a voz respondeu, tremulando (por que eu pensara em *Linton*? Havia lido *Earnshaw* vinte vezes para cada *Linton*). – Voltei para casa. Eu havia me perdido nas charnecas!

Enquanto ela falava, pude discernir, um tanto obscura, a face de uma criança espiando através da janela. O terror fez de mim cruel: percebendo a inutilidade de tentar me desprender da criatura, puxei seu pulso em direção ao vidro estilhaçado e esfreguei-o para frente e para trás até que o sangue escorresse e empapasse as roupas de cama. Ainda assim ela implorava "Deixe-me entrar" e mantinha seu aperto tenaz, quase me enlouquecendo de tanto medo.

– E como eu poderia? – acabei respondendo. – Se quer que eu a deixe entrar, deveria *me soltar* primeiro!

Os dedos relaxaram. Puxei os meus de volta pela abertura e, apressado, empilhei os livros em uma pirâmide contra a janela, tapando os ouvidos para não escutar as súplicas lamuriosas. Tive a impressão de mantê-los tapados por mais de vinte minutos. Ainda assim, no instante em que voltei a prestar atenção, lá estava o gemido choroso!

– Vá embora! – gritei. – Eu nunca vou deixá-la entrar, nem que fique aí chorando por vinte anos!

– Mas já se foram vinte anos – a voz choramingou. – Vinte anos. Sou uma criança perdida há vinte anos!

Então comecei a escutar arranhões fracos do lado de fora, e a pilha de livros se moveu um pouquinho para a frente. Tentei ficar de pé, mas não conseguia mover sequer um músculo, e por isso gritei em um frenesi de medo. Para minha surpresa, descobri que o grito não foi imaginário: passos apressados vieram na direção de meu quarto. Alguém abriu a porta com um movimento vigoroso, e a luz brilhou sobre os quadrados recortados no alto da cama. Eu ainda me encontrava sentado, tremendo e enxugando o suor da testa. O intruso pareceu hesitar, murmurando consigo mesmo. Por fim, falou em um sussurro, claramente sem esperar por uma resposta:

– Tem alguém aí?

Achei melhor confessar minha presença. Havia reconhecido o sotaque de Heathcliff, e temi que ele viesse investigar mais a fundo caso eu permanecesse calado. Com esse intuito, virei-me para abrir os painéis. E nem tão cedo esquecerei o efeito produzido por essa minha ação.

Heathcliff estava junto à porta, de camisa e calças, com uma vela pingando por cima dos dedos e um rosto tão branco que rivalizava a parede atrás de si. O primeiro estalar dos painéis de carvalho deixou-o assustado como se tivesse recebido um choque elétrico: a vela saltou de sua mão e foi parar a alguns metros, e o homem estava tão agitado que mal conseguiu pegá-la de volta.

– É apenas seu hóspede, senhor – expliquei, desejando poupá-lo de maiores humilhações ao expor sua covardia. – Tive a infelicidade de gritar dormindo, fruto de um pesadelo assustador. Sinto muito por tê-lo incomodado.

– Ah, que Deus o amaldiçoe, senhor Lockwood! Eu queria que o senhor estivesse... – começou meu anfitrião, repousando a vela sobre uma cadeira por não conseguir segurá-la sem tremer. – E quem colocou o senhor nesse quarto? – ele prosseguiu, enterrando as unhas nas palmas das mãos e rangendo os dentes para controlar os espasmos em seu maxilar. – Quem foi? Vou colocar essa pessoa para fora de casa agora mesmo!

– Foi sua criada, Zillah – respondi, pondo-me de pé e rapidamente vestindo minhas roupas. – Eu não me importaria se a expulsasse, senhor Heathcliff, ela certamente merece. Creio que sua criada desejava obter, às minhas custas, uma nova prova de que este lugar é assombrado. Bem, ele é... está infestado de fantasmas e goblins! O senhor está certo em mantê-lo fechado, eu garanto. Ninguém se sentiria grato por pernoitar neste antro!

– Do que está falando? – perguntou Heathcliff. – O que está fazendo? Deite-se e termine de dormir, uma vez que o senhor *já está aqui*. Mas, pelo amor de Deus, não repita aquele barulho horrível. Nada justifica um grito daqueles, a menos que lhe estejam cortando a garganta.

– Se aquela diabinha tivesse entrado pela janela, com certeza viria me estrangular! – retruquei. – Não vou suportar outra vez a perseguição de seus acolhedores ancestrais. O reverendo Jabez Branderham não seria por acaso seu parente por parte de mãe? E aquela sirigaita, Catherine Linton, ou Earnshaw, ou seja lá como se chama? Deve ter sido trocada no berço pelas fadas, aquela alma perversa! Disse-me que anda por essas terras já faz vinte anos; uma punição justa por suas transgressões mortais, não duvido!

Eu mal havia terminado de pronunciar tais palavras quando recordei a associação entre o nome de Heathcliff e o nome de Catherine no livro, algo que havia me escapado completamente à memória até o momento. Ruborizei diante de minha insensibilidade, mas, sem demonstrar ter percebido a ofensa, apressei-me em acrescentar:

– A verdade, senhor, é que passei a primeira parte da noite... – Hesitei. Eu estava prestes a dizer "bisbilhotando esses livros velhos", mas, caso o dissesse, estaria denunciando meu conhecimento sobre o que havia em suas páginas, tanto na forma impressa como na manuscrita. Então, corrigindo-me, prossegui: – Passei a primeira parte da noite soletrando os nomes rabiscados no peitoril da janela. Um tipo de ocupação monótona, calculada para me fazer dormir, assim como contar carneirinhos ou...

– O que *diabos* o senhor deseja falando comigo desse jeito? – explodiu Heathcliff com uma veemência selvagem. – Como... Como o senhor *ousa*, e ainda debaixo do meu teto? Deus, ele só pode ser louco! – E então deu um tapa raivoso contra a própria testa.

Eu não sabia se devia me sentir ofendido com a linguagem ou continuar minhas explicações. Mas o homem parecia tão profundamente afetado que fiquei com pena dele, e assim prossegui a falar dos meus sonhos, afirmando que nunca havia escutado nada sobre Catherine Linton antes, apenas lido seu nome tantas e tantas vezes que aquilo produziu uma impressão, então materializada em carne e osso no momento em que perdi o controle sobre minha imaginação. Heathcliff gradualmente foi se escorando no abrigo da cama enquanto eu falava, até que por fim se sentou, quase escondido atrás dela. Supus, porém, devido à sua respiração irregular e difícil, que ele lutava para conter um excesso de violenta emoção. Não querendo demonstrar ter notado seu conflito, continuei minha toalete de maneira ruidosa, olhando para o relógio e divagando sobre a duração da noite:

– Não são nem três horas ainda! Podia jurar que já passava das seis. O tempo parece estagnado por aqui: nós certamente fomos nos deitar às oito!

– Sempre às nove no inverno, levantando às quatro – respondeu meu anfitrião, suprimindo um gemido. Pelo movimento de seu braço, imaginei que ele limpava uma lágrima. – Senhor Lockwood – ele acrescentou –, pode ir para o meu quarto. Ao descer assim tão cedo, causará apenas incômodo. Seu grito infantil mandou meu sono para os infernos.

– E o meu também – respondi. – Vou caminhar no pátio até que amanheça, e então vou embora. O senhor não precisa temer uma repetição de minha visita. Depois de hoje, penso estar curado de procurar os prazeres da sociedade, seja na cidade ou no campo. Um homem sensato deve encontrar companhia suficiente em si mesmo.

– E que deliciosa companhia! – balbuciou Heathcliff. – Leve a vela e vá para onde preferir. Eu o encontrarei logo em seguida. Mas fique longe do pátio, porque os cães estão soltos. E da sala também, pois Juno fica de vigília ali. E... Não, o senhor só pode perambular pelas escadas e pelos corredores. Mas vá de uma vez! Chego em dois minutos.

Obedeci, pelo menos no que se refere a sair do quarto. Todavia, enquanto eu permanecia parado ali fora, sem saber para onde aqueles corredores estreitos levavam, fui testemunha involuntária de uma demonstração supersticiosa por parte de meu senhorio, algo que estranhamente contradizia sua aparente sensatez. Ele foi até a cama e escancarou as venezianas da janela, irrompendo, enquanto as puxava, em um incontrolável acesso de lágrimas.

– Entre! Entre! – ele soluçava. – Cathy, entre, por favor. Faça isso... *Apenas mais uma vez*! Ah, querida de meu coração! Escute-me *só dessa vez*, Catherine, uma última vez!

O espectro demonstrou o capricho habitual de um fantasma; não deu nenhum indício de sua presença. Mas a neve e o vento rodopiaram com selvageria pela janela, atingindo o local onde eu estava e apagando a vela.

Havia tanta angústia na torrente de luto que acompanhava aquele delírio que minha compaixão fez-me ignorar a loucura do homem. Afastei-me, metade contrariado por ter sido testemunha daquilo e metade aborrecido por ter relatado meu pesadelo ridículo, pois fora ele que ocasionara a agonia de Heathcliff, ainda que suas razões estivessem além de minha compreensão. Desci com cuidado para o térreo e entrei na cozinha dos fundos, onde as brasas do fogão, amontoadas umas por cima das outras, asseguraram que eu reacendesse minha vela. Nada se movia, a não ser por um gato malhado de cinza que saiu do meio do nada e que me cumprimentou com um miado queixoso.

Dois bancos curvos rodeavam o fogo. Estirei-me em um deles enquanto o felino descansava no outro. Estávamos ambos cochilando quando alguém invadiu nosso retiro; era Joseph, descendo devagar por uma escada de madeira que sumia por um alçapão no teto. Era a entrada de seu sótão, suponho. Ele lançou um olhar sinistro para a pequena chama que eu havia encorajado a brincar no fogão. Enxotando o gato, tomou ele mesmo o banco vago e deu início à tarefa de encher com tabaco um enorme cachimbo. Era evidente que considerava minha presença em seu santuário uma ousadia vergonhosa demais para ser digna de nota. Ele silenciosamente levou o cachimbo aos lábios, cruzou os braços e começou a tragar. Deixei que aproveitasse aquele luxo sem perturbações. Depois de inalar a última espiral de fumaça, após um profundo suspiro, Joseph ficou de pé e foi embora de modo tão solene quanto tinha vindo.

Alguém de passos mais enérgicos entrou a seguir. Cheguei a abrir a boca para dar bom-dia, mas então voltei a fechá-la, o cumprimento desfeito; era Hareton Earnshaw, murmurando suas preces em voz baixa enquanto praguejava na direção de qualquer objeto que cruzasse seu caminho, examinando o local em busca de uma pá com a qual pudesse afastar a neve. Ele olhou por cima do banco, dilatando as narinas, e parecia tão disposto a trocar cortesias comigo quanto com meu companheiro felino. Imaginei, ao observar seus preparativos, que já era possível sair da casa, e, deixando para trás minha cama dura, fiz menção de segui-lo. Earnshaw percebeu meu movimento e golpeou uma porta lateral com o cabo da pá, indicando, por meio de sons pouco articulados, que era a direção que eu deveria tomar caso quisesse ir embora.

A porta dava para o interior da casa, onde as mulheres já se encontravam acordadas. Zillah urgia as faíscas pela chaminé usando um fole colossal, e a senhora Heathcliff, ajoelhada junto à lareira, lia um livro sob a luz das chamas. Ela trazia uma mão erguida entre o calor do fogo e os olhos, parecendo absorta em sua ocupação.

Parava apenas para reclamar da criada que a cobria de fagulhas ou para afastar um cachorro que vez por outra vinha focinhar seu rosto. Fiquei surpreso ao ver Heathcliff ali também. Ele estava junto à lareira, de costas para mim, terminando uma verdadeira cena com a pobre Zillah, que de tempos em tempos interrompia seu trabalho para limpar as mãos na ponta do avental e soltar um gemido indignado.

– E quanto a você, sua... de uma figa – ele disparou conforme eu adentrava o recinto, virando-se para a nora e proferindo um epíteto tão inofensivo quanto "pata" ou "ovelha", mas que costumeiramente deve ser representado por reticências. – Aí está você de novo com seus truques preguiçosos! Todos nesta casa fazem por merecer o pão que comem, mas você quer viver da minha caridade! Coloque essas suas tralhas de lado e ache algo para fazer. Deve me pagar pela desgraça que é tê-la para sempre sob minhas vistas. Está me ouvindo, garota maldita?

– Vou deixar minhas tralhas de lado só porque o senhor pode me obrigar caso eu me recuse – respondeu a jovem dama, fechando o livro e atirando-o sobre uma cadeira. – Mas não farei mais nada que não seja de meu agrado, mesmo que o senhor fique aí gastando a língua!

Heathcliff ergueu a mão, e sua interlocutora se afastou até uma distância segura, claramente uma velha conhecedora do peso daquele braço. Sem querer presenciar a briga de gato e rato, avancei com pressa, como se estivesse ávido por compartilhar o calor da lareira e totalmente alheio à disputa interrompida. Ambos tiveram decoro o suficiente para interromper novas hostilidades. Heathcliff colocou as mãos nos bolsos, longe de tentação. A senhora Heathcliff crispou os lábios e foi se sentar em uma cadeira distante, sendo que manteve sua promessa e se fingiu de estátua por todo o resto de minha estadia. Esta não durou muito. Recusei-me a acompanhá-los no desjejum e, aos primeiros sinais da alvorada, aproveitei para escapar rumo ao ar livre, agora já claro, manso e frio como o gelo intangível.

Meu senhorio chamou-me assim que alcancei os limites do jardim e se ofereceu para me acompanhar através da charneca. Foi bom que tenha feito isso, pois toda a encosta do morro era um macio oceano branco, e seus montes e depressões não correspondiam às subidas e descidas do terreno: muitos dos buracos estavam cheios de neve, e montes inteiros de rochas, refugos das pedreiras, haviam sumido do quadro que eu pintara mentalmente durante minha caminhada no dia anterior. Eu havia notado que, em um dos lados da estrada, a cada cinco ou seis metros, existiam postes de pedra que acompanhavam toda a extensão da encosta estéril. Haviam sido colocados ali e cobertos de cal para servir como guias na escuridão ou também quando uma nevasca, como a que havíamos presenciado, borrava os limites entre os charcos de ambos os lados da terra firme. Porém, a não ser por um pontinho sujo aparecendo aqui e ali, qualquer indício de existência dos postes havia desaparecido. Meu companheiro descobriu ser necessário advertir-me com frequência que eu virasse à direita ou à esquerda enquanto eu imaginava estar seguindo corretamente pelas curvas da estrada.

Trocamos poucas palavras. Heathcliff deteve-se na entrada do parque de Thrushcross, dizendo ser impossível que eu me perdesse a partir dali. Nossa despedida limitou-se a uma mesura apressada, e então, confiando em meus próprios instintos, segui adiante. O chalé do porteiro ainda estava vazio. A distância daquela entrada até a granja era de três quilômetros, mas acredito tê-los transformado em quatro ao me perder por entre as árvores, afundando até o pescoço na neve – um castigo que somente aqueles que o experimentaram são capazes de mensurar. De qualquer modo, e sabe-se lá por onde eu andei, o relógio cravava meio-dia quando entrei na casa, totalizando uma hora exata para cada quilômetro do caminho habitual até Wuthering Heights.

A criadagem e seus satélites correram para me receber, exclamando, em meio ao tumulto, que já haviam perdido as esperanças sobre mim; todos pensavam que eu havia sucumbido à noite passada, e já se perguntavam como iriam sair para procurar meus restos mortais. Pedi que ficassem calmos agora que eu havia voltado, e, exausto até os ossos, arrastei-me escada acima. No andar superior, após vestir roupas secas e andar de um lado para outro durante trinta ou quarenta minutos a fim de restabelecer o fluxo sanguíneo, segui para meu estúdio, fraco como um filhote de gato – quase fraco demais para desfrutar do fogo alegre e do café fumegante que a criada preparou com a intenção de me renovar os ânimos.

# Capítulo 4

Mas que fúteis cata-ventos somos nós! Eu, que havia me decidido a permanecer independente de qualquer convívio social, que agradecia ao destino por ter enfim providenciado um lugar no qual tal atividade seria quase impraticável – eu, um desgraçado fraco, depois de lutar até o crepúsculo contra o desânimo e a solidão, finalmente me dei por vencido. Com a desculpa de obter informações sobre as necessidades da granja, pedi que a senhora Dean, que viera trazer a ceia, ficasse sentada comigo enquanto eu comia, desejando de coração que a mulher se mostrasse uma fofoqueira decente e que ou acabasse me animando ou me acalentasse até dormir com seu falatório.

– A senhora mora aqui há bastante tempo – comecei. – Dezesseis anos, não é isso?

– Dezoito, senhor. Cheguei aqui para servir a patroa quando ela se casou. Depois que ela faleceu, o patrão me contratou como governanta.

– Entendo.

Seguiu-se uma pausa. Temi que ela não fosse fofoqueira, a menos que falássemos sobre algum assunto que lhe dizia respeito, o que dificilmente seria de meu interesse. Contudo, após refletir por um momento com as mãos apoiadas nos joelhos e uma nuvem meditativa sobre a fronte corada, ela deixou escapar:

– Ah, como as coisas mudaram desde aquela época!

– Verdade – falei. – Suponho que a senhora tenha visto inúmeras mudanças, não é?

– Vi mesmo. E problemas também – ela disse.

*Ahá! Vou direcionar o rumo da conversa para a família de meu senhorio!*, pensei comigo. *Um ótimo assunto para começar! E eu gostaria de saber um pouco mais da história daquela bela menina viúva, saber se nasceu nesta região ou se, como acho mais provável, é uma forasteira que os nativos mal-humorados não reconhecem como parente.* Com esse intuito, perguntei à senhora Dean por que Heathcliff abrira mão da granja Thrushcross para viver em uma residência de situação tão inferior.

– Ele não é rico o suficiente para manter a propriedade em bom estado? – questionei.

– Rico, senhor? – ela respondeu. – Ele tem mais dinheiro do que se pode contar, e o patrimônio aumenta a cada ano. Claro, claro, ele é rico o suficiente para morar em uma casa até melhor do que essa. Mas ele é muito... sovina, e, mesmo que pretendesse migrar para a granja Thrushcross, não perderia a oportunidade de ganhar algumas moedas a mais assim que aparecesse um bom inquilino. É esquisito que as pessoas sejam gananciosas desse jeito enquanto permanecem sozinhas no mundo!

– Mas parece que ele teve um filho, certo?

– Sim, teve um. Já é falecido.

– E aquela jovem, a senhora Heathcliff, é a viúva?

– Isso.

– De onde ela veio?

– Ora, senhor, ela é filha de meu finado patrão. Catherine Linton era seu nome de solteira. Cuidei dela enquanto era criança, coitadinha. Gostaria que o senhor Heathcliff voltasse para cá, assim poderíamos ficar juntas novamente.

– O quê? Catherine Linton? – exclamei, assombrado. Mas bastou um minuto de reflexão para me convencer de que aquela não podia ser a minha Catherine fantasmagórica. Então continuei: – O nome de meu predecessor era Linton?

– Era, sim.

– E quem é aquele Earnshaw, Hareton Earnshaw, que mora com o senhor Heathcliff? Eles são aparentados?

– Não. Ele é sobrinho da falecida senhora Linton.

– Primo da jovem dama, então?

– Sim, e ela também era prima do marido. Um pelo lado da mãe e outro pelo lado do pai. Heathcliff casou-se com a irmã do senhor Linton.

– Vi que a residência de Wuthering Heights tem o nome "Earnshaw" esculpido na fachada. É uma família muito antiga?

– Muito antiga, senhor, e Hareton é o último deles, assim como a senhorita Cathy é a última de nós... digo, dos Linton. O senhor esteve em Wuthering Heights? Peço desculpas por perguntar, mas gostaria de saber como ela está!

– A senhora Heathcliff? Ela parece bem de saúde, e é muito bonita também. Mas temo que não esteja muito feliz.

– Ah, por Deus, eu imagino! E o que o senhor achou do patrão?

– Um sujeito um tanto áspero, senhora Dean. Não é assim que ele costuma ser?

– Áspero feito um serrote e duro feito pedra! Quanto menos o senhor se intrometer com ele, melhor.

– Ele deve ter experimentado alguns altos e baixos na vida para torná-lo assim tão rude. A senhora sabe de algo sobre a história dele?

– Ele é como um cuco, senhor. Sei tudo sobre o homem, exceto onde ele nasceu, quem são seus pais e de onde veio sua fortuna. E Hareton foi expulso do ninho como se fosse um pardalzinho. O pobre rapaz é o único em toda aquela paróquia que não tem ideia do quanto foi enganado.

– Bem, senhora Dean, penso que seria um ato de caridade se me contasse algo sobre meus vizinhos. Sinto que não conseguiria dormir caso fosse para a cama, então a senhora poderia me fazer o favor de sentar ao meu lado e conversar por uma hora?

– Ah, certamente, senhor! Vou apenas buscar minha costura, e então fico pelo tempo que desejar. Mas o senhor está resfriado, vi que está tremendo. Devia tomar um pouco de mingau para se recuperar.

A boa mulher saiu apressada, e eu me agachei junto às chamas. Minha cabeça parecia quente, mas meu corpo tremia de frio. Além disso, eu estava afogueado, quase me sentindo tolo devido a meus nervos e cérebro. Aquilo me fez experimentar não desconforto, mas um certo medo (que ainda sinto) com relação aos graves efeitos causados pelos incidentes daquela manhã e do dia anterior. A senhora Dean logo retornou, trazendo uma vasilha fumegante e um cesto de costura. Depois de colocar a vasilha junto ao fogo, ela puxou sua cadeira para mais perto, demonstrando evidente satisfação ao me ver tão sociável.

Sem esperar maiores convites para iniciar sua história, ela disse:

Antes de vir morar aqui, eu passava quase todo o tempo em Wuthering Heights, pois minha mãe era ama do senhor Hindley Earnshaw, pai de Hareton, e eu era acostumada a brincar com as crianças. Eu também realizava algumas tarefas, ajudava a virar o feno e perambulava pela fazenda, pronta para fazer qualquer coisa que me mandassem. Em uma bela manhã de verão (era o início da colheita, lembro bem), o senhor Earnshaw, o antigo patrão, desceu as escadas vestido para viagem. Depois de dizer a Joseph o que deveria ser feito naquele dia, ele veio até mim, Hindley e Cathy (pois eu estava sentada com eles comendo papa de aveia). Falou para o filho:

– Meu bom garoto, estou indo até Liverpool. O que devo trazer para você? Pode escolher o que quiser, desde que seja algo pequeno, pois vou e volto andando. Quase cem quilômetros de jornada para ir e outros cem para voltar fazem uma boa distância!

Hindley pediu um violino. O senhor Earnshaw repetiu a pergunta para a senhorita Cathy. Ela mal tinha seis anos, mas já conseguia montar qualquer cavalo dos estábulos, e por isso pediu um chicote. O patrão não me esqueceu: tinha um coração gentil, ainda que fosse severo às vezes. Prometeu me trazer um bolso cheio de maçãs e peras. E então, depois de beijar seus filhos, despediu-se e foi embora.

Pareceu a todos nós um tempo enorme, aqueles três dias de sua ausência, e a pequena Cathy perguntava o tempo inteiro quando é que o pai voltaria. A senhora Earnshaw aguardava o marido para a ceia da terceira noite, adiando a refeição hora após hora, mas não havia nem sinal de ele chegar, e logo as crianças se cansaram de ir até o portão para ficar esperando. Acabou escurecendo. A senhora Earnshaw tentou colocar os filhos na cama, mas as crianças imploraram para ficar acordadas. Foi apenas perto das onze horas que o trinco da porta se abriu em silêncio e o patrão entrou em casa. Ele se atirou a uma cadeira, rindo e gemendo, pedindo que mantivessem distância, pois estava quase desfalecido; nunca mais faria outra caminhada daquela pelos três reinos.

– E tudo isso para no final quase morrer! – ele disse, abrindo o sobretudo que trazia amontoado nos braços. – Venha ver, esposa! Nunca fiquei tão cansado de carregar algo na vida, mas devemos considerá-lo um presente de Deus, ainda que ele seja tão escuro que pode muito bem ser do diabo.

Juntamo-nos todos ao redor dele, e, por cima da cabeça de senhorita Cathy, vislumbrei um menino sujo, vestindo farrapos, os cabelos escuros. Era crescido o bastante para andar e falar. De fato, parecia ser mais velho que Catherine, mas, quando foi colocado no chão, apenas olhou ao redor e repetiu de novo e de novo um monte de bobagens que ninguém conseguia entender. Eu estava assustada, e a senhora Earnshaw parecia pronta para atirá-lo porta afora, ela ficou mesmo de pé, perguntando como o marido tivera coragem de trazer um fedelho cigano para casa quando eles tinham as próprias crias para alimentar e defender. O patrão tentou se explicar, mas estava quase morto de fadiga, e tudo o que pude entender, em meio às reprimendas da senhora, foi uma história na qual ele via o garoto sem-teto e passando fome, completamente perdido nas ruas de Liverpool. O senhor Earnshaw o apanhara e perguntara por seus pais, mas nem uma alma sequer sabia indicar-lhe a quem o garoto pertencia. Então, com tempo e dinheiro escassos, o patrão achou melhor trazê-lo para casa de uma vez do que acabar gastando seus recursos, pois já estava determinado a não deixar aquela situação do jeito que a encontrara. Bem, o resultado foi que a patroa ficou resmungando até se acalmar, e o senhor Earnshaw me pediu para banhar o menino, providenciando a ele roupas limpas, e colocá-lo para dormir.

Hindley e Cathy se contentaram em ficar olhando e escutando até que a paz fosse restaurada. Depois, ambos começaram a vasculhar os bolsos do pai em busca dos presentes que lhes haviam sido prometidos. Hindley era um rapaz de catorze anos, mas, ao puxar o que já fora um violino, reduzido a lascas de madeira no bolso do sobretudo, começou a chorar alto. Já Cathy, depois de descobrir que o patrão havia perdido seu chicote enquanto cuidava do menino forasteiro, deu uma demonstração de seu temperamento ao sorrir e cuspir naquela criaturinha estúpida. Acabou recebendo um belo tapa do pai, para aprender a ter bons modos. Mas todos se recusaram a compartilhar uma cama com o garoto, ou mesmo o quarto. Eu tinha ainda menos discernimento, e por isso o deixei no pé da escada, torcendo para que ele tivesse ido embora pela manhã. Por acaso, ou talvez atraído pelo som de sua voz, o menino se arrastou até a porta do senhor Earnshaw, e lá o patrão o encontrou ao sair no dia seguinte. O senhor Earnshaw quis saber como ele havia chegado até ali, e então fui obrigada a confessar. Em recompensa por minha covardia e desumanidade, fui expulsa da casa.

Foi assim que Heathcliff primeiro entrou na família. Alguns dias depois (pois não considerei que meu banimento devesse ser perpétuo), voltei e descobri que o haviam batizado como "Heathcliff". Era o nome de um filho deles que tinha morrido ainda bebê, e que lhe serve até hoje, tanto nome de batismo como sobrenome. A senhorita Cathy e ele acabaram ficando muito próximos, mas Hindley o odiava. Para dizer a verdade, eu também. Nós o atormentávamos e corríamos atrás dele de um modo vergonhoso, pois eu ainda não tinha juízo suficiente para perceber minha injustiça, e nem a patroa erguia um dedo para nos impedir de maltratá-lo.

Heathcliff parecia ser uma criança taciturna e paciente; endurecida, talvez, pelos maus-tratos. Ele suportava os tapas de Hindley sem piscar ou derramar uma lágrima, e meus beliscões faziam apenas com que arfasse e arregalasse os olhos, como se tivesse se machucado por acidente e não houvesse ninguém em quem colocar a culpa. Essa persistência deixou o velho Earnshaw furioso ao descobrir que o filho atormentava o pobre menino sem pai, como costumava chamá-lo. O patrão acabou desenvolvendo uma estranha preferência por Heathcliff, acreditando em tudo o que o menino dizia (em sua defesa, o garoto falava pouco, e geralmente a verdade) e mimando-o acima até de Cathy, que era travessa e rebelde demais para ser uma favorita.

Assim, desde o princípio, Heathcliff produziu um clima instável na casa. Quando a senhora Earnshaw morreu, apenas dois anos depois disso, o jovem patrãozinho aprendera a ver o pai como um opressor no lugar de um amigo, e Heathcliff como um usurpador dos privilégios e dos carinhos paternos. Ele cresceu e ficou cada vez mais amargo ao acalentar essas injúrias. Simpatizei com sua causa durante um tempo, mas, quando as crianças pegaram sarampo e precisei cuidar delas, assumindo de vez as responsabilidades de uma mulher, mudei de ideia. Heathcliff estava terrivelmente doente e, nos piores momentos, pedia que eu ficasse o tempo todo junto a seu travesseiro. Imagino que ele notava o tanto que eu fazia por ele, embora não tivesse discernimento ainda para entender que aquela era minha obrigação. Ainda assim, devo dizer, ele foi a criança mais tranquila de quem uma ama já cuidou. A diferença entre ele e os outros dois me forçou a ser menos parcial. Cathy e o irmão me davam uma trabalheira imensa. Ele era um cordeirinho em comparação a eles, ainda que fosse sua rigidez, e não a gentileza, que o fizesse dar pouco trabalho.

Ele se recuperou. O médico afirmou que o mérito era em grande parte meu, parabenizando-me por meus cuidados. Envaidecida pelos elogios, amoleci com o sujeito tal qual eu fizera para merecê-los. Então Hindley perdeu sua última aliada. Ainda assim, eu não conseguia cair de amores por Heathcliff, e não entendia o que o patrão havia enxergado de tão admirável naquele garoto taciturno, que nunca, pelo que eu me lembre, retribuiu tal indulgência com um pingo de gratidão. Não é que fosse insolente com seu benfeitor, mas era simplesmente insensível, mesmo sabendo o lugar que ocupava no coração do velho Earnshaw e consciente de que bastava uma palavra sua para colocar toda a casa de joelhos. Lembro, por exemplo, de uma vez em que o senhor Earnshaw comprou dois potros na feira da paróquia e deu um para cada rapazinho. Heathcliff pegou o mais bonito, mas o animal logo se mostrou manco. Quando descobriu, Heathcliff falou para Hindley:

– Você deve trocar de cavalo comigo. Não gosto do meu. Se você não trocar, vou contar para o seu pai sobre as três surras que você me deu e vou mostrar meu braço roxo até o ombro para ele.

Hindley esticou a língua e depois lhe deu um tapa nas orelhas.

– É melhor trocar logo – Heathcliff insistiu, correndo para o alpendre (eles estavam nos estábulos). – Vai ter que fazer isso de todo jeito, e, se eu contar sobre as surras, você vai recebê-las de volta com juros.

– Saia daqui, seu cachorro! – gritou Hindley, ameaçando o outro com um peso de ferro usado na pesagem das batatas e do feno.

– Atire – Heathcliff respondeu, ficando parado. – Atire e eu vou contar como você sai por aí dizendo que vai me expulsar de casa assim que ele morrer. Aí vamos ver se não é você a ser expulso de casa no mesmo dia.

Hindley atirou o objeto, acertando-o no peito. Heathcliff caiu e se levantou no mesmo instante, pálido e sem fôlego. Se eu não o tivesse impedido, teria ido daquele jeito mesmo até o patrão a fim de executar sua vingança, deixando que o próprio estado falasse por ele e denunciasse seu agressor.

– Leve o meu potro, então, seu cigano! – disse o jovem Earnshaw. – Vou ficar rezando para que ele quebre o seu pescoço. Leve o potro e vá se danar, seu intruso miserável! Vá lá enganar meu pai e tomar tudo o que ele tem; e depois disso mostre quem é de verdade, seu servo de Satanás. E tome isso! Espero que ele pisoteie os seus miolos!

Heathcliff fora soltar o animal para trocá-lo de baia. Estava passando por trás do cavalo quando Hindley terminou de falar e o atirou aos pés do potro. Depois saiu correndo o mais depressa que pôde, sem esperar para ver se suas preces haviam sido atendidas. Fiquei surpresa ao testemunhar a frieza com que aquela criança se recompôs e seguiu com o que estava fazendo; trocando as selas e tudo, e então se sentando em um fardo de feno para se recuperar da tontura causada pelo golpe antes de entrar na casa. Eu o persuadi com facilidade a deixar que colocasse a culpa por seus hematomas no cavalo; Heathcliff pouco se importava com a história que era contada, desde que tivesse o que queria. Na verdade, ele se queixava tão raramente de agitações como essa que nunca o considerei vingativo. Mas eu estava totalmente errada, como o senhor logo verá.

# Capítulo 5

Com o passar do tempo, o senhor Earnshaw ficou doente. Costumava ser ativo e saudável, mas a força o abandonara de repente ainda assim. Quando se viu confinado a um canto da lareira, ele se tornou severamente irritadiço. Qualquer coisa o aborrecia, qualquer suposto desrespeito à sua autoridade quase o fazia ter uma síncope. Isso acontecia sobretudo se alguém tentasse se impor ou dominar seu favorito: sentia uma desconfiança dolorosa de que qualquer palavra indesejada fosse dita a Heathcliff. Parecia ter colocado na cabeça a noção de que, por ele gostar de Heathcliff, todas as demais pessoas odiavam o garoto e desejavam fazer-lhe mal. Acabava sendo uma desvantagem para o rapaz, pois os mais gentis entre nós não queriam enfurecer o patrão, e então cedíamos à sua parcialidade. E tal favorecimento provou-se um nutriente poderoso para o orgulho e o temperamento sombrio da criança. Ainda assim, aquilo era necessário de certa forma. Por duas ou três vezes, as manifestações de desprezo de Hindley, presenciadas pelo pai, levaram o velho homem a um estado de fúria: ele ergueu sua bengala para bater no filho, e então estremeceu, irado por não conseguir fazê-lo.

Por fim, nosso pároco (tínhamos um pároco que ganhava a vida ensinando os rebentos dos Linton e dos Earnshaw, além de cultivar ele mesmo seu pedaço de terra) aconselhou que o rapazinho fosse enviado ao colégio. O senhor Earnshaw concordou, ainda que com o coração pesado, pois disse:

– Hindley não é ninguém e não está destinado a prosperar em coisa alguma.

Eu esperava sinceramente que tivéssemos paz depois daquilo. Doía-me pensar que o patrão pudesse estar incomodado por causa da própria boa ação. Imaginei que os sofrimentos da idade e da doença fossem frutos daqueles desentendimentos familiares, assim como o próprio patrão acreditava. Na verdade, senhor, era apenas o corpo dele em declínio. Mas poderíamos ter seguido em frente de modo razoável não fosse por duas pessoas: a senhorita Cathy e Joseph, o criado. O senhor o conheceu, ouso dizer, lá na casa. Ele era, e muito provavelmente ainda é, o fariseu hipócrita mais enfadonho que já vasculhou uma Bíblia em busca de promessas para si mesmo e de maldições para os outros. Com sua habilidade de fazer sermões e discursos piedosos, o homem conseguiu causar uma bela impressão no senhor Earnshaw, e, quanto mais o patrão enfraquecia, mais poder ele ganhava. Joseph nunca se cansava de deixar o patrão preocupado com os assuntos da alma e com a rígida educação de suas crianças. Ele encorajava o senhor Earnshaw a considerar Hindley um condenado, e, noite após noite, desfiava um longo novelo de queixas contra Heathcliff e Catherine, fazendo questão de destacar a fraqueza de Earnshaw ao colocar a maior parte da culpa na menina.

Certamente ela tinha modos como jamais vi em nenhuma outra criança. Esgotava nossa paciência cinquenta vezes ou mais em um único dia; da hora que descia as escadas até a hora em que subia para a cama, não tínhamos um minuto de sossego, sempre temíamos que ela estivesse aprontando alguma coisa. Seu espírito era sempre altivo, a língua sempre trabalhando – cantava, ria e atormentava qualquer um que não fizesse o mesmo. Era uma coisinha selvagem e perversa. Mas tinha os olhos mais belos, o sorriso mais doce e os pés mais leves da paróquia. E, no fim das contas, penso que Cathy não fazia por mal, pois, sempre que colocava alguém para chorar, era raro acontecer de ela não lhe fazer companhia até que as lágrimas estancassem e fosse a pessoa a acabar cuidando dela. A menina gostava muito de Heathcliff. O maior castigo que pudemos inventar para ela foi mantê-la separada do garoto. Mesmo assim, era ela a que mais se prejudicava por causa dele. Nas brincadeiras, ela gostava demais de representar a patroinha, distribuindo tapas e dando ordens aos companheiros. Ela tentou fazer o mesmo comigo, mas eu não toleraria tapas e ordens, e deixei-a ciente disso.

Pois muito bem, o senhor Earnshaw não entendia as brincadeiras dos filhos, sempre fora severo e solene com eles; e Catherine, por sua vez, não entendia por que o pai precisava ser mais irritadiço e menos paciente durante a velhice do que fora em seu auge. As críticas rabugentas do patrão despertavam em Cathy um prazer travesso em provocá-lo. Ela nunca ficava tão feliz como quando todos a repreendiam ao mesmo tempo, e então a menina nos desafiava com seu olhar atrevido e as palavras prontas, ridicularizando as imprecações religiosas de Joseph, provocando-me e fazendo justamente o que o pai mais odiava: demonstrar que sua insolência fingida, que o homem considerava ser real, tinha mais poder sobre Heathcliff do que a bondade do patrão. Mostrava como o menino fazia sempre o que *ela* queria, enquanto obedecia aos pedidos *dele* somente quando lhe era conveniente. Depois de se comportar tão mal quanto possível durante um dia inteiro, a garota às vezes amolecia e vinha fazer as pazes à noite.

– Não, Cathy – dizia o velho homem –, não posso amá-la, és pior que teu irmão. Vá dizer suas orações, criança, e peça perdão a Deus. Que sua mãe e eu não precisemos nos arrepender de tê-la criado!

Aquilo a fazia chorar, no início. Mas depois, endurecida pelos repúdios constantes, ela caía na risada caso eu a aconselhasse a dizer que sentia muito por seus pecados e que implorava para ser perdoada.

Mas a hora enfim veio, aquela que encerraria os problemas do senhor Earnshaw na Terra. Ele morreu pacificamente em sua cadeira durante uma noite de outubro, sentado junto à lareira. Um vento forte soprava pela casa e rugia pela chaminé: soava de maneira selvagem e tempestuosa, ainda que não fosse frio. Estávamos todos juntos nesse dia. Eu, um pouco distante do fogo, ocupada com as costuras, e Joseph lendo sua Bíblia sentado à mesa (os criados costumavam descansar no interior da casa depois que todas as tarefas estavam feitas). A senhorita Cathy andara doente, o que a deixara mais sossegada. Ela estava encostada contra o joelho do pai, e fizera Heathcliff deitar-se no chão, com a cabeça em seu colo. Lembro-me do patrão, pouco antes de adormecer, acariciando os bonitos cabelos da filha. Ele estava satisfeito como nunca por vê-la calma. Disse:

– Por que não pode ser sempre uma boa menina, Cathy?

Ao que ela virou a cabeça, rindo, e lhe respondeu:

– Por que não pode ser sempre um bom homem, pai?

Contudo, assim que percebeu tê-lo irritado de novo, beijou-lhe a mão e prometeu que cantaria até fazê-lo pegar no sono. Começou a cantar bem baixinho, até que os dedos dele soltaram os da menina e a cabeça do homem pendeu sob seu peito. Então mandei que ela fizesse silêncio e que não se mexesse, com medo de que pudesse acordá-lo. Ficamos quietos como ratinhos durante meia hora. Deveria ter durado mais, porém Joseph, tendo terminado suas leituras, levantou-se da mesa e disse que devia acordar o patrão para que este fizesse as orações e fosse para a cama. Ele se aproximou e o chamou pelo nome, tocando em seu ombro. Mas o patrão não se mexeu. Então Joseph pegou uma vela e o examinou. Notei que havia algo de errado assim que Joseph baixou a vela. Segurando cada criança por um braço, sussurrei que fossem ao andar de cima sem fazer barulho, dizendo que podiam rezar sozinhas naquele dia, pois eu tinha muita coisa para fazer.

– Preciso dar boa-noite ao meu pai primeiro! – disse Catherine, indo se agarrar ao pescoço do patrão antes que pudéssemos impedi-la. A pobrezinha descobriu a perda no mesmo minuto. Ela gritou:
– Meu Deus, ele está morto, Heathcliff! Ele está morto!

E então ambos irromperam em um choro de partir o coração.

Logo juntei a eles também o meu lamento, alto e amargo. Joseph perguntou o que tínhamos na cabeça para criar tanto escarcéu pela chegada de mais um santo ao Paraíso. Mandou-me vestir a capa e correr até Gimmerton para buscar o médico e o pároco. Eu não fazia ideia do que qualquer um daqueles dois poderia fazer de útil. Mas fui, mesmo assim, atravessando ventos e chuvas, e trouxe de volta o médico comigo. O outro havia dito que viria pela manhã. Deixando a cargo de Joseph resolver as coisas, corri para o quarto das crianças.

A porta estava entreaberta, e percebi que, mesmo passando da meia--noite, eles ainda não haviam se deitado. Mas estavam mais calmos, e não precisavam do meu consolo. Aquelas pequenas almas consolavam uma à outra com pensamentos melhores do que eu seria capaz de oferecer; nenhum pároco no mundo pintou o Paraíso de um jeito tão belo quanto eles faziam em sua conversa inocente. E, enquanto eu soluçava e ouvia, não pude deixar de desejar que eles ficassem seguros juntos ali.

# Capítulo 6

O senhor Hindley veio para o funeral, e trouxe uma esposa consigo – algo que nos pegou de surpresa e que gerou mexericos aqui e ali entre os vizinhos. Quem a moça era e de onde vinha ele nunca nos contou. Provavelmente não tinha fortuna nem sobrenome que a recomendasse, pois de outro modo ele jamais teria mantido a união em segredo do pai.

Ela não era, por si mesma, alguém que causaria problemas na casa. Assim que passou pela soleira da porta, cada objeto que via e cada circunstância que presenciava causavam-lhe deleite; exceto pelos preparativos do funeral e pela presença dos enlutados. Considerei-a meio boba pelo jeito com que se portava, pois correu até seu quarto e pediu que eu viesse junto, ainda que eu precisasse vestir as crianças. Em seus aposentos, sentou-se aos calafrios e entrelaçou as mãos, perguntando o tempo inteiro se as pessoas já tinham ido embora. Então começou a descrever com histeria o efeito produzido em sua pessoa pela visão da mortalha. Ficou sobressaltada, tremeu-se inteira e, por fim, desatou a chorar. Quando perguntei qual era o problema, respondeu que não sabia, mas que sentia um medo enorme de cair morta! Para mim, ela parecia tão perto da morte quanto eu. Era bastante magra, mas jovem e viçosa, com olhos brilhando feito diamantes. Percebi, é claro, que subir as escadas fazia com que ela perdesse o fôlego depressa, que o menor dos barulhos inesperados a deixava tremendo e que tossia muito de vez em quando. Mas eu não fazia ideia do que se escondia em tais sintomas, e não tinha muita vontade de interagir com ela. Não costumamos nos aproximar de forasteiros por aqui, senhor Lockwood, a menos que estes tomem a iniciativa.

O jovem Earnshaw havia mudado consideravelmente naqueles três anos de ausência. Emagrecera, ficara pálido, falava e se vestia de modo diferente. No mesmo dia em que chegou, informou a mim e a Joseph de que deveríamos nos acomodar na cozinha dos fundos e deixar a casa para ele. De fato, Hindley teria colocado carpete e papel de parede em um pequeno quarto de hóspedes e transformado o cômodo em sala. Mas sua esposa expressou tanto prazer com o piso branco e a enorme lareira acesa, com os pratos de estanho, o guarda-louças e o canil, além do amplo espaço que havia para se mover onde costumavam se sentar, que o jovem patrão desistiu da ideia a fim de favorecer a dama.

Ela também expressou seu deleite ao descobrir uma irmã entre seus novos parentes. No início, tagarelou, beijou e levou Catherine para cima e para baixo, cobrindo-a de presentes. Contudo, sua afeição esmoreceu depressa, e, quando a esposa se mostrou entediada, Hindley tornou-se tirânico. Bastaram algumas palavras da parte dela, insinuando desgostar de Heathcliff, para que seu antigo ódio contra o garoto retornasse. Mandou-o ficar com os criados, privou-o das aulas com o pároco e insistiu que, em vez de estudar, Heathcliff ajudasse no campo, obrigando-o a trabalhar tão duramente quanto qualquer outro garoto da fazenda.

Heathcliff suportou muito bem essa degradação no começo, porque Cathy lhe ensinava tudo o que aprendia e vinha brincar e trabalhar com ele no campo. Os dois prometiam crescer tão rudes quanto selvagens – sendo o jovem patrão totalmente negligente com seus comportamentos e travessuras, desde que ficassem longe. Ele nem mesmo os reprimia quando faltavam à igreja aos domingos, apenas quando Joseph ou o pároco criticavam sua falta de zelo e apontavam que o próprio Hindley e a esposa se ausentavam dos cultos. E aí sim ele lembrava de ordenar que Heathcliff fosse açoitado e que Catherine ficasse sem almoço ou jantar. Mas uma das principais diversões das crianças era correr para os charcos e ficar o dia inteiro lá – o castigo subsequente virando um mero motivo de riso. O pároco podia colocar Catherine para decorar quantos versículos fossem, e Joseph podia espancar Heathcliff até ficar com o braço dolorido, ainda assim as crianças esqueciam de tudo no minuto em que voltavam a ficar juntas, ou pelo menos no minuto em que criavam algum plano perverso de vingança. Foram muitas as vezes em que chorei em silêncio por vê-los crescendo cada segundo mais descuidados, sem ousar falar sequer uma sílaba, temendo perder o pouco poder que eu detinha sobre aquelas criaturas abandonadas. Certa tarde de domingo, aconteceu de terem sido expulsos da sala por estarem fazendo barulho, falando algo indevido ou coisa do tipo. Quando fui chamá-los para a ceia, não os encontrei em parte alguma. Procuramos na casa inteira, no pátio e nos estábulos; haviam sumido. Por fim, em um rompante, Hindley mandou que trancássemos as portas, ordenando que ninguém os deixasse entrar naquela noite. A criadagem foi dormir. Eu, nervosa demais para me deitar, abri minha janela e estiquei o pescoço para espiar lá fora, mesmo com a chuva. Estava determinada a deixá-los entrar, caso voltassem, a despeito da proibição. Algum tempo depois, ouvi passos subindo pela estrada, e a luz de uma lanterna brilhou pelo portão. Joguei um xale por cima da cabeça e corri para evitar que acordassem o senhor Earnshaw ao baterem na porta. Era apenas Heathcliff, sozinho. Tomei um susto ao vê-lo assim.

– Onde está a senhorita Catherine? – bradei, apressada. – Aconteceu algum acidente?

– Está na granja Thrushcross – ele respondeu. – E eu deveria estar também, mas não tiveram a boa educação de me convidar para ficar.

– Bem, você faz por merecer! – eu disse. – Só vai sossegar quando for escorraçado daqui para cuidar da própria vida. O que vocês tinham na cabeça para sair caminhando até a granja?

– Deixe que eu troque essas roupas molhadas e vou contar tudo, Nelly – ele respondeu.

Mandei que o garoto tivesse cuidado para não acordar o patrão. Enquanto ele trocava de roupa e eu esperava para apagar a vela, Heathcliff continuou:

– Escapei com Cathy pela lavanderia para que pudéssemos passear livremente. Quando vimos o brilho das luzes na granja, pensamos em ir até lá e ver se os Linton passavam as noites de domingo tremendo pelos cantos enquanto seu pai e sua mãe ficavam sentados comendo e bebendo, cantando e rindo, queimando os olhos de tanto encarar o fogo. Acha que é isso o que eles fazem? Ou que precisam ler sermões, ser catequisados pelos criados ou decorar uma coluna de nomes bíblicos caso não se comportem?

– Provavelmente não – respondi. – Eles são sem dúvida alguma boas crianças, não merecem o mesmo tratamento que vocês recebem por mau comportamento.

– Não invente, Nelly – ele protestou. – Bobagem! Nós corremos do topo dos morros até o parque, sem parar. Catherine perdeu a corrida por muito, porque estava descalça. Você vai ter que procurar os sapatos dela na charneca amanhã. Depois passamos por baixo de uma cerca-viva, andamos mais um pouco e então ficamos plantados em um canteiro sob a vidraça da sala de estar. Havia luz ali, as venezianas não estavam fechadas, e as cortinas estavam apenas pela metade. Nós dois conseguimos espiar, subindo pelo porão e nos agarrando aos beirais, e nós dois vimos... Ora, uma beleza! Um lugar lindo, de tapetes vermelhos e cadeiras e mesas vermelhas, um teto do mais puro branco, adornado com ouro, uma chuva de gotas envidraçadas pendendo em correntes de prata bem no centro, cintilando com velas delicadas. O senhor e a senhora Linton não estavam; Edgar e a irmã tinham o cômodo todo para si. Não deviam estar felizes? Eu e Cathy teríamos nos sentido no Paraíso! E veja só, adivinhe o que as suas boas crianças estavam fazendo. Isabella, que penso ter onze, um ano mais nova que Cathy, estava jogada no canto da sala aos gritos, berrando como se bruxas estivessem enfiando agulhas em brasa sob sua pele. Edgar estava na lareira, chorando em silêncio. E no centro da mesa estava um cachorrinho, sacudindo a pata e ganindo. Entendemos, pelas acusações mútuas, que os dois quase haviam partido o animal ao meio. Idiotas! É isso que chamam de diversão? Brigar para ver quem segura uma pilha quente de pelos, e, depois da disputa, sair chorando porque os dois se recusam a pegá-lo. Começamos a rir no mesmo instante daquelas coisinhas mimadas. Nós os desprezamos! Quando foi que você me viu desejando algo que Catherine queria? Você imagina que, com uma sala só para nós, buscaríamos entretenimento por meio de gritos, soluços e birras, um em cada lado do cômodo? Eu não trocaria minha condição aqui pela de Edgar Linton na granja Thrushcross, nem por mil vidas, nem que eu tivesse o privilégio de arremessar Joseph pela janela mais alta e de pintar a porta da frente com o sangue de Hindley!

– Fale baixo! – eu o interrompi. – Você ainda não me contou como Catherine ficou para trás, Heathcliff.

– Eu disse que começamos a rir – ele respondeu. – Os Linton nos ouviram e, como se fossem um só, dispararam feito flechas para a porta. Fez-se o silêncio, e então alguém gritou: "Ah, mamãe, mamãe! Ah, papai! Venha cá, mamãe! Ah, papai!". Eles realmente ganiram assim. Fizemos ruídos assustadores para deixá-los com ainda mais medo, mas então saímos do parapeito porque alguém estava soltando as trancas, e achamos melhor fugir. Eu estava segurando Cathy pela mão para fazê-la ir mais rápido, mas de repente ela caiu. "Corra, Heathcliff, corra! Soltaram o cachorro e ele me pegou!", ela disse. O diabinho havia mordido o tornozelo dela, Nelly, e consegui escutar seu rosnado abominável! Mas Cathy não gritou. Não mesmo. Ela não gritaria nem se estivesse espetada nos chifres de uma vaca raivosa. Mas eu gritei, vociferei maldições suficientes para aniquilar qualquer demônio da cristandade. Peguei uma pedra e a empurrei entre os dentes dele, fazendo de tudo para que o cachorro a enfiasse goela abaixo. Um criado finalmente apareceu com uma lanterna, gritando: "Pega, Espreitador, pega!". Porém, ele mudou de tom quando notou com o que Espreitador estava brincando. O cão ficou sem fôlego, a enorme língua roxa pendurada a mais de um palmo para fora, a boca deixando escorrer uma baba sangrenta. O homem ergueu Cathy. Ela estava passando mal. Não de medo, tenho certeza, mas de dor. O criado a carregou enquanto eu o seguia, resmungando impropérios e jurando vingança. "Qual foi a presa dessa vez, Robert?", Linton gritou da porta. "Espreitador pegou uma garotinha, senhor", ele disse, e, depois de me segurar, ainda acrescentou: "E há um rapaz aqui que parece um fora da lei. É provável que os ladrões quisessem passá-lo pela janela, então ele abriria as portas para o bando depois que todos estivessem dormindo, e assim poderiam nos matar com facilidade. Segure essa língua, seu ladrão desbocado! Você vai para a forca por isso. Senhor Linton, não solte sua arma". "Não, não, Robert", disse o velho tolo, "os patifes sabiam que ontem era dia de receber meus aluguéis, acharam que me passariam a perna. Entre, vou preparar-lhes uma bela recepção. Prenda a corrente, John. Dê um pouco de água para Espreitador, Jenny. Imaginem só, ameaçar um magistrado em sua fortaleza, e além disso no domingo! Até onde vai a insolência dessas pessoas? Ah, minha querida Mary, veja! Não tenha medo, é só um garoto... Ainda que a vilania transpareça tanto em seu rosto. Não seria um serviço à nação enforcá-lo de uma vez, antes que demonstre sua natureza em ações e não apenas na cara?". Ele me levou para baixo do lustre, e a senhora Linton colocou os óculos no nariz e ergueu as mãos em puro horror. As crianças covardes também se aproximaram, e Isabella balbuciou: "Coisa horrível! Coloque-o no porão, papai. Ele é igualzinho ao filho da cartomante que roubou meu faisão amestrado, não acha, Edgar?". Enquanto eles me examinavam, Cathy voltou a si. Ela ouviu a última fala e começou a gargalhar. Edgar Linton, depois de olhar atentamente, juntou esperteza o suficiente para reconhecê-la. Eles nos veem na igreja, você sabe, embora raramente nos encontrem em outro lugar. "Essa não é a senhorita Earnshaw? Olhe como Espreitador a mordeu, o pé dela está sangrando!", ele sussurrou para a mãe. "Senhorita Earnshaw?", exclamou a dama. "Impossível! A senhorita Earnshaw, perambulando pela região com um cigano? Ainda assim, querido, essa criança está sofrendo, com certeza está, e talvez fique manca para o resto da vida!". "Quanto descuido por parte de seu irmão!", exclamou o senhor Linton, virando de mim para Catherine. Ele disse: "Fiquei sabendo por Shielders (esse era o nome do pároco, senhor) que ele deixa a menina crescer no mais completo paganismo. Mas quem é esse? Onde ela encontrou tal espécie de companhia? Ah! Declaro que o menino é a estranha aquisição feita por meu finado vizinho durante sua viagem até Liverpool, um pequeno indiano, ou então um refugo da América ou Espanha". "Um garoto vil, de todo modo, bastante indigno de uma casa decente. Reparou como ele fala, Linton? Estou em choque por saber que meus filhos o ouviram", comentou a velha dama. Não fique chateada, Nelly, mas eu comecei a praguejar de novo, e então mandaram que Robert me colocasse para fora. Recusei-

-me a voltar sem Cathy. O criado me arrastou até o jardim, empurrou a lanterna na minha mão, garantiu que o senhor Earnshaw ficaria sabendo sobre meu comportamento e, mandando-me ir embora logo, trancou a porta mais uma vez. Mas as cortinas ainda estavam emboladas em um canto, então retomei meu posto de espião, porque, se Catherine quisesse ir embora, eu pretendia estilhaçar os painéis da enorme janela em um milhão de pedaços caso não a deixassem partir. Ela ficou sentada no sofá, em silêncio. A senhora Linton tirou dela a capa cinza que havíamos roubado da leiteira para nosso passeio, balançando a cabeça e fazendo censuras, suponho. Como Cathy era uma pequena dama, deram a ela um tratamento diferente do meu. A criada trouxe uma bacia de água quente e lavou seus pés. O senhor Linton preparou para ela um copo de bebida. Isabella esvaziou um prato de bolinhos em seu colo. Já Edgar ficou longe, de boca aberta. Depois disso, secaram e pentearam seus lindos cabelos, deram a ela um par de pantufas enormes e a colocaram junto ao fogo. Deixei-a assim, tão feliz quanto poderia estar, dividindo sua comida entre o filhotinho e Espreitador, cujo focinho ela beliscava enquanto ele comia. Era como se Cathy acendesse uma fagulha de espírito naqueles olhos azuis e vazios dos Linton, apenas um reflexo fraco de seu próprio rosto encantador. Vi que eles estavam bobos de admiração. Ela é tão superior a eles... superior a todo mundo, não é, Nelly?

– Esse assunto vai render mais do que você imagina – respondi, cobrindo-o e apagando a lanterna. – Você não tem jeito, Heathcliff, e o senhor Hindley vai acabar tomando medidas extremas, você vai ver só.

Minhas palavras mostraram-se mais verdadeiras do que eu teria desejado. Aquela infeliz aventura deixou Earnshaw furioso. E então o senhor Linton, para consertar a situação, fez-nos uma visita pela manhã. Proferiu um sermão tão extenso no jovem patrão, falando sobre os rumos para os quais este conduzia a família, que Hindley se viu obrigado a refletir sobre si mesmo. Heathcliff não foi açoitado, mas foi avisado de que qualquer palavra dirigida à senhorita Catherine seria garantia de expulsão. A senhora Earnshaw comprometeu-se em manter a cunhada sob rédeas curtas quando esta retornasse. Para isso, fez uso de artimanhas, não de força: se tentasse usar a força, a tarefa seria impossível.

# Capítulo 7

Cathy ficou hospedada na granja Thrushcross por cinco semanas, até o Natal. Por volta dessa época, seu tornozelo já estava curado, e suas maneiras, muito melhores. A patroa a visitava com frequência durante esse período, dando início a seu plano de reforma ao tentar erigir o amor-próprio da garota mediante roupas finas e lisonjeiras, algo que ela recebeu muito bem. Assim, em vez da pequena selvagem sem chapéu que pulava pela casa e deixava todos sem fôlego, foi uma pessoa muito digna que apeou de uma bela pônei preta. Tinha cachos castanhos que cascateavam sob um chapéu de pele de castor, adornado com penas, e vestia um manto comprido que precisava segurar com as duas mãos para conseguir andar. Hindley a ergueu do cavalo, exclamando com alegria:

– Ora, Cathy, você é uma beleza! Eu mal a reconheço, agora você parece uma dama. Isabella Linton nem se compara a ela, não é, Frances?

– Isabella não tem as mesmas vantagens naturais – respondeu a esposa. – Mas, agora que voltou, sua irmã precisa ter cuidado para não recair na selvageria. Ellen, ajude a senhorita Catherine com a bagagem. Fique aí, querida, você vai bagunçar seus cachos... Deixe--me desamarrar seu chapéu.

Removi seu manto, e por baixo cintilou um enorme vestido de seda xadrez, calças brancas e sapatos polidos. Ainda que seus olhos brilhassem de alegria quando os cães se aproximaram para recebê-la, Cathy mal ousou tocá-los, temerosa de que roçassem em suas esplêndidas vestes. Ela me beijou com carinho. Eu estava cheia de farinha, fazendo o bolo de Natal, então a menina não teria como me abraçar. Mas depois Cathy olhou ao redor, procurando Heathcliff. O senhor e a senhora Earnshaw vigiaram com ansiedade aquele encontro, imaginando que a ocasião os auxiliaria a julgar, em certa medida, quais seriam as chances de separar com sucesso os dois amigos.

Foi difícil distinguir Heathcliff no início. Se ele era descuidado e desleixado antes de Catherine se ausentar, agora o era dez vezes mais. Ninguém além de mim fazia a gentileza de avisá-lo sobre a sujeira e mandá-lo se lavar uma vez por semana, e os jovens de sua idade raramente demonstram prazer natural na presença de água e sabão. Assim, a despeito de suas roupas, que já haviam visto três meses de serviço em lama e poeira, e de seu cabelo espesso e despenteado, seu rosto e suas mãos também estavam terrivelmente encardidos. Podia muito bem ter se escondido atrás do sofá ao contemplar donzela tão brilhante e graciosa entrar na casa, em vez da parceira cabeça-dura que ele estava esperando.

– Heathcliff não está aqui? – a garota quis saber, tirando as luvas e exibindo dedos maravilhosamente limpos por não fazer nada e ficar dentro de casa.

– Heathcliff, pode aparecer – gritou o senhor Hindley, divertindo-se com o desconforto do rapaz e gratificado pelo aspecto canalha e proibitivo com que este seria obrigado a se apresentar. – Pode dar as boas-vindas para a senhorita Catherine, assim como todos os outros criados.

Cathy, vislumbrando o amigo escondido, voou para abraçá-lo. Deu-lhe sete ou oito beijos na bochecha no mesmo instante. Então parou e, recuando, caiu na gargalhada.

– Meu Deus, como você está sujo e mal-humorado! Tão... tão engraçado e sinistro! Mas é porque estou acostumada a Edgar e Isabella Linton. Ora, Heathcliff, você se esqueceu de mim?

Ela tinha mesmo motivos para perguntar, pois a vergonha e o orgulho lançavam trevas redobradas ao semblante do garoto, mantendo-o imóvel.

– Aperte a mão dela, Heathcliff – disse o senhor Earnshaw com condescendência. – É permitido fazer isso de vez em quando.

– Não vou apertar – respondeu o rapaz, enfim encontrando a própria língua. – Não vou ficar aqui sendo ridicularizado. Não vou tolerar!

Ele teria se afastado do grupo, mas a senhorita Cathy o segurou mais uma vez.

– Eu não quis rir de você – ela disse. – Apenas não consegui me segurar. Heathcliff, pelo menos aperte minha mão! Por que está tão rabugento? Eu apenas disse que você estava esquisito. Se lavasse o rosto e penteasse os cabelos, ficaria ótimo. Mas você está tão sujo!

Ela olhou preocupada para os dedos encardidos que segurava entre os seus e também para o próprio vestido, que, ela temia, não havia recebido nada de bom com aquele contato.

– Você não precisava ter me tocado! – Heathcliff respondeu, seguindo o olhar dela e puxando a própria mão. – Serei tão sujo quanto desejar. Gosto de estar sujo, e vou permanecer sujo.

Com aquelas palavras, ele saiu apressado da sala, debaixo das risadas do patrão e da patroa e ante a grande perturbação de Catherine, incapaz de compreender como seus comentários haviam levado a tamanha exibição de mau humor.

Depois de bancar a dama de companhia da recém-chegada, colocar meus bolos no forno e alegrar a casa e a cozinha com belos fogareiros, bastante propícios à véspera do Natal, preparei-me para descansar e me divertir sozinha cantando músicas natalinas, a despeito dos comentários de Joseph, que considerava minhas canções alegres uma heresia. Ele havia se retirado para uma oração particular em seu quarto. O senhor e a senhora Earnshaw distraíam a senhorita Cathy com inúmeras ninharias alegres, que eles haviam comprado e com as quais ela presentearia as crianças Linton a fim de agradecer-lhes a gentileza. Os Earnshaw haviam convidado os Linton para passar a manhã seguinte em Wuthering Heights, e o convite fora aceito sob uma condição: a senhora Linton implorava que seus meninos fossem mantidos longe daquele "terrível mocinho boca-suja".

Devido a essas circunstâncias, permaneci solitária. Inalei o rico aroma das especiarias aquecidas, admirei os brilhantes utensílios da cozinha, o relógio polido, enfeitado com azevinho, as canecas de prata dispostas na bandeja que serviria a cerveja quente do jantar. Acima de tudo, admirei a pureza imaculada de meu próprio trabalho: o chão limpo e bem varrido. Aplaudi por dentro todos os objetos, e então me lembrei de como o velho Earnshaw costumava vir até a cozinha depois que tudo estava arrumado, chamando-me de fada e pondo um xelim em minha mão como presente de Natal. A partir disso, pensei em sua afeição por Heathcliff e também em seu medo de que o rapaz fosse negligenciado após sua morte. Aquilo naturalmente me levou a considerar a situação do garoto no momento, e, se antes eu estava cantando, passei a chorar. Logo me ocorreu, porém, que fazia mais sentido tentar reparar alguns erros do que derramar minhas lágrimas sobre eles: levantei-me e fui ao pátio procurá-lo. Heathcliff não estava longe; encontrei-o escovando a pelagem brilhante do novo pônei nos estábulos, alimentando os outros animais como de costume.

– Venha depressa, Heathcliff! – falei. – A cozinha está tão confortável... E Joseph está no andar de cima. Venha depressa e deixe-me te vestir direito antes que a senhorita Cathy desça. Assim vocês podem se sentar juntos com o fogo só para vocês e conversar por um bom tempo antes de dormir.

Ele continuou com sua tarefa, sem nem virar o rosto para mim.

– Você vem ou não? – insisti. – Fiz um bolo para cada um, estão quase prontos. E você vai precisar de meia hora para se vestir.

Esperei por cinco minutos, mas, sem receber resposta, deixei-o sozinho. Catherine ceou na companhia do irmão e da cunhada. Joseph e eu tivemos uma refeição nada cortês, temperada com reprovações de um lado e atrevimentos do outro. O bolo e o queijo de Heathcliff permaneceram em cima da mesa durante a noite toda, entregues às fadas. Ele deu um jeito de seguir trabalhando até as nove horas, e então marchou para o quarto, sério e em silêncio. Cathy ficou acordada até tarde, tendo um mundo de coisas a organizar para a recepção de seus novos amigos. Ela veio uma vez à cozinha para falar com o amigo antigo, mas este já havia saído, então ela ficou apenas por tempo suficiente para perguntar o que havia de errado com Heathcliff e depois foi embora. De manhã, o garoto acordou cedo. Como se tratava de um feriado, levou seu mau humor para a charneca, e não reapareceu até que a família tivesse saído para a igreja. O jejum e a reflexão pareciam tê-lo trazido a um estado de espírito melhor. Rodeou-me por um tempo antes de reunir coragem e exclamar de repente:

– Nelly, vista-me de um jeito decente, eu vou ser bom.

– Já era hora, Heathcliff – falei. – Você deixou Catherine *bastante* triste, ouso dizer que ela está arrependida de voltar para casa! Parece até que você está com ciúmes por ela receber mais atenção.

A noção de *sentir ciúmes* de Catherine era incompreensível para ele, mas o garoto entendeu com clareza o suficiente a noção de tê-la deixado triste.

– Ela falou que estava aborrecida? – Heathcliff perguntou, o rosto muito sério.

– Ela chorou quando falei que você tinha saído de novo esta manhã.

– Bem, eu chorei ontem à noite – ele retrucou. – E eu tenho mais motivos para chorar do que ela.

– Sim, seu motivo foi ir para a cama com um coração orgulhoso e um estômago vazio. Pessoas muito orgulhosas acabam criando as próprias mágoas. Mas, caso esteja envergonhado por sua grosseria, deve pedir perdão quando Cathy voltar. Vá lá em cima e ofereça-lhe um beijo, e diga... Ora, você sabe melhor do que eu o que dizer, apenas faça com sinceridade, não como se ela tivesse se transformado em uma estranha só por causa de um vestido elegante. E agora, embora eu devesse estar preparando o almoço, vou gastar meu tempo arrumando você, de modo que Edgar Linton pareça nada mais que um boneco ao seu lado. E é o que parece mesmo. Você é mais novo, e ainda assim, juro por Deus, é mais alto e duas vezes mais largo nos ombros. Você poderia derrubá-lo em um piscar de olhos, não acha?

O rosto de Heathcliff ficou iluminado de repente, mas depois voltou a nublar-se, e ele suspirou.

– Mas, Nelly... mesmo que eu o derrubasse vinte vezes, isso não o tornaria mais feio, e nem eu mais bonito. Queria ter o cabelo claro e a pele branca de Edgar, estar bem-vestido e comportado e também ter a chance de ser tão rico quanto ele vai ser um dia!

– E chamar pela mamãe por qualquer coisinha – acrescentei. – E tremer caso qualquer rapaz do campo lhe mostre os punhos, e ficar em casa o dia inteiro por causa de uma chuvinha. Ah, Heathcliff, você está sendo bobo! Venha até o espelho, vou mostrar o tipo de coisa que você deveria estar desejando. Veja essas duas rugas entre os seus olhos e essas sobrancelhas grossas que, em vez de subir em arco, afundam bem no meio. E esse par de demoniozinhos castanhos, tão profundamente enterrados que não têm coragem de escancarar as janelas, preferindo espreitar por baixo delas como espiões do próprio diabo? Deseje e aprenda a amaciar essa carranca enrugada, erga suas pálpebras com franqueza. Mude os demônios para anjos confiantes e inocentes, que não suspeitam nem duvidam de nada e que sempre tomam por amigos aqueles que não reconhecem como inimigos. Não fique com esse semblante de vira-lata malvado que encara os pontapés que recebe como o próprio calvário, mas que ainda assim odeia o mundo inteiro, e não só quem o chuta, por seu sofrimento.

– Em outras palavras, devo desejar os grandes olhos azuis e a testa lisa de Edgar Linton – respondeu ele. – Eu desejo, mas isso não vai me ajudar a tê-los.

– Um bom coração o ajudará a ficar bonito, meu rapaz. Ajudaria mesmo que você tivesse a pele realmente negra – continuei –, enquanto um coração ruim transforma até os mais belos rostos em algo pior do que a feiura. E agora que está lavado, penteado e de humor melhorado, você não está se achando muito mais bonito? Bem, eu estou. Você parece um príncipe disfarçado. Quem sabe seu pai não era o imperador da China, ou sua mãe uma rainha indiana, ambos capazes de comprar, com a renda de uma única semana, Wuthering Heights e a granja Thrushcross de uma só vez? E se você foi sequestrado por marinheiros infames e trazido à Inglaterra? Caso estivesse no seu lugar, eu teria noções mais elevadas sobre meu nascimento, e usaria isso para obter a coragem e a dignidade de suportar as opressões de um pequeno fazendeiro!

Então prossegui tagarelando, e Heathcliff aos poucos perdeu a carranca e começou a parecer satisfeito, quando, de repente, nossa conversa foi interrompida pelo ressoar de algo subindo pela estrada e depois entrando no pátio. Heathcliff correu para a janela enquanto eu ia até a porta, bem a tempo de ver os dois Linton descendo da carruagem da família, ambos sufocados em mantos e peles, e os Earnshaw apeando de seus cavalos, pois costumavam ir montados à igreja durante o inverno. Catherine segurou uma mão de cada criança, trazendo-as para dentro e colocando-as diante da lareira de modo a rapidamente colorir seus rostos pálidos.

Instiguei meu companheiro para que se apressasse e fosse exibir um humor amistoso, e ele obedeceu de bom grado. Porém, quis a má sorte que, ao abrir a porta da cozinha por um lado, Hindley apareceu pelo outro. Eles se encararam, e o patrão, irritado por vê-lo limpo e alegre, ou talvez desejando cumprir a promessa que fizera à senhora Linton, empurrou o garoto de volta com um gesto súbito. Com raiva, ordenou a Joseph:

– Mantenha esse sujeitinho longe da sala. Mande-o para o sótão até que o almoço termine. Ele enfiará os dedos nas tortas e roubará as frutas caso fique sozinho com os outros por um minuto sequer.

– Não, senhor – vi-me obrigada a responder. – Heathcliff não tocará em nada, não mesmo. Creio que ele mereça experimentar um pouco das iguarias, assim como todos nós.

– Vai experimentar é um pouco da minha mão caso eu o pegue no andar de baixo antes de escurecer – gritou Hindley. – Vá de uma vez, vagabundo! O que foi, vai querer ser um janota agora? Espere só até eu pôr a mão nesses seus cachos elegantes. Veja se não os deixo mais compridos!

– Já estão bem compridos – observou o jovem rapaz Linton, espiando pelo batente da porta. – Não sei como a cabeça dele não dói. É como a crina de um potro crescendo por cima dos olhos!

Seu comentário não tinha a intenção de insultar, mas a natureza violenta de Heathcliff não estava preparada para uma sugestão de impertinência vinda de alguém que ele tanto odiava, mesmo naquela época, como um rival. Ele agarrou uma terrina com purê de maçã quente (a primeira coisa ao alcance) e despejou todo o conteúdo no rosto e no pescoço do outro menino, que imediatamente começou a chorar, atraindo Isabella e Catherine até a cozinha. No mesmo instante, o senhor Earnshaw capturou o culpado e o levou para seu quarto, onde, sem dúvida, administrou um severo corretivo a fim de acalmar o rompante, pois o homem voltou vermelho e sem fôlego. Sentindo-me rancorosa, peguei o pano de prato e esfreguei o nariz e a boca de Edgar, afirmando que ele havia feito por merecer após se intrometer daquele jeito. Sua irmã começou a chorar, pedindo para ir embora, e Cathy ficou ao lado dela, confusa, ruborizando por todos nós.

– Você não devia ter falado com ele! – ela disse, repreendendo Linton. – Ele estava de mau humor, e agora você estragou a visita. Ele vai ser açoitado, e odeio quando ele é açoitado! Não vou conseguir almoçar. Por que foi falar com ele, Edgar?

– Eu não falei – soluçou o jovem, desvencilhando-se de minhas mãos e terminando de se limpar com um lenço de cambraia. – Prometi à mamãe que não diria uma palavra a ele, e não disse.

– Bem, pare de chorar – respondeu Catherine, desdenhosa. – Você não morreu nem nada. Chega de travessuras, meu irmão está voltando, fique quieto! Silêncio, Isabella, ninguém machucou você.

– Venham, crianças, venham, tomem seus lugares à mesa – chamou Hindley, entrando apressado. – Aquele bruto em forma de rapaz foi um bom aquecimento. Da próxima vez, senhor Edgar, faça justiça com os próprios punhos, isso vai lhe abrir o apetite!

O pequeno grupo recuperou a compostura ao vislumbrar o perfumado banquete. Estavam com fome após a cavalgada e, já que nenhum dano real havia se abatido sobre eles, foram facilmente consolados. O senhor Earnshaw serviu pratos fartos, e a patroa os distraiu com uma conversa animada. Permaneci esperando atrás de sua cadeira, triste por ver Catherine, com olhos secos e ar indiferente, cortar a asa de um ganso. *Que criança insensível*, pensei comigo mesma. *Como descartou depressa os sofrimentos de seu antigo companheiro. Não imaginei que fosse assim tão egoísta*. Ela levou um bocado de comida aos lábios, mas então abaixou o garfo de novo. Suas bochechas coraram, e lágrimas desceram sobre elas. Cathy colocou o garfo na mesa e rapidamente mergulhou sob o guardanapo para esconder sua emoção. Não a chamei de insensível por muito tempo, pois percebi que ela atravessaria o dia no purgatório, esperando por uma oportunidade de ficar sozinha ou de fazer uma visita a Heathcliff. Ele fora trancado no sótão pelo patrão, conforme descobri depois ao tentar levar-lhe uma porção de alimento.

À noite, tivemos um baile. Cathy implorou para que Heathcliff fosse liberado, já que Isabella Linton não tinha parceiro, mas suas súplicas foram em vão, e fui designada a suprir aquela ausência. Livramo-nos de toda a melancolia devido à empolgação do exercício, e nosso prazer ficou ainda maior com a chegada da banda de Gimmerton, reunindo quinze músicos: trompete, trombone, clarinetas, fagotes, trompas e violas, isso sem contar os cantores. Eles faziam a ronda pelas casas respeitáveis e coletavam contribuições a cada Natal. Consideramos o mais fino deleite poder escutá-los. Depois que as canções natalinas mais costumeiras foram executadas, fizemos com que tocassem outras músicas e formassem um coral. A senhora Earnshaw amava música, e por isso eles tocaram por bastante tempo.

Catherine também amava, mas disse ser melhor ainda escutá-la do topo das escadas, e então se retirou para a escuridão. Fui atrás dela. Acabaram fechando a porta lá embaixo, sem perceberem nossa ausência, de tão cheia que estava a casa. Cathy não se deteve no topo da escada; subiu mais alto, até o sótão onde Heathcliff estava confinado, e o chamou. Ele, teimoso, recusou-se a responder durante um tempo. Mas a garota perseverou e finalmente o convenceu a iniciar uma conversa através das tábuas. Deixei que os coitadinhos conversassem sem ser molestados, ao menos até notar que as canções estavam terminando e que os músicos parariam para comer alguma coisa, quando então subi as escadas para alertar Cathy. Mas, em vez de encontrá-la do lado de fora, ouvi sua voz vindo de dentro do cômodo. A macaquinha havia se esgueirado pela claraboia de um sótão, andado pelo telhado e entrado pela claraboia do outro, e foi com imensa dificuldade que consegui convencê-la a sair de lá. Quando voltou, Heathcliff veio junto, e a menina insistiu que eu o deixasse entrar na cozinha, já que meu colega de trabalho havia se retirado para a casa de um vizinho a fim de se afastar daquela "salmodia infernal", como Joseph gostava de chamar. Respondi que não pretendia de modo algum encorajar suas travessuras, mas, como o prisioneiro estava sem comer desde o jantar do dia anterior, fiz vista grossa para aquela desobediência ao senhor Hindley. O garoto desceu. Ofereci-lhe um banquinho junto ao fogo e uma série de iguarias, mas ele não se sentia bem e pouco conseguia comer, rejeitando minhas tentativas de entretê-lo. Heathcliff apoiou os dois cotovelos nos joelhos e o queixo nas mãos, permanecendo absorto em uma meditação silenciosa. Quando perguntei qual era o conteúdo de tais divagações, respondeu-me com gravidade:

– Estou pensando em um jeito de fazer Hindley pagar por isso. Não me importo com o quanto demore, desde que eu consiga. Espero que ele não morra antes de mim!

– Tenha vergonha, Heathcliff! – eu disse. – Cabe somente a Deus punir as pessoas ruins, cabendo a nós apenas perdoá-las.

– Não, Deus não sentiria a mesma satisfação que eu – ele retrucou. – Como eu gostaria de pensar em um jeito de dar o troco! Deixe-me em paz, vou planejar tudo, não sinto nenhuma dor enquanto estou pensando.

❧

– Ora, senhor Lockwood, esqueço que essas histórias devem lhe parecer tediosas. Fico chateada com minha ousadia em tagarelar desse jeito. Seu mingau já ficou frio, e o senhor está ansiando pela cama! Eu poderia ter resumido a história de Heathcliff, pelo menos a parte que interessa, em meia dúzia de palavras.

E assim se interrompendo, a governanta levantou da cadeira e começou a guardar o material de costura. No entanto, eu me sentia incapaz de abandonar o calor do fogo, e estava longe de pegar no sono.

– Fique mais, senhora Dean – pedi. – Sente-se por mais meia hora. A senhora fez bem em contar a história sem pressa. É o meu método favorito, e agora precisa terminar no mesmo estilo. Estou interessado em cada personagem que me apresentou.

– O relógio já vai bater onze horas, senhor.

– Não importa, não estou acostumado a me deitar nesse horário. Uma ou duas da manhã é suficiente para quem dorme até as dez.

– O senhor não devia dormir até as dez. O início da manhã já se foi muito antes dessa hora. Uma pessoa que não cumpre metade de suas tarefas até as dez corre o risco de deixar a outra metade inacabada.

– Ainda assim, senhora Dean, retome sua cadeira, pois amanhã pretendo estender meu sono até a parte da tarde. Prevejo ter pegado um forte resfriado.

– Espero que não, senhor. Bem, deixe-me ao menos saltar três anos no tempo. Durante aquele período, a senhora Earnshaw...

– Não, não! Não permito nada disso. A senhora conhece aquele estado de espírito em que, ao contemplarmos sozinhos uma gata lamber seus filhotes sobre o tapete, ficamos tão atentos à tarefa que, caso a mãe negligencie sequer uma orelha, tornamo-nos furiosos?

– Parece-me um estado de espírito bem preguiçoso, devo dizer.

– Pelo contrário, é um estado incansável de tão ativo. E é esse meu estado no momento; portanto, continue minuciosamente. Percebo que as pessoas destas bandas adquirem, em relação às pessoas da cidade, o mesmo valor que uma aranha enclausurada na masmorra tem sobre uma aranha em uma cabana, ou sobre seus vários ocupantes, e que, no entanto, essa atração profunda não se deve somente à situação do observador. As pessoas daqui de fato vivem com mais seriedade, mais voltadas para elas mesmas e menos na superfície das coisas externas, frívolas e mutáveis. Quase acho possível fantasiar um amor para toda a vida neste lugar, e olhe que eu era um descrente obstinado sobre qualquer amor que durasse mais de um ano. Um estado assemelha-se a oferecer um único prato para um homem faminto, no qual ele possa concentrar todo o apetite e fazer-lhe justiça; o outro é como oferecer-lhe uma mesa posta por cozinheiros franceses: talvez o homem possa extrair o máximo de prazer do conjunto da obra, mas cada aperitivo será apenas um mero átomo em sua consideração e memória.

– Ah! Quando nos conhecer melhor, verá que somos iguais a todas as outras pessoas, senhor – comentou a senhora Dean, um tanto intrigada com meu discurso.

– Peço perdão – respondi. – A senhora, minha boa amiga, é uma evidência contundente contra essa afirmação. Exceto por alguns provincianismos de pouca importância, a senhora não dá sinais dos comportamentos que em geral considero inerentes à sua classe. Estou certo de que a senhora pensa mais sobre a vida do que a maioria dos criados costuma fazer. Foi compelida a cultivar suas faculdades mentais por falta de oportunidades de desperdiçar a vida em ninharias tolas.

A senhora Dean deu uma risada.

– Certamente me considero um tipo de pessoa equilibrada e sensata – disse ela. – Mas não por viver entre os morros e ver os mesmos rostos e acontecimentos ano após ano, e sim por ter sido criada sob uma rigorosa disciplina que me ensinou a ter bom senso. Também li mais do que o senhor imagina, senhor Lockwood. O senhor não conseguiria abrir um livro nesta biblioteca que eu já não tivesse folheado e então apreendido algo de útil, exceto pela prateleira de grego e latim, e também pela de francês, embora eu saiba diferenciar uma língua da outra, o que é o máximo que se pode esperar da filha de um homem pobre. Contudo, se devo proferir minha história aos modos da verdadeira fofoca, é melhor continuar. Em vez de pular três anos, ficarei contente em passar ao verão seguinte, o verão de 1778, quase vinte e três anos atrás.

# Capítulo 8

Na manhã de um belo dia de junho, nasceu o primeiro lindo bebezinho de que tomei conta, também o último da linhagem Earnshaw. Estávamos ocupados com o feno nos campos mais distantes quando a garota que geralmente trazia nosso desjejum veio correndo pela campina uma hora mais cedo, gritando meu nome.

– Ah, é um bebê enorme! – ela falou aos arquejos. – O mais lindo rapazinho que o mundo já viu! Mas o médico diz que a patroa não vai resistir, falou que ela está com tuberculose há muitos meses. Eu o escutei dizer ao senhor Hindley que agora a patroa não tem mais ao que se agarrar e que estará morta antes do inverno. Você precisa voltar para casa agora mesmo. Vai precisar cuidar dele, Nelly, alimentá-lo com leite e açúcar e vigiá-lo dia e noite. Queria estar no seu lugar, pois o bebezinho será todo seu depois que a patroa morrer!

– Mas ela está muito doente? – perguntei, largando o ancinho e amarrando minha touca.

– Acredito que sim, mas parece ser corajosa – respondeu a menina. – Ela fala como se acreditasse que vai durar para ver o filho virando homem. Ela está louca de alegria, uma beleza! Se eu fosse ela, certamente não morreria: ficaria curada só de ver aquele bebê, a despeito de Kenneth. Fiquei muito brava com ele. A senhora Archer tinha levado o querubim até o patrão, no andar de baixo, e o rosto do pai apenas começava a se iluminar quando o velho resmungão deu um passo à frente e disse: "Earnshaw, é uma bênção que sua esposa tenha sido poupada até lhe dar um filho. Quando ela chegou aqui, convenci-me de que não deveria durar muito tempo. Agora, devo dizer, o inverno dará cabo de sua existência. Mas não se preocupe nem se desgaste com isso, não há o que fazer. Além do mais, o senhor devia saber o que estava fazendo ao escolher uma noiva tão frágil!".

– E o que o patrão respondeu?

– Acho que ele praguejou, mas não prestei atenção, estava me esforçando para conseguir ver o menino – ela disse, e então voltou a descrever o recém-nascido com entusiasmo.

Eu, tão dedicada quanto ela, corri ansiosa até a casa a fim de admirá-lo por mim mesma, ainda que estivesse triste por causa de Hindley. Havia espaço apenas para dois ídolos em seu coração: a esposa e ele mesmo. Hindley apreciava os dois, mas venerava apenas um, e eu não conseguia imaginar como ele suportaria aquela perda.

Quando chegamos a Wuthering Heights, o patrão estava na porta da frente, e, ao entrar, perguntei-lhe como ia o bebê.

– Quase pronto para correr por aí, Nell! – ele respondeu com um sorriso alegre.

– E a patroa? – ousei perguntar. – Soube que o médico...

– Dane-se o médico! – ele me interrompeu, ficando vermelho. – Frances tem razão, ela ficará perfeitamente curada na próxima semana. Você vai subir as escadas? Diga a ela que irei vê-la, mas só se ela prometer não falar. Deixei-a sozinha porque ela não conseguia parar de tagarelar, e o senhor Kenneth disse que ela precisa ficar quieta.

Entreguei a mensagem para a senhora Earnshaw. Ela parecia de ótimo humor, e me respondeu com alegria:

– Eu mal abri a boca, Ellen, e mesmo assim ele saiu duas vezes chorando do quarto. Bem, diga a Hindley que prometo não falar nada, mas que isso não me impedirá de rir às custas dele!

Pobre alma! Aquele coração alegre nunca a abandonou até a semana de sua morte, enquanto o marido persistia de modo obstinado, quase furioso, afirmando que a saúde da esposa melhorava a cada dia. Quando Kenneth o advertiu de que os medicamentos eram inúteis naquele estágio da doença e que ele não deveria incorrer em novas despesas médicas, o patrão disse:

– Sei que não precisa, ela está bem, não necessita mais das suas consultas! Ela nunca contraiu a tuberculose. Foi uma febre, mas já passou. Seu pulso está tão calmo quanto o meu, e sua bochecha tão fria quanto a minha.

Ele contou a mesma história para a esposa, e ela pareceu acreditar. Mas, certa noite, enquanto apoiava-se no ombro dele, dizendo ser capaz de ficar de pé no dia seguinte, a patroa teve um acesso de tosse. Nada muito forte, mas o senhor Hindley a pegou nos braços. Ela passou as mãos pelo pescoço do marido, mudou de feições, e então morreu.

Como a criada havia previsto, o bebê Hareton ficou inteiramente sob meus cuidados. O senhor Earnshaw, desde que o visse saudável e nunca chorando, ficava satisfeito no que tangia ao filho. De sua parte, tornou-se desesperado, seu luto era daquele tipo que nunca pranteia. Ele não chorava nem rezava. Proferia apenas imprecações e desafios: execrou Deus e homem, entregando-se a uma devassidão temerária. Os criados não suportaram sua conduta vil e tirânica por muito tempo, então restamos apenas eu e Joseph. Não tive coragem de deixar meu posto. Fui quase irmã adotiva do patrão, o senhor sabe, e estava disposta a desculpar seus comportamentos com mais gentileza do que uma pessoa de fora seria capaz de fazer. Joseph ficou para atormentar os inquilinos e os trabalhadores, e também porque faz parte da vocação dele estar em lugares onde exista bastante maldade para ser repreendida.

Os maus modos e as más companhias do patrão criaram um belo exemplo para Catherine e Heathcliff. O tratamento que o homem dispensava a este último seria suficiente para transfigurar qualquer anjo em demônio. E, verdade seja dita, o garoto parecia *mesmo* possuído por algo diabólico naquela época. Ele adorou testemunhar a degradação de Hindley para além da salvação, e tornou-se cada dia mais notável por sua sisudez e ferocidade selvagens. Eu não saberia fazer jus ao quanto aquela casa era infernal. O pároco desistiu de nos visitar, e nenhuma pessoa decente chegava perto de nós, exceto pelas visitas de Edgar Linton à senhorita Cathy. Aos quinze anos, ela era a rainha da região campestre; não havia ninguém igual. E a garota tornou-se uma criaturinha arrogante e obstinada! Admito que não gostava dela depois que a infância a deixou. Com frequência, eu a irritava, tentando fazê-la menos arrogante. Ela nunca foi avessa a mim, porém. Cathy tinha um vigor maravilhoso quanto a seus velhos apegos, e até Heathcliff manteve inalterado o controle que tinha sobre o afeto da menina. O jovem Linton, mesmo com toda a superioridade, achava difícil causar uma impressão igualmente duradoura.

– Ele foi meu antigo patrão, e o senhor pode ver seu retrato acima da lareira. Antes, ficava ao lado do retrato da esposa, mas o dela foi removido, caso contrário o senhor poderia ver sua fisionomia. Consegue enxergar?

A senhora Dean ergueu a vela, e notei um rosto de feições suaves, muito parecido com o da dama em Wuthering Heights, ainda que com uma expressão mais pensativa e amigável. Fazia uma bela figura. O cabelo loiro curvando-se ligeiramente nas têmporas, os olhos grandes e sérios, o rosto quase gracioso demais. Não me admirei por Catherine Earnshaw ter trocado seu amigo de infância por aquele indivíduo. Mas fiquei admirado de que aquele homem, caso tivesse uma mente que correspondesse à aparência, pudesse ter se interessado pela ideia que eu fazia de Catherine Earnshaw.

– É um retrato muito agradável – comentei com a governanta. – Parece com ele?

– Sim – ela respondeu. – Mas ele era mais bonito quando ficava animado. Esse no retrato é seu semblante cotidiano: faltava-lhe espírito, no geral.

Catherine manteve contato com os Linton após sua estada de cinco semanas na casa da família. E, como não se sentia tentada a mostrar o lado áspero na companhia deles, tendo vergonha de ser rude em um lugar onde sempre fora tratada com tanta cortesia, acabou se impondo inadvertidamente à velha senhora e seu marido por meio de uma engenhosa cordialidade. Conquistou a admiração de Isabella e o coração e a alma do irmão da menina: aquisições que a princípio deixaram-na cheia de si, pois era muito ambiciosa, e que a levaram a adotar um caráter duplo, mas sem real intenção de enganar ninguém. No lugar onde ouvia Heathcliff ser chamado de "pequeno rufião vulgar" e "pior que um bruto", ela tomava cuidado de não se portar como ele. Mas, em casa, tinha pouca inclinação para praticar uma polidez que fosse algo mais que motivo de riso, e não reprimia sua natureza indisciplinada quando isso não lhe trazia crédito ou elogio.

Era raro que o senhor Edgar reunisse coragem para visitar Wuthering Heights abertamente. Ele tinha pavor da reputação de Earnshaw e sempre se esquivava de encontrá-lo. No entanto, sempre fora recebido com nossas melhores tentativas de civilidade; o próprio patrão evitava ofendê-lo, entendendo os motivos do rapaz para estar ali, e, quando não conseguia ser simpático, ao menos mantinha-se fora do caminho. Penso até que a presença do jovem Edgar ali era desagradável para Catherine. Ela não era melindrosa e nem bancava a beldade, mas era evidente que não gostava de ver seus dois amigos juntos. Quando Heathcliff expressava seu desprezo por Linton na presença deste, ela não podia concordar em parte, como fazia quando Edgar não estava. Já quando Linton demonstrava aversão a Heathcliff, ela não ousava tratar os sentimentos deste último com indiferença, fingindo que a depreciação a seu companheiro de brincadeiras pouco lhe importava. Por muitas vezes dei risada de seu embaraço e dos incontáveis problemas que ela em vão se esforçava para esconder de minha zombaria. Parece até maldade, mas Cathy tornara-se tão orgulhosa que era de fato impossível compadecer-se de suas angústias, ao menos até que a menina desenvolvesse um pouco mais de humildade. Finalmente, ela se obrigou a confiar em mim e a desabafar; não havia outra alma a quem pudesse fazer de conselheira.

Certa tarde, o senhor Hindley havia saído de casa, e Heathcliff achou por bem dar a si mesmo uma folga por conta disso. Havia completado dezesseis anos naquela época, creio eu, e, mesmo não sendo feio ou deficiente em intelecto, transmitia uma impressão de repulsa por dentro e por fora, ainda que tal característica não se reflita mais em seu aspecto atual. Para começar, ele já havia perdido, àquela altura, o benefício de sua primeira educação. O constante trabalho braçal, iniciando cedo e terminando tarde, extinguira qualquer curiosidade que ele já sentira por buscar conhecimento e qualquer amor pelos livros ou pelo aprendizado. O senso de superioridade que tinha na infância, instilado nele pelo favoritismo do velho senhor Earnshaw, desvaneceu. Durante muito tempo ele lutou para manter a igualdade com Catherine nos estudos, tendo cedido com um pungente, ainda que silencioso, pesar. Mas cedeu por completo. Não tinha desejo de avançar após descobrir que, inevitavelmente, ficaria abaixo do nível que possuíra antes. Então a aparência física deu a mão à deterioração mental; ele adquiriu um andar desleixado e um semblante ignóbil. Sua disposição naturalmente reservada foi extrapolada em um excesso quase tolo de destrato social. Parecia sentir grande prazer em despertar, entre seus poucos conhecidos, a aversão no lugar da boa estima.

Catherine e ele ainda eram companheiros constantes nos períodos de folga, mas Heathcliff havia deixado de expressar afeto por ela, repelindo com uma desconfiança irritadiça suas carícias de menina, como se soubesse que não poderia tirar nenhum proveito ao esbanjar daquelas provas de afeição. Na ocasião que mencionei, ele entrou em casa anunciando sua intenção de tirar folga. Eu estava ajudando a senhorita Cathy a arrumar o vestido. Ela não contava com Heathcliff pondo na cabeça que teria o dia livre e, imaginando ter o local só para si, conseguira, de alguma maneira, informar ao senhor Edgar sobre a ausência do irmão, preparando-se então para recebê-lo.

– Cathy, você estará ocupada esta tarde? – perguntou Heathcliff. – Vai a algum lugar?

– Não, está chovendo – ela respondeu.

– Então por que está usando esse vestido de seda? Espero que não venha ninguém nos visitar.

– Não que eu saiba... – balbuciou a senhorita Cathy. – Mas você devia estar no campo a essa hora, Heathcliff. Já passou da hora do almoço; achei que você não estaria mais aqui.

– Não é sempre que Hindley nos livra de sua maldita presença – comentou o garoto. – Não vou trabalhar hoje, vou ficar aqui com você.

– Ora, mas Joseph vai lhe dedurar. É melhor você ir!

– Joseph está carregando cal do outro lado de Penistone Crags. Vai ficar lá até anoitecer, ele nunca vai descobrir.

Com essas palavras, Heathcliff espreguiçou-se junto ao fogo e se sentou. Catherine refletiu por um instante, as sobrancelhas franzidas, e pensou ser melhor prepará-lo para a iminente intrusão.

– Isabella e Edgar Linton falaram de vir me visitar esta tarde – ela disse, após um minuto de silêncio. – Como está chovendo, acho difícil que venham. Mas, se vierem, você corre o risco de ser repreendido a troco de nada.

– Mande Ellen dizer que você está ocupada, Cathy – ele insistiu. – Não me rejeite por esses seus amigos tolos e deploráveis! Às vezes, sinto vontade de reclamar que eles... Mas eu não vou...

– Que eles o quê? – exclamou Catherine, encarando o garoto com uma expressão perturbada. – Ai, Nelly! – ela emendou com petulância, afastando a cabeça das minhas mãos. – Você penteou tanto meu cabelo que ele perdeu os cachos! Já chega, deixem-me sozinha. E o que você poderia ter para reclamar, Heathcliff?

– Ora, nada, apenas olhe para o calendário na parede. – Ele apontou para uma folha emoldurada que pendia junto à janela. – As cruzes são para as tardes que você passa com os Linton, e os pontos são para aquelas que passa comigo. Você percebe? Marquei todos os dias.

– Sim, que coisa boba, como se eu fosse ficar prestando atenção! – ela respondeu em um tom rabugento. – Qual o sentido de fazer isso?

– Mostrar que *eu* presto atenção – disse Heathcliff.

– Quer dizer então que eu devia estar sempre ao seu lado? – a garota quis saber, irritada. – E que bem isso me faria? Do que você conversa? Pelas poucas coisas que fala e faz para me entreter, poderia muito bem ser mudo ou um bebê de colo!

– Você nunca me contou que eu falava pouco ou que não gostava da minha companhia, Cathy! – Heathcliff exclamou, profundamente agitado.

– Não é nenhuma companhia caso a pessoa não saiba de nada e não fale de nada – murmurou a garota.

Seu companheiro ficou de pé, mas não teve tempo de expressar seus sentimentos para além disso, pois as passadas de um cavalo ressoaram pelas lajotas do pátio lá fora. O jovem Linton entrou após bater suavemente, o rosto brilhando de alegria pela convocação inesperada que recebera. Não tenho dúvida de que Catherine reparou na diferença entre os amigos no momento em que um entrava e o outro saía. O contraste era semelhante ao que se vê ao trocar uma região árida e montanhosa de minas de carvão por um belo vale fértil. A voz e os cumprimentos de Linton eram tão opostos aos de Heathcliff quanto suas aparências o eram. Edgar tinha um jeito doce e tranquilo de falar, pronunciando as palavras do mesmo modo que o senhor, de um jeito menos áspero do que falamos aqui na região, e também mais devagar.

– Cheguei cedo demais? – ele falou, lançando um olhar em minha direção. Eu havia começado a secar os pratos e a organizar algumas gavetas no canto do guarda-louça.

– Não – respondeu Catherine. – O que você está fazendo aí, Nelly?

– Meu trabalho, senhorita – respondi. O senhor Hindley havia recomendado que eu fizesse as vezes de acompanhante durante qualquer visita pessoal de Edgar.

Ela se aproximou de minhas costas e sussurrou, zangada:

– Pegue seus espanadores e saia daqui. Quando há visitas na casa, a criadagem não deve ficar polindo e limpando o cômodo onde os hóspedes estão!

– Mas é uma boa oportunidade para fazer isso, agora que o patrão saiu – respondi em voz alta. – Ele detesta que eu fique mexendo nas coisas enquanto está presente. Tenho certeza de que o senhor Edgar vai me perdoar.

– Detesto que fique mexendo nas coisas enquanto *eu* estou presente – exclamou a jovem dama, bastante autoritária, não permitindo sequer que sua visita tivesse tempo de falar. A garota ainda não havia se recuperado da pequena disputa com Heathcliff.

– Sinto muito por isso, senhorita Catherine – foi minha resposta, e retomei a ocupação com afinco redobrado.

Ela, supondo que Edgar não podia vê-la, arrancou o pano de minha mão e deu-me um beliscão demorado no braço, preenchido de desprezo. Já mencionei ao senhor que não a amava. E muito me agradava ferir sua vaidade de vez em quando. Além disso, ela havia me machucado de verdade, então me levantei depressa e exclamei:

– Ah, senhorita, que truque baixo! A senhorita não tem o direito de me beliscar, não vou aceitar uma atitude dessas.

– Eu nem toquei em você, criatura mentirosa! – ela gritou, os dedos coçando para repetir o ato, as orelhas já vermelhas de raiva. Ela nunca soube esconder seu temperamento, ficava com todo o semblante afogueado.

– Então o que é isso? – retruquei, mostrando uma testemunha definitivamente roxa em meu braço para refutá-la.

Ela bateu o pé e hesitou por um instante, mas depois, incapaz de resistir ao espírito malcriado que nutria, deu-me um tapa no rosto, um golpe dolorido que me fez encher os olhos d'água.

– Catherine, meu bem! Catherine! – interveio Linton, bastante chocado com a dupla falta de falsidade e violência demonstrada pela moça a quem idolatrava.

– Vá embora daqui, Ellen – ela repetiu, tremendo dos pés à cabeça.

O pequeno Hareton, que me seguia por toda parte e que estava sentado no chão ao meu lado, resolveu chorar junto ao ver minhas lágrimas. Entre soluços, começou a reclamar da "malvada tia Cathy", o que atraiu a fúria da garota sobre si. Ela o ergueu pelos ombros e sacudiu tanto o pobrezinho que o menino ficou branco feito cera. Sem pensar direito, Edgar segurou os braços de Cathy para fazê-la soltar a criança. No instante em que Hareton se viu livre, foi a vez de Linton provar a mão de Catherine em sua orelha, estapeando com firmeza demais para que o gesto pudesse ser considerado uma brincadeira. O rapaz afastou-se, consternado. Peguei Hareton no colo e saí da cozinha com ele. Porém, deixei a porta aberta, pois estava curiosa para ver como aqueles dois resolveriam suas desavenças. O visitante insultado foi até onde havia deixado o chapéu, pálido e com os lábios tremendo.

– Isso! – falei comigo mesma. – Escute o aviso e vá embora! É uma gentileza o senhor ter recebido um vislumbre da genuína personalidade de Cathy.

– Aonde você vai? – quis saber Catherine, avançando para a porta.

Ele virou de lado, tentando passar.

– Você não pode ir embora! – ela exclamou em um tom enérgico.

– Eu posso e vou! – ele respondeu, a voz controlada.

– Não! – Cathy insistiu, segurando a maçaneta. – Ainda não, Edgar Linton. Sente-se. Não pode me deixar nesse estado. Ficarei miserável por toda a noite, e não quero ficar assim por sua causa!

– Como posso permanecer aqui depois de você ter me dado um tapa? – perguntou Linton. Catherine não tinha resposta. – Fiquei com medo e com vergonha de você. Nunca mais volto aqui!

– Os olhos dela começaram a cintilar, as pálpebras tremendo. Ele prosseguiu: – E você ainda mentiu descaradamente!

– Não menti! – ela choramingou, recuperando a fala. – Não fiz nada descarado. Bom, vá embora, se é o que deseja! E agora vou chorar. Vou chorar até adoecer!

Ela caiu de joelhos ao lado de uma cadeira e começou a soluçar com todas as forças. Edgar continuou firme em sua resolução, mas somente até chegar ao pátio, quando então hesitou. Resolvi encorajá-lo.

– A senhorita Cathy é terrivelmente rebelde, senhor – avisei. – Tão ruim quanto qualquer outra criança mimada. É melhor o senhor subir no cavalo e voltar para casa, ou então ela vai mesmo ficar doente só para nos atormentar.

O pobre garoto gentil olhou de lado para as janelas. Tinha tanta habilidade em ir embora quanto um gato teria de deixar para trás um rato apenas meio morto ou um pássaro apenas meio devorado. *Ah*, pensei, *esse aí não tem salvação: está condenado, e correrá de encontro ao próprio destino!* E foi o que aconteceu; ele deu meia-volta de repente e retornou às pressas para o interior da residência, fechando a porta atrás de si. Quando entrei para informá-los de que o patrão Earnshaw havia voltado, caindo de bêbado e pronto para fazer desabar o mundo aos nossos pés (o que era seu estado costumeiro nessas ocasiões), percebi que a briga havia apenas resultado em maior intimidade entre os dois, quebrara as barreiras de timidez da infância, garantindo que os jovens abandonassem o disfarce da amizade e se confessassem como amantes.

A notícia da chegada do patrão fez Linton subir depressa em seu cavalo, e Catherine se trancou em seus aposentos. Quanto a mim, fui esconder o pequeno Hareton e tirar a munição da espingarda do senhor Hindley, com a qual o patrão gostava de brincar durante aqueles momentos de exaltação insana, colocando em risco a vida de qualquer um que o provocasse ou mesmo que atraísse demais sua atenção. Eu havia criado o plano de remover a munição para que ele não pudesse causar tantos estragos caso realmente chegasse às vias de puxar o gatilho.

# Capítulo 9

O senhor Hindley entrou, vociferando imprecações nefastas de se ouvir, e pegou-me no ato de esconder seu filho no armário da cozinha. Hareton havia desenvolvido um verdadeiro terror de encontrar tanto a afeição bestial quanto a ira ensandecida do pai, pois, de um lado, corria o risco de ser apertado e beijado até a morte; do outro, corria o risco de ser atirado ao fogo ou arremessado na parede. O coitadinho ficava totalmente imóvel onde quer que eu o posicionasse.

– Ah, finalmente a achei! – exclamou Hindley, puxando-me para trás pela pele do pescoço como se eu fosse um cachorro. – Pelos céus e infernos! Vocês tramaram entre si para assassinar meu filho! Mas agora sei de tudo, é por isso que o menino está sempre fora das minhas vistas. Porém, com a ajuda de Satã, hei de fazê-la engolir uma faca, Nelly! Não há motivo para rir. Saiba que acabei de atolar Kenneth de cabeça para baixo nos charcos, e enfiar uma pessoa a mais não faria diferença; quero matar alguns de vocês, e não vou descansar até fazer isso!

– Mas eu não gosto dessa faca, senhor Hindley – respondi. – Foi usada para eviscerar arenques. Eu preferia levar um tiro, se puder me fazer essa gentileza.

– Você devia era ser amaldiçoada! – ele disse. – E será. Nenhuma lei na Inglaterra pode impedir um homem de manter a decência em sua morada, e minha casa anda uma abominação! Abra a boca! – Ele tomou a faca nas mãos, apontando a extremidade na direção de meus dentes.

Mas, de minha parte, nunca tive muito medo de seus caprichos. Cuspi e afirmei que a faca tinha um gosto horrível, e que eu não a engoliria de jeito nenhum.

– Ah! – ele falou, deixando-me em paz. – Vejo que aquele pequeno patife não é Hareton. Peço desculpas, Nell. Porque se fosse Hareton, ele mereceria ser esfolado vivo por não vir correndo me abraçar e por ficar gritando como se eu fosse um monstro. Venha cá, filhote desnaturado! Vou ensinar vossa senhoria a se portar diante de um pai iludido de bom coração. Mas veja, não acha que o rapazinho ficaria mais bonito com as orelhas cortadas? Faz um cachorro parecer mais tenaz, e amo coisas tenazes. Vá buscar uma tesoura, uma bem tenaz e afiada! Além do mais, é uma amolação dos diabos, uma verdadeira presunção diabólica dar tanta importância às orelhas, já somos burros o suficiente sem elas. Calma, calma, criança! Ora, se não é o meu querido? Quero que seque os olhos e fique feliz. Agora me dê um beijo. O quê? Não quer me beijar? Beije-me, Hareton! Maldito seja, beije-me! Por Deus, é como se eu tivesse criado um monstro! Tão certo quanto estou vivo, vou torcer o pescoço deste fedelho.

O pobrezinho do Hareton guinchava e se debatia ao máximo nos braços do pai, gritando com força redobrada ao ser carregado pelas escadas até o segundo andar e depois erguido acima do corrimão. Gritei que o patrão acabaria assustando o menino até os ossos, e então corri para socorrer a criança. Quando os alcancei, Hindley se inclinou para frente no corrimão a fim de investigar um barulho vindo do andar de baixo, quase esquecido da carga preciosa que trazia nas mãos.

– Quem está aí? – ele perguntou, escutando os passos de alguém que se aproximava da escada.

Também me inclinei, mas com o propósito de sinalizar para Heathcliff, cujo som dos passos eu havia reconhecido, para que não chegasse nem um metro mais perto. Porém, no instante em que tirei os olhos de Hareton, o menino pegou um impulso repentino, livrou-se do aperto descuidado que o segurava e caiu.

Mal tivemos tempo de experimentar um arrepio de horror antes de perceber que o pequeno miserável estava bem. Heathcliff havia chegado bem no instante crítico; por um reflexo natural, aparara a queda, e, depois de colocar o menino de pé, olhou para cima a fim de descobrir quem provocara aquele acidente. Um sovina que vende um bilhete de loteria no valor de cinco xelins e que descobre, no dia seguinte, ter perdido cinco mil libras na barganha não seria capaz de exibir um rosto mais abatido do que o de Heathcliff ao contemplar a figura do senhor Earnshaw no topo das escadas. Expressava, com maior clareza do que fariam as palavras, a mais intensa angústia por se ver como instrumento de frustração da própria vingança. Caso estivesse escuro, atrevo-me a dizer que tentaria remediar seu erro esmagando o crânio de Hareton nos degraus. Mas nós havíamos testemunhado aquele resgate, e eu já estava lá embaixo, com meu valioso encargo pressionado contra o coração. Hindley, por sua vez, desceu as escadas com mais calma, além de mais sóbrio e constrangido.

– É sua culpa, Ellen – ele disse. – Você deveria tê-lo mantido fora das minhas vistas. Deveria tê-lo tirado de mim! Ele se machucou de algum modo?

– Se ele está machucado? – exclamei indignada. – Seria mais esperto se tivesse morrido! Ah, eu fico imaginando o tanto que a mãe se revira no túmulo ao ver como o senhor o usa! O senhor é pior do que um pagão, tratando o filho de seu próprio sangue desta maneira!

O senhor Hindley tentou tocar a criança, que, vendo-se segura em meus braços, havia abrandado os soluços de terror. No entanto, assim que o primeiro dedo do pai lhe encostou na pele, o menino desatou a gritar novamente, mais alto que antes, lutando como se fosse entrar em convulsão.

– O senhor não deve se meter com ele! – continuei. – O menino o detesta. Todos aqui o detestam, essa é a verdade! Que bela família feliz o senhor tem, e em que belo estado o senhor chegou!

– Pois vou ficar mais bonito ainda, Nelly – riu-se o homem desgarrado, recuperando a aspereza. – Por enquanto, trate de sumir daqui com o garoto. E escute bem, Heathcliff, quero você completamente fora das minhas vistas e da minha audição. Não desejo matá-lo ainda hoje, a menos, talvez, que eu ateie fogo na casa. Mas isso depende do que me der na cabeça. – E, com aquelas palavras, ele pegou uma garrafa de conhaque sobre o aparador e serviu-se de uma taça.

– Não faça isso! – supliquei. – Senhor Hindley, preste atenção. Ao menos tenha piedade do pobre garoto, já que não preza nem a si mesmo!

– Qualquer um fará melhor a ele do que eu – foi sua resposta.

– Tenha misericórdia de sua própria alma! – Tentei arrancar o copo de suas mãos.

– Eu não! Pelo contrário, terei imenso prazer em enviá-la rumo à perdição para punir meu Criador – exclamou o blasfemo. – Um brinde à calorosa danação!

Ele virou o corpo e mandou com impaciência que fôssemos embora, encerrando suas ordens com uma sequência de imprecações horrendas, ruins demais para valer a pena repetir ou lembrar.

– É uma pena que ele não possa se matar de tanto beber – comentou Heathcliff, murmurando um eco de maldições depois que a porta foi fechada. – Ele está dando o melhor de si, mas a própria saúde o desafia. O senhor Kenneth aposta a própria égua que Hindley vai viver mais do que qualquer outro homem por essas bandas de Gimmerton, e que, a menos que algum feliz e extraordinário acaso aconteça, ele vai continuar um pecador inveterado até parar na cova.

Dirigi-me à cozinha e sentei-me a fim de ninar meu pequeno cordeirinho. Heathcliff foi até o celeiro, ou pelo menos foi o que pensei. Depois, descobri que ele havia apenas dado a volta onde eu estava e ido se jogar em um banco junto à parede, longe do fogo, no qual permaneceu em silêncio.

Eu estava ninando Hareton em meu joelho, cantarolando uma canção que começava assim:

*Tarde da noite era, e a criança bramia,*
*Enquanto a mãe sob a terra, aquilo tudo ouvia,*

... quando a senhorita Cathy, que escutara a confusão lá de seu quarto, passou a cabeça pela porta e sussurrou:

– Você está sozinha, Nelly?

– Estou, senhorita.

Ela entrou na cozinha e se aproximou do fogo. Olhei para cima, supondo que a garota fosse dizer alguma coisa. A expressão em seu rosto parecia perturbada e ansiosa. Seus lábios estavam entreabertos, como se quisesse mesmo falar, e ela tomou fôlego, mas este saiu na forma de suspiro, e não de frase feita. Retomei minha canção. Ainda não havia me esquecido de suas malcriações mais recentes.

– Onde está Heathcliff? – ela me interrompeu.

– Trabalhando nos estábulos – respondi.

O garoto não me contradisse, talvez estivesse cochilando. Seguiu-se uma longa pausa, durante a qual pude perceber uma ou duas lágrimas pingando da bochecha de Catherine para sua roupa. *Estaria a menina envergonhada por sua conduta*?, perguntei a mim mesma. *Seria a primeira vez. Mas deixe que encontre as próprias palavras, não vou ajudar. Não, ela se vira muito bem em qualquer tema, menos nas próprias inquietações.*

– Ah, Deus! – ela choramingou, por fim. – Estou tão triste!

– Uma pena – comentei. – Você é difícil de agradar. Tem tantos amigos e tão poucos problemas, e mesmo assim não consegue ficar satisfeita!

– Nelly, você poderia guardar um segredo? – ela continuou, ajoelhando-se ao meu lado e erguendo o rosto para mim com aquele tipo de olhar que desarma qualquer mau humor, mesmo quando se tem todo o direito do mundo para senti-lo.

– É um segredo que vale a pena guardar? – perguntei, menos carrancuda.

– Sim, e é algo que me preocupa, então preciso falar! Tenho de saber o que fazer. Hoje, Edgar Linton me pediu em casamento, e dei-lhe minha resposta. Porém, antes de contar se foi um consentimento ou uma negativa, diga-me qual resposta eu deveria ter dado.

– Sério, senhorita Catherine, como eu poderia saber? – respondi. – Com certeza, considerando o espetáculo que você deu na presença do rapaz esta tarde, eu diria ser mais sensato recusá-lo. Já que ele a pediu em casamento depois disso, deve ser irremediavelmente estúpido ou um tolo aventureiro.

– Se vai ficar falando assim, não vou contar mais nada para você – ela retrucou, levantando-se com irritação. – Eu aceitei o pedido, Nelly. Depressa, diga-me se errei.

– Você aceitou! Então que bem há em discutir o assunto? Você já deu sua palavra, não pode voltar atrás.

– Mas diga se eu deveria ter feito isso! Ande! – ela exclamou em um tom irritado, esfregando as mãos, a testa franzida.

– Há muito o que considerar antes que tal pergunta possa ser respondida de maneira adequada – sentenciei. – Primeiro de tudo: a senhorita ama o senhor Edgar?

– E quem não amaria? É claro que sim – ela respondeu.

Então a submeti ao seguinte catecismo: para uma mocinha de vinte e dois anos, não era inapropriado.

– Por que o ama, senhorita Cathy?

– Ora, que bobagem. Eu o amo. É o suficiente.

– De modo algum. A senhorita deve dizer o porquê.

– Bem, porque ele é bonito, e porque é agradável estar em sua companhia.

– Não é suficiente – foi meu comentário.

– E porque ele é jovem e alegre.

– Ainda não é suficiente.

– E porque ele me ama.

– Indiferente. Continue.

– Porque ele ficará rico, e vou gostar de ser a mulher mais importante da vizinhança. Terei orgulho de tê-lo como marido.

– Essa foi a pior de todas. E agora me diga de que maneira a senhorita o ama.

– Da mesma maneira que todo mundo. Como você é boba, Nelly.

– Nem um pouco. Responda.

– Eu amo o chão que ele pisa e o ar que respira, e qualquer coisa que ele toque e cada palavra que diz. Amo sua aparência e suas ações. Amo-o por inteiro e por completo. Pronto?

– E por quê?

– Não, a senhorita está zombando de mim. Isso é muito maldoso! Não vejo graça alguma! – disse a jovem dama, carrancuda, virando o rosto para o fogo.

– Não estou de brincadeira, senhorita Catherine – respondi. – A senhorita ama o senhor Edgar porque ele é bonito, jovem, alegre e rico, e porque ele a ama. Esse último motivo, porém, não vale de nada, é provável que a senhorita o amasse sem isso também, e dificilmente o amaria caso ele não reunisse os outros quatro atributos.

– Não, com certeza não. Eu teria pena dele, ou talvez eu o odiasse caso Edgar fosse feio e tolo.

– Mas existem diversos outros homens jovens, bonitos e ricos no mundo. Talvez até mais ricos e mais bonitos que o senhor Edgar. O que a impede de amar qualquer outro?

– Se existem, então estão fora de meu caminho; nunca vi nenhum como Edgar.

– Ainda assim, pode vir a conhecê-los. O senhor Edgar não será jovem e bonito para sempre, e pode até deixar de ser rico.

– Mas ele é tudo isso agora, e devo me preocupar apenas com o presente. Gostaria que você falasse de modo racional.

– Bem, está resolvido: se a senhorita só se preocupa com o presente, então case-se com o senhor Linton.

– Não desejo sua permissão para fazer isso. Eu *vou* me casar com ele. E ainda assim você não me disse se estou certa ou equivocada.

– Perfeitamente certa, se é que pode ser certo alguém se casar pensando apenas no presente. E agora vamos ouvir o que a está deixando infeliz nisso tudo. Seu irmão ficará satisfeito, a velha senhora e o marido não farão objeções, creio eu. A senhorita escapará de um lar tumultuoso e desconfortável diretamente para uma casa rica e respeitável. A senhorita ama Edgar, e Edgar a ama. Tudo me parece simples e fácil; onde está o obstáculo?

– *Aqui*! E *aqui*! – respondeu Catherine, levando uma mão à testa e outra ao peito. – Em qualquer lugar onde more a alma. Em minha alma e em meu coração, estou certa de ter feito errado!

– Isso é muito esquisito! Não consigo entender.

– É esse o meu segredo. Se prometer não zombar de mim, posso tentar explicar. Não sei como fazer isso direito, mas posso dar-lhe uma ideia de como me sinto.

Ela sentou-se novamente ao meu lado. Seu semblante ficou mais triste e mais sério, e suas mãos entrelaçadas estavam trêmulas.

– Nelly, você tem sonhos estranhos? – ela me perguntou de repente, após alguns instantes de reflexão.

– Sim, de vez em quando – respondi.

– E eu também. Em minha vida, tive sonhos que ficaram comigo desde então, e que mudaram minhas ideias. Atravessaram-me de ponta a ponta, como o vinho pela água, alterando a cor de meus pensamentos. E é um desses sonhos... Vou contar, mas faça um esforço para não rir em nenhuma parte.

– Ah, pare, senhorita Catherine! – exclamei. – Já somos sombrios o bastante sem precisar invocar fantasmas e visões para nos deixar perplexos. Ande, ande, volte a ser alegre como sempre! Olhe o pequeno Hareton! *Ele* não sonha com nada triste. Veja como é doce o sorriso que traz durante o sono!

– Sim, e como pragueja docemente o pai dele quando está sozinho! Você se lembra dele, ouso dizer, quando meu irmão era apenas outra coisinha gordinha assim, quase tão jovem e inocente. Contudo, Nelly, devo obrigá-la a ouvir. É um sonho curto, e de outra maneira não vou conseguir ficar em paz esta noite.

– Eu não vou ouvir, não vou ouvir! – apressei-me em dizer.

Eu era supersticiosa com sonhos naquela época, e ainda sou, e Catherine tinha uma melancolia tão incomum em seu aspecto que me fez temer algo a partir do qual eu pudesse conceber uma profecia, prevendo uma catástrofe terrível. Ela ficou irritada, mas não prosseguiu. Aparentemente abordando um novo assunto, ela recomeçou a falar pouco tempo depois:

– Se eu estivesse no Paraíso, Nelly, eu seria extremamente infeliz.

– Isso é porque você não se encaixa lá – respondi. – Todos os pecadores se sentiriam miseráveis no Paraíso.

– Mas não é por isso. Uma vez sonhei que estava lá.

– Já disse que não darei ouvidos aos seus sonhos, senhorita Catherine! Vou para a minha cama – eu a interrompi novamente.

Cathy riu. Ela segurou minha mão quando fiz menção de me levantar da cadeira.

– Não é nada disso! – ela exclamou. – Eu só ia dizer que o Paraíso não se parecia com a minha casa e que eu chorei até partir meu coração, desejando retornar à Terra. Os anjos ficaram com tanta raiva que me atiraram no meio dos charcos de Wuthering Heights, onde acordei soluçando de alegria. Isso bastará para explicar meu segredo, assim como o outro sonho. Tenho tanta vontade de me casar com Edgar Linton quanto tenho de morar no Paraíso, e, se o perverso lorde lá de cima não tivesse feito de Heathcliff alguém tão baixo, eu nem pensaria nessa possibilidade. Mas seria degradante casar-me com Heathcliff, e por isso ele nunca deve saber como eu o amo; e não porque ele é bonito, Nelly, mas porque ele é mais eu do que eu mesma sou. Seja lá do que nossas almas são feitas, a minha e a dele são a mesma coisa, enquanto a de Linton é tão diferente quanto um raio de luar difere de um relâmpago, ou quanto a geada difere do fogo.

Antes que tal discurso terminasse, percebi a presença de Heathcliff. Ao notar uma movimentação suave, virei a cabeça e flagrei-o levantando-se do banco e saindo furtivamente sem fazer barulho. Heathcliff havia escutado até a parte em que Catherine dizia ser uma degradação se casar com ele, e não ficou para ouvir o resto. Minha companheira, sentada no chão, foi impedida pelo espaldar da cadeira de perceber tanto sua presença quanto sua partida. Ainda assim, tomei um susto, e mandei que a garota se calasse!

– Por quê? – ela perguntou, olhando ao redor com nervosismo.

– Joseph está aqui – respondi, percebendo de modo oportuno o rolar de sua carroça pela estrada –, e Heathcliff virá com ele. Talvez esteja passando pela porta agora mesmo.

– Ah, ele não conseguiria me escutar lá da porta – ela falou. – Deixe-me segurar Hareton enquanto você prepara a ceia. Quando estiver pronta, chame-me para cearmos juntas. Quero enganar minha consciência incômoda e me convencer de que Heathcliff não tem a menor noção dessas coisas. Ele não tem, certo? Ele não sabe nada sobre estar apaixonado!

– Não vejo razão para que ele não saiba tão bem quanto você – respondi. – E se você for a escolha dele, então Heathcliff é a criatura mais infeliz que já nasceu! Assim que você se tornar a senhora Linton, ele perderá a amizade, o amor e tudo o mais! Já pensou em como você vai suportar essa separação, ou em como ele suportará estar completamente sozinho no mundo? Porque, senhorita Catherine...

– Heathcliff abandonado! Nós dois separados! – ela exclamou, seu tom indignado. – Quem há de nos separar, diga-me? Esta pessoa terá o mesmo destino de Mílon! Não enquanto eu viver, Ellen: nenhuma criatura mortal conseguiria. Cada Linton da face da Terra pode se desfazer em pó antes de eu consentir em esquecer Heathcliff. Ah, não é nada disso que pretendo, não é isso que quero dizer! Eu não seria a senhora Linton caso este fosse o preço exigido! Heathcliff será para mim o mesmo que foi pela vida inteira. Edgar deve superar a antipatia e ao menos tolerá-lo. Edgar vai fazer isso quando souber de meus verdadeiros sentimentos por ele. Nelly, entendo que você me veja como uma desgraçada egoísta; mas nunca lhe ocorreu que, se Heathcliff e eu nos casarmos, seríamos pedintes? Ao passo que, se eu me casar com Linton, posso ajudar Heathcliff a subir na vida, posso colocá-lo fora do alcance de meu irmão.

– Com o dinheiro do seu marido, senhorita Catherine? – perguntei. – Vai descobrir que o senhor Edgar não é tão flexível quanto imagina. E, embora eu dificilmente seja algum tipo de juiz, acho esse o pior motivo de todos os que você já deu para ficar noiva do jovem Linton.

– Não é – ela retrucou –, é o melhor! Os outros eram para satisfazer meus caprichos; e também por causa de Edgar, para agradá-lo. Este é para o bem de alguém que compreende meus sentimentos em relação a Edgar e a mim mesma. Não sei como explicar, mas certamente você e todas as pessoas têm noção de que há ou deveria haver algo além de nossa própria existência. Qual seria a utilidade de minha criação, se eu estivesse totalmente contida aqui? Minhas maiores desgraças neste mundo foram as desgraças de Heathcliff, e eu observei e senti cada uma delas desde o início: a maior parte de meu pensar é voltada a ele. Se tudo o mais perecer e *ele* restar, eu ainda continuarei a existir; ao passo que, se ele for aniquilado, o universo se tornará um estranho poderoso: não me sentiria parte dele. Meu amor por Linton é como a folhagem dos bosques: vai mudar com o passar das estações, estou bem ciente disso, assim como o inverno faz mudar as árvores. Já meu amor por Heathcliff assemelha-se às rochas eternas que jazem por baixo: uma fonte de deleites pouco visíveis, mas necessários. Nelly, *eu sou* Heathcliff! Ele está sempre, sempre em minha mente; não como um algo prazeroso, ao menos não mais do que sou um prazer para mim mesma, mas como meu próprio ser. Portanto, não volte a falar sobre nossa separação, é impraticável, e...

Ela fez uma pausa, escondendo o rosto nas dobras de meu vestido. Mas eu a afastei com força. Estava farta de suas tolices!

– Se eu puder encontrar algum sentido nesses seus absurdos, senhorita, seria apenas o de que ou você ignora os deveres assumidos em um casamento ou é uma garota má e sem princípios. Mas não me perturbe mais com seus segredos. Não prometerei guardá-los – falei.

– Mas você vai guardar este? – ela perguntou, ansiosa.

– Não, não prometo nada – repeti.

Ela estava prestes a insistir quando a chegada de Joseph encerrou nossa conversa. Catherine foi se sentar a um canto, ninando Hareton enquanto eu preparava o jantar. Quando a refeição ficou pronta, debati com meu colega criado sobre quem deveria levar um prato para o senhor Hindley, e não chegamos a um consenso até que a comida estivesse quase fria. Concordamos que seria melhor esperar que o patrão pedisse seu prato, caso assim desejasse, pois temíamos especialmente ir à sua presença depois que o homem passava certo tempo sozinho.

– E como é que aquele inútil não chegou dos campos ainda? Por onde ele anda? Mas que bela preguiça! – falou o velho, olhando em volta para procurar Heathcliff.

– Vou chamá-lo – respondi. – Não tenho dúvidas de que está no celeiro.

E assim fui até lá e chamei, mas não obtive resposta. Ao voltar, contei aos sussurros para Catherine que, eu tinha certeza, o garoto havia escutado boa parte do que ela dissera. Contei-lhe como o vira saindo da cozinha enquanto ela reclamava da conduta do irmão com relação a ele. Catherine levantou-se de um salto, largou Hareton no banco e saiu correndo para encontrar ela mesma o amigo. Não parou um único momento para considerar por qual motivo ficara tão agitada, ou como suas palavras poderiam tê-lo afetado. A menina ficou ausente por tanto tempo que Joseph propôs que não ficássemos mais esperando. Ele conjecturou, astucioso, que os jovens se mantinham longe a fim de evitar ouvir suas bênçãos intermináveis. Afirmou que os dois eram "ruins demais para serem apenas desleixados". Em consideração a eles, acrescentou, naquela noite, uma oração especial à súplica cotidiana de vinte e cinco minutos antes das refeições. Teria adicionado outra ao final da graça se não fosse pela patroinha, que o interrompeu, apressada, ordenando que Joseph corresse para a estrada e, fosse lá onde Heathcliff estivesse, que o encontrasse e o trouxesse de volta imediatamente!

– Quero falar com Heathcliff, e *preciso* fazer isso antes de me recolher – ela disse. – E o portão está aberto: ele está em algum lugar onde não consegue me escutar, pois não me responde, ainda que eu tenha gritado do alto do morro com o máximo de força que pude.

Joseph recusou-se a princípio. Porém, Cathy estava muito séria para ser contrariada. Finalmente, ele colocou o chapéu na cabeça e saiu resmungando. Enquanto isso, Catherine permanecia andando de um lado para o outro, exclamando:

– Onde será que ele está? Pergunto-me aonde ele terá ido! O que foi que eu disse, Nelly? Eu não lembro. Ele ficou irritado com meu mau humor esta tarde? Deus! Diga-me o que fiz para magoá-lo! Queria tanto que ele voltasse. Como eu queria!

– Quanto escândalo por nada! – gritei, embora eu também estivesse bastante apreensiva. – Qualquer coisa a assusta! Certamente não é motivo para alarde que Heathcliff tenha decidido passear na charneca sob a luz do luar, ou mesmo decidido permanecer amuado, escondido no palheiro sem falar conosco. Aposto que ele está se escondendo lá. Vamos ver se eu não o desentoco!

Parti para renovar minhas buscas, mas o resultado foi frustrante. A busca de Joseph terminou na mesma situação.

– Esse garoto fica cada dia pior! – ele comentou ao entrar. – Deixou o portão completamente escancarado, e a pônei da senhorita pisoteou duas fileiras de milho e saiu trotando direto para os prados! O patrão vai cair de tanto reclamar amanhã, e estará certo. Ele é a própria paciência com essa criatura inútil e descuidada, é paciente até demais! Mas isso não vai durar para sempre, vocês vão ver! Não deviam ficar tirando o homem do sério por qualquer coisa!

– Mas você encontrou Heathcliff, seu asno? – Catherine interrompeu. – Procurou por ele, assim como ordenei?

– Eu deveria era estar procurando o cavalo – Joseph respondeu. – Faria mais sentido. Mas não posso procurar nem pelo cavalo nem pelo garoto em uma noite como esta, escura feito chaminé! E Heathcliff não é o tipo de garoto que responde aos *meus* assovios, é muito mais fácil ele atender ao chamado da senhorita!

Era mesmo uma noite muito escura para o verão: as nuvens pareciam predispostas a formar trovoadas. Recomendei que todos nós ficássemos sentados, pois a chuva que se aproximava certamente traria Heathcliff de volta para casa sem maiores problemas. No entanto, nada persuadia Catherine a ficar tranquila. Ela se mantinha vagando de um lado para o outro, do portão até a porta, em um estado de agitação que impedia qualquer repouso. Por fim, ela acomodou-se permanentemente junto ao muro, virada para a estrada, onde, sem se importar com minhas censuras, com o rosnado dos trovões ou com as grandes gotas que começavam a cair ao seu redor, ela permaneceu, chamando o nome de Heathcliff de tempos em tempos, ouvindo com atenção e depois caindo abertamente no choro. Em matéria de acessos de choro passional, ela seria capaz de suplantar Hareton ou qualquer outra criança.

Por volta da meia-noite, enquanto ainda estávamos sentados, a tempestade desabou, sacudindo os morros com fúria total. Houve um vento violento, assim como trovoadas, e alguma dessas duas coisas partiu uma árvore junto à casa. Um galho enorme caiu sobre o telhado, derrubando parte da chaminé leste e enviando um monte de pedras e fuligem pela abertura do fogo da cozinha. Pensamos que um raio havia caído no meio de nós. Joseph desabou de joelhos, clamando a Deus para que se lembrasse dos patriarcas Noé e Ló, e que, assim como nos tempos antigos, ferisse os ímpios, mas poupasse os justos. Também tive a impressão de que aquilo era um julgamento sobre nós. Jonas, em minha mente, era o senhor Earnshaw. Sacudi a maçaneta de seu covil para conferir se o homem ainda estava vivo. Ele respondeu de modo bastante audível, de uma maneira que fez meu companheiro vociferar, com mais clamor do que antes, para que uma ampla distinção fosse traçada entre santos como ele e pecadores como seu patrão. Mas o tumulto passou em vinte minutos, deixando todos nós ilesos, exceto por Cathy, que ficou completamente encharcada em sua obstinação, recusando-se a procurar abrigo, permanecendo sem chapéu nem xale e capturando o máximo de água que podia em seus cabelos e roupas. Ela entrou em casa e deitou-se no banco, toda encharcada como estava, virando-se para o encosto e tampando as faces com as mãos.

– Muito bonito, senhorita! – exclamei, tocando-a no ombro. – Espero que não esteja empenhada em buscar a própria morte, não acha? Sabe que horas são? Já passa da meia-noite. Venha, venha se deitar! Não adianta ficar esperando por aquele garoto tolo, ele já deve estar em Gimmerton, e provavelmente ficará por lá. Deve ter imaginado que não o esperaríamos até esta hora. Ou, ao menos, deve achar que apenas o senhor Hindley está acordado e prefere evitar ser recebido na porta pelo patrão.

– Não, não, ele não está em Gimmerton – falou Joseph. – Pode muito bem estar no fundo de um atoleiro. Essa chuvarada não aconteceu por nada, e eu a advertiria a tomar cuidado, senhorita, a patroinha pode ser a próxima. E graças a Deus por isso! Tudo acontece para o bem dos escolhidos pelo Senhor, aqueles retirados da podridão! Assim dizem as Escrituras.

Ele começou a citar várias passagens, referenciando os capítulos e versículos em que poderíamos encontrá-las.

Eu, tendo em vão implorado à menina obstinada que se levantasse e fosse trocar as roupas úmidas, deixei para trás o homem pregando e a jovem tremendo e fui para a cama com o pequeno Hareton, que pegou no sono tão rápido como se todos estivessem dormindo ao seu redor. Ouvi Joseph lendo por um tempo, depois distingui seus passos subindo as escadas, e então adormeci.

Descendo um pouco mais tarde do que de costume no outro dia, vi, através dos raios de sol que perfuravam as frestas da veneziana, a senhorita Catherine ainda sentada junto à lareira. A porta da casa também estava entreaberta, e a luz entrava pelas janelas destrancadas. Hindley já havia descido e estava na cozinha, junto ao fogo, abatido e sonolento.

– O que a aflige, Cathy? – ele dizia no momento em que entrei. – Você está tão prostrada quanto um filhotinho afogado. Por que está assim pálida e úmida, criança?

– Eu me molhei – a menina respondeu com relutância. – E estou com frio, apenas isso.

– Ah, mas a garota aprontou! – exclamei, percebendo que o patrão estava sóbrio o suficiente. – Ela saiu no aguaceiro de ontem e depois permaneceu sentada aqui a noite inteira. Não consegui convencê-la a se mover.

O senhor Earnshaw nos encarou, surpreso.

– A noite inteira... – ele repetiu. – O que a manteve acordada? Não foi o medo dos trovões, certo? As trovoadas acabaram horas atrás.

Nenhuma de nós queria mencionar o sumiço de Heathcliff enquanto pudéssemos ocultá-lo, então respondi que não sabia o que dera na cabeça da menina para passar a noite sentada, e Catherine não adicionou mais nada. A manhã estava limpa e agradável. Escancarei as venezianas, e a sala logo foi inundada pelos aromas doces do jardim. Mas Cathy chamou-me no mesmo instante, mal-humorada.

– Ellen, feche as janelas. Estou morta de frio! – Seus dentes batiam enquanto ela se encolhia para mais perto das brasas quase apagadas.

– Ela está doente – disse Hindley, tomando o pulso da irmã. – Suponho que seja o motivo de não ter ido para a cama. Maldição! Não quero ser importunado por mais doenças nesta casa. O que a fez sair na chuva?

– Correr atrás dos rapazes, como sempre! – grasnou Joseph, encontrando em nossa hesitação uma oportunidade para intrometer a enorme língua. – Se eu fosse o senhor, patrão, eu simplesmente bateria a porta na cara deles, todos eles, simples assim! Não se passa um dia que o senhor não saia e aquele menino Linton não venha espreitar por estas bandas. E dona Nelly, que beleza! Ela fica ali da cozinha vigiando a sua chegada. É o senhor entrar por uma porta e o rapaz sair pela outra, e então depois a patroinha sai ela mesma para flertar! Belo comportamento, vagar pelos campos depois da meia-noite com aquele cigano falso e maldito que é Heathcliff! Elas pensam que sou cego, mas não sou, nem um pouco! Vi o jovem Linton entrar e sair, e vi *você*! – Ele se virou para mim. – Sua bruxa inútil e desmazelada, vi você correndo para casa no minuto em que ouviu o cavalo do patrão subindo a estrada!

– Silêncio, seu bisbilhoteiro! – gritou Catherine. – Mantenha suas insolências longe de mim! Edgar Linton veio nos visitar ontem por acaso, Hindley, e eu mesma mandei que fosse embora, pois sabia que não gostaria de encontrá-lo no estado em que voltou para casa.

– Você está mentindo, Cathy, tenho certeza – respondeu o irmão. – E é mesmo uma maldita simplória! Mas Linton não me importa no momento. Diga-me, você esteve com Heathcliff ontem à noite? Fale a verdade desta vez. Não precisa temer prejudicá-lo, embora eu o odeie tanto quanto antes, ele recentemente me fez uma boa ação, e quebrar seu pescoço me causaria um peso na consciência. Para evitar fazer isso, vou mandá-lo cuidar da própria vida ainda hoje, e, depois que ele for embora, aconselho cada um aqui presente a tomar cuidado, meu temperamento vai sobrar ainda mais para vocês.

– Nem cheguei a ver Heathcliff ontem à noite – respondeu Catherine, começando a soluçar com amargura. – E se você o expulsar de casa, irei com ele. Mas talvez você nem tenha a oportunidade, talvez Heathcliff já tenha ido embora.

E então ela irrompeu em um pranto incontrolável, impedindo-a de articular o restante das palavras.

Hindley despejou uma torrente de insultos desdenhosos sobre a irmã, ordenando que esta fosse imediatamente para seu quarto, caso contrário realmente lhe daria motivos para chorar. Obriguei-a a obedecer, e nunca me esquecerei da cena que ela fez quando chegamos ao quarto; fiquei apavorada. Achei que tivesse enlouquecido. Implorei a Joseph que chamasse o médico. E era mesmo o princípio de um delírio, pois o senhor Kenneth declarou, assim que a viu, que a jovem estava gravemente enferma: contraíra uma febre. Ele a sangrou e recomendou que eu a alimentasse à base de soro de leite e mingau, e que eu ficasse de olho para que ela não se jogasse das escadas ou pela janela. Depois o homem partiu, tinha muito o que fazer na paróquia, onde a distância normal entre uma residência e outra era de três a cinco quilômetros.

Embora eu não possa dizer que fui a mais gentil das enfermeiras, com Joseph e o patrão sendo ainda piores, e embora nossa paciente fosse tão desgastante e teimosa quanto qualquer paciente pode vir a ser, Cathy resistiu. A velha senhora Linton fez-lhe várias visitas, colocando as coisas no lugar, distribuindo reprimendas e ordens a todos nós. Quando Catherine já estava convalescente, a senhora Linton insistiu para levá-la até a granja Thrushcross, uma ação pela qual nos sentimos muito gratos. Mas a pobre dama teve motivos para se arrepender de tal bondade; ela e o marido contraíram a febre e morreram com poucos dias de diferença um do outro.

Nossa jovem patroa voltou para nós ainda mais insolente, mais passional e mais arrogante do que nunca. Não tivemos mais notícias de Heathcliff desde a noite de temporal, e, um dia, tive a infelicidade, após a senhorita Cathy me provocar em excesso, de colocar sobre ela a culpa de seu sumiço – o que era, como ela bem sabia, uma verdade. A partir desse período, durante vários meses, ela deixou de conversar comigo por completo, exceto para me tratar como se eu fosse uma mera criada. Joseph também fora banido, ele continuava a falar o que pensava e a dar sermões na garota como se ela fosse uma criancinha, mas Catherine agora se considerava mulher, além de nossa patroa, crendo que a enfermidade recente lhe conferia o direito de ser tratada com a devida consideração. E então o médico disse que ela não suportaria ser aborrecida, e que deveria ser autorizada a fazer as coisas a seu próprio modo. Os olhos da menina brilhavam com nada além de violência caso alguém ousasse se pronunciar para contradizê-la. Catherine manteve-se distante do senhor Earnshaw e suas companhias. Advertido por Kenneth e, portanto, temeroso dos ataques que frequentemente acompanhavam seus acessos de raiva, o irmão permitia que a garota tivesse tudo o que desejasse, evitando agravar seu temperamento impetuoso. O senhor Earnshaw era muito indulgente em satisfazer-lhe os caprichos. Não por afeição, mas por orgulho; desejava com sinceridade que Catherine honrasse a família por meio de uma aliança com os Linton. No que dependia do patrão, enquanto ela o deixasse em paz, podia muito bem pisar em nós como se fôssemos seus escravos! Já Edgar Linton, como aconteceu com multidões antes dele e acontecerá com muitos depois, estava apaixonado. Ele se considerava o homem mais feliz do mundo no dia em que levou Cathy até a capela de Gimmerton, três anos após a morte do pai.

Muito contra a vontade, fui persuadida a deixar Wuthering Heights e acompanhar Catherine até aqui. O pequeno Hareton tinha quase cinco anos, eu havia apenas começado a ensinar-lhe as letras. Nossa despedida foi bastante triste, mas as lágrimas de Catherine tinham mais força do que as nossas. No início, quando eu me recusei a partir e quando ela entendeu que as súplicas não me comoveriam, foi se lamentar com o marido e o irmão. O primeiro ofereceu-me um pagamento generoso, e o segundo mandou-me fazer as malas. Dizia não querer mulheres na casa agora que não havia mais patroa. Quanto a Hareton, o pároco aos poucos cuidaria dele. Então só me restava uma escolha: fazer o que me era ordenado. Falei ao patrão que ele estava se livrando de todas as pessoas decentes ao redor apenas para correr um pouco mais rápido em direção à ruína. Beijei Hareton e lhe disse adeus, e desde então ele tem sido para mim como um estranho. É esquisito pensar assim, mas não tenho dúvida de que o rapaz se esqueceu completamente de Ellen Dean, que já significou para ele tudo no mundo, e ele para ela!

❧

Neste ponto do relato da governanta, ela por acaso olhou para o relógio sobre a chaminé. Fiquei pasmo ao ver o ponteiro dos minutos marcando uma e meia da manhã. A mulher recusou-se a ficar por mais um segundo sequer. De fato, eu mesmo estava disposto a adiar a continuação daquela narrativa. E agora que ela já se recolheu para descansar e eu meditei sobre suas considerações por mais uma ou duas horas, devo encontrar coragem de fazer o mesmo, apesar da dormência dolorosa que me acomete a cabeça e os membros.

# Capítulo 10

Mas que encantadora introdução à vida de eremita! Quatro semanas de tortura, tremores e enjoos! Ah, esses ventos sombrios e céus amargos do norte, essas estradas intransitáveis e a demora dos cirurgiões do interior! E, ah, a carência de fisionomia humana! E, ainda pior que tudo, a terrível insinuação de Kenneth de que não devo esperar ficar de pé antes da primavera!

O senhor Heathcliff acaba de me honrar com uma visita. Cerca de sete dias atrás, ele me enviou uma parelha de perdizes – as últimas da temporada. Canalha! Ele não é totalmente desprovido de culpa sobre minha doença, algo que senti muita vontade de dizer-lhe. Mas, ai de mim! Como eu poderia ofender um homem caridoso o bastante para se sentar ao lado de minha cama durante uma hora, falando sobre outro assunto que não pílulas e tônicos, pústulas e sanguessugas? Foi um intervalo bastante agradável. Estou fraco demais para ler; ainda assim, sinto-me inclinado a desfrutar de algo interessante. Por que não pedir que senhora Dean termine sua história? Consigo me lembrar de todos os principais acontecimentos até o ponto em que ela parou. Sim, lembro-me que seu herói havia fugido e que ninguém ouvira falar dele por três anos. E a heroína se casou. Vou chamá-la, ela vai adorar saber que sou capaz de conversar com entusiasmo. A senhora Dean chegou.

– Faltam vinte minutos para a hora do seu remédio, senhor – começou ela.

– Não, chega disso! – respondi. – Eu desejo que...

– O médico disse que o senhor deve parar de usar as pomadas.

– Pelo amor de Deus! Não me interrompa. Venha e sente-se aqui. Mantenha suas mãos longe dessa falange amarga de frascos de remédio. Tire o tricô do bolso. Isso mesmo. E agora continue a história do senhor Heathcliff do ponto em que parou até os dias atuais. Ele concluiu sua educação no continente e retornou como um cavalheiro? Ou conseguiu uma bolsa em uma universidade? Fugiu para a América e conquistou glórias após derramar sangue pela pátria adotiva? Ou fez fortuna depressa pelas estradas inglesas?

– Pode ser que tenha feito um pouco de tudo isso, senhor Lockwood, mas eu não poderia atestar nenhuma dessas coisas. Como afirmei antes, não sei como Heathcliff ganhou seu dinheiro. Também não estou ciente de que meios usou para erguer a mente da ignorância selvagem na qual estava afundada. Mas, com sua licença, continuarei à minha maneira, caso o senhor ache que isso vai animá-lo sem exauri-lo. Está se sentindo melhor esta manhã?

– Muito.

– Que ótima notícia.

Fui com a senhorita Catherine para a granja Thrushcross, e, para minha alegre decepção, ela se comportou infinitamente melhor do que eu ousaria esperar. Parecia gostar demais do senhor Linton, e demonstrou afeição até mesmo pela irmã do rapaz. Por sua vez, ambos eram, sem dúvida, muito atentos ao conforto de Catherine. Não era o espinho curvando-se perante as madressilvas, mas sim as madressilvas envolvendo o espinho. Não houve concessão mútua: era apenas Catherine a ficar ereta enquanto os outros cediam. E que pessoa consegue permanecer malcriada e mal-humorada quando não encontra nem oposição e nem indiferença diante de si? Notei que o senhor Edgar tinha um medo arraigado de perturbar o humor da esposa. Mantinha-o escondido dela, mas, caso me ouvisse respondendo duramente ou qualquer outro criado indisposto com alguma ordem imperiosa de Catherine, ele demonstrava sua perturbação por meio de uma carranca de desgosto que nunca apareceria por conta própria. Foram muitas as vezes em que falou comigo em tom severo sobre meu atrevimento, afirmando que nenhuma punhalada causaria dor pior do que ver sua senhora irritada. Para não aborrecer um patrão que era gentil, aprendi a ser menos suscetível. Pelo período de meio ano, a pólvora tornou-se tão inofensiva quanto areia, pois nenhuma labareda chegou perto o suficiente para fazê-la explodir. Catherine tinha momentos de melancolia e prostração aqui e ali. Mas tais períodos eram respeitados pelo silêncio compassivo de seu marido, que os atribuía a alguma mudança física causada pela perigosa doença da esposa, uma vez que Catherine nunca fora afeita a abatimentos de espírito. Quando a alegria dela voltava a raiar, ele a recebia com o mesmo brilho de sol. Penso ser possível afirmar que eles realmente eram donos de uma felicidade profunda e crescente.

Mas um dia ela acabou. Bem, as pessoas *devem* pensar em si mesmas a longo prazo, e os modestos e generosos são apenas egoístas com mais justificativas que os tiranos. A felicidade deles terminou quando as circunstâncias levaram cada um a perceber que seus interesses não eram a prioridade dos pensamentos um do outro. Em uma tarde amena de setembro, eu vinha pelo jardim, carregando uma pesada cesta de maçãs que andara colhendo. Já anoitecia, e a lua espiava por cima do muro alto do pátio, fazendo com que sombras indefinidas se escondessem pelas numerosas saliências do edifício. Depositei meu fardo nos degraus da casa, junto à porta da cozinha, e parei para descansar. Inspirei mais algumas vezes o ar doce e suave. Meus olhos estavam postos na lua, e eu estava de costas para a entrada quando ouvi uma voz atrás de mim dizer:

– Nelly, é você?

Era uma voz profunda, de tom estrangeiro. No entanto, havia algo na maneira com que pronunciava meu nome que a tornava familiar. Virei-me a fim de descobrir quem falava, assustada, pois as portas estavam fechadas e eu não vira ninguém ao me aproximar dos degraus. Algo se moveu na varanda. Chegando mais perto, distingui um homem alto, vestindo roupas escuras, com rosto escuro e cabelos escuros. Ele se encostou contra a parede e pôs a mão na tranca, como se pretendesse ele mesmo abrir a porta. *Quem pode ser?*, pensei. *Será o senhor Earnshaw? Ora, não! A voz não se parece com a dele.*

– Estou esperando aqui já faz uma hora – o homem prosseguiu enquanto eu continuava a observá-lo. – E durante esse tempo a casa esteve tão silenciosa quanto a morte. Não me atrevi a entrar. Não está me reconhecendo? Não sou um estranho, veja!

Uma nesga de luz iluminou suas feições. As bochechas estavam descoradas, parcialmente cobertas por costeletas pretas. As sobrancelhas baixas, os olhos profundos e singulares. Eu lembrava daqueles olhos.

– Ah! – gritei, sem saber se o reconhecia como um visitante deste mundo, erguendo as mãos com espanto. – O quê? Você voltou? É realmente você? De verdade?

– Sim, sou eu, Heathcliff – ele respondeu, olhando de mim para as janelas. Estas refletiam vários raios de luar, mas nenhuma das luzes no interior da habitação. – Eles estão em casa? Onde ela está? Você não está feliz de me ver, Nelly! Mas não precisa se preocupar. Ela está em casa? Fale! Quero conversar com ela, com sua patroa. Vá e diga que alguém de Gimmerton deseja vê-la.

– E como ela vai reagir a isso? – exclamei. – O que ela vai fazer? Se essa surpresa já me deixa confusa... vai fazê-la perder a cabeça! E você é *mesmo* Heathcliff! Mas está diferente! Não, não há como entender. Por acaso tornou-se soldado?

– Vá e leve meu recado – ele interrompeu, impaciente. – Vou sofrer feito um pobre diabo até que faça isso!

Ele ergueu a tranca, e eu entrei. Contudo, quando alcancei a sala onde o senhor e a senhora Linton estavam, não tive coragem de prosseguir. Por fim, resolvi dar uma desculpa e perguntar se queriam que eu acendesse as velas. Então abri a porta.

Eles estavam sentados juntos e perto de uma janela, as venezianas encostadas na parede. A janela exibia, além das árvores do jardim e do parque verde e selvagem, o vale de Gimmerton, com uma linha de névoa serpenteando até quase o topo (pois logo que se passa a capela, como o senhor deve ter reparado, o canal subterrâneo que corre dos charcos se junta a um riacho que segue pela curva do vale). Wuthering Heights erguia-se acima desse vapor prateado, mas não era possível enxergar nossa velha casa, construída mais abaixo, do outro lado. Tanto a sala quanto seus ocupantes, e também a vista que contemplavam, pareciam maravilhosamente em paz. Estremeci, relutante em realizar minha missão. Já estava de fato indo embora sem dizer mais nada após ter perguntado sobre as velas quando o bom senso me obrigou a voltar e murmurar:

– Uma pessoa de Gimmerton deseja vê-la, senhora.

– E o que essa pessoa veio fazer aqui? – quis saber a senhora Linton.

– Não cheguei a perguntar – respondi.

– Bem, feche as cortinas, Nelly – ela falou. – E traga chá. Voltarei em um instante.

Ela deixou o cômodo. O senhor Edgar perguntou, pouco interessado, quem era a tal visita.

– Alguém que a patroa não esperaria receber – eu disse. – É aquele Heathcliff, o senhor deve se lembrar do rapaz, aquele que costumava morar na casa do senhor Earnshaw.

– O quê? O cigano? O rapaz que arava a terra? – ele exclamou. – Por que não avisou a Catherine que era ele?

– Silêncio! O senhor não devia chamá-lo desse jeito, patrão. Sua esposa ficaria muito triste caso ouvisse. Ela quase ficou de coração partido quando ele foi embora. Penso que o retorno de Heathcliff será um verdadeiro jubileu para a patroa.

O senhor Linton foi até a janela do outro lado da sala, a que dava para o pátio. Ele a abriu e se inclinou para olhar lá fora. Suponho que eles estivessem lá embaixo, pois o patrão exclamou depressa:

– Não fique aí parada, meu bem! Peça à pessoa que entre, caso seja alguém conhecido.

Pouco tempo depois, ouvi o barulho da tranca, e Catherine voou escada acima, ofegante e selvagem, agitada demais para demonstrar alegria: na verdade, se olhasse para o rosto dela, o senhor pensaria tratar-se de uma calamidade terrível.

– Ah, Edgar, Edgar! – ela arquejou, jogando os braços em volta do pescoço dele. – Ah, Edgar, querido! Heathcliff voltou. É ele! – Catherine o apertou com força em um abraço.

– Certo, certo – exclamou o marido, irritado. – Mas não me estrangule por isso! Ele nunca me pareceu ser esse tesouro todo. Não há necessidade de ficar tão frenética!

– Sei que não gosta dele – Catherine respondeu, reprimindo um pouco da intensidade de seu deleite. – No entanto, em consideração a mim, vocês devem se tornar amigos agora. Devo dizer para que ele suba?

– Aqui na sala de estar? – o senhor Linton perguntou.

– E onde mais seria?

O senhor Linton pareceu aborrecido. Sugeriu que a cozinha era um lugar mais adequado para receber aquela visita. A senhora Linton olhou para ele com uma expressão cômica: metade zangada, metade achando graça das meticulosidades do marido.

– Não – ela acrescentou depois de um tempo. – Não posso me sentar na cozinha. Ponha duas mesas aqui, Ellen. Uma para seu patrão e para a senhorita Isabella, que são da nobreza, e outra para mim e Heathcliff, já que somos das classes mais baixas. Isso resolve o seu problema, querido? Ou devo pedir que acendam a lareira em outro cômodo? Se preferir, é só me dizer o que fazer. Preciso descer e entreter meu convidado. Receio que a alegria seja grande demais para ser verdade!

Ela estava prestes a disparar pelas escadas novamente, mas Edgar a segurou.

– *Você*, diga a ele para que suba – falou, dirigindo-se a mim. – E, Catherine, tente ficar feliz sem soar ensandecida. A criadagem inteira não precisa vê-la recebendo um criado como se fosse seu irmão.

Desci e encontrei Heathcliff esperando na varanda, evidentemente antecipando um convite para entrar. Ele seguiu minhas orientações sem dizer muita coisa, e então eu o conduzi à presença do patrão e da patroa, cujas bochechas coradas traíam os vestígios de uma conversa acalorada. Mas a dama brilhou com outro tipo de sentimento quando seu amigo apareceu à porta: ela deu um passo adiante, segurou as duas mãos dele e o levou até Linton. Depois, agarrou os dedos relutantes de Linton e os grudou aos do recém-chegado. Naquele momento, completamente iluminado à luz da lareira e das velas, fiquei surpresa, mais do que nunca, ao contemplar a transformação de Heathcliff. Havia se tornado um homem alto, atlético e bem formado, e o patrão parecia franzino e infantil ao seu lado. A postura ereta sugeria que estivera no exército. O semblante era mais maduro em sua expressão e nos traços confiantes do que o do senhor Linton. Parecia inteligente e não retinha marcas de sua degradação anterior. Uma ferocidade semicivilizada ainda espreitava sob as sobrancelhas baixas e nos olhos cheios de fogo negro, mas encontrava-se subjugada. Até seus modos eram dignos: completamente desprovidos de aspereza, embora severos em sua graça. A surpresa do patrão igualava ou superava a minha: ele permaneceu por um minuto inteiro sem saber como se dirigir ao rapaz que arava a terra, como ele o havia chamado. Heathcliff soltou sua mão com suavidade. Ficou olhando para Linton com frieza até que o outro decidisse falar alguma coisa.

– Sente-se, senhor – ele disse, finalmente. – A senhora Linton, relembrando os velhos tempos, gostaria que eu lhe oferecesse uma recepção cordial. E, é claro, fico satisfeito com qualquer coisa que a agrade.

– Assim como eu – respondeu Heathcliff. – Especialmente se for algo que tenha a ver comigo. Ficarei, de bom grado, por uma ou duas horas.

Ele tomou um assento oposto ao de Catherine, que continuava encarando fixamente o amigo como se temesse vê-lo desaparecer caso parasse de olhar. Ele não a encarava com frequência: um rápido olhar de vez em quando era suficiente. Mas, sempre que o fazia, retribuía, com cada vez mais confiança, o indisfarçável deleite que sorvia dos olhos dela. Estavam ambos absortos demais em sua mútua alegria para sentirem vergonha. O mesmo não se podia dizer do senhor Edgar: ele ficava cada vez mais pálido de irritação, uma sensação que alcançou seu clímax quando a esposa se levantou e, atravessando o tapete, buscou novamente as mãos de Heathcliff e começou a rir como se estivesse nas nuvens.

– Amanhã pensarei se tratar de um sonho! – ela exclamou. – Não acreditarei que o vi, que o toquei e que falei com você uma vez mais. E mesmo assim, que Heathcliff cruel! Não merece toda esta acolhida. Ficar ausente e incomunicável durante três anos, sem nunca pensar em mim!

– Pensei mais do que você pensou em mim – Heathcliff murmurou. – Fiquei sabendo de seu casamento, Cathy, não faz muito tempo. Enquanto eu esperava no pátio lá fora, meditei sobre este plano: ter apenas um vislumbre de seu rosto, um olhar de surpresa, talvez, um deleite fingido. E depois acertar minhas contas com Hindley para então fugir da lei ao dar cabo eu mesmo de minha execução. Sua acolhida expulsou tais ideias de minha mente, mas tome cuidado para não me receber de modo diferente da próxima vez! Não... Você não vai me expulsar de novo. Você realmente ficou com pena de mim, não foi? Bem, havia motivo. Batalhei em meio a uma vida amarga desde a última vez que ouvi sua voz, e deve perdoar-me, pois lutei apenas por você!

– Catherine, a menos que prefira tomar chá frio, venha para a mesa, por favor – interrompeu Linton, esforçando-se para preservar o tom de voz habitual e a devida polidez. – O senhor Heathcliff tem uma longa caminhada pela frente, seja lá onde se hospede esta noite, e estou com sede.

Ela assumiu seu posto diante do bule. A senhorita Isabella veio, convocada pela sineta. Depois que eles se acomodaram à mesa, deixei o cômodo. A refeição mal durou dez minutos. Catherine nem chegou a encher a xícara: não conseguia comer nem beber. Edgar respingou chá no pires e mal deu um gole. O convidado não quis prolongar sua estadia naquele início de noite por mais de uma hora. Perguntei, conforme ele partia, se estava indo para Gimmerton.

– Não, vou para Wuthering Heights – respondeu. – O senhor Earnshaw me convidou depois que o visitei esta manhã.

O senhor Earnshaw convidando *Heathcliff*! E *Heathcliff* o chamando de senhor Earnshaw! Ponderei dolorosamente sobre o assunto depois que o visitante se foi. Será que havia se tornado um hipócrita, retornando à região sob um manto de fingimento apenas para causar o mal? Continuei refletindo, eu tinha um pressentimento no fundo do coração de que as coisas ficariam melhores se ele permanecesse longe.

Lá pelo meio da noite, fui acordada de meu primeiro sono pela senhora Linton, que havia se esgueirado até meu quarto, sentado à beira da cama e puxado meu cabelo a fim de me despertar.

– Não consigo dormir, Ellen – falou, à guisa de pedido de desculpas. – E preciso que alguma viva alma me faça companhia nesta felicidade! Edgar está mal-humorado porque me encontro contente com algo que não o interessa. Recusou-se a abrir a boca, exceto para proferir discursos mesquinhos e tolos. Afirmou que eu era cruel e egoísta por desejar conversar enquanto ele estava tão doente e sonolento. Basta o menor aborrecimento e ele logo arruma uma doença! Fiz alguns poucos comentários elogiosos sobre Heathcliff, e o homem, seja por uma dor de cabeça, seja por uma pontada de inveja, começou a chorar. Então me levantei e deixei-o sozinho.

– E qual é a serventia de elogiar Heathcliff na frente dele? – respondi. – Quando rapazes, tinham aversão um ao outro. Heathcliff odiaria na mesma medida ouvir elogios a seu marido; é a natureza humana. Deixe o senhor Linton em paz sobre esse assunto, a menos que deseje provocar um embate declarado entre eles.

– Mas isso não é um sinal de enorme fraqueza? – Catherine insistiu. – Não sinto inveja, nunca fico magoada pelo brilho dos cabelos de Isabella, a brancura de sua pele, a elegância delicada ou o carinho com que toda a família a trata. Mesmo você, Nelly, se eu e ela vez por outra nos desentendemos, toma o partido de Isabella na mesma hora. E ainda assim me rendo como uma mãe tola, chamo-a de querida e a enalteço até que recupere o bom humor. O irmão dela gosta quando somos cordiais uma com a outra, e me agrada vê-lo feliz. Mas eles são muito parecidos: duas crianças mimadas que imaginam o mundo ao seu dispor. Embora eu faça de tudo para agradá-los, penso que um belo castigo lhes cairia bem.

– Está enganada, senhora Linton – falei. – São eles que a agradam, e sei bem o que aconteceria caso não o fizessem. A senhora pode muito bem se dar ao luxo de satisfazer os caprichos passageiros daqueles dois, contanto que ambos sigam adivinhando-lhe os desejos. Mas é possível que se depare, finalmente, com algo de igual importância para todos, e então aqueles a quem chama de fracos podem se mostrar tão obstinados quanto a senhora.

– E então vamos lutar até a morte, não é, Nelly? – ela retrucou, sorrindo. – Não! Estou dizendo, tenho tanta fé no amor de Linton que penso poder até mesmo matá-lo, e nem assim Edgar tentaria retaliar.

Aconselhei Catherine a valorizar o marido ainda mais por essa afeição.

– E valorizo – ela respondeu. – Mas Edgar não precisa ficar reclamando por ninharias. É infantil. Em vez de desmoronar em lágrimas só porque falei que Heathcliff agora era digno da consideração de qualquer pessoa e que tê-lo como amigo seria uma honra para o mais refinado cavalheiro da região, era Edgar quem deveria ter dito a mesma coisa, encantado com tamanha cortesia. Ele deve se acostumar a Heathcliff, e pode até vir a gostar dele; considerando como Heathcliff tem motivos para odiá-lo, tenho certeza de que se portou de maneira excelente!

– O que acha da ida dele para Wuthering Heights? – perguntei. – Ao que tudo indica, Heathcliff está recuperado em todos os aspectos: praticamente um cristão, oferecendo a mão direita por toda parte a seus inimigos!

– Ele me explicou – Catherine respondeu. – Eu estava tão curiosa quanto você. Ele disse que foi até lá para obter notícias minhas. Achou que você ainda morasse lá. Joseph avisou Hindley, que saiu e começou a interrogá-lo sobre por onde andava e o que fazia da vida. Por fim, convidou-o para entrar. Havia algumas pessoas lá para o carteado, e Heathcliff juntou-se a elas. Meu irmão perdeu algum dinheiro para ele e, vendo que seu visitante dispunha de uma bela soma, convidou-o a voltar durante a noite. Heathcliff aceitou. Hindley é imprudente demais para selecionar suas companhias com cuidado: não se preocupa com os motivos que teria para desconfiar de alguém a quem já ofendeu gravemente. Mas Heathcliff afirma que sua principal razão para retomar contato com o antigo algoz é o desejo de se instalar próximo à granja, além de um apego à casa onde morávamos juntos. Tem esperanças de que nos encontremos mais vezes assim do que se ele fosse morar em Gimmerton. Também pretende oferecer um belo pagamento pela estadia em Wuthering Heights, e a cobiça de meu irmão sem dúvida irá aceitar tais termos, ele sempre foi ganancioso, embora gaste com uma mão o que recebe com a outra.

– Mas que belo lugar para um jovem fixar residência! – falei. – Não teme as consequências disso, senhora Linton?

– Não por meu amigo – ela respondeu. – Sua cabeça dura o protegerá do perigo. Temo um pouco por Hindley, mas ele não pode se tornar ainda moralmente pior do que já é, e ficarei entre os dois para impedir qualquer agressão física. Os acontecimentos desta noite reconciliaram-me com Deus e a humanidade! Eu havia me voltado em uma rebelião irada contra a Providência. Ah, suportei uma miséria muito, muito amarga, Nelly! Se aquela criatura soubesse como foi amarga, teria vergonha de ofuscar o desaparecimento de tal amargor com tanta petulância indolente. Foi o carinho que tenho por Heathcliff que me induziu a suportar tudo sozinha. Se eu tivesse expressado a agonia que experimentava com frequência, então ele teria aprendido a ansiar por meu alívio com tanto ardor quanto eu. No entanto, o sofrimento acabou, e não vou me vingar de sua insensatez. Posso enfrentar qualquer coisa daqui para a frente! Que a situação mais cruel da vida venha me estapear uma face, eu não apenas ofereceria a outra, como também pediria perdão por provocá-la. Como prova, irei fazer as pazes com Edgar agora mesmo. Boa noite! Tornei-me um anjo!

Com essa convicção autocomplacente, ela foi embora. O sucesso de seu plano ficou evidente na manhã seguinte. O senhor Linton não apenas se recuperou da rabugice (embora seu ânimo ainda parecesse subjugado pela exuberância e vivacidade de Catherine) como também não se atreveu a fazer objeções quando a esposa resolveu levar Isabella consigo até Wuthering Heights para uma visita durante a tarde. Ela, por sua vez, recompensou-o com uma primavera de doçura e afeição, tornando a casa um verdadeiro paraíso por vários dias, nos quais tanto patrão como criados foram beneficiados por seus perpétuos raios de sol.

Heathcliff – devo dizer senhor Heathcliff a partir de agora – usou com cautela sua liberdade de visitar a granja; a princípio, parecia estar testando até onde o proprietário da casa suportaria sua intromissão. Catherine também considerou prudente moderar suas expressões de prazer ao recebê-lo, e gradualmente estabeleceu para ele o direito de ser esperado como visita. O senhor Heathcliff também havia retido grande parte da reserva que o destacara na infância, o que servia para reprimir qualquer demonstração alarmante de sentimento. A inquietação de meu patrão esmoreceu, e outras circunstâncias o mantiveram distraído por um tempo.

Sua nova fonte de preocupação veio de um infortúnio não previsto: Isabella Linton desenvolvera uma atração repentina e irresistível pelo convidado que era apenas tolerado. Ela tinha dezoito anos na época, uma jovem encantadora. Infantil nas maneiras, embora possuísse uma sagacidade afiada, sentimentos afiados e, quando contrariada, um temperamento igualmente afiado. O irmão, que a amava com ternura, ficou chocado diante dessa inacreditável preferência. Deixando de lado a degradação de uma aliança com um homem sem nome e a possibilidade de que sua propriedade, na falta de herdeiros, acabasse em poder de tal pessoa, o senhor Edgar teve ainda o bom senso de compreender a disposição de Heathcliff. Sabia que, embora seu exterior estivesse transformado, a mente do outro permanecia imutável e inalterada. E o patrão temia aquela mente, era algo que o revoltava. Recusava terminantemente a ideia de entregar a mão de Isabella. Teria ficado ainda mais espantado caso tomasse conhecimento de que o afeto da irmã nascera sem ser solicitado e muito menos retribuído, pois, no minuto em que descobriu a existência de tal sentimento, o senhor Edgar colocou a culpa em um possível plano deliberado da parte de Heathcliff.

Todos nós havíamos notado, durante algum tempo, que a senhorita Linton estava preocupada e ansiosa com alguma coisa. Ela se tornou irritadiça e desgastante, espezinhando e trocando provocações com a cunhada em um ritmo constante, correndo o risco iminente de exaurir a limitada paciência de Catherine. Nós a perdoávamos, até certo ponto, sob a alegação de problemas de saúde: a jovem estava definhando e enfraquecendo diante dos nossos olhos. Entretanto, em um dia no qual Isabella estava especialmente mal-humorada, tendo rejeitado o desjejum e reclamado que a criadagem não fazia o que ela mandava, que a patroa não permitia que ela tivesse alguma função na casa e que o irmão a negligenciava, dizendo ter contraído um resfriado devido às janelas, que deixávamos abertas, e à lareira, que deixávamos apagada de propósito apenas para irritá-la, entre outras centenas de acusações ainda mais frívolas, a senhora Linton insistiu com firmeza para que a cunhada fosse se deitar, ameaçando chamar o médico. A menção ao nome de Kenneth levou a jovem a exclamar no mesmo instante que sua saúde era perfeita, e que era apenas a grosseria de Catherine que a fazia infeliz.

– Como pode me acusar de ser grosseira, sua danadinha malcriada? – gritou a patroa, espantada com aquela acusação infundada. – Certamente está fora de si. Quando foi que a tratei com aspereza, me diga?

– Ontem – soluçou Isabella. – E neste momento!

– Ontem! – exclamou a cunhada. – Em que ocasião?

– Durante nossa caminhada pela charneca. Falou-me para vagar por onde eu bem entendesse enquanto você passeava com o senhor Heathcliff.

– E essa é a sua noção de grosseria? – disse Catherine, caindo na risada. – Não quis insinuar que sua companhia era supérflua. Não nos importaríamos caso você decidisse permanecer. Apenas imaginei que a conversa de Heathcliff soaria tediosa para seus ouvidos.

– Ah, não – choramingou a jovem dama. – Você me mandou embora porque sabia que eu desejava ficar!

– A garota está em seu juízo perfeito? – perguntou a senhora Linton, apelando para mim. – Vou repetir a conversa que tive com Heathcliff, Isabella, palavra por palavra, e te peço que me aponte qualquer tipo de encanto que ela poderia ter gerado sobre você.

– Não me importo com a conversa – a outra respondeu. – Eu só queria estar com...

– Com quem? – perguntou Catherine, percebendo a hesitação da jovem para completar a frase.

– Com ele, e não quero ser sempre mandada embora! – Isabella prosseguiu, afogueada. – Você é como um cãozinho na manjedoura, Cathy, e deseja que ninguém mais seja amado além de si mesma!

– E você é uma criaturinha impertinente! – exclamou senhora Linton, estarrecida. – Mas não vou acreditar em tal idiotice! É impossível que deseje a admiração de Heathcliff, que sequer o considere uma pessoa agradável! Acho que a entendi errado, não foi, Isabella?

– Não, entendeu perfeitamente – falou a garota enamorada. – Eu o amo mais do que já amou Edgar, e talvez ele possa me amar também caso você o deixe em paz!

– Então eu daria um reino para não estar no seu lugar! – declarou Catherine, enfática, e parecia mesmo demonstrar sinceridade. – Nelly, ajude-me a convencê-la da própria loucura. Diga a ela o que Heathcliff é: uma criatura indomada, sem refinamento ou cultivo, uma árida vastidão de tojos e rochas escuras. Eu preferiria deixar um canário sozinho no parque em um dia de inverno do que recomendar que dê a ele o seu coração! É a deplorável ignorância que tem sobre o caráter de Heathcliff, criança, que leva um sonho como esse a entrar em sua cabeça. Ora, não fantasie que ele esconda profundezas de benevolência e afeição sob uma fachada severa! Ele não é um diamante bruto, ou uma ostra rústica que contém uma pérola. Ele é um homem feroz, impiedoso e atroz. Nunca digo a ele "Deixe este ou aquele inimigo em paz porque seria cruel e mesquinho de sua parte prejudicá-los", mas sim "Deixe-os em paz, pois eu odiaria vê-los prejudicados". Ele a esmagaria como um ovo de pardal, Isabella, caso visse em você um fardo. Sei que ele não poderia amar uma Linton, e que mesmo assim seria perfeitamente capaz de se casar com sua fortuna e suas perspectivas: a avareza cresce nele como um pecado constante. Esse é o panorama que prevejo, e olhe que sou amiga dele. Tanto que, se Heathcliff estivesse pensando seriamente em desposá-la, eu talvez segurasse minha língua e deixasse você cair em tal armadilha.

A senhorita Linton olhou para a cunhada com indignação.

– Que vergonha! Que vergonha! – ela repetiu, furiosa. – Você é pior do que vinte inimigos, sua amiga peçonhenta!

– Ah, então não acredita em mim? – disse Catherine. – Pensa que falei isso por algum egoísmo perverso?

– Tenho certeza que sim – replicou Isabella. – E chego a estremecer de medo por sua causa!

– Ótimo! – bradou a outra. – Experimente por si mesma, se é o que deseja. Já estou farta! Deixo o resto dessa discussão a cargo de sua insolência atrevida...

– E ainda devo sofrer com o egoísmo dela! – soluçou a jovem enquanto a senhora Linton deixava a sala. – Tudo, tudo está contra mim. Ela destruiu meu único consolo. Mas Catherine proferiu mentiras, não foi? O senhor Heathcliff não é um demônio. Ele tem uma alma honrada, verdadeira, ou então de que modo poderia lembrar-se dela?

– É melhor bani-lo de seus pensamentos, senhorita – eu disse. – Ele é uma ave de maus agouros, não é um bom pretendente. A senhora Linton falou com rigor, mas não posso contradizê-la. Ela conhece melhor o coração do senhor Heathcliff do que ele próprio, e nunca o descreveria como algo pior do que a verdade. Pessoas honestas não escondem seus feitos. Do que ele vive? Como ficou rico? Por que está hospedado em Wuthering Heights, a residência de um homem a quem abomina? Dizem que o senhor Earnshaw está cada vez pior desde que Heathcliff chegou. Os dois ficam juntos em claro a noite inteira, e Hindley anda pedindo dinheiro emprestado, penhorando a propriedade, e não faz nada além de jogar e beber. Ainda semana passada fiquei sabendo, pois Joseph me contou quando o encontrei em Gimmerton. Ele disse: "Nelly, logo haverá um inquérito do magistrado em nossa casa. Um deles quase perdeu o dedo impedindo que o outro cortasse a própria garganta feito um bezerro. Este último era o patrão, você sabe, tão ávido por ir ao Grande Tribunal. Ele não teme a bancada de juízes. Nem Paulo, nem Pedro, nem João, nem Mateus ou nenhum outro. Não ele! Ele até gosta: anseia em lançar suas feições de desafio sobre eles! E aquele seu querido rapaz Heathcliff é mesmo uma raridade. Ele sabe rir e gargalhar como ninguém dessa piada diabólica. Quando está visitando a granja, ele não lhe fala nada sobre a bela vida que leva entre nós? É assim mesmo: acorda somente ao pôr do sol e vive de dados, conhaque, venezianas fechadas e luz de velas até o meio-dia seguinte. Então vai praguejando e delirando até seu quarto, fazendo gente decente tapar os ouvidos de tanta vergonha. Depois o patife conta seu dinheiro, come, dorme e vai fofocar com a esposa do vizinho. E é claro que fala tudo para Catherine, contando como o ouro do pai dela corre para seu bolso e como Hindley galopa na estrada para a ruína enquanto Heathcliff vai na frente a fim de abrir-lhe os portões!". Agora, senhorita Linton, Joseph pode ser um velho mesquinho, mas não é mentiroso. Se o relato sobre a conduta de Heathcliff for verdadeiro, a senhorita não desejaria um marido assim, não é?

– Você está mancomunada com todo o resto, Ellen! – ela respondeu. – Não vou ficar aqui ouvindo suas calúnias. Quanta maldade você deve ter no coração para querer me convencer de que não há felicidade no mundo!

Não sei dizer se Isabella teria superado tal fantasia, caso deixada por si mesma, ou se teria perseverado em alimentá-la para sempre. Na verdade, ela teve pouco tempo para refletir. No dia seguinte, houve uma reunião judicial na cidade ao lado, e meu patrão foi obrigado a comparecer. O senhor Heathcliff, ciente de sua ausência, veio nos visitar um pouco mais cedo que de costume. Catherine e Isabella estavam sentadas na biblioteca sob um clima hostil, ainda que em silêncio. Isabella estava alarmada com sua recente indiscrição, tendo revelado seus sentimentos secretos em um arroubo passageiro de paixão. Já Catherine, após refletir um pouco, estava realmente ofendida com sua companheira. E, se ainda achava graça do atrevimento da garota, encontrava-se inclinada a não dar motivos para a outra sorrir. No entanto, sorriu ela mesma ao ver Heathcliff passando pela janela. Eu estava espanando a lareira. Pude notar o sorriso malicioso em seus lábios. Isabella, absorta em seus pensamentos ou com o livro que lia, permaneceu ali até que a porta fosse aberta, quando então já era tarde demais para escapar, algo que ela teria feito com prazer caso ainda fosse possível.

– Isso mesmo, entre! – exclamou a patroa com alegria, puxando uma cadeira para perto do fogo. – Eis aqui duas pessoas necessitando de uma terceira para quebrar o gelo entre elas, e você é o sujeito perfeito para isso. Heathcliff, tenho a honra de lhe apresentar, finalmente, alguém que o estima mais do que eu. Espero que se sinta lisonjeado. Não, não é Nelly, pare de olhar para ela! Minha pobre cunhada está aqui de coração partido pela mera contemplação de sua beleza física e moral. Está em suas próprias mãos tornar-se irmão de Edgar! Não, não, Isabella, você não deve fugir – Catherine prosseguiu, segurando, com uma graça fingida, a garota confusa que havia se levantado indignada. – Estávamos brigando feito gato e rato por sua causa, Heathcliff, e fui bastante superada nos protestos de devoção e admiração. Além disso, fui informada de que, caso o deixasse em paz, minha rival, como ela mesma se enxerga, atiraria uma flecha em sua alma, de tal modo a consertá-lo para sempre e banir minha imagem aos confins do esquecimento eterno!

– Catherine! – disse Isabella, invocando a própria dignidade e evitando usar da força para livrar-se da mão que a segurava. – Eu agradeceria caso você se mantivesse fiel à verdade e não me caluniasse, mesmo de brincadeira! Senhor Heathcliff, tenha a gentileza de pedir a essa sua amiga que me solte. Ela esquece que eu e o senhor não somos íntimos e que aquilo que a entretém é motivo de uma dor indescritível para minha pessoa.

Como o visitante nada respondeu, apenas se sentando e parecendo totalmente indiferente a qualquer sentimento nutrido a seu respeito, Isabella se virou e murmurou um sincero apelo de liberdade para sua carrasca.

– De modo algum! – exclamou a senhora Linton em resposta. – Não serei novamente chamada de cão na manjedoura. Agora você *vai* ficar. Heathcliff, por que não demonstra satisfação com essa agradável notícia? Isabella jura que o amor que Edgar tem por mim não é nada quando comparado ao que ela sente por você. Estou certa de que ela falou algo do tipo, não foi, Ellen? E a garota está de jejum desde o passeio de anteontem, tamanha a tristeza e a raiva por eu tê-la afastado de sua companhia. Considera o ato inaceitável.

– Penso que você a contradiz – disse Heathcliff, movendo a cadeira para encarar as duas. – No momento, ela deseja sair de minha companhia a qualquer custo!

E então ele olhou fixamente para a personagem principal da história como quem encara um estranho animal repulsivo: uma centopeia das Índias, por exemplo, uma criatura capaz de suscitar a curiosidade a ponto de nos fazer examiná-la de perto apesar da aversão que provoca. A pobrezinha da garota não suportou tal atitude, ficou pálida e corada em rápida sucessão. Enquanto as lágrimas agarravam-se aos cílios, torceu os dedos com força para afrouxar o aperto vigoroso de Catherine. Depois, percebendo que bastava livrar-se de um dos dedos para que outro se fechasse sobre seu braço e notando que seria incapaz de removê-los em sua totalidade, a jovem começou a usar as unhas. Suas bordas afiadas ornamentaram a pele da captora com meias-luas vermelhas.

– Aí está uma tigresa! – exclamou a senhora Linton, deixando-a livre e sacudindo a própria mão de dor. – Vá embora, pelo amor de Deus, e esconda essa sua cara de raposa! Quanta estupidez mostrar suas garras na frente dele. Não consegue perceber as conclusões que ele há de tirar? Veja, Heathcliff! Aqui estão instrumentos capazes de torturar. Tome cuidado com seus olhos.

– Eu arrancaria as unhas dos dedos da garota caso um dia viessem a me ameaçar – ele respondeu com brutalidade depois que a porta se fechou atrás dele. – Mas o que você pretendia provocando a criatura desse jeito, Cathy? Você não estava falando a verdade, estava?

– Garanto que sim. Ela está morta de amores por sua causa há várias semanas. Delirou a seu respeito esta manhã, e depois derramou um dilúvio de insultos porque representei suas falhas sob uma luz clara, com o propósito de mitigar sua adoração. Mas deixe para lá, meu desejo era punir o atrevimento de Isabella, nada além disso. Meu caro Heathcliff, gosto dela o suficiente para não deixar que você a capture e devore.

– Já eu gosto muito pouco para tentar fazer algo assim – ele disse. – Exceto de um modo muito macabro. Você ouviria falar de coisas esquisitas acontecendo caso eu morasse sozinho com aquele rostinho piegas de cera. A mais comum delas seria pintar as cores do arco-íris naquele rostinho pálido e, a cada um ou dois dias, tornar roxos seus olhos azuis; eles detestavelmente se parecem demais com os de Linton.

– Adorável! – comentou Catherine. – Ela tem olhos de pomba... de anjo!

– Ela é a herdeira do irmão, não é? – Heathcliff perguntou, após um breve instante de silêncio.

– Eu detestaria pensar assim – respondeu sua companheira. – Meia dúzia de sobrinhos hão de apagar esse título, se Deus quiser! Agora abstraia esse assunto de sua mente, você é muito propenso a cobiçar os bens do próximo. Lembre-se que os bens *deste* próximo são meus.

– Se fossem *meus*, não seriam menos seus – falou Heathcliff. – Porém, embora Isabella Linton possa ser tola, ela dificilmente é louca. Em suma, descartemos o assunto, assim como você me disse para fazer.

E realmente descartaram o tema de suas línguas. Catherine, provavelmente de seus pensamentos também. Mas o outro, eu tinha certeza, lembrou-se dele com frequência durante a noite. Eu o vi sorrir para si mesmo, e sorrir bastante, caindo em meditações sombrias sempre que acontecia de a senhora Linton se ausentar do recinto.

Decidi vigiar seus movimentos. Meu coração invariavelmente pendia para o lado do patrão em vez do de Catherine. Com razão, eu acreditava, pois ele era gentil, confiável e honrado. E ela... ela não era exatamente *o oposto*, mas parecia permitir-se uma liberdade tão ampla que me fazia ter pouca fé em seus princípios e ainda menos simpatia por seus sentimentos. Eu queria que algo acontecesse por trás dos panos para libertar tanto Wuthering Heights quanto a granja da presença de Heathcliff, algo que nos deixasse viver como vivíamos antes de sua chegada. As visitas de Heathcliff eram um pesadelo contínuo para mim, e, suspeito, para o patrão também. Sua estadia em Wuthering Heights representava uma opressão indescritível. Senti que Deus havia abandonado ali, à própria sorte, suas ovelhas desgarradas, e que uma fera maligna espreitava entre elas e o redil, esperando pela hora de avançar e destruir.

# Capítulo 11

Às vezes, enquanto meditava solitária sobre tais acontecimentos, deparava-me com um terror repentino, colocava o chapéu e saía para ver como estavam as coisas na fazenda. Persuadi minha consciência de que era meu dever avisar o senhor Earnshaw do que as pessoas andavam falando a respeito de suas atitudes. Mas então me lembrava de seus inveterados maus hábitos e, sem esperança de recuperá-lo, perdia a coragem de entrar naquela casa sombria, duvidando que fosse capaz de fazê-lo me ouvir.

Certa vez, passei pelo velho portão, desviando-me de meu caminho até Gimmerton. Foi mais ou menos na época dos eventos recém-contados em minha narrativa: uma tarde clara e gelada, com a terra nua e a estrada dura e seca. Cheguei a uma pedra onde o caminho se ramificava, seguindo para os charcos pela esquerda. Trata-se de um pilar rústico de arenito, com as letras W.H. talhadas na face norte, G. no lado leste e G.T. no sudoeste. Serve como uma espécie de marco para a granja, Wuthering Heights e a aldeia. O sol brilhava amarelo em seu topo cinzento, fazendo-me lembrar do verão, e, não sei explicar exatamente o porquê, um jorro de memórias infantis fluiu de repente em meu coração. Vinte anos antes, aquele lugar era nosso esconderijo favorito, meu e de Hindley. Admirei longamente o bloco gasto de pedra. Abaixando-me, encontrei um buraco junto à base, ainda cheio de conchas de caracol e seixos. Nós gostávamos de escondê-los ali, junto de outros tesouros mais perecíveis. E, tão claro como a realidade, tive a impressão de ver meu antigo companheiro de brincadeiras sentado na relva seca, a cabeça morena e quadrada inclinada para frente, a mãozinha escavando a terra com um pedaço de ardósia.

– Pobre Hindley! – deixei escapar de modo involuntário.

Então me assustei, minha vista me enganava, fazendo-me crer momentaneamente que a criança erguera o rosto e olhara direto para mim! A visão desapareceu em um piscar de olhos, mas fiquei com uma vontade irresistível de visitar Wuthering Heights no mesmo instante. A superstição me levou a obedecer a tal impulso. *E se ele tivesse morrido?*, pensei. *E se ele estivesse perto de morrer, supondo ser este um sinal de mau agouro?* Quanto mais eu me aproximava da casa, mais agitada ficava. Ao avistar a construção, tremia dos pés à cabeça. A aparição chegou primeiro, estava me observando do portão. Ou foi o que pensei de início ao observar um menino de olhos castanhos, parecendo um elfo, o rosto vermelho encostado às grades. Com um pouco mais de reflexão, entendi que aquele devia ser Hareton, o *meu* Hareton, que não estava assim tão diferente desde que eu o deixara, dez meses antes.

– Deus o abençoe, meu querido! – exclamei, esquecendo no mesmo instante de meus temores bobos. – Hareton, é a Nelly! Nelly, sua ama.

Ele recuou para fora do alcance de meus braços e apanhou um seixo.

– Vim visitar seu pai, Hareton – acrescentei, percebendo por sua atitude que a antiga Nelly, se é que ainda vivia na memória do menino, não fora reconhecida em minha figura.

Ele ergueu seu míssil para lançá-lo. Comecei um discurso reconfortante, mas fui incapaz de conter sua mão: a pedra atingiu meu chapéu. E então se seguiu uma torrente de imprecações dos lábios gaguejantes do pequenino; palavras que, quer ele as compreendesse ou não, eram proferidas com tanta ênfase praticada que distorciam suas feições de criança em uma chocante expressão de malignidade.

Pode ter certeza de que isso me deixou mais magoada do que irritada, senhor Lockwood. Quase chorando, tirei uma laranja do bolso e ofereci ao menino a fim de acalmá-lo. Ele hesitou por um momento, e então arrancou a fruta de minha mão como se pensasse que eu iria apenas tentá-lo para depois vê-lo frustrado. Mostrei uma segunda laranja, mantendo-a fora de seu alcance.

– Quem foi que lhe ensinou essas belas palavras, meu anjo? – indaguei. – Foi o pároco?

– Que se dane o pároco, e a senhora também! Dê-me a laranja – ele respondeu.

– Conte onde aprendeu essas lições e você a receberá – falei. – Quem é seu mestre?

– Papai diabo – foi a resposta que me deu.

– E o que você aprende com seu papai? – insisti. Ele pulou na direção da fruta. Segurei-a ainda mais alto. – O que é que ele ensina?

– Nada além de ficar fora de suas vistas – ele disse. – Papai não me suporta porque eu o xingo.

– Ah! E é o diabo que o ensina a xingar seu pai? – comentei.

– Sim... não... – ele falou, alongando as palavras.

– Então quem é?

– Heathcliff.

Perguntei se o menino gostava do senhor Heathcliff.

– Gosto! – ele respondeu mais uma vez.

Desejando saber quais os motivos para que gostasse do homem, só pude obter as seguintes frases:

– Eu não sei... Ele dá o troco quando papai me bate. Ele xinga papai por me xingar. Ele diz que posso fazer o que quiser.

– E o pároco não o ensina a ler e escrever? – continuei.

– Não, disseram que o pároco teria seus dentes enfiados goela abaixo se cruzasse a soleira da porta... Foi Heathcliff que prometeu!

Coloquei a laranja em sua mão e disse-lhe para avisar ao pai que uma mulher chamada Nelly Dean estava esperando para falar com ele no portão do jardim. Hareton seguiu pelo caminho pavimentado e entrou na casa. Mas, em vez de Hindley, foi Heathcliff quem apareceu na porta. Virei de costas imediatamente e corri pela estrada o mais rápido que pude, parando apenas ao alcançar o marco de arenito, sentindo-me tão assustada quanto se tivesse conjurado um *goblin*.

Nada disso tem muita conexão com o caso da senhorita Isabella, exceto por ter-me incitado a manter atenta vigilância e a conter a propagação daquela má influência sobre a granja, mesmo sob o risco de despertar uma tempestade doméstica ao frustrar os prazeres da senhora Linton.

Durante a visita seguinte do senhor Heathcliff, a jovem Isabella estava alimentando os pombos no pátio. Já fazia três dias que não trocava uma palavra com a cunhada, mas pelo menos havia parado de se queixar, algo que nos confortava imensamente. Eu sabia que Heathcliff não tinha o hábito de conceder qualquer gentileza desnecessária à senhorita Linton. Daquela vez, porém, a primeira precaução que tomou ao avistá-la foi fazer uma cuidadosa inspeção da fachada da casa. Eu estava junto à janela da cozinha, mas me escondi para sair de vista. Ele então caminhou pelo pavimento até a garota e disse algo para ela. Isabella pareceu constrangida, desejando se afastar. Para impedi-la, o senhor Heathcliff pôs a mão em seu braço. Ela desviou o rosto, aparentemente, ele havia feito uma pergunta que a moça não queria responder. Houve outra rápida espiada na direção da casa, e, supondo-se invisível, o canalha teve a ousadia de abraçá-la.

– Judas! Traidor! – gritei. – Então o senhor também é um hipócrita, não é? Um enganador deliberado!

– De quem está falando, Nelly? – disse Catherine, surgindo por cima de meu ombro. Eu estava empenhada demais em observar o casal do lado de fora para notar sua chegada.

– Desse seu amigo imprestável! – respondi, acalorada. – Aquele patife sorrateiro. Ah, ele notou que estamos aqui, está entrando! Fico imaginando se ele terá coragem de inventar uma desculpa plausível para flertar com a senhorita Isabella logo depois de ter afirmado odiá-la.

A senhora Linton viu a cunhada se libertar do abraço e correr para o jardim. Um minuto depois, Heathcliff abriu a porta. Não me contive em extravasar um pouco da minha indignação, mas Catherine, raivosa, mandou-me ficar quieta, ameaçando me expulsar da cozinha se eu continuasse usando minha língua para proferir insolências.

– Quem a escuta, pensa que é você a patroa! – ela exclamou. – Trate de se pôr no devido lugar! Heathcliff, o que espera conseguir com todo esse tumulto? Já lhe disse para deixar Isabella em paz!

Imploro que a deixe, a menos que esteja cansado de ser recebido nesta casa e deseje que Linton lhe bata a porta na cara!

– Que Deus o proíba de sequer tentar! – respondeu o vilão obscuro. Eu o odiei naquele momento. – Que Deus o mantenha manso e paciente. Cada dia sinto mais vontade de mandá-lo para o céu!

– Calado! – disse Catherine, fechando a porta da cozinha. – Não me tire do sério. Por que você desconsiderou meu pedido? Ela foi encontrá-lo de propósito?

– E o que você tem a ver com isso? – ele rosnou. – Se ela quiser, tenho o direito de beijá-la, enquanto você não tem nenhum de se opor. Não sou *seu marido*. E *você* não precisa ter ciúmes de mim!

– Não estou com ciúmes de você – respondeu a patroa. – Estou com ciúmes por você. Trate de se recompor, não vou deixar que faça cara feia para mim! Se gosta de Isabella, então deveria pedi-la em casamento. Mas você gosta da menina? Diga a verdade, Heathcliff! Viu? Você não responde. Estou certa de que não gosta.

– E o senhor Linton aprovaria o casamento da própria irmã com um homem desse? – perguntei.

– O senhor Linton teria de aprovar – retrucou minha senhora, decidida.

– Ele não precisa se dar ao trabalho – falou Heathcliff. – Posso me virar muito bem sem a aprovação dele. E quanto a você, Catherine, pretendo lhe dizer algumas palavras, já que estamos aqui. Quero que fique ciente de que *eu sei* que você me tratou de modo infernal. Infernal! Ouviu bem? E caso se gabe de não ter me deixado perceber nada, é uma tola. E se pensa que posso ser consolado com palavras doces, é uma idiota. E se pensa que vou ficar sofrendo sem me vingar, eu logo a convencerei do contrário! Enquanto isso, obrigado por ter me contado o segredo de sua cunhada, prometo que tirarei dele o máximo de proveito. E trate de manter-se fora do meu caminho!

– Que nova faceta da sua personalidade é essa? – exclamou a senhora Linton, estarrecida. – Tratei-o de modo infernal, e agora você vai se vingar? De que maneira tratei você, seu bruto ingrato? Como foi que o tratei de modo infernal?

– Não é de você que busco me vingar – respondeu Heathcliff, um pouco menos veemente. – Não é esse o plano. O tirano oprime seus escravos, e estes não se voltam contra o mestre, preferem esmagar aqueles abaixo de si. Você está convidada a me torturar até a morte por diversão; apenas permita que eu me divirta ao mesmo estilo e evite me insultar quando for possível. Depois de arrasar meu palácio, não construa uma choupana e fique admirando complacente sua própria caridade ao me ofertá-la como lar. Se eu achasse que você realmente deseja me ver casado com Isabella, já teria cortado minha própria garganta!

– Ah, então o problema é por eu *não estar* com ciúmes? – gritou Catherine. – Bem, não vou repetir minha oferta de uma esposa: é tão ruim quanto oferecer uma alma perdida para Satanás. Assim como a dele, sua felicidade reside em causar miséria. Deu provas disso. Edgar acaba de se recuperar do mau humor que o acomete desde a sua chegada, e eu começo a me sentir segura e tranquila; mas você, inquieto por nos ver em paz, parece decidido a promover a discórdia. Discuta o quanto quiser com Edgar, Heathcliff, e engane a irmã dele; você encontrará justamente o método mais eficiente para se vingar de mim.

A conversa cessou. A senhora Linton sentou-se perto do fogo, corada e sombria. O ânimo que ela havia desenvolvido estava se tornando intratável; ela não conseguia mais acalmá-lo ou controlá-lo. Já Heathcliff ficou de pé junto à lareira com os braços cruzados, remoendo seus pensamentos malignos. Foi desse jeito que eu os deixei e fui procurar o patrão, que andava se perguntando o que acontecera para manter Catherine no andar de baixo por tanto tempo.

– Ellen – ele chamou assim que entrei. – Por acaso viu sua patroa?

– Sim, ela está na cozinha, senhor – respondi. – Ela está triste e incomodada pelo comportamento do senhor Heathcliff. De fato, penso ser hora de fazer algo a respeito de tais visitas. Não faz nada bem ser assim tão maleável, e agora vemos o resultado...

Então relatei para ele a cena do pátio e, tanto quanto ousei, a discussão subsequente. Imaginei que não seria assim tão prejudicial para a senhora Linton, a menos que ela mesma se incriminasse mais tarde ao assumir uma postura defensiva a favor do visitante. Edgar Linton teve dificuldade em me ouvir até o final. Suas primeiras palavras revelaram que não isentava a esposa de uma parcela de culpa.

– Isso é inadmissível! – ele exclamou. – Já é uma vergonha que ela o tenha como amigo, e agora ainda quer me forçar a aturar sua companhia! Chame dois homens lá de fora, Ellen. Catherine não vai mais ficar discutindo com esse canalha inferior. E eu já cedi demais às vontades de minha esposa.

Ele desceu e, pedindo aos criados que esperassem no corredor, seguiu até a cozinha acompanhado por mim. Seus ocupantes haviam recomeçado a furiosa discussão, ou ao menos a senhora Linton estava repreendendo o visitante com um vigor renovado. Heathcliff fora para junto da janela, a cabeça baixa, aparentemente intimidado pelas imprecações violentas de Catherine. Ele foi o primeiro a ver o patrão e fez um gesto apressado para que a dama se calasse. Um gesto que ela, ao descobrir o motivo daquela ordem, prontamente obedeceu.

– O que é isso? – disse Linton, dirigindo-se à esposa. – Qual é a noção de decoro que você mantém para continuar aqui depois da linguagem que este cretino empregou para falar com você? Suponho que não pense nada a respeito, em se tratando de uma conversa comum, já está habituada à baixeza deste senhor, e talvez acredite que eu possa vir a me habituar também!

– Andou escutando atrás da porta, Edgar? – perguntou a patroa, usando um tom especialmente calculado para provocar o marido, demonstrando tanto desinteresse como desprezo pela irritação do senhor Linton.

Heathcliff, que erguera os olhos ao ouvir o primeiro discurso, agora dava uma risadinha zombeteira diante do segundo. Ao que parecia, tentava de propósito chamar a atenção do patrão para si. E de fato conseguiu, mas o senhor Edgar não estava inclinado a entretê-lo com grandes arroubos passionais.

– Até agora venho sendo tolerante, senhor – o patrão falou com uma voz calma. – Não que eu ignorasse seu caráter miserável e degradado, mas sentia que o senhor era apenas parcialmente responsável por ele. E como Catherine desejava manter tal contato, acabei consentindo. Fui um tolo. Sua presença aqui é um veneno capaz de contaminar os mais virtuosos. Por isso, e para evitar consequências piores, nego a partir de agora a sua entrada nesta casa e exijo que se retire imediatamente. Qualquer atraso de três minutos tornará sua partida involuntária e desonrosa.

Heathcliff mediu a altura e a largura de seu interlocutor com olhos cheios de escárnio.

– Cathy, esse seu cordeirinho faz ameaças como se fosse um touro! – falou. – Corre o risco de rachar o próprio crânio contra meus punhos. Por Deus, senhor Linton, sinto muitíssimo que o senhor não valha a pena nem para ser derrubado!

O patrão olhou em direção ao corredor, sinalizando para que eu fosse buscar os homens, não tinha a menor intenção de se arriscar em uma disputa pessoal. Captei sua mensagem. Porém, a senhora Linton, suspeitando de algo, resolveu me seguir. Quando tentei chamar os criados, ela me puxou para dentro, bateu a porta e nos trancou.

– Vamos deixar as coisas justas! – ela disse em resposta ao olhar de irritada surpresa do marido. – Se não tem coragem de atacá-lo, então peça desculpas ou se permita levar uma surra. Vai curá-lo dessa mania de fingir mais bravura do que tem. Não, vou engolir a chave antes que você a pegue! Sinto-me deliciosamente recompensada por ser tão gentil com cada um de vocês! Depois de muito relevar a natureza fraca de um e a natureza vil do outro, recebo como agradecimento duas amostras de ingratidão infundada, tão estúpidas ao ponto do absurdo! Edgar, eu estava defendendo você e sua família. Agora quero que Heathcliff o açoite até você ficar doente por ter pensado mal de mim!

Não foi necessário nenhum açoite para produzir tal efeito no patrão. Ele tentou arrancar a chave das mãos de Catherine, mas, por segurança, ela a atirou na parte mais quente da lareira. Então o senhor Edgar foi acometido por uma tremedeira nervosa, e seu rosto ficou mortalmente pálido. Nem pela própria vida o homem teria conseguido evitar aquele acesso de emoção, um misto de angústia e humilhação deixaram o senhor Linton completamente prostrado. Ele apoiou-se no espaldar de uma cadeira e cobriu o rosto com as mãos.

– Ó céus! Nos velhos tempos, você seria ordenado cavaleiro! – exclamou a senhora Linton. – Fomos derrotados! Fomos derrotados! Heathcliff seria tão capaz de levantar um dedo contra você do que um rei seria de colocar seu exército em marcha contra uma colônia de ratos. Anime-se! Você não vai se machucar! Realmente não é um cordeiro, parece mais com um coelhinho!

– Desejo que seja feliz com esse covarde sem sangue nas veias, Cathy! – falou o amigo. – Devo elogiá-la pelo bom gosto. Foi essa coisinha trêmula e balbuciante que escolheu no meu lugar? Eu não bateria nele com meus punhos, mas poderia chutá-lo e experimentar uma considerável satisfação. Ele está chorando? Ou está para desmaiar de medo?

O sujeito se aproximou e deu um empurrão na cadeira em que o senhor Linton descansava. Era melhor que tivesse mantido a distância; o patrão abruptamente se pôs de pé e o atingiu na garganta com um golpe que teria derrubado homens mais fracos. Heathcliff perdeu o fôlego por um momento, e, enquanto se engasgava, o senhor Linton correu pela porta dos fundos para o pátio e de lá para a entrada da casa.

– Pronto! Acabaram-se as suas visitas! – exclamou Catherine. – Agora vá embora. Edgar vai voltar com um par de pistolas e meia dúzia de ajudantes. Se ele de fato nos escutou pela porta, então com certeza nunca vai perdoá-lo. Você me pregou uma terrível peça, Heathcliff! Mas vá embora, ande logo! Prefiro ver Edgar acuado a ver você nessa situação.

– E você acha que vou embora com esse golpe ainda queimando na garganta? – ele trovejou. – Pro inferno que não! Vou esmagar as costelas dele feito avelãs podres antes de resolver atravessar a porta! Se não bater nele agora, vou querer matá-lo algum dia; então, se preza pela existência de seu marido, é melhor deixar que eu o pegue!

– Ele não vai voltar – eu interrompi, mentindo um pouco. – O cocheiro e os dois jardineiros estão aqui, e o senhor certamente não quer ser arremessado na estrada por eles! Cada um traz um porrete, e é provável que o patrão fique apenas observando pelas janelas da sala para ver se os homens cumprem suas ordens.

Os jardineiros e o cocheiro estavam mesmo presentes, mas o senhor Linton também estava com eles. Já haviam entrado pelo pátio. Heathcliff, pensando melhor, resolveu evitar uma luta contra os três subordinados. Ele agarrou o atiçador, arrombou a fechadura da porta interna e fugiu no instante em que eles entraram.

A senhora Linton, muito agitada, pediu-me que a acompanhasse até o andar de cima. Ela não fazia ideia de minha contribuição para o tumulto, e eu estava ansiosa por mantê-la na ignorância.

– Não estou raciocinando direito, Nelly! – ela exclamou, atirando-se ao sofá. – Sinto os martelos de mil ferreiros em minha cabeça! Diga a Isabella para me evitar, ela é a culpada de todo este alvoroço, e se ela ou qualquer outra pessoa agravar minha raiva no momento, ficarei selvagem. E, Nelly, caso volte a ver Edgar esta noite, diga a ele que estou a ponto de adoecer gravemente. E eu espero que assim seja. Ele me deixou aflita e me desgastou terrivelmente! Quero assustá-lo. Além do mais, ele poderia vir e começar uma série de reclamações e insultos. Estou certa de que iria responder também, e só Deus sabe onde poderíamos terminar! Você faria isso, minha boa Nelly? Sabe que não tenho culpa alguma nessa história. O que deu em Edgar para ouvir atrás da porta? Depois que você saiu da sala, as palavras de Heathcliff foram mesmo ultrajantes, mas eu não demoraria a fazê-lo desistir de Isabella, e o resto não tinha significado algum. Agora tudo está perdido graças a um desejo tolo de ouvir insultos que atormenta certas pessoas como se fosse um demônio! Se Edgar não tivesse escutado nossa conversa, nunca teria se sentido mal. Falo sério, quando ele se dirigiu a mim com aquele tom irracional de desagrado depois de eu ter repreendido Heathcliff até ficar rouca para defendê-lo, parei de me importar com o que eles fariam um ao outro. Em especial porque, independentemente do desfecho da cena, senti que todos nós seríamos separados por sabe-se lá quanto tempo! Bem, se não posso ter Heathcliff como amigo e se Edgar pretende continuar mesquinho e ciumento, tentarei partir o coração de ambos ao quebrar o meu. Será uma maneira rápida de terminar com tudo, quando eu for levada a tal extremo! Mas este é um feito reservado para um momento de completa desesperança, não quero pegar Linton de surpresa. Até agora ele tem sido discreto, temendo me provocar, mas você deve evocar mais uma vez o perigo de desistir dessa política, fazê-lo se lembrar de meu temperamento passional, que beira o frenesi após ser despertado. Também gostaria que você descartasse essa apatia de seu semblante, Nelly, e parecesse um pouco mais preocupada a meu respeito.

Sem dúvida, a passividade com que recebi suas instruções devia lhe parecer um tanto exasperante, pois Catherine falara com perfeita sinceridade. Mas eu acreditava que uma pessoa capaz de planejar de antemão seus acessos de ira conseguiria, ao exercer a própria vontade, controlar-se minimamente, mesmo quando sob influência de tais paixões. Além disso, eu não queria "assustar" seu marido, como ela dizia, e multiplicar os aborrecimentos do patrão apenas para satisfazer os egoísmos da esposa. Portanto, nada falei ao encontrar o senhor

Linton caminhando em direção à sala. Contudo, tomei a liberdade de voltar para ficar escutando caso eles retornassem com as discussões. Foi ele quem falou primeiro.

– Fique onde está, Catherine – ele disse, a voz sem nenhuma raiva, mas com um tom muito triste de desânimo. – Não vou ficar aqui. Não vim para discutir nem tentar me reconciliar. Apenas desejo saber se, após os eventos desta noite, você ainda pretende continuar sua intimidade com...

– Ah, pelo amor de Deus – interrompeu a patroa, batendo o pé. – Pelo amor de Deus, não vamos mais falar disso por agora! Seu sangue frio não pode resultar em febre, e suas veias estão cheias de água gelada; mas as minhas estão fervendo, e ver toda essa frieza as faz querer saltar.

– Para se livrar de mim, precisa responder à minha pergunta – insistiu o senhor Linton. – Precisa respondê-la, e essa violência toda não me assusta. Descobri que você pode ser tão estoica quanto qualquer outra pessoa quando é de sua vontade. Vai desistir de Heathcliff a partir de agora ou vai desistir de mim? Pois é impossível para você ser *minha* amiga e amiga *dele* ao mesmo tempo, e eu *exijo,* de maneira absoluta, saber qual de nós você escolhe.

– E eu exijo ser deixada sozinha! – exclamou Catherine, furiosa. – Eu exijo! Não vê que mal consigo ficar de pé? Edgar, saia... saia daqui!

Ela tocou a campainha até quebrá-la com um estalido metálico. Entrei vagarosamente no recinto. Aquelas fúrias perversas e sem propósito eram suficientes para testar a paciência de um santo! A patroa ficou lá, deitada, batendo a cabeça no braço do sofá e rangendo os dentes com tanta força que qualquer um temeria vê-los quebrados! O senhor Linton ficou encarando a esposa com medo e remorso súbitos. Mandou-me buscar um pouco de água. Catherine não tinha fôlego nem para falar. Eu trouxe um copo cheio e, como ela se recusava a beber, borrifei um pouco do líquido em seu rosto. Poucos segundos depois ela se esticou, rígida, e começou a revirar os olhos, enquanto as bochechas cada vez mais pálidas assumiam o aspecto da morte. Linton ficou apavorado.

– Não há nada com o que se preocupar – sussurrei para ele. Não queria que o patrão cedesse, embora sentisse eu mesma um pouco de medo no fundo de meu coração.

– Ela tem sangue nos lábios! – ele disse, estremecendo.

– Não importa! – respondi com aspereza. E lhe contei como Catherine havia planejado, antes de vê-lo entrar no cômodo, exibir um ataque de nervos. De maneira imprudente, relatei tudo em voz alta para o senhor Linton. E a patroa me ouviu, pois ficou de pé em um salto, o cabelo esvoaçando sobre os ombros, os olhos cintilando, os músculos do pescoço e dos braços destacados de um jeito anormal sob a pele. Preparei-me para no mínimo ter meus ossos quebrados, mas Catherine apenas olhou em volta e então saiu correndo da sala. O patrão mandou que eu a seguisse. Fiz isso, apressando-me atrás dela pelo corredor que dava em seu quarto. Mas ela bateu a porta contra mim e me impediu de avançar sequer mais um passo.

Como Catherine não se dispôs a descer para o desjejum da manhã seguinte, fui perguntar se ela gostaria que eu levasse um pouco de comida lá em cima.

– Não! – ela respondeu, decidida.

Repeti a pergunta no almoço e na hora do chá, e de novo no dia seguinte, recebendo sempre a mesma resposta. O senhor Linton, por sua vez, passava o tempo todo na biblioteca e não demonstrava interesse quanto às ocupações da esposa. Ele e Isabella haviam conversado durante uma hora, na qual o irmão mais velho tentara extrair da jovem algum sentimento de horror devido aos avanços de Heathcliff. Mas ele pouco pôde fazer com suas respostas evasivas, vendo-se obrigado a encerrar a sabatina insatisfatoriamente. Acrescentou, no entanto, uma advertência solene de que, se a garota fosse tão insana a ponto de encorajar aquele pretendente imprestável, então todos os laços familiares que conectavam os dois irmãos estariam dissolvidos.

# Capítulo 12

Enquanto a senhorita Linton vagava pelo parque e pelos jardins, sempre silenciosa e quase sempre chorando, e enquanto o irmão desta se enterrava entre os livros que nunca abria, desgastando-se, segundo eu imaginava, com uma expectativa vaga e constante de que Catherine, arrependida de sua conduta, viria por vontade própria pedir-lhe perdão e buscar uma reconciliação; e enquanto *ela*, por sua vez, jejuava com obstinação, provavelmente pensando que Edgar estava prestes a engasgar por conta de sua ausência e que era apenas o orgulho que impedia o marido a se prostrar a seus pés, eu seguia com minhas obrigações domésticas, convencida de que a granja contava com apenas uma alma sensata entre suas paredes, e que por acaso ela se alojava em meu corpo. Não desperdicei condolências com Isabella nem qualquer reprimenda com minha patroa. Nem mesmo prestei muita atenção aos suspiros do patrão, que ansiava por ouvir o nome da esposa, já que não podia ouvir sua voz. Decidi que eles deveriam vir a mim caso quisessem conversar. E, embora tenha sido um processo lento e cansativo, comecei a regozijar-me, finalmente, a respeito do que a princípio imaginei ser um tímido desabrochar de progresso.

No terceiro dia, a senhora Linton destrancou a porta. Tendo esgotado a água em sua jarra e no decantador, desejava um novo suprimento e uma tigela de mingau, pois acreditava estar morrendo. Considerei o discurso dirigido aos ouvidos de Edgar. Não acreditava em nada daquilo, então fiquei calada e trouxe para ela um pouco de chá e torradas. Ela comeu e bebeu com avidez, e depois afundou de novo nos travesseiros, cerrando os punhos e gemendo.

– Ai, vou morrer – ela exclamou. – Vou morrer, já que ninguém se importa comigo. Eu preferia não ter comido nada. – Mas então, um bom tempo depois, eu a ouvi murmurar: – Não, não vou morrer. Isso o faria feliz, pois não me ama de jeito nenhum. Nunca sentiria minha falta!

– Está precisando de alguma coisa, senhora? – perguntei, mantendo minha fachada de compostura mesmo diante do semblante medonho e das maneiras esquisitas e exageradas de Catherine.

– O que aquela criatura apática anda fazendo? – ela exigiu saber, empurrando os grossos cachos emaranhados para longe do rosto abatido. – Caiu em letargia, ou quem sabe está morto?

– Nenhuma das duas coisas – respondi. – Se está falando do senhor Linton, ele está razoavelmente bem, acredito, embora seus estudos o ocupem mais do que deveriam. O homem está o tempo todo entre os livros, já que não conta com outra companhia.

Eu não deveria ter falado nestes termos se tivesse ciência da verdadeira condição de Catherine, mas não conseguia me livrar da sensação de que ela havia provocado, pelo menos em parte, a própria doença.

– Entre os livros! – ela choramingou, confusa. – E eu aqui morrendo! Beirando o túmulo! Meu Deus! Ele sabe como estou passando mal? – ela prosseguiu, observando o próprio reflexo em um espelho pendurado na parede oposta. – Essa aqui é Catherine Linton? Ele imagina que estou brincando... pregando uma peça, talvez. Você não pode informá-lo de que meu estado é assustadoramente grave? Nelly, se já não for tarde demais, assim que eu souber como Edgar se sente, vou escolher entre uma dessas opções: morrer de fome de uma vez, o que não seria punição, a menos que meu marido tivesse coração, ou recuperar minha saúde e deixar a região. Você disse a verdade sobre ele? Tenha cuidado ao responder. Ele sente mesmo tanta indiferença assim pela minha vida?

– Ora, madame – respondi –, o patrão não faz ideia de que a senhora está doente e é claro que não imagina que seja capaz morrer de fome.

– Você duvida? Pode dizer a ele que é isso que vou fazer? – ela retrucou. – Trate de persuadi-lo! Fale com convicção, diga estar certa de que vou morrer!

– Não, senhora Linton – comentei. – A senhora se esquece de que comeu um pouco agora à tarde, com bastante apetite. Amanhã perceberá os ótimos efeitos que isso vai lhe trazer.

– Se eu tivesse certeza de que minha morte o mataria – interrompeu ela –, daria cabo de minha existência de uma vez! Não cheguei a fechar os olhos um momento sequer nestas três noites horríveis... Ah, que tormento! Ando assombrada, Nelly! Mas começo a desconfiar de que você não gosta de mim. Que estranho! Pensei que, embora todos odiassem e desprezassem uns aos outros, ninguém poderia deixar de me amar. E em poucas horas todas as pessoas viraram minhas inimigas. Estou certa que sim, cada pessoa desta casa. Como é triste encarar a morte rodeada de rostos frios! Isabella, apavorada e repelida, com medo de entrar no quarto, temendo encontrar a cunhada Catherine morta. E Edgar parado, solene, esperando um desfecho; depois vai orar em agradecimento a Deus por restaurar a paz de sua morada e então vai voltar para seus *livros*! Em nome de tudo que é sagrado, o que ele ganha em estar no meio dos *livros* enquanto eu estou aqui morrendo?

Ela não conseguia suportar a ideia que eu colocara em sua cabeça acerca de uma resignação filosófica do senhor Linton. Debatendo-se de um lado para outro, ela elevou seu estado febril rumo à loucura, rasgando o travesseiro com os dentes. Depois, erguendo-se de puro ardor, pediu que eu abrisse a janela. Estávamos no meio do inverno, com o vento soprando forte a nordeste, então me recusei a acatar a ordem. Tanto as expressões passando por seu rosto como suas mudanças de humor começavam a me deixar terrivelmente alarmada. Lembrei-me de sua antiga doença e da recomendação do médico para que não fosse contrariada. Se no minuto anterior ela parecia violenta, no seguinte, apoiada em um braço e sem perceber minha recusa em obedecê-la, parecia encontrar uma diversão infantil ao puxar as penas para fora dos rasgos que abrira no travesseiro, distribuindo-as sobre o lençol de acordo com as diferentes espécies: sua mente parecia perdida em diversas associações.

– Essa é de peru – murmurou para si mesma. – E essa é de pato selvagem. E aquela é de pombo. Ah, eles colocam penas de pombo nos travesseiros! Por isso não consigo morrer! Vou dar um jeito de jogá-las no chão quando for me deitar. E aqui está uma de perdiz. E essa, eu reconheceria entre milhares, é de abibe. Pássaro lindo, girando sobre nossas cabeças no meio da charneca. Ele queria chegar a seu ninho, pois as nuvens estavam tocando os charcos, e a ave pressentia a chuva chegando. Essa pena foi recolhida da charneca, o pássaro não foi abatido, vimos seu ninho no inverno, repleto de pequenos esqueletos. Heathcliff montou uma armadilha, mas os pássaros mais velhos não ousaram chegar perto dela. Fiz com que prometesse que jamais atiraria em um abibe depois disso, e ele nunca atirou. Veja, aqui tem mais! Ele atirou nos meus abibes, Nelly? Alguma dessas penas é vermelha? Deixe-me ver.

– Chega de tanta infantilidade! – interrompi, afastando o travesseiro e virando os furos de encontro ao colchão, pois Catherine arrancava aos punhados seu enchimento. – Deite-se e feche os olhos, está delirando. Que bagunça! A penugem está flutuando pelo ar como se fosse neve.

Comecei a recolher as penas.

– Nelly, olho para você e vejo – prosseguiu ela, sonhadora. – Vejo uma mulher idosa, de cabelos grisalhos e ombros caídos. Essa cama é a Caverna das Fadas abaixo de Penistone Crags, e você está coletando flechas mágicas para atirar em nossas novilhas, fingindo, enquanto estou perto, que são apenas chumaços de lã. É assim que você vai ficar daqui a cinquenta anos, pois sei que não é assim agora. Não estou delirando: você está enganada, ou então eu *realmente* acreditaria que você é uma bruxa seca e que estou sob Penistone Crags, mas tenho ciência de que é noite e de que há duas velas em cima da mesa, fazendo aquela cômoda preta brilhar feito azeviche...

– Cômoda preta? Onde? – perguntei. – A senhora está falando dormindo!

– Está encostada na parede, como sempre – ela respondeu. – Mas ela *de fato* parece estranha... Estou vendo um rosto na cômoda!

– Não há nenhuma cômoda nesse quarto, nunca houve – falei, voltando a me sentar e abrindo as cortinas para poder vigiá-la.

– Você *não está vendo* aquele rosto? – Catherine perguntou, olhando fixamente para o espelho.

Não importava o quanto eu falasse, fui incapaz de fazê-la compreender que o tal rosto era o dela. Acabei por me levantar e cobrir o espelho com um xale.

– O rosto ainda está por trás do tecido! – ela insistiu, nervosa. – Está se mexendo. Quem está aí? Espero que não resolva sair depois que você for embora! Ah, Nelly, o quarto é assombrado! Tenho medo de ficar sozinha!

Segurei a mão dela entre as minhas e pedi que se recompusesse. Seu corpo convulsionava com uma sucessão de estremecimentos, e ela seguia encarando o espelho.

– Não há ninguém aqui! – insisti. – Apenas *a senhora mesma*, patroa, e sabe disso.

– Eu mesma! – ela ofegou. – E o relógio vai bater as doze horas! Então é verdade! Que coisa horrível!

Seus dedos agarraram as roupas e suspenderam o tecido para cobrir os olhos. Tentei me esgueirar furtivamente até a porta com a intenção de chamar o senhor Linton, mas fui convocada de volta por um grito estridente; o xale havia caído da moldura.

– Ora, qual o problema? – exclamei. – Quem é a medrosa agora? Acorde! É só o espelho, senhora Linton. Está se vendo nele, e lá está o meu reflexo também, logo ao seu lado.

Trêmula e perplexa, ela me segurou com firmeza, mas então o horror gradualmente foi desaparecendo e dando lugar a um brilho constrangido.

– Ah, céus! Pensei que estava em casa – Catherine suspirou. – Achei que estava deitada em meu quarto em Wuthering Heights. Como estou fraca, meu cérebro ficou confuso, e por isso gritei em minha inconsciência. Não diga nada, apenas fique aqui comigo. Tenho medo de pegar no sono, meus sonhos me apavoram.

– Uma boa noite de sono lhe cairia bem, madame – respondi. – E espero que todo este tormento a impeça de tentar morrer de fome outra vez.

– Ah, se eu estivesse em minha própria cama na velha casa! – ela continuou com amargura, torcendo as mãos. – Com o vento soprando nos abetos junto às venezianas! Deixe-me senti-lo, vindo direto dos charcos, deixe-me sentir pelo menos um sopro!

Para acalmá-la, mantive a janela entreaberta por alguns segundos. Uma rajada fria de ar passou pela abertura. Fechei a janela e voltei para meu posto. A senhora Linton estava imóvel agora, o rosto banhado de lágrimas. A exaustão do corpo subjugara por inteiro seu espírito, nossa impetuosa Catherine não era muito melhor do que uma criancinha chorando.

– Há quanto tempo estou trancada aqui dentro? – ela quis saber, voltando à vida de repente.

– Começou na segunda-feira à noite – respondi. – E hoje é a noite da quinta, ou melhor, a madrugada da sexta-feira.

– O quê? Da mesma semana? – ela exclamou. – Foi tão pouco tempo assim?

– Tempo suficiente para sobreviver de nada além de água fria e mau humor – comentei.

– Bem, pareceu-me um número desgastante de horas – ela murmurou, em dúvida. – Deve ter sido mais tempo. Lembro-me de estar na sala depois de eles terem brigado, de Edgar ter me provocado de um jeito cruel, e lembro de ter corrido desesperada para este quarto. Assim que tranquei a porta, uma escuridão profunda me dominou, fazendo-me cair no chão. Eu não saberia explicar a Edgar como eu me sentia a ponto de ter um surto ou de enlouquecer de vez caso ele continuasse a me provocar! Perdi o controle de minha língua e de meus pensamentos, e talvez Edgar nem fosse capaz de entender minha agonia, pois mal tive juízo para escapar dele e de sua voz. Antes de me recuperar o suficiente para voltar a ouvir e enxergar, começou a amanhecer, e, Nelly, vou lhe contar o pensamento que tive e que se repetiu e se repetiu, a ponto de me fazer temer por minha sanidade. Enquanto eu jazia ali, com a cabeça apoiada na perna da mesa e os olhos mal discernindo o quadrado cinzento da janela, pensei que eu estava enclausurada na arca de carvalho de Wuthering Heights.

E então meu coração ardeu com alguma tristeza imensa, a qual, depois que acordei, não fui capaz de recordar. Fiquei refletindo, preocupada em descobrir o que poderia ser, e, o mais estranho: os últimos sete anos de minha vida foram apagados! Eu não lembrava de nada do que havia acontecido. Eu era uma criança, meu pai acabara de ser enterrado e minha infelicidade vinha da separação que Hindley impusera entre mim e Heathcliff. Eu estava deitada sozinha, pela primeira vez, e, despertando de um cochilo sombrio após uma noite de choro, ergui a mão para afastar os painéis de carvalho, mas meus dedos esbarraram no tampo da mesa! Depois acariciei o tapete, e então a memória voltou como um turbilhão, minha recente angústia foi tragada por um paradoxo de desespero. Não sei dizer por que me senti tão desgraçada, deve ter sido uma loucura temporária, pois não consigo conceber uma razão. Mas suponha que eu tivesse doze anos de idade e fosse arrancada de Wuthering Heights, das memórias de infância e de todos que eu conhecia, assim como sucedeu com Heathcliff naquela época, para ser convertida em um só golpe na senhora Linton, a dama da granja Thrushcross, esposa de um estranho: uma exilada, uma proscrita a partir dali, para tudo que simbolizava meu mundo. Agora você pode vislumbrar uma parcela do abismo por onde rastejei! Balance a cabeça quanto quiser, Nelly, mas você teve parte nas minhas perturbações! Você devia mesmo ter falado com Edgar, mas para dizer que me deixasse em paz! Ah, estou ardendo! Eu gostaria de estar do lado de fora! Gostaria de ser novamente uma garota, um tanto selvagem, resistente e livre, rindo de meus machucados e sem me deixar enlouquecer por eles! Por que mudei tanto? Por que meu sangue corre em um tumulto infernal diante de algumas simples palavras? Tenho certeza de que eu voltaria a ser eu mesma caso retornasse para andar entre as urzes daquelas colinas. Abra a janela novamente, bem escancarada! Rápido, por que não está se movendo?

– Porque não desejo que morra de frio – respondi.

– Significa que você não vai me dar uma chance de viver – disse ela, taciturna. – No entanto, ainda não estou prostrada por completo, posso abrir eu mesma.

Deslizando da cama antes que eu pudesse impedi-la, Catherine atravessou o quarto a passos incertos, abriu a janela e inclinou-se para frente, sem se importar com o ar gélido que cortava seus ombros como uma faca. Supliquei que saísse dali, e então tentei tirá-la à força. Mas logo descobri que, enquanto delirava, a força dela sobrepujava a minha (convenci-me de que ela estava delirando, por seus atos e imprecações subsequentes). Não havia lua, e tudo estava encoberto por uma escuridão de nevoeiro. Não havia uma única luz brilhando nas casas, fossem elas próximas ou distantes, todas haviam sido extintas fazia muito tempo, e as luzes de Wuthering Heights nunca eram visíveis. Ainda assim, Catherine afirmou tê-las percebido brilhar.

– Veja! – ela gritou, ansiosa. – Lá está meu quarto com a vela acesa, as árvores balançando na frente. A outra vela está no sótão de Joseph. Ele fica acordado até tarde, não é? Está esperando que eu volte para casa, assim pode trancar o portão. Bem, ele vai ter de esperar mais um pouco. É uma jornada árdua e triste de percorrer, e precisamos passar antes na Igreja de Gimmerton! Muitas vezes enfrentamos juntos os seus fantasmas, desafiando um ao outro a caminhar por entre os túmulos e pedir aos mortos que se levantassem. Mas, Heathcliff, se eu o desafiasse agora, você se arriscaria? Se fizer isso, continuo a seu lado. Não vou jazer ali sozinha. Podem me enterrar a sete palmos do chão e demolir a igreja por cima, não vou descansar até que você esteja comigo. Nunca descansarei!

Ela fez uma pausa, depois retomou o assunto com um sorriso estranho:

– Ele está pensando... Prefere que eu vá até ele! Encontre uma maneira, então! Que não seja por aquele cemitério. Você é lento! Fique feliz, você sempre me seguiu mesmo!

Percebendo ser inútil argumentar contra sua insanidade, tentei imaginar como eu poderia alcançar algo para envolvê-la sem com isso precisar soltá-la (pois não confiava na patroa sozinha ali na janela escancarada). Foi quando, para minha consternação, ouvi o som da maçaneta da porta, e o senhor Linton entrou. Ele vinha da biblioteca e, ao passar pelo corredor, notou nosso falatório e foi atraído pela curiosidade, ou pelo medo, de examinar o significado daquela conversa em hora tardia.

– Ah, senhor! – gritei, testemunhando a exclamação que lhe subia pelos lábios diante da visão que ele encontrava e da atmosfera sombria do quarto. – Minha pobre patroa está doente e tem mais forças do que eu, não consigo controlá-la. Por favor, venha até aqui e a convença a se deitar. Esqueça sua raiva, pois ela está difícil de ser convencida a fazer qualquer coisa além da própria vontade.

– Catherine está doente? – ele disse, correndo em nossa direção. – Feche a janela, Ellen! Catherine? Como foi que...

Ele se calou. A aparência abatida da senhora Linton o deixou sem palavras, e o homem só conseguia olhar da esposa para mim com um espanto horrorizado.

– Ela ficou se atormentando aqui dentro – continuei. – Quase não comeu nada e nunca se queixou. Ela não havia deixado nenhum de nós entrar até essa noite, por isso não pudemos informá-lo sobre seu estado, nós mesmos não fazíamos ideia. Mas não há de ser coisa grave.

Senti que minhas explicações saíam desajeitadas. O patrão franziu a testa.

– Nada grave, não é, Ellen Dean? – ele falou com severidade. – Terá de explicar com mais clareza o porquê de não ter me contado nada disso! – Então tomou a esposa nos braços e olhou para ela com o semblante angustiado.

A princípio, ela não deu sinal de reconhecer o senhor Linton, ele era invisível para seus olhos alienados. Entretanto, o delírio não a tomou por inteiro, depois de ser impedida de contemplar a escuridão lá fora, ela aos poucos centrou a atenção no marido e descobriu quem a segurava.

– Ah! Você veio, não foi, Edgar Linton? – falou, com uma energia raivosa. – Você é uma daquelas coisas que sempre aparecem quando ninguém precisa e que, quando se faz necessário, nunca dá as caras! Suponho que vamos ouvir várias lamentações agora, vejo que sim. Mas não podem me afastar de minha casinha estreita lá longe, meu lugar de descanso, para onde estou destinada a ir antes que termine a primavera! Prestem atenção: não me coloquem entre os Linton, vejam bem, sob o telhado da capela, mas sim a céu aberto, com uma lápide de pedra. E então você pode decidir se fica com eles ou se me acompanha!

– Catherine, o que você fez? – começou o patrão. – Não sou mais nada para você? Por acaso ama aquele desgraçado do Heathc...

– Cale-se! – gritou a senhora Linton. – Cale-se agora mesmo! Se mencionar esse nome, encerro o assunto aqui e agora me atirando pela janela! O que você toca neste instante é de sua propriedade, mas minha alma estará no topo daquela colina antes que ponha as mãos em mim de novo. Não quero você, Edgar, não quero mais. Volte para seus livros. Fico contente que tenha um consolo, pois tudo o que teve de mim já acabou.

– A mente dela está à deriva, senhor – eu a interrompi. – Ela falou coisas sem sentido a noite toda. Deixe que receba um tratamento adequado e tranquilo, e ela vai se recuperar. Por enquanto, devemos ser cuidadosos para não a contrariar.

– Não desejo mais nenhum conselho seu – respondeu o senhor Linton. – Você conhecia a natureza de sua patroa, e ainda assim me encorajou a confrontá-la. E não me deu a menor dica sobre o estado de saúde dela durante os últimos três dias! Que falta de coração! Meses de doença não seriam capazes de provocar uma mudança dessa!

Comecei a me defender, pensando que era uma pena levar a culpa pelas perversas rebeldias de outra pessoa.

– Eu sabia que a natureza da senhora Linton era ser cabeça-dura e dominadora – exclamei –, mas não sabia que o senhor desejava estimular esse temperamento violento! Eu não sabia que, para fazer-lhe as vontades, deveria fazer vista grossa para o senhor Heathcliff. Ao avisá-lo, cumpri o dever de uma serva fiel, e agora estou recebendo a recompensa por ser uma serva fiel! Bem, da próxima vez serei mais cuidadosa. Da próxima vez, reúna as informações o senhor mesmo!

– Da próxima vez que vier me trazer uma fofoca, deixará meu serviço, Ellen Dean – ele respondeu.

– Então o senhor prefere não ficar sabendo de nada, senhor Linton? – falei. – Heathcliff está autorizado a vir cortejar a senhorita Isabella e aparecer em cada ocasião na qual o senhor se ausenta, tendo por objetivo envenenar a patroa contra o senhor?

Por mais confusa que Catherine estivesse, seus sentidos estavam alertas com o andamento de nossa conversa.

– Ah! Foi Nelly a bancar a traidora! – ela exclamou em tom passional. – Nelly é minha inimiga oculta. Sua bruxa! Então você realmente colhe flechas mágicas para nos machucar! Solte-me, e vou fazer com que se arrependa! Vou fazê-la pedir desculpas aos gritos!

Uma fúria maníaca cintilou em seus olhos enquanto Catherine lutava desesperadamente para se libertar dos braços de Edgar. Eu não queria ver aquela cena se alongando. Agindo por conta própria, saí do quarto em busca de ajuda médica.

Ao passar pelo jardim a caminho da estrada, no ponto em que um gancho fora fixado à parede para prender os cavalos, notei algo branco se movendo de maneira irregular, independentemente do vento. Apesar da pressa, parei para examinar do que se tratava, mesmo com minha imaginação convicta de que eu avistara uma criatura do outro mundo. Enormes foram a minha surpresa e perplexidade ao descobrir ali, mais pelo toque do que pela visão, a cachorrinha da senhorita Isabella, Fanny, suspensa por um lenço e quase nos últimos suspiros. Soltei depressa o animal e o coloquei de pé no jardim. Eu vira a cadela acompanhar a dona escada acima quando ela se recolheu para dormir, e perguntei-me como Fanny podia ter parado ali e que pessoa perversa a teria tratado daquele jeito. Enquanto desatava o nó do gancho, pensei ter escutado repetidamente os cascos de um cavalo galopando a certa distância. Mas havia tantas atribulações a ocupar meus pensamentos que não refleti muito sobre aquela circunstância, ainda que fosse um som estranho de se ouvir, naquele lugar, às duas horas da manhã.

Felizmente, o senhor Kenneth estava justamente saindo de casa para ver um paciente na aldeia quando subi a rua, e meu relato sobre a enfermidade de Catherine Linton fez com que ele me acompanhasse de imediato. Ele era um homem rústico e sincero, e não teve nenhum escrúpulo em expressar suas dúvidas quanto à sobrevivência de minha patroa após um segundo ataque, a menos que esta se provasse mais submissa do que se mostrara antes no cumprimento das recomendações médicas.

– Nelly Dean – ele disse –, não posso deixar de imaginar que existe uma causa extra para tudo isso. O que anda acontecendo na granja? Recebemos notícias estranhas por aqui. Uma moça robusta e vigorosa como Catherine não fica assim doente por nada, não é algo que acomete esse tipo de pessoa. É difícil que sequer tenham febre. Como foi que começou?

– O patrão irá colocá-lo a par de tudo – respondi. – Mas o senhor está familiarizado com a personalidade violenta dos Earnshaw, e a senhora Linton é a pior da família. Direi apenas que tudo começou com uma briga. Ela teve uma espécie de surto durante um ataque de fúria. É o que conta, pelo menos, pois fugiu correndo para se trancar no quarto no ápice da confusão. Depois, recusou-se a comer, e agora alterna entre o delírio e a semiconsciência. Reconhece as pessoas ao redor, mas tem a mente preenchida por todos os tipos de ideias estranhas e ilusões.

– O senhor Linton está arrependido? – quis saber Kenneth.

– Arrependido? Vai ficar de coração partido caso algo aconteça com ela! Não o deixe mais alarmado do que necessário.

– Bem, eu disse a ele para ter cuidado – falou meu companheiro. – Agora vai colher as consequências de ter negligenciado meu aviso! Não é ele que anda bastante próximo do senhor Heathcliff ultimamente?

– Heathcliff visita constantemente a granja – respondi –, embora tais encontros sejam mais frutos de a patroa tê-lo conhecido quando criança do que da simpatia do patrão. Mas agora ele não precisa mais se preocupar em nos visitar, não depois que manifestou algumas aspirações presunçosas a respeito da senhorita Linton. Duvido que vá ser recebido novamente naquela casa.

– E a senhorita Linton o rejeita? – foi a pergunta seguinte do médico.

– A garota não faz confidências para mim – retruquei, relutante em seguir o assunto.

– Não, ela é do tipo arredia – ele comentou, balançando a cabeça. – Prefere seguir os próprios conselhos! Mas na verdade é uma jovem tola. Fiquei sabendo de fonte confiável que, ontem à noite (e que bela noite estava fazendo!), ela e Heathcliff ficaram caminhando juntos pela plantação atrás do terreno por mais de duas horas, e que ele a pressionou a não voltar para casa, mas sim montar em seu cavalo e fugir com ele! Meu informante disse que Isabella só conseguiu fazê-lo desistir depois que prometeu se preparar para uma fuga no encontro seguinte. O informante não chegou a ouvir quando isso aconteceria, mas é melhor avisar o senhor Linton para ficar de olhos bem abertos!

A notícia encheu-me de novos temores. Ultrapassei Kenneth e corri por quase todo o caminho de volta. A cadelinha ainda estava ganindo no jardim. Gastei um minuto abrindo o portão para ela, mas, em vez de seguir para a porta da casa, Fanny corria para cima e para baixo, farejando a grama, e teria escapado para a estrada caso eu não a tivesse agarrado e levado no colo. Ao subir para o quarto de Isabella, minhas suspeitas foram confirmadas: o cômodo estava vazio. Se eu tivesse cuidado algumas horas antes da doença da senhora Linton, poderia tê-la impedido de tomar tal passo precipitado. Mas o que poderíamos fazer àquela altura? Havia uma possibilidade ínfima de que pudéssemos alcançá-los caso fôssemos atrás deles no mesmo instante. Entretanto, eu não podia persegui-los eu mesma, e não ousei despertar a família e encher o lugar de confusão, e muito menos contar tudo para o patrão, absorto como estava na calamidade atual e sem condições de enfrentar uma segunda! Não encontrei nada que pudesse fazer além de segurar minha língua e permitir que os eventos seguissem seu curso. Quando Kenneth chegou, foi com um semblante razoavelmente composto que o anunciei. Catherine dormia um sono agitado. O marido conseguira acalmar o excesso de sua fúria, e agora ficava inclinado no travesseiro acima dela, observando cada sombra e cada mudança de suas feições tão dolorosamente expressivas.

O médico, após examinar o caso com os próprios olhos, falou com esperança sobre um desfecho favorável, mas apenas se pudéssemos preservar, em torno dela, a mais perfeita e constante tranquilidade. Para mim, deu a entender que o verdadeiro perigo não era tanto a morte, mas sim a alienação permanente do intelecto.

Não preguei os olhos naquela noite, e nem o fez o senhor Linton. Na verdade, nem chegamos a nos deitar. Os criados também se levantaram muito mais cedo do que o habitual, movimentando-se a passos furtivos pela casa e trocando sussurros entre uma tarefa e outra. Todos estavam ativos, exceto pela senhorita Isabella, e logo os criados começaram a comentar aquele sono profundo. O próprio irmão perguntou se a moça já havia levantado, e parecia impaciente para vê-la, magoado com a pouca preocupação que ela demonstrava em relação à cunhada. Eu tremia de medo, imaginando que ele fosse me pedir para chamá-la, mas fui poupada do sofrimento de ser a primeira a proclamar sua fuga. Uma das criadas, uma jovem ainda insensata e que fora realizar uma tarefa em Gimmerton, veio correndo pela escada, de boca aberta, e se apressou a entrar no quarto, gritando:

– Ah, meu Deus! O que falta nos acontecer? Patrão, patrão, nossa jovem Isab...

– Cale a boca! – exclamei depressa, furiosa com seus modos agitados.

– Fale baixo, Mary. Qual é o problema? – disse o senhor Linton. – O que tanto a aflige sobre Isabella?

– Ela se foi, ela se foi! O senhor Heathcliff fugiu com ela! – arquejou a garota.

– Não pode ser verdade! – exclamou Linton, ficando de pé, agitado. – Não pode ser... Como uma ideia dessa foi parar em sua cabeça? Ellen Dean, vá procurá-la. É inacreditável, não pode ser verdade.

Enquanto falava, puxou a criada até a porta e repetiu sua exigência, perguntando quais motivos ela teria para afirmar tal coisa.

– Ora, acabei de me encontrar na estrada com o rapaz que entrega leite – ela gaguejou –, e ele quis saber se estávamos tendo muitos problemas na granja. Achei que ele estava falando da doença da patroa, então respondi que sim. Ele perguntou se "alguém tinha ido atrás deles". Não entendi a pergunta, então apenas o encarei. Reparando que eu não sabia de nada, ele me contou que uma dama e um cavalheiro haviam parado em uma oficina para trocar a ferradura de seu cavalo, pouco depois da meia-noite, a cerca de três quilômetros de Gimmerton! E que a filha do ferreiro foi lá espiar para ver quem era, e ela conhecia ambos diretamente. Notou que o homem era Heathcliff, e certamente era, pois é difícil confundi-lo. Ele colocou um soberano na mão do pai dela como pagamento. A dama mantinha o rosto encoberto por um manto, mas, tendo pedido um gole d'água, a filha do ferreiro conseguiu vê-la muito bem enquanto bebia. Heathcliff levava as duas rédeas enquanto eles cavalgavam, e ambos trataram de sumir da aldeia, viajando tão rápido quanto as estradas esburacadas permitiam. A garota não falou nada para o pai, mas contou a história por toda Gimmerton esta manhã.

Corri e espiei o quarto de Isabella, pelo bem das aparências, confirmando em meu retorno o depoimento da criada. O senhor Linton havia voltado a se sentar ao lado da cama. Quando voltei, ele ergueu os olhos para mim e leu o significado de meu semblante vazio. Baixou o rosto, sem dar uma ordem ou proferir sequer uma palavra.

– Vamos tomar alguma providência para alcançá-los e trazê-la de volta? – perguntei. – O que devemos fazer?

– Ela foi por vontade própria – respondeu o patrão. – Ela tem o direito de partir, caso queira. Não me aborreça mais com Isabella. Daqui para a frente, ela é minha irmã apenas no nome: não porque a deserdei, mas porque ela me deserdou.

E isso foi tudo o que o senhor Linton falou sobre o assunto. Não quis perguntar mais nada nem ele voltou a mencionar a irmã, exceto para solicitar que eu enviasse os pertences dela para sua nova casa, onde quer que esta fosse, assim que eu descobrisse o endereço.

# Capítulo 13

Por dois meses os fugitivos permaneceram ausentes. Nesses dois meses, a senhora Linton contraiu e superou a mais terrível forma do que se denomina febre cerebral. Mãe alguma poderia ter cuidado de uma criança com mais devoção do que Edgar prestou a ela. Dia e noite o marido se mantinha vigilante, suportando pacientemente todos os aborrecimentos que os nervos irritados e a razão anuviada podiam provocar. E, embora Kenneth tenha apontado que a criatura que o senhor Edgar salvava da sepultura somente o retribuiria com novas e constantes preocupações futuras e que, na verdade, era a saúde e a força do patrão que estavam sendo sacrificadas a fim de preservar uma mera ruína de humanidade, a gratidão e alegria do senhor Linton não conheciam limites no momento em que foi anunciado que Catherine não corria mais perigo. Hora após hora ele se sentou ao lado dela, mapeando seu gradual retorno à saúde física e alimentando a ilusão otimista demais de que a mente dela também voltaria ao equilíbrio correto, trazendo de volta a pessoa que ela costumava ser.

A primeira vez que Catherine deixou o quarto foi no início do mês seguinte, em março. O senhor Linton colocara um ramalhete de açafrões dourados no travesseiro dela. Os olhos da esposa, desacostumados havia muito com qualquer lampejo de deleite, fixaram-se nas flores quando ela acordou, brilhando de alegria enquanto ela tomava ansiosa o ramalhete nas mãos.

– Estas são as primeiras flores que desabrocham em Wuthering Heights – ela exclamou. – Fazem-me lembrar dos ventos suaves do degelo, do sol quente e da neve quase derretida. Edgar, por acaso está ventando do sul? A neve já foi quase toda embora?

– A neve já quase acabou por aqui, querida – respondeu o marido. – Vejo apenas duas manchas brancas em toda a extensão dos charcos. O céu está azul, as cotovias estão cantando e os córregos e riachos estão cheios. Catherine, na última primavera, por essa época, eu desejava tê-la sob este teto. Agora, queria que estivesse dois ou três quilômetros mais para cima daquelas colinas. O ar sopra tão suavemente que sei que poderia curá-la.

– Irei até lá apenas mais uma vez – disse a convalescente. – E então você me deixará, e ficarei para sempre. Na próxima primavera, você ansiará novamente por me ter sob este teto. Olhará para trás e pensará que era feliz no dia de hoje.

Linton ofertou para Catherine as mais gentis carícias, tentando animá-la com as mais afetuosas palavras. Porém, olhando vagamente para as flores, sem nem perceber, ela deixou as lágrimas se acumularem nos cílios e depois escorrerem por sua face. Sabíamos que ela estava de fato melhor, portanto, chegamos à conclusão de que era o confinamento prolongado em um único lugar o responsável por boa parte de seu desânimo, algo que poderia ser parcialmente descartado com uma mudança de cenário. O patrão mandou que eu acendesse o fogo da sala de estar, abandonada havia muitas semanas, e que colocasse uma poltrona sob o sol junto à janela. Depois ele a trouxe para baixo, e ela ficou sentada por um longo tempo, desfrutando do calor agradável e, como esperávamos, sentindo-se reanimada pelos objetos ao seu redor, pois, embora lhe fossem familiares, estavam livres de qualquer associação sombria envolvendo seu odiado leito de doença. Ao anoitecer, ela parecia exausta. No entanto, não houve argumento que a convencesse a retornar ao quarto, e precisei improvisar uma cama para ela no sofá da sala até que outro aposento fosse preparado. Para evitar que Catherine se cansasse subindo e descendo as escadas, montamos este quarto, este em que o senhor está atualmente, no mesmo andar da sala, e ela logo ficou forte o suficiente para andar de um recinto ao outro, apoiando-se no braço de Edgar. *Ora*, pensei comigo mesma, *ela há de se recuperar assim com tantos cuidados*. E havia uma motivação dupla para desejar que ficasse bem de saúde, pois da existência de Catherine dependia uma outra: acalentávamos a esperança de que em pouco tempo o coração do senhor Linton seria alegrado e suas terras salvas de serem tomadas por um estranho graças ao nascimento de um herdeiro.

Devo mencionar que Isabella enviou ao irmão, cerca de seis semanas após partir, uma breve mensagem anunciando seu casamento com Heathcliff. A missiva parecia fria e seca, mas, no rodapé, encontravam-se rabiscados a lápis um obscuro pedido de desculpas e uma oferta de reconciliação caso o modo de agir da jovem tivesse ofendido o senhor Linton. Ela afirmava que, na época, não poderia ter agido de maneira diferente e que, agora que tudo estava feito, ela não tinha meios de voltar atrás. Acredito que o patrão não chegou a respondê-la, e, duas semanas depois disso, recebi uma longa carta de Isabella, cujo conteúdo achei muito estranho para uma noiva recém-saída da lua de mel. Vou lê-la para o senhor, pois guardo-a até hoje. Qualquer relíquia dos mortos é valiosa caso estes tenham sido apreciados em vida.

> *QUERIDA ELLEN,* ela começa, *cheguei ontem à noite em Wuthering Heights e fiquei sabendo que Catherine não só esteve como ainda está bastante doente. Não devo escrever para minha cunhada, suponho, e meu irmão se encontra ainda muito aborrecido ou muito angustiado para responder à primeira carta que enviei. Ainda assim, preciso escrever para alguém, e você é a única opção que me resta.*
>
> *Informe a Edgar que eu daria o mundo para ver seu rosto novamente. Meu coração retornou à granja Thrushcross vinte e quatro horas após minha partida, e permanece aí*

*desde então, cheio de sentimentos calorosos por meu irmão e por Catherine! No entanto,* NÃO POSSO SAIR (essas palavras estão sublinhadas), *e por isso eles não precisam esperar por minhas visitas. Também podem tirar qualquer conclusão que acharem melhor, tomando cuidado, porém, para não colocar nada na conta de minha fraca vontade ou ausência de afeto.*

*O restante desta carta é apenas para você. Quero lhe fazer duas perguntas. A primeira é: como fez para preservar as qualidades comuns à natureza humana durante o tempo em que morou aqui? Não consigo reconhecer nenhum sentimento que possa compartilhar com as pessoas ao meu redor.*

*Tenho ainda mais interesse na segunda pergunta. É ela: o senhor Heathcliff é um homem? Se sim, ele é louco? Se não, é um demônio? Não vou expor minhas razões para fazer tal pergunta, mas rogo-lhe que me explique, se puder, com o que foi que me casei. Digo, faça isso quando vier me visitar. E você precisa me visitar, Ellen, em breve. Não escreva, mas venha, e traga notícias de Edgar.*

*Agora vou fazê-la ouvir sobre como fui recebida em meu novo lar, que creio mesmo se tratar de Wuthering Heights. É apenas para me distrair que me detenho em temas como a falta de confortos físicos: estes nunca ocuparam meus pensamentos, exceto no momento em que sinto falta deles. Eu estaria rindo e dançando de alegria caso descobrisse que a ausência de conforto é minha única miséria, e que todo o resto não passou de um pesadelo anormal!*

*O sol havia se posto por trás da granja quando alcançamos a charneca. Com isso, julguei ser por volta das seis horas. Meu companheiro parou por mais meia hora para inspecionar o parque, os jardins e, possivelmente, a própria granja o melhor que pôde. E por isso já estava escuro quando apeamos no pátio pavimentado da casa da fazenda. Seu velho colega, Joseph, saiu para nos receber sob a luz de uma lanterna. Fez isso com uma cortesia que honrou sua reputação. Sua primeira ação foi erguer a lanterna na altura do meu rosto, estreitar os olhos de maneira perversa, crispar os lábios e nos dar as costas. Então ele pegou os dois cavalos e os conduziu até o estábulo, reaparecendo depois para trancar o portão externo como se vivêssemos em um castelo ancestral.*

*Heathcliff ficou para trás, falando com Joseph, e eu entrei na cozinha, um buraco sujo e desorganizado. Atrevo-me a dizer que você não a reconheceria, de tão mudada que está desde a época em que ficava sob seus cuidados. Havia uma criança bruta junto ao fogo, de constituição forte e trajes imundos, e que se parecia com Catherine nos olhos e na boca.*

*Refleti que devia ser o sobrinho de Edgar. Meu também, de certa forma. Eu devia apertar-lhe a mão e... sim, devia beijá-lo. Pensei ser correto estabelecer uma boa convivência desde o início. Aproximei-me dele e, tentando segurar seu punho rechonchudo, falei:*

*– Como vai, meu querido?*

*Ele respondeu com um linguajar que não compreendi.*

*– Que tal eu e você sermos amigos, Hareton? – foi minha próxima pergunta na conversa.*

*Uma maldição e uma ameaça de soltar Estrangulador contra mim se eu não "desse o fora" foram a recompensa por minha perseverança.*

*– Ei, Estrangulador! – sussurrou o bastardinho, convocando um buldogue mestiço de seu covil a um canto. – E agora, você vai sair daqui? – ele perguntou com uma voz autoritária.*

*O amor que tenho à vida fez-me obedecer. Retornei pela soleira para esperar até que os outros entrassem. Não era possível ver o senhor Heathcliff em parte alguma, e Joseph, a quem segui até os estábulos e pedi que me acompanhasse, depois de muito me encarar e resmungar, franziu o nariz e disse:*

*– Ora, nada com nada! Que bom cristão já ouviu uma coisa assim? Ela mastiga e engole as palavras! Como vou entender o que está dizendo?*

*– Pedi que me acompanhasse até a casa! – gritei, pensando que o homem tinha problemas de audição, ainda que altamente ofendida por sua grosseria.*

*– Isso não é comigo! Tenho mais o que fazer – ele respondeu. Depois seguiu trabalhando, movendo a lanterna de tempos em tempos para examinar, com um desprezo*

*soberano, meu vestido e minha expressão (o primeiro estava muito bonito, mas a última, tenho certeza, estava tão miserável quanto ele poderia desejar).*

*Dei a volta no pátio e atravessei uma cancela, chegando em outra porta. Tomei a liberdade de bater, na esperança de que outro criado pudesse dar as caras. Após um breve suspense, a porta foi aberta por um homem alto e magro, sem lenço no pescoço e extremamente desleixado. Suas feições encontravam-se perdidas em massas de cabelo desgrenhado que caíam sobre os ombros, e os olhos dele também eram como os fantasmagóricos olhos de Catherine em toda sua aniquilada beleza.*

*– O que veio fazer aqui? – ele quis saber, mal-humorado. – Quem é você?*

*– Meu nome é Isabella Linton – respondi. – Já nos encontramos antes, senhor. Casei-me recentemente com o senhor Heathcliff, e ele me trouxe para cá... com a sua permissão, suponho.*

*– Então ele voltou? – perguntou o ermitão, sua expressão brilhando como a de um lobo faminto.*

*– Sim, nós acabamos de chegar – falei. – Mas ele me deixou na porta da cozinha. Quando fui entrar, seu filho fez as vezes de sentinela e colocou-me para fora com a ajuda de um cachorro.*

*– Acho bom que esse patife dos infernos tenha cumprido com sua palavra! – rosnou meu futuro anfitrião, vasculhando a escuridão por trás de mim na expectativa de encontrar Heathcliff. Depois se entregou a um solilóquio de execrações e ameaças, explicando o que teria feito se o tal "demônio" o tivesse enganado.*

*Arrependi-me de ter tentado a segunda porta, e estava quase inclinada a ir embora enquanto ele terminava de praguejar. Mas, antes que eu pudesse executar meus planos, ele ordenou que eu entrasse, fechou a porta e passou o ferrolho. Havia uma grande lareira lá dentro, e essa era toda a luz com que contava o enorme cômodo, cujo chão havia adquirido um cinza uniforme, e os pratos de estanho, sempre tão brilhantes, atraindo meu olhar quando era menina, partilhavam da mesma obscuridade das manchas criadas pela poeira. Perguntei se ele poderia chamar uma criada a fim de me conduzir até o quarto. O senhor Earnshaw não respondeu. Ele andava para cima e para baixo, as mãos nos bolsos, aparentemente esquecido por completo de minha presença. Sua abstração era tão evidentemente profunda, e seu aspecto tão misantrópico, que evitei perturbá-lo outra vez.*

*Você não ficará surpresa, Ellen, ao saber que me senti particularmente triste, sentada junto àquela lareira inóspita, sentindo algo pior que a solidão e lembrando que, a cerca de seis quilômetros de distância, ficava a minha encantadora casa, contendo as únicas pessoas que eu amava na Terra. Podia muito bem ser o Atlântico inteiro no lugar daqueles seis quilômetros, pois não havia maneira como eu fosse capaz de ultrapassá-los! Comecei a refletir: onde devo procurar consolo nesta casa? E, acima de todas as tristezas – lembre-se de não contar nada para Edgar ou Catherine –, ainda mais proeminente era meu desespero ao não encontrar ninguém a quem eu pudesse me aliar contra Heathcliff! Eu fora buscar abrigo em Wuthering Heights quase feliz, pois aquele arranjo me pouparia de morar sozinha com ele. Mas Heathcliff conhece as pessoas que nos rodeiam, e não teme que venham a se intrometer.*

*Sentei-me e fiquei ali pensando por um momento doloroso; o relógio bateu as oito horas, depois as nove. Meu companheiro continuava andando de um lado para o outro, a cabeça pendendo sobre o peito e em completo silêncio, exceto pelos gemidos e imprecações amargas que deixava escapar de vez em quando. Fiquei de ouvidos atentos, tentando detectar alguma presença feminina na casa, preenchendo esse ínterim com arrependimentos selvagens e antecipações sombrias que, por fim, se tornaram audíveis na forma de suspiros e prantos irreprimíveis. Não percebi que chorava abertamente até que Earnshaw parou de repente em sua caminhada metódica, lançando-me um olhar de surpresa recém-descoberta. Tomando proveito de ter recuperado a atenção do homem, exclamei:*

*– Estou cansada da viagem e desejo ir para a cama! Onde está a criada? Diga onde posso encontrá-la, já que ela não vem até mim!*

*– Não temos nenhuma – ele respondeu. – Terá de se cuidar sozinha!*

*– E onde devo dormir, então? – solucei. Eu já estava além do respeito próprio, oprimida pela fadiga e pela miséria.*

*– Joseph lhe mostrará o quarto de Heathcliff – ele disse. – Vá por aquela porta, ele está ali.*

*Eu estava prestes a obedecer quando, de modo repentino, o homem me segurou e acrescentou, no tom mais estranho:*

*– Faça a gentileza de trancar sua porta e passar o ferrolho. Não esqueça!*

*– Pois muito bem! Mas por qual motivo, senhor Earnshaw? – falei. Não me agradava a ideia de trancar-me deliberadamente com Heathcliff.*

*– Olhe aqui! – ele respondeu, puxando do colete uma pistola curiosamente elaborada, com uma faca retrátil de dois gumes presa ao cano. – É uma grande tentação para um homem desesperado, não acha? Não resisto em subir toda noite e testar a porta dele. Se um dia eu a encontrar aberta, ele estará acabado. Faço isso invariavelmente toda noite, ainda que, um minuto antes, eu relembre de uma centena de motivos capazes de me deter. É como algum tipo de demônio que insiste para que eu frustre meus próprios planos ao matar Heathcliff. Por amor, a senhora pode lutar o quanto quiser contra esse demônio. Mas, quando chegar a hora, nem todos os anjos do céu serão capazes de salvá-lo!*

*Examinei a arma com atenção. Um pensamento perverso me ocorreu: como eu seria poderosa caso portasse tal instrumento! Eu tirei a pistola da mão do senhor Earnshaw e toquei a lâmina. Ele pareceu surpreso com a expressão que meu rosto assumiu naqueles breves segundos: não era horror, era cobiça. Ele tomou de mim a pistola, ciumento, recolheu a faca e voltou a guardar a arma na segurança do colete.*

*– Não me importo de que conte para ele – falou. – Faça-o ficar vigilante. Pelo visto, a senhora tem ciência da situação em que estamos; o fato de Heathcliff correr perigo não a choca.*

*– O que Heathcliff fez contra você? – perguntei. – Qual foi a ofensa para justificar um ódio tão terrível? Não seria mais sensato pedir-lhe que saia de casa?*

*– Não! – trovejou Earnshaw. – Ele é um homem morto caso sugira me deixar. Convença-o a sequer tentar, e a senhora será uma assassina! Por acaso devo perder* TUDO*, sem uma chance de me recuperar? Por acaso Hareton deve virar mendigo? Ah, maldição! Eu pegarei* TUDO *de volta! E o ouro dele também, e depois seu sangue, e que o inferno fique com sua alma! O lugar se tornará dez vezes mais obscuro com tamanho hóspede!*

*Você já havia me familiarizado, Ellen, com os comportamentos de seu antigo patrão. Ele está claramente à beira da loucura, ou pelo menos era assim que se encontrava na noite passada. Estremeci por estar perto dele, refletindo que a morosidade mal-educada do criado era, em comparação, mais agradável. O senhor Earnshaw recomeçou sua caminhada taciturna. Ergui o trinco da porta e escapei para a cozinha. Joseph estava curvado sobre o fogo, espiando o interior de uma grande panela que balançava acima das chamas. Uma tigela de madeira, repleta de aveia, repousava no banco ao lado dele. O conteúdo da panela começou a ferver, e Joseph se virou para enfiar a mão na tigela. Conjecturei que aquele preparo era provavelmente destinado à ceia e, sentindo fome, achei melhor torná-lo comestível. Então falei bem alto:*

*– Vou fazer eu mesma o mingau! – Puxei a vasilha para fora de seu alcance e comecei a retirar meu chapéu e meu traje de montaria. – O senhor Earnshaw me instruiu a cuidar de mim mesma, e é o que pretendo fazer. Não vou bancar a dama entre vocês, ou então corro o risco de morrer de fome.*

*– Meu Deus do céu! – ele balbuciou, sentando-se e esfregando as meias caneladas dos joelhos até os tornozelos. – Se vamos ter novas ordens por aqui, justamente quando eu começava a me acostumar com os dois patrões, e se é para ter uma patroa atazanando meu juízo, então é hora de pedir minhas contas. Nunca pensei que eu fosse abandonar a velha casa, mas parece que esse dia está mais perto do que longe!*

*Não dei a menor atenção para aqueles lamentos, comecei a trabalhar com afinco, lembrando-me de uma época em que tudo aquilo teria sido bastante divertido. Mas expulsei rapidamente a lembrança. Afligia-me recordar a felicidade do passado, e quanto maior era o perigo de conjurar aquelas memórias, mais rápido eu girava a concha e mais rápido atirava na água os punhados de aveia. Joseph acompanhou meu estilo de cozinhar com uma crescente indignação.*

*– Veja isso! – ele exclamou. – Hareton, você não vai comer mingau esta noite, pois temos apenas caroços tão grandes quanto meu punho. Olhe para isso! Se eu fosse a senhora, jogava essa tigela toda fora! Pronto, tire a gordura do leite e termine de uma vez. Quanta força. É um milagre que ainda não tenha arrancado o fundo da panela!*

*Causei de fato uma enorme bagunça, admito, ao despejar o mingau nas vasilhas: quatro haviam sido providenciadas, além de um jarro de leite fresco trazido da leiteria. Este último foi agarrado por Hareton, que começou a beber ali mesmo, derramando o excesso pelas laterais da boca. Protestei, pedindo que usasse uma caneca e afirmando que eu não seria capaz de experimentar um líquido que andara no meio de tanta sujeira. O velho cínico optou por ficar ofendido com minha fineza: assegurou-me repetidas vezes que "o garoto era tão bom quanto eu" e "tão saudável quanto eu", perguntando como eu podia ser tão presunçosa. Enquanto isso, o bandoleiro infante continuava tomando o leite, olhando-me em desafio enquanto babava no jarro.*

*– Farei minha refeição em outro cômodo – falei. – Haveria algum lugar por aqui que sirva de sala de jantar?*

*– Sala de jantar! – repetiu Joseph em tom de zombaria. – Sala de jantar! Não, nunca tivemos essa tal sala de jantar. Caso não queira nossa companhia, procure o patrão. E caso não goste da companhia do patrão, só resta a nossa.*

*– Vou para o andar de cima, então – respondi. – Mostre-me um quarto.*

*Coloquei minha tigela em uma bandeja e fui eu mesma buscar mais leite. Com grandes resmungos, o sujeito levantou-se e acompanhou-me na subida. Fomos até o nível do sótão. Joseph ia abrindo as portas, aqui e ali, para espiar os cômodos pelos quais passávamos.*

*– Aqui está um quarto – ele disse, por fim, afastando uma tábua que rangia nas dobradiças. – É bom o suficiente para comer mingau. Há uma saca de milho no canto, até que bem limpa. Se a senhora estiver com medo de sujar seus grandes mantos de seda, estenda seu lenço por cima.*

*O "quarto" era pouco mais que um oco de madeira, cheirando fortemente a malte e grãos, com várias sacas desses artigos empilhadas em volta e um grande espaço vazio no meio.*

*– Ora, homem – exclamei, encarando-o com raiva. – Este não é um lugar onde se possa dormir. Desejo ver o meu quarto.*

*– Quarto! – ele repetiu, ainda zombando. – A senhora está vendo todos os quartos que temos aqui. Aquele lá é o meu.*

*Ele apontou para um segundo sótão, diferente do primeiro apenas pelas paredes mais nuas e por ter em um dos cantos uma cama larga, baixa e sem dossel, coberta por uma colcha azul.*

*– E o que eu lá vou querer com o seu quarto? – retruquei. – Imagino que o senhor Heathcliff não esteja acomodado no sótão. Ou será que está?*

*– Ah, então é o quarto de patrão Heathcliff que está procurando? – ele exclamou, como se tivesse acabado de fazer uma descoberta. – Não podia ter me dito desde o começo? Aí eu teria dito, sem toda essa atribulação, que este é um quarto que não poderá ver. Fica o tempo todo trancado, e ninguém se mete por lá além do patrão.*

*– Vocês têm uma bela casa aqui, Joseph – não pude me impedir de comentar. – E companhias muito agradáveis. E penso que foi a essência concentrada de toda a loucura do mundo que se alojou em minha mente no dia em que decidi associar minha vida à de vocês! Contudo, esse não é o problema no momento. Existem outros cômodos. Pelo amor de Deus, seja rápido e me instale em algum lugar!*

*Ele não respondeu a essa intimação. Apenas desceu os degraus de madeira com dificuldade e parou diante de um cômodo que, pela postura de Joseph e pela qualidade superior da mobília, julguei ser o melhor da casa. Havia um tapete, um bom tapete, ainda que a estampa estivesse coberta de poeira; uma lareira coberta por papel de parede, caindo aos pedaços; e uma bela cama de carvalho, com cortinas amplas em um material vermelho e bastante caro, de fabricação moderna – mas evidentemente maltratado, pois os cortinados pendiam feito guirlandas, arrancados das argolas, e uma das barras de ferro que os sustentavam estava empenada, fazendo o tecido arrastar no chão. As cadeiras também estavam danificadas, algumas delas com danos irrecuperáveis, e profundas reentrâncias deformavam os painéis das paredes. Eu estava tentando reunir coragem para entrar e tomar posse do lugar quando meu guia tolo anunciou:*

*– Esse aqui é do patrão.*

*A essa altura minha ceia já estava fria, meu apetite perdido e minha paciência esgotada. Insisti que ele me fornecesse imediatamente um lugar de refúgio e os meios para repousar.*

*– Mas onde diabos vai ser isso? – começou o devoto ancião. – Que Deus abençoe e perdoe a todos nós! Onde diabos vou colocá-la, sua mimada cansativa? Já mostrei a casa inteira, a não ser pelo cantinho de Hareton. Não há outro lugar onde se deitar nesta casa!*

*Fiquei tão aborrecida que atirei minha bandeja e seu conteúdo no chão. Depois me sentei no topo da escada, escondi o rosto nas mãos e comecei a chorar.*

*– Ótimo! Ótimo! – exclamou Joseph. – Muito bem, senhorita Cathy, muito bem! Agora o patrão vai tropeçar nesses cacos de louça e nós vamos ouvir poucas e boas, com toda razão. Idiota imprestável! Merece passar fome até o Natal por desperdiçar as preciosas dádivas de Deus, atirando-as a seus pés com essa fúria assustadora! Mas quero vê-la exibir tal espírito por muito tempo. Acha que Heathcliff vai permitir esses seus belos modos, acha mesmo? Eu só queria que ele a visse nesse estado. Queria mesmo.*

*E assim praguejando ele se retirou para seu covil, levando a vela com ele enquanto eu permanecia no escuro. O período de reflexão que sucedeu minha ação precipitada me compeliu a admitir a necessidade de sufocar tanto orgulho como ira e de apagar seus efeitos. Uma ajuda inesperada surgiu na forma de Estrangulador, que então reconheci como um dos filhotes de nosso velho Espreitador. O animal havia passado a infância na granja antes de ser dado por meu pai ao senhor Hindley. Imaginei que também pudesse me reconhecer, pois encostou o focinho em meu nariz como forma de saudação e se apressou a devorar o mingau enquanto eu, tateando degrau por degrau, recolhia a louça de barro quebrada e secava os respingos de leite do corrimão com meu lenço de bolso. Mal havíamos terminado nosso trabalho quando ouvi os passos do senhor Earnshaw pelo corredor. Meu assistente enfiou o rabo entre as pernas e se encolheu contra a parede. Eu, por minha vez, atravessei furtivamente a porta mais próxima. A tentativa do cão para evitar o dono não foi bem-sucedida, ou pelo menos foi o que concluí ao escutar um tranco lá embaixo, seguido por um uivo prolongado e comovente. Tive mais sorte: o senhor Hindley passou pela porta, seguiu para o quarto e se trancou lá dentro. Logo depois, Joseph chegou com Hareton para colocar o garoto na cama. Eu havia me refugiado no quarto do menino. O velho, ao me ver ali, disse:*

*– Agora há espaço tanto para a senhora quanto para seu orgulho lá na sala, pois creio que está vazia. Pode ficar com ela inteira para si junto ao diabo, que sempre estará lá para fazer má companhia!*

*Foi com alegria que tirei vantagem daquela sugestão e, no minuto em que me atirei a uma cadeira junto ao fogo, baixei a cabeça e adormeci. Meu sono foi profundo e doce, embora tenha acabado cedo demais. Fui despertada pelo senhor Heathcliff. Ele havia acabado de entrar e queria saber, com aquele seu jeito amoroso, o que eu estava fazendo na sala. Contei a ele o motivo de ter ficado acordada até tão tarde: ele detinha a chave de nosso quarto em seu bolso. O adjetivo "*NOSSO*" deixou-o mortalmente ofendido. Heathcliff jurou que aquele quarto não era meu e que nunca viria a ser, e que ele... – prefiro não repetir os termos que usou nem descrever sua conduta habitual. Este homem é engenhoso e incansável* *em despertar minha repulsa! Às vezes admiro-o com uma intensidade que amortece meu medo. Porém, garanto a você que um tigre ou uma serpente venenosa não poderiam suscitar em mim um terror igual ao que Heathcliff provoca. Ele me contou sobre a doença de Catherine e acusou meu irmão de tê-la causado, jurando que me faria sofrer no lugar de Edgar até que fosse capaz de capturá-lo.*

*Eu realmente o odeio. Sinto-me miserável. Fui uma tola! Tome cuidado para não contar nada disso aos moradores da granja. Vou esperar dia após dia por sua visita. Não me decepcione!*

*ISABELLA*

# Capítulo 14

Assim que terminei de ler a epístola, fui até o patrão e informei-o de que a irmã chegara em Wuthering Heights. Contei que ela me enviara uma carta para expressar sua tristeza quanto à situação da senhora Linton e também seu ardente desejo de rever o irmão, com um pedido para que ele transmitisse por mim, o mais cedo possível, algum símbolo de perdão entre os dois.

– Perdão! – falou Linton. – Não tenho nada a perdoar, Ellen. Você pode visitar Wuthering Heights esta tarde, se quiser, e dizer que não estou zangado, mas que apenas sinto muito por tê-la perdido, especialmente porque sei que ela nunca será feliz. Porém, está fora de questão que eu vá visitá-la, estamos separados para sempre. Caso Isabella queira mesmo me agradar, então que convença o patife com quem se casou a abandonar estas paragens.

– O senhor não pode escrever um bilhete rápido para ela, patrão? – eu perguntei, quase implorando.

– Não – ele respondeu. – Não vejo necessidade. Minha comunicação com a família de Heathcliff será tão escassa quanto a dele será com a minha. Ou seja, não deve existir!

A frieza do senhor Edgar deixou-me bastante deprimida. Forcei meu cérebro durante todo o trajeto até a granja, tentando encontrar um meio para suavizar o que ele dissera quando eu fosse repetir sua resposta e também para justificar sua recusa em escrever algumas míseras linhas para consolar Isabella. Atrevo-me a dizer que ela mantinha vigília desde o amanhecer, esperando minha chegada, pois a vi espiando por entre as venezianas conforme eu subia a trilha do jardim. Acenei para ela, mas esta se escondeu nas sombras como se temesse ser vista. Entrei sem bater. Jamais houve cena tão triste e sombria quanto a que encontrei naquela casa outrora alegre! Devo confessar que, se eu estivesse na pele da jovem dama, teria ao menos varrido a lareira e espanado o tampo das mesas. Mas Isabella já começara a compartilhar da penetrante atmosfera de desleixo que a rodeava. Seu belo rosto estava pálido e apático, o cabelo sem ondas, com algumas mechas penduradas frouxamente e outras enroladas de maneira descuidada em torno da cabeça. Provavelmente, não mexera no vestido desde a noite anterior. Hindley não estava lá. O senhor Heathcliff encontrava-se sentado à mesa, folheando alguns papéis em sua pasta. Mas ele se ergueu quando apareci e, bastante amigável, perguntou como eu estava, me oferecendo uma cadeira. Ele era a única coisa ali que parecia decente. Cheguei a pensar que nunca o vira em melhor aspecto. As circunstâncias haviam alterado tanto a posição deles que um estranho teria tomado Heathcliff por um cavalheiro bem-nascido e bem-criado, enquanto a esposa transmitia a impressão de uma desleixada! Ela se adiantou ansiosa para me cumprimentar e estendeu a mão para receber a tão esperada carta. Balancei a cabeça. Ela não entendeu o significado do gesto, e me seguiu até o aparador no qual fui depositar meu chapéu, importunando-me em um sussurro para que eu entregasse de vez o que havia trazido. Heathcliff adivinhou as intenções daquela manobra e disse:

– Se trouxe algo para Isabella, como sem dúvida trouxe, Nelly, então entregue logo. Não precisa fazer isso às escondidas: não temos segredos entre nós.

– Ah, eu não trouxe nada – respondi, pensando ser melhor dizer logo a verdade. – O patrão me pediu para avisar a irmã de que ela não deve esperar, por enquanto, nenhuma carta ou visita da parte dele. O senhor Edgar envia seu carinho, senhora, e seus votos de felicidade, além de perdoá-la pela dor que causou. Mas ele acha melhor que as duas casas cortem relações daqui para a frente, já que nada de bom pode surgir de tal conexão.

Os lábios da senhora Heathcliff tremeram de leve conforme ela retomou seu assento sob a janela. O marido veio se posicionar ao lado da lareira, próximo a mim, e começou a fazer perguntas a respeito de Catherine. Contei-lhe tudo que considerei adequado sobre a enfermidade dela, e ele arrancou, por meio de um interrogatório, a maioria dos fatos relacionados à origem da doença. Culpei-a, assim como merecia, de ter causado a própria desgraça, e terminei expressando minhas esperanças de que Heathcliff seguisse o exemplo do senhor Linton e evitasse futuras interferências na granja, para o bem ou para o mal.

– A senhora Linton está começando a se recuperar – falei. – Não voltará ao que era antes, mas pelo menos foi poupada. E se o senhor realmente tiver alguma consideração por ela, evitará cruzar seu caminho outra vez. Melhor, o senhor se mudará para longe desta região. E para que não mude de ideia depois, informo que Catherine Linton é agora tão diferente de sua velha amiga Catherine Earnshaw quanto aquela jovem ali é diferente de mim. A aparência dela foi transformada, e mais ainda sua personalidade. A pessoa que for obrigada daqui por diante a fazer-lhe companhia, por necessidade, sustentará apenas a afeição pela lembrança do que um dia Catherine foi, motivada por um senso de humanidade e de dever!

– Acho bem possível – observou Heathcliff, forçando-se a permanecer calmo. – É mesmo bem possível que seu patrão não tenha com o que contar além de senso de humanidade e dever. Mas acha que devo deixar Catherine por causa do *senso de humanidade e dever* do senhor Linton? Você é capaz de comparar meus sentimentos por Catherine com os dele? Antes de deixar esta casa, você deve me prometer uma coisa: arranjará para mim um encontro com Catherine. Aceitando ou não, eu *irei* vê-la! E então, o que me diz?

– Eu digo, senhor Heathcliff, que não devia fazer isso – respondi. – Muito menos com minha ajuda. Outro enfrentamento entre o senhor e o patrão serviriam apenas para matá-la por completo.

– Isso pode ser evitado com a sua ajuda – ele continuou. – E se há tal perigo, se ele puder ser responsável por adicionar mais um problema ao fardo de Catherine... Ora, então acho que eu teria justificativa para chegar a extremos! Gostaria que fosse sincera o suficiente para me dizer se Catherine sofreria muito com a perda de Edgar, é o medo de vê-la sofrendo que me contém. Pode notar aí a distinção entre nossos sentimentos: se estivéssemos em posições trocadas, e mesmo que eu o odiasse com um fervor capaz de afundar minha vida em puro fel, eu jamais teria levantado a mão contra ele. Pode duvidar o quanto quiser! Eu nunca o teria proibido de vê-la caso ela quisesse encontrá-lo também. Teria arrancado seu coração e bebido seu sangue no instante em que ela perdesse o interesse! Mas antes disso... E se você não acredita em mim, então não me conhece... Antes disso, eu morreria em silêncio, sem tocar em um fio de cabelo sequer da cabeça dele!

– E ainda assim – interrompi –, o senhor não tem escrúpulos quanto a arruinar todas as chances de perfeita recuperação da patroa. Quer retornar à lembrança da senhora Linton logo agora, quando ela já quase o esqueceu, e envolvê-la em um novo tumulto de discórdia e angústia.

– Você supõe que ela quase me esqueceu? – disse Heathcliff. – Ah, Nelly! Você sabe que ela não fez isso! Sabe tão bem quanto eu que, para cada pensamento que Catherine gasta com Linton, ela gasta outros mil comigo! No período mais miserável de minha vida, cheguei a pensar como você: era algo que me assombrava em meu retorno para cá no verão passado. Mas seria apenas uma confirmação da parte dela que me faria imaginar algo assim outra vez. E então Linton não seria nada, nem Hindley, nem todos os sonhos que já sonhei. Duas palavras conteriam meu futuro: *morte* e *inferno*. Minha existência, após perdê-la, seria um inferno. Ainda assim, fui tolo o bastante para imaginar, durante certo tempo, que Catherine valorizava mais o afeto de Edgar Linton do que o meu. Ainda que ele a amasse com todas as forças de sua insignificância, ele seria incapaz de amá-la em oitenta anos o que eu a amaria em um dia. Além do mais, Catherine tem um coração tão profundo quanto o meu; seria mais fácil o oceano caber inteiro naquele cocho do que seu afeto ser monopolizado por Edgar. Ora! Ele é tão querido para ela quanto um cão ou um cavalo. Edgar não está destinado a ser amado do mesmo modo que eu: como ela poderia amar nele aquilo que o homem não possui?

– Catherine e Edgar são tão apegados um ao outro quanto qualquer casal pode ser – exclamou Isabella em uma vivacidade repentina. – Ninguém tem o direito de falar dessa maneira, e não vou ficar aqui calada ouvindo meu irmão ser difamado!

– Seu irmão também é muito apegado a você, não é? – comentou Heathcliff com desdém. – Ele a deixou à deriva no mundo com uma prontidão surpreendente.

– Ele não faz ideia de que estou sofrendo – a jovem respondeu. – Não contei a ele sobre isso.

– Então andou contando alguma coisa. Escreveu para ele, não foi?

– Escrevi apenas para dizer que me casei, você viu o bilhete.

– E não enviou mais nada depois disso?

– Não.

– A jovem dama aqui está claramente entristecida com a própria mudança de condição – comentei. – Está óbvio que lhe falta o amor de alguém, e acho que sei de quem é, embora talvez seja melhor eu não falar nada.

– Eu diria que este amor em falta é o amor-próprio – retrucou Heathcliff. – A mulher degenerou-se até virar uma mera vagabunda! Cansou-se logo cedo de tentar me agradar. Talvez não acredite, Nelly, mas ela estava chorando e já querendo voltar para casa no dia seguinte ao nosso casamento. No entanto, quanto menos ela se cuida, mais se adequa a esta casa, e vou tomar providências para que não me desonre ao sair perambulando por aí.

– Bem, senhor – respondi –, espero que leve em conta que a senhora Heathcliff está acostumada a ser bem cuidada e atendida. Ela foi criada como filha única, a quem todos estavam acostumados a servir. O senhor deve permitir que sua esposa tenha uma criada para manter as coisas em ordem, e deve tratá-la com gentileza. Seja lá qual for sua opinião sobre o senhor Edgar, não deveria duvidar da capacidade da senhora Isabella para fortes apegos; caso contrário, ela nunca teria abandonado as elegâncias, os confortos e os amigos de seu antigo lar para fixar residência, por livre e espontânea vontade, em um local tão selvagem somente para ficar com o senhor.

– Ela abandonou tudo isso por uma ilusão – Heathcliff respondeu. – Imaginava em mim um herói romântico, esperando indulgências ilimitadas vindas de minha devoção cavalheiresca. Dificilmente posso considerá-la uma criatura racional, tamanha a obstinação com que persistiu em uma noção fantasiosa de meu caráter, agindo com base nestas impressões falsas que nutria. Mas agora, finalmente, penso que ela começa a me conhecer: não recebo mais os sorrisos tolos e os trejeitos que me provocavam de início, nem percebo sua insensata incapacidade de entender que eu falava sério quando ofereci minha opinião sobre ela e sobre a paixão que sentia. Foi um esforço extraordinário de perspicácia quando descobriu que eu não a amava. Cheguei a pensar que nada a faria entender tal coisa! E mesmo assim, parece ter aprendido mal, pois ainda esta manhã anunciou-me, como se estivesse contando algo incrível, que eu havia conseguido fazer com que me odiasse! Foi mesmo um trabalho hercúleo, garanto para a senhora! Caso tenha de fato conseguido, tenho motivos para aceitar congratulações. Devo confiar na sua afirmação, Isabella? Tem certeza de que me odeia? Ou, se eu a deixar sozinha por metade de um dia, virá suspirando carinhosa até mim de novo? Atrevo-me a dizer, inclusive, que ela preferiria ter-me visto fingir ternura em sua presença, Nelly; fere-lhe os brios encontrar essa verdade exposta. Mas não me importo que os outros saibam que a paixão estava toda de um lado só, e nunca menti sobre isso. Ela não pode me acusar de demonstrar a mínima suavidade enganosa. A primeira coisa que Isabella me viu fazer, ao sair da granja, foi enforcar sua cadelinha. E quando ela me implorou pela vida do animal, as primeiras palavras que lhe proferi foram o desejo de enforcar todos os seres com os quais se importava, exceto um: é possível ter pensado que a exceção era para ela mesma. Mas nenhuma brutalidade foi capaz de enojá-la. Suponho que tenha uma admiração inata pela barbárie, contanto que sua preciosa pessoa continue a salvo de qualquer injúria! Agora, diga-me se não é o mais profundo absurdo, fruto de idiotice genuína, que esta tola lamentável, servil e mesquinha pudesse sonhar em ter o meu amor? Conte para seu patrão, Nelly, que eu nunca, em toda minha vida, encontrei coisa mais abjeta que ela. Desgraça até o nome de Linton. Às vezes cheguei a ceder, por pura falta de distração, em experimentos para ver até onde ela podia suportar e ainda assim rastejar vergonhosamente de volta! Mas fale também para Linton que acalme seu coração fraterno de magistrado: tenho me mantido estritamente nos limites da lei. Tenho evitado, até o momento, dar a ela o mínimo motivo para reivindicar uma separação. Além do mais, ela não agradeceria nem um pouco caso nos separassem. Caso quisesse ir embora, estaria autorizada, o incômodo de sua presença supera a gratificação de atormentá-la!

– Senhor Heathcliff – falei. – Esta é a conversa de um louco. É provável que sua esposa esteja convencida de que o senhor é louco e que seja o único motivo a mantê-la tão tolerante até agora. Mas se o senhor diz que ela está liberada para ir embora, a senhora Isabella certamente fará uso de tal permissão. Não está tão enfeitiçada a ponto de querer permanecer com ele por vontade própria, não é, senhora?

– Tome cuidado, Ellen! – respondeu Isabella, os olhos brilhando de raiva. Pela expressão de seu rosto, não havia como duvidar do sucesso absoluto dos esforços de seu parceiro para conquistar-lhe o ódio. – Não tome por verdade uma única palavra do que ele diz. É um demônio mentiroso! Um monstro, não é um ser humano! Já ouvi antes que podia abandoná-lo, e fiz a tentativa, mas não me atrevo a repeti-la! Prometa apenas, Ellen, que não vai mencionar sequer uma sílaba dessa conversa infame para meu irmão ou Catherine. Seja lá o que Heathcliff estiver planejando, pretende levar Edgar ao desespero; diz que se casou comigo de propósito para ter poder sobre meu irmão. Mas não obterá, eu morrerei primeiro! Só espero, e rezo para isso, que ele deixe a prudência diabólica de lado e me mate! O único prazer que consigo imaginar é morrer ou vê-lo morto!

– Pronto, já basta por enquanto! – disse Heathcliff. – Caso seja convocada para o tribunal, Nelly, lembre-se da linguagem dela! E dê uma boa olhada em seu semblante: ela está quase no ponto que eu pretendia demonstrar. Não, Isabella, você não está apta a cuidar de si mesma no momento, e eu, sendo seu protetor legal, devo mantê-la sob minha custódia, por mais desagradável que seja a obrigação. Agora suba as escadas, quero falar com Ellen Dean em particular. Não é por aí! Falei para subir as escadas. Ora, é naquela direção, criatura!

Ele a segurou pelo braço e a empurrou para fora do cômodo. Depois voltou resmungando:

– Não sinto pena! Não tenho dó! Quanto mais os vermes se contorcem, mais desejo esmagar-lhes as entranhas! É como a coceira dos dentes nascendo, e eu aperto a mandíbula com mais energia conforme a dor aumenta.

– O senhor entende o significado da palavra "pena"? – perguntei, apressando-me em alcançar meu chapéu. – Por acaso já experimentou um toque dela em sua vida?

– Largue isso! – ele interrompeu, percebendo minha intenção de partir. – Você ainda não vai embora. Venha cá, Nelly, preciso persuadi-la ou obrigá-la a me auxiliar sem demora, ajudando-me a ver Catherine. Juro que não planejo nada ruim. Não quero causar nenhum distúrbio, exasperar ou insultar o senhor Linton. Desejo apenas ouvir da própria Catherine sobre sua condição de saúde e sobre os motivos de ter ficado doente, e também perguntar se há algo que eu possa fazer para ajudar. Passei seis horas ontem à noite nos jardins da granja, e voltarei para lá na noite de hoje. Vou assombrar o lugar para sempre, todos os dias, até encontrar uma oportunidade para entrar. Caso tope com Edgar Linton no caminho, não hesitarei em derrubá-lo e dar-lhe o suficiente para garantir que fique quieto durante minha visita. Se os criados tentarem se opor a mim, irei ameaçá-los com essas pistolas. Mas não seria melhor evitar meu contato com eles ou com seu patrão? Você poderia facilmente providenciar tal coisa. Eu a avisaria antes, e então você poderia me deixar entrar sem ser visto assim que Catherine ficasse sozinha e permanecer vigiando até que eu fosse embora, com a consciência tranquila; afinal, estaria evitando uma tragédia.

Protestei contra desempenhar aquele papel traiçoeiro na casa de meu patrão. Além disso, apontei a crueldade e o egoísmo de perturbar a senhora Linton em proveito próprio.

– Qualquer coisinha deixa a patroa terrivelmente assustada – eu disse. – Ela está uma pilha de nervos, e afirmo que não é capaz de suportar surpresas. Não persista, senhor! Ou então serei obrigada a informar ao meu patrão sobre seus planos, e ele tomará medidas a fim de proteger a casa e seus ocupantes contra intromissões injustificáveis!

– Neste caso, tomarei medidas para mantê-la aqui, mulher! – exclamou Heathcliff. – Você não vai deixar Wuthering Heights até amanhã de manhã. É uma teoria boba afirmar que Catherine não suportará me ver, e, quanto a surpreendê-la, não é algo que desejo: você deve deixá-la preparada. Pergunte a ela se deseja me encontrar. Você diz que Catherine nunca toca em meu nome, e que nunca falam de mim para ela. Mas a quem ela falaria de mim se sou um assunto proibido na casa? Ela pensa que todos vocês são espiões do marido. Ora, não tenho dúvidas de que ela está vivendo o inferno entre vocês! É o silêncio dela, mais que qualquer outra coisa, que me faz imaginar o que está sentindo. Você diz que ela está frequentemente inquieta e ansiosa: isso por acaso é prova de tranquilidade? Você fala sobre a mente dela estar perturbada. E como diabos seria diferente naquele terrível isolamento? Com aquela criatura insípida e mesquinha tomando conta dela por um senso de *dever* e *humanidade*! Por *caridade* e *pena*! Ele seria capaz de plantar um carvalho em um vaso e esperar que a árvore prosperasse do mesmo jeito que acredita ser capaz de restaurar o vigor de Catherine sob seus cuidados superficiais? Deixe-nos resolver isso de uma vez. Você quer ficar aqui enquanto abro caminho até ela através de Linton e seus lacaios? Ou você será minha amiga, como tem sido até o momento, e fará o que peço? Decida! Pois, se quiser permanecer em tal estado de teimosia, não tenho mais um minuto a perder!

Bem, senhor Lockwood, eu argumentei e reclamei, e recusei categoricamente sua proposta por cinquenta vezes, mas, com o tempo, ele me forçou a chegar em um acordo. Comprometi-me a levar uma carta dele para a patroa, e, caso ela consentisse, prometi informá-lo sobre a próxima ausência do senhor Linton na granja. E então que ele viesse e entrasse como pudesse, pois eu estaria longe, assim como meus colegas estariam fora de seu caminho. Se fiz certo ou errado? Temo ter errado, embora a intenção fosse das melhores. Acreditei ter evitado outra explosão por meio de minha anuência, e pensei, também, que aquilo pudesse criar uma virada favorável à doença mental de Catherine. E depois lembrei da reprovação severa que o senhor Edgar havia feito aos meus relatos. Tentei suavizar todas as minhas inquietações sobre o assunto, afirmando, com uma boa frequência, que aquela traição, se é que merecia uma denominação tão dura, deveria ser a última. Não obstante, minha jornada de volta para casa foi mais triste que a ida, e muitas foram as dúvidas que senti antes de tomar coragem e depositar a missiva nas mãos da senhora Linton.

Contudo, vejo que Kenneth acabou de chegar. Devo descer e dizer a ele como o senhor está muito melhor. Minha história é do tipo que vai longe, como costumamos dizer, e servirá para distraí-lo por mais uma manhã.

*Do tipo que vai longe e que vai triste!*, refleti, observando a boa mulher descer para receber o médico, *e não exatamente do tipo que eu escolheria para me divertir*. Mas não importa! Devo extrair bons remédios das ervas amargas de senhora Dean e, antes disso, devo tomar cuidado com o fascínio que se esconde sob os olhos brilhantes de Catherine Heathcliff. Eu ficaria em uma posição bastante curiosa se entregasse meu coração àquela jovem somente para que a filha se revelasse uma segunda edição da mãe.

# Capítulo 15

Mais uma semana foi embora – e encontro-me a poucos dias da recuperação da saúde e da primavera! Agora já ouvi a história completa de meu vizinho, em diferentes sessões, conforme a governanta encontrava algum tempo livre entre ocupações mais importantes. Devo continuar usando as palavras que ela me disse, de maneira apenas um pouco mais condensada. Ela é, no geral, uma narradora muito justa, e não penso ser capaz de melhorar-lhe o estilo.

Ela disse:

Na tarde de minha visita a Wuthering Heights, eu sentia, tão bem como se pudesse vê-lo, que o senhor Heathcliff estava por perto. Evitei sair, pois ainda carregava sua carta no bolso e não queria ser novamente ameaçada ou provocada. Havia decidido que só a entregaria quando o patrão fosse a algum lugar, já que não era capaz de prever como o recebimento da missiva afetaria Catherine. Por consequência, a carta só chegou até ela após decorridos três dias. O quarto dia era domingo, e levei a correspondência aos aposentos da patroa no momento em que a família saiu para a igreja. Sobrou apenas um criado para gerenciar a casa comigo, e tínhamos por hábito trancar as portas durante o horário de serviço religioso. Mas, naquela ocasião, o clima estava tão quente e agradável que as abri, e, a fim de cumprir minha promessa, ciente de que Heathcliff viria, falei para meu colega que a patroa queria muito algumas laranjas, e que ele devia correr até a aldeia para buscar algumas, a serem pagas no outro dia. Ele partiu, e então subi as escadas.

A senhora Linton estava sentada sob uma janela aberta, como de costume, usando um vestido branco e solto, com um xale leve sobre os ombros. Seu cabelo comprido e espesso havia sido parcialmente encurtado no início de sua doença, e agora ela o usava simplesmente penteado em suas mechas naturais, pendendo sobre as têmporas e o pescoço. Sua aparência estava alterada, como eu dissera a Heathcliff, mas, quando estava calma, parecia existir uma beleza sobrenatural naquela mudança. O brilho de seus olhos fora substituído por uma suavidade melancólica e sonhadora, e ela não parecia mais observar os objetos à sua volta: seus olhos sempre pareciam mirar o além, o plano distante. Alguns diriam que olhava até mesmo o outro mundo. Por fim, a palidez de seu rosto – seu aspecto abatido tendo desaparecido quando ela recuperou peso – e a expressão peculiar provocada por seu estado mental, embora dolorosamente sugerissem sua causa, contribuíam para o interesse comovente que ela despertava. E, invariavelmente – para mim ou, creio, para qualquer pessoa que a visse –, marcavam-na como alguém destinada a perecer.

Um livro estava aberto no peitoril à sua frente, e o vento quase imperceptível agitava suas páginas de vez em quando. Acredito ter sido o senhor Linton a colocá-lo ali, pois ela nunca fora de se distrair com a leitura ou qualquer outro tipo de ocupação, e o patrão passava horas tentando atrair a atenção da esposa para algum tópico que antes a divertia. Ela tinha consciência dos esforços do marido e, quando estava de bom humor, suportava seus avanços com serenidade, apenas demonstrando a inutilidade do gesto ao, vez por outra, suprimir um suspiro cansado e, por fim, detê-lo com os mais tristes dos sorrisos e beijos. Em outras ocasiões, ela se virava com petulância e escondia o rosto nas mãos, ou mesmo empurrava o senhor Edgar, irada, e ele então tinha o cuidado de deixá-la em paz, pois sabia não estar fazendo bem algum.

Os sinos da capela de Gimmerton ainda estavam tocando, e o fluir tranquilo do córrego que descia pelo vale chegava com suavidade até os ouvidos. Eram doces substitutos para o ainda ausente murmúrio da folhagem de verão que costumava abafar aquela música sobre a granja quando as árvores estavam cheias de brotos. Em Wuthering Heights, tal música sempre estava presente em dias calmos, após um grande degelo ou uma estação de chuva constante. E era em Wuthering Heights que Catherine pensava enquanto ouvia aqueles sons, isto é, se é que pensava e ouvia. Mas ela tinha aquele olhar vago e distante que mencionei antes, incapaz de expressar qualquer reconhecimento dos itens materiais, fosse pelos olhos ou pelos ouvidos.

– Há uma carta para a senhora – falei, pondo o envelope gentilmente em uma das mãos que repousava sobre o joelho. – A senhora precisa lê-la agora mesmo, porque requer uma resposta. Devo quebrar o lacre?

– Sim – ela respondeu, sem alterar a direção do olhar.

Abri a carta. Era muito curta.

– Agora leia – continuei.

Catherine afastou a mão e deixou o papel cair. Coloquei-o em seu colo e fiquei esperando até que ela olhasse para baixo. Mas aquele movimento demorou tanto que acabei por insistir:

– Devo ler para a senhora, patroa? É do senhor Heathcliff.

Houve um sobressalto e um vislumbre perturbado em forma de lembrança, e então ela lutou para organizar suas ideias. Ergueu a carta e pareceu examiná-la, suspirando quando chegou à assinatura. Ainda assim, notei que ela não havia percebido do que se tratava, pois, ao pedir para escutar sua resposta, a patroa apenas apontou para o nome dele e olhou para mim com tristeza e ansiedade questionadora.

– Bem, ele deseja vê-la – falei, imaginando que ela precisava de uma intérprete. – Deve estar no jardim a essa altura, impaciente para saber qual resposta irei trazer.

Conforme eu falava, observei um grande cão, deitado na grama ensolarada lá embaixo, erguer as orelhas como se fosse latir e, em seguida, deixá-las pender após um abanar de cauda para anunciar a aproximação de alguém a quem não considerava intruso. A senhora Linton inclinou-se na janela e ficou prestando atenção, quase sem fôlego. No minuto seguinte, passos cruzaram o corredor, a casa aberta era tentadora demais para Heathcliff resistir à entrada. Provavelmente, supôs que eu estivesse inclinada a fugir de minha promessa, e então resolveu confiar na própria audácia. Com grande ansiedade, Catherine ficou olhando para a entrada do quarto. Heathcliff não encontrou a porta certa de imediato, e ela fez um gesto para que eu fosse recepcioná-lo. Mas ele descobriu o quarto antes que eu sequer pudesse alcançar a porta e, com um ou dois passos, já estava ao lado dela, tomando-a nos braços.

Durante quase cinco minutos, Heathcliff não falou nem afrouxou seu abraço, período no qual depositou mais beijos do que imagino ter dado em toda sua vida. Mas então fora a patroa a beijá-lo primeiro, e notei claramente que ele mal podia suportar, de pura agonia, olhar em seu rosto! Ele fora alvejado pela mesma convicção que eu desde o instante em que a vira: não havia perspectiva de recuperação total ali. Ela estava desenganada, e com certeza morreria.

– Ah, Cathy! Ah, minha vida! Como vou conseguir suportar isso? – foi a primeira frase que Heathcliff proferiu, em um tom que não procurava disfarçar o próprio desespero. Ele agora a encarava tão seriamente que pensei que a intensidade daquele olhar traria lágrimas a seu rosto. E seus olhos de fato queimaram de angústia, mas ele não desmoronou.

– Suportar o quê? – disse Catherine, inclinando-se para trás e retribuindo o olhar com um repentino semblante fechado, seu humor era um mero cata-vento para os caprichos em constante mutação. – Você e Edgar quebraram meu coração, Heathcliff! E agora vêm os dois a se lamentar para mim, como se fossem vocês os dignos de pena! Não terei pena de vocês, não eu. Vocês me mataram, e penso que gostaram disso. Como são fortes! Quantos anos vocês pretendem viver depois que eu for embora?

Heathcliff se ajoelhou para abraçá-la. Tentou se erguer, mas ela o agarrou pelo cabelo e o manteve abaixado.

– Eu queria poder tê-lo em meus braços – ela continuou, amarga –, até que estivéssemos ambos mortos! Não ligo a mínima para seus sofrimentos. Por que você não deveria sofrer? Eu sofro! Você vai me esquecer? Será feliz quando eu estiver debaixo da terra? Dirá, daqui a vinte anos: "Este é o túmulo de Catherine Earnshaw"? "Eu a amei muito tempo atrás, e foi triste perdê-la, mas já passou. Amei muitas outras depois disso, e meus filhos são mais queridos para mim do que ela foi, e, na morte, não me alegrarei por estar indo até ela. Em vez isso, lamentarei por deixá-los para trás!" Você diria isso, Heathcliff?

– Não me torture até que eu fique tão louco quanto você – ele exclamou, libertando a cabeça com um movimento brusco e rangendo os dentes.

Aqueles dois, para um espectador desavisado, formariam uma imagem estranha e assustadora. Catherine poderia muito bem considerar o Paraíso uma terra de exílio, a menos que também rejeitasse seu caráter moral ainda no corpo físico. Naquele momento, seu semblante expressava um desejo selvagem de vingança nas faces pálidas, lábios descorados e olhos cintilantes. Nos dedos que retinha fechados, trazia algumas mechas dos cabelos que estivera segurando. Quanto a seu companheiro, enquanto se erguia apoiado por uma das mãos, agarrava Catherine pelo braço com a outra. E tão inadequado era seu estoque de gentileza para as exigências de saúde da dama que, ao deixá-la ir, percebi quatro marcas roxas indistintas sobre a pele sem cor.

– Você deve estar possuída por um demônio para falar comigo desse jeito enquanto está morrendo – ele prosseguiu com selvageria. – Você percebe que todas essas palavras ficarão gravadas em minha memória, aprofundando-se eternamente em meu juízo depois que me deixar? Você sabe que mente ao dizer que a matei, Catherine, e sabe que eu seria capaz de esquecê-la tanto quanto a mim mesmo! Não é suficiente para seu egoísmo demoníaco saber que, enquanto você estiver em paz, eu estarei me contorcendo nos tormentos do inferno?

– Não vou ficar em paz – gemeu Catherine, lembrada de sua fraqueza física pela pulsação violenta e desigual de seu coração, que batia visível e audivelmente sob aquele excesso de agitação. Ela não disse mais nada até o paroxismo terminar, quando então continuou, dessa vez gentilmente: – Não desejo vê-lo mais atormentado do que eu, Heathcliff. Só desejo que nunca nos separemos, e, se uma palavra minha o afligir daqui em diante, pense que sinto a mesma aflição debaixo da terra e, para meu próprio bem, perdoe-me! Venha até aqui e ajoelhe-se mais uma vez! Você nunca me machucou nessa vida. Não, se continuar nutrindo o ódio, será algo pior de lembrar do que minhas palavras ásperas! Você não vai vir até aqui? Venha!

Heathcliff posicionou-se atrás da cadeira dela, se inclinando, mas não a ponto de deixá-la ver seu rosto lívido de emoção. Ela se curvou para trás a fim de olhá-lo, mas ele não permitiu. Virou-se bruscamente e caminhou até a lareira, na frente da qual permaneceu, em silêncio, de costas para nós. O olhar da senhora Linton o seguia com desconfiança, cada movimento despertava nela um novo sentimento. Depois de uma pausa e de uma contemplação prolongada, ela voltou a falar, dirigindo-se a mim com ares de decepção indignada:

– Ah, você percebe, Nelly? Ele não cede nem por um segundo para salvar-me do túmulo. É *desse jeito* que me ama! Bem, deixe para lá. Esse aí não é o *meu* Heathcliff. O meu continuará sendo amado, e vou levá-lo comigo, pois é parte de minha alma. Além disso – ela continuou, pensativa –, a coisa que mais me irrita é esta prisão estilhaçada, no fim das contas. Estou cansada de permanecer enclausurada aqui. Anseio por escapar até aquele glorioso mundo, por ficar para sempre lá. Não somente vê-lo de um jeito vago por entre as lágrimas, desejando alcançá-lo através das paredes de um coração dolorido, mas realmente estar naquele mundo. Nelly, você acredita ser melhor e mais afortunada do que eu, pois é plena de saúde e força. Você tem pena de mim, mas isso logo irá mudar. Serei *eu* a sentir muito por *você*. Estarei incomparavelmente além e acima de todos. Fico admirada que ele não queira estar perto de mim! – E então ela falou para si mesma: – Pensei que ele quisesse ficar comigo... Heathcliff, querido! Não devia ficar carrancudo logo agora. Venha para mim, Heathcliff.

Em sua pressa, ela se levantou e se apoiou no braço da cadeira. Diante daquela súplica sincera, Heathcliff se virou para ela, parecendo absolutamente desesperado. Seus olhos, finalmente arregalados e úmidos, brilharam ferozes sobre ela, e seu peito contraiu convulsivamente. Se em um instante estavam separados, no outro eu mal pude perceber e já estavam abraçados. Catherine se atirou para frente, e ele a segurou, e ambos ficaram presos em um abraço do qual pensei que minha patroa jamais sairia viva: na verdade, para a minha percepção, ela parecia realmente desfalecida. Heathcliff se jogou no assento mais próximo e, quando me aproximei apressada para verificar se Catherine havia desmaiado, rosnou para mim, espumando como um cachorro enlouquecido, puxando-a para si com um ciúme febril. Não me senti na companhia de um membro de minha própria espécie. Parecia incapaz de entender enquanto eu falava com ele, então achei melhor me afastar e segurar a língua, em um estado de grande perplexidade.

Um movimento da parte de Catherine deixou-me um pouco mais aliviada: ela ergueu a mão para segurar o pescoço dele, encostando a bochecha na de Heathcliff enquanto este a segurava. Em troca, conforme a cobria de carícias frenéticas, ele disse de maneira selvagem:

– Agora me explique como foi tão cruel. Cruel e falsa. Por que você me desprezou? Por que traiu seu próprio coração, Cathy? Não trago comigo nenhuma palavra de conforto. Você merece tudo isso. Matou a si mesma. Sim, pode me beijar e chorar, e também extrair de mim beijos e lágrimas; eles irão aniquilá-la, irão amaldiçoá-la. Você me amava... então *que direito* tinha de me abandonar? Que direito, responda-me, de viver a fantasia pobre que sentia por Linton? Porque nada, nem miséria, degradação e morte, nem as coisas que Deus e o Satanás pudessem nos mandar, nada seria capaz de nos separar. Foi *você mesma*, por sua própria vontade, que fez isso. Não parti seu coração; *você* mesma o partiu. E, ao fazer isso, partiu o meu também. Pior para mim que sou forte. Se por acaso desejo viver? Que tipo de vida será essa depois que você... Ah, Deus! Você gostaria de precisar viver com a própria alma na tumba?

– Deixe-me em paz. Deixe-me em paz – soluçou Catherine. – Se fiz algo errado, agora estou morrendo por isso. É o suficiente! Você me abandonou também, mas não vou repreendê-lo! Eu o perdoo. Perdoe-me!

– É difícil perdoar, olhar para estes olhos, sentir estas mãos enfraquecidas – ele respondeu. – Beije-me de novo, não deixe que eu veja seus olhos! Eu perdoo o que você fez para mim. Amo meu assassino, mas como poderia amar o seu?

Eles ficaram em silêncio, seus rostos escondidos um contra o outro, lavados pelas lágrimas de ambos. Ao menos, acreditei que o choro veio dos dois lados, pois Heathcliff parecia capaz de prantear em uma ocasião solene como aquela.

Enquanto isso, fui ficando desconfortável; a tarde passava rapidamente, o homem que eu havia enviado já voltara de sua missão, e eu distinguia, pelo brilho do sol oeste no vale, uma multidão se reunindo no pátio da capela de Gimmerton.

– A missa na capela terminou – anunciei. – Meu patrão estará aqui em meia hora.

Heathcliff rosnou uma imprecação e puxou Catherine mais para perto de si. Ela nem se moveu.

Pouco depois, percebi um grupo de criados passando pela estrada em direção à ala da cozinha. O senhor Linton não estava muito atrás, ele mesmo abriu o portão e subiu devagar, possivelmente aproveitando a tarde adorável que soprava tão fresca quanto o verão.

– Agora ele já está aqui – exclamei. – Pelo amor de Deus, desça depressa! Não encontrará ninguém na escadaria da frente. Seja rápido, e esconda-se entre as árvores até que ele esteja aqui dentro.

– Preciso ir, Cathy – falou Heathcliff, tentando se libertar dos braços da companheira. – Mas se eu viver, devo encontrá-la de novo antes de dormir. Não me afastarei nem cinco metros da sua janela.

– Você não deve ir! – ela respondeu, segurando-o com tanta firmeza quanto sua força lhe permitia. – Estou dizendo, você não deve ir.

– É só por uma hora – ele implorou com sinceridade.

– Nem por um minuto – respondeu Catherine.

– É preciso, Linton subirá direto para cá – persistiu o intruso alarmado.

Ele tentou se levantar e soltar os dedos dela, mas Catherine o agarrou depressa, ofegando. Tinha uma determinação enlouquecida no rosto.

– Não! – exclamou. – Ah, não, não vá embora. Essa é a última vez! Edgar não vai nos machucar. Heathcliff, vou morrer! Vou morrer!

– Que se dane o tolo! Aí vem ele – bradou Heathcliff, deixando-se cair de volta em seu assento. – Calma, minha querida! Fique calma, Catherine! Eu vou ficar. Mesmo que ele atire em mim, eu morreria com uma bênção em meus lábios.

E os dois se entrelaçaram mais uma vez. Ouvi o patrão subindo as escadas. Suor frio escorria em minha testa: fiquei horrorizada.

– E o senhor vai dar ouvidos aos delírios dela? – falei, estarrecida. – A patroa não sabe o que diz. O senhor vai arruiná-la, já que ela não dispõe de inteligência o suficiente para preservar a si mesma? Levante-se! O senhor pode ir embora de imediato. Este é o ato mais diabólico que o senhor já fez. Estaremos todos condenados: patrão, patroa e criada.

Torci as mãos e gritei, e o senhor Linton apressou o passo com aquele barulho. Em meio à minha agitação, fiquei sinceramente feliz ao notar que os braços de Catherine haviam relaxado, sua cabeça pendendo.

*Ela está desmaiada ou morta*, pensei, *o que seria ainda melhor. É muito melhor que esteja morta do que continuar um fardo e uma fonte de miséria para todos ao seu redor.*

O senhor Edgar avançou na direção do visitante inesperado, empalidecendo de espanto e raiva. O que pretendia com aquilo, não sei dizer, pois o outro interrompeu qualquer tipo de reação ao colocar a figura aparentemente sem vida nos braços do dono da casa.

– Veja isso! – ele disse. – A menos que seja um demônio, ajude-a primeiro. Depois venha falar comigo!

Ele caminhou até a sala e sentou-se por lá. O senhor Linton chamou-me e, com grande dificuldade e depois de recorrer a muitos métodos, conseguimos reanimá-la. Mas Catherine estava totalmente confusa; suspirava e gemia sem reconhecer ninguém. Em sua ansiedade por vê-la bem, o senhor Edgar acabou se esquecendo de seu tão odiado amigo. Mas eu, não. Na primeira oportunidade, fui até Heathcliff e pedi que partisse, afirmando que Catherine estava melhor e que pela manhã mandaria notícias sobre como ela passara a noite.

– Não me recusarei a sair – ele respondeu –, mas vou ficar no jardim. E, Nelly, lembre-se de manter sua palavra amanhã. Estarei entre aqueles pinheiros lariços. Cumpra sua promessa! Ou então farei uma nova visita, quer Linton esteja em casa ou não.

Ele lançou um rápido olhar para a porta entreaberta do quarto e, certificando-se de que o que eu havia dito era aparentemente verdade, livrou a casa de sua infeliz presença.

# Capítulo 16

Nesse mesmo dia, nasceu por volta da meia-noite a Catherine que o senhor conheceu em Wuthering Heights: uma criança franzina de apenas sete meses. Duas horas depois, a mãe morreu, sem nunca ter recuperado consciência o suficiente para sentir falta de Heathcliff ou reconhecer Edgar. A desorientação deste último em seu luto é um assunto doloroso demais para ser comentado, e os efeitos posteriores mostraram como aquele sofrimento foi profundamente cavado dentro dele. Um enorme agravante, em minha opinião, foi o fato de ter ficado sem um herdeiro. Lamentei por isso enquanto olhava a órfã fraca, e mentalmente praguejei contra o velho Linton por ter deixado (devido a uma parcialidade natural) a herança da casa para a própria filha, em vez de para a neta. Era uma criancinha malquista, a coitada! Durante suas primeiras horas de existência, poderia ter chorado até morrer e ninguém teria se importado nem um pouco. Tentamos redimir aquela negligência depois, mas o começo de sua vida foi tão sem carinho quanto é possível que o fim venha a ser.

A manhã seguinte, clara e alegre do lado de fora da casa, chegou suave através das persianas do quarto silencioso, inundando o sofá e sua ocupante com um brilho agradável e terno. Edgar Linton tinha a cabeça apoiada em um travesseiro, os olhos fechados. Seus traços jovens e belos pareciam tão mortos quanto os da figura ao seu lado, e quase tão imóveis, mas o silêncio dele era de angústia exausta, enquanto o dela era de perfeita paz. O semblante de Catherine estava plácido, com as pálpebras fechadas, os lábios curvados em uma expressão de sorriso. Nenhum anjo celeste poderia ser mais belo do que ela parecia. Acabei comungando da infinita calma na qual ela repousava, minha mente nunca esteve em uma condição mais sagrada do que enquanto eu contemplava tal imagem imperturbável de descanso divino. Repeti instintivamente as palavras que ela havia proferido horas antes:

– Incomparavelmente além e acima de todos! Esteja ainda na Terra ou no céu, o espírito de Catherine está com Deus!

Não sei se esta é uma peculiaridade minha, mas, se não houver nenhum enlutado frenético ou desesperado para compartilhar tal dever comigo, raramente fico outra coisa senão feliz ao velar a câmara da morte. Enxergo apenas um repouso que nem a Terra nem o inferno seriam capazes de perturbar, e sinto uma certeza quanto ao além infinito e livre de sombras – a Eternidade na qual adentramos –, em que a vida é ilimitada em sua duração, o amor, em sua piedade, e a alegria, em sua plenitude. Na ocasião, percebi quanto egoísmo existia em um amor como o de senhor Linton, uma vez que ele lamentava enormemente a bendita libertação de Catherine! Decerto alguém poderia duvidar, após a existência rebelde e inquieta que a patroa levara, se ela de fato merecia por fim um refúgio de paz. É algo que se podia duvidar durante uma reflexão desapaixonada, mas nunca ali, na presença de seu cadáver. Pois o corpo afirmava a própria tranquilidade, o que parecia uma promessa de descanso igual para sua antiga habitante. Acredita que tais pessoas podem ser felizes no além-mundo, senhor? Eu daria tudo para saber...

Recusei-me a responder à pergunta da senhora Dean, que me pareceu um tanto heterodoxa. Mas a mulher prosseguiu:

Refazendo os passos de Catherine Linton, temo não ter motivos para pensar que seja feliz, mas devemos deixá-la por conta do Criador.

O patrão parecia adormecido, então, logo após o nascer do sol, aventurei-me a deixar o quarto e escapar para o ar puro e refrescante. Os outros criados pensaram que eu havia saído para eliminar a sonolência de minha vigília prolongada, mas, na verdade, meu principal motivo era encontrar o senhor Heathcliff. Se tinha mesmo permanecido a noite inteira entre os lariços, então não teria escutado toda a comoção da granja, a menos que tivesse percebido o galope do mensageiro enviado para Gimmerton. Caso tivesse se aproximado, provavelmente já saberia, pelas luzes que se moviam de um lado para outro da casa e pela abertura e fechamento das portas externas, que nem tudo estava bem. Ao mesmo tempo, eu ansiava e temia por encontrá-lo. Sentia que a terrível notícia precisava ser contada, e desejava acabar logo com aquilo, mas não sabia como proceder. Heathcliff estava no local combinado, ou ao menos alguns metros adiante no parque, encostado contra um velho freixo. Estava sem chapéu e tinha os cabelos encharcados pelo orvalho que se acumulava nos ramos e gotejava ao seu redor. Já devia estar há um bom tempo naquela posição, pois vi um casal de melros perambulando a cerca de um metro dele, ocupados em construir seu ninho, considerando o homem ao lado como nada além de uma tora de madeira. Eles voaram quando me aproximei. Heathcliff ergueu os olhos e falou:

– Ela está morta! Não é para que me conte isso que estou aqui esperando. Guarde seu lenço, não choramingue diante de mim. Malditos sejam todos vocês! Ela não quer nenhuma das suas lágrimas!

Eu chorava tanto por ele quanto por ela; às vezes, sentimos pena de criaturas que não têm sentimento nem por si mesmas nem pelos outros. Quando olhei no rosto dele pela primeira vez, percebi que já fora informado sobre a catástrofe, e ocorreu-me o tolo pensamento de que Heathcliff estivesse de coração apaziguado e orando, porque seus lábios se moviam e seu olhar estava voltado para o chão.

– Sim, ela está morta! – respondi, controlando meus soluços e secando minhas faces. – Foi para o céu, espero, onde poderemos todos nos juntar a ela caso tomemos a tempo as devidas providências, abandonando os maus caminhos para seguir apenas o bem!

– Ah, então *ela* tomou as devidas providências a tempo? – perguntou Heathcliff, ensaiando um sorriso de escárnio. – Morreu como se fosse santa? Vamos, dê-me a versão verdadeira dos eventos. Como foi que...?

Ele se esforçou para pronunciar o nome, mas não foi capaz. Comprimindo a boca, travou um silencioso combate contra sua agonia interna, desafiando, enquanto isso, minha própria solidariedade por meio de um olhar firme e feroz.

– Como ela morreu? – conseguiu perguntar por fim, parecendo grato em ter um apoio atrás de si, apesar de sua constituição forte, pois, após aquela luta e a despeito de si mesmo, ele tremia até as pontas dos dedos.

*Pobre desgraçado*, pensei comigo mesma. *Tem coração e nervos, assim como todos os homens! Por que se preocupa tanto em escondê-los? Seu orgulho não impedirá que Deus o veja! Apenas deixará o Criador tentado a fazê-lo sofrer até conseguir arrancar um grito de humilhação.*

– Calma como um cordeirinho – respondi para ele em voz alta. – Ela suspirou e se espreguiçou, como uma criança que desperta e depois volta a dormir, e cinco minutos depois senti uma última batida de seu coração, e nada mais!

– E... ela chegou a mencionar meu nome? – perguntou, hesitante, como se a resposta para aquela questão pudesse trazer detalhes que ele não seria capaz de suportar.

– Ela nunca chegou a recobrar a consciência, não reconheceu mais ninguém desde que o senhor a deixou – falei. – Agora jaz com um doce sorriso no rosto, e seus últimos pensamentos vagaram pelos antigos dias mais felizes. A vida de Catherine se fechou em um sonho gentil, e que ela possa despertar com gentileza no outro mundo.

– Pois que ela acorde atormentada! – ele gritou com assustadora veemência, batendo o pé no chão e gemendo em um súbito acesso de paixão desgovernada. – Ora, ela foi uma mentirosa até o fim! Onde ela está? Não *lá*, não no Paraíso, e também não sumiu do nada, então onde? Ah, Catherine! Você disse que não se importava com meus sofrimentos! Faço somente um pedido, que hei de repetir até minha língua ficar dura: Catherine Earnshaw, que você nunca tenha descanso enquanto eu viver. Você disse que eu a matei, então me assombre! Os assassinados assombram seus algozes, imagino. E sei que fantasmas vagueiam pela Terra. Fique sempre comigo, tome qualquer forma, leve-me à loucura! Só não me deixe nesse abismo, onde não posso encontrá-la! Ah, Deus! É insuportável! Não *posso* viver sem minha vida! Não *posso* viver sem minha alma!

Heathcliff bateu a cabeça contra o tronco da árvore e, erguendo os olhos, começou a uivar, não como homem, mas como uma fera selvagem sangrada por facas e lanças. Pude notar vários respingos de sangue na casca da árvore, e tanto suas mãos quanto sua testa estavam ensanguentadas. Provavelmente, a cena que eu presenciava havia se repetido outras vezes durante a noite. O ato mal me despertou a compaixão, pois fiquei estarrecida. Ainda assim, senti-me relutante em deixá-lo sozinho. Porém, no momento em que Heathcliff se recompôs o suficiente para perceber que eu o observava, esbravejou uma ordem, mandando-me ir embora. Obedeci. Estava além das minhas capacidades acalmá-lo ou consolá-lo.

O funeral da senhora Linton foi marcado para a sexta-feira seguinte. Até lá, o caixão permaneceu na grande sala de estar, descoberto e forrado por flores e ervas aromáticas. Linton passava os dias e as noites com ela, como um guardião insone. E, algo que passou despercebido por todos, exceto por mim, Heathcliff também aparecia todas as noites, do lado de fora, igualmente incapaz de repousar. Não cheguei a me comunicar com ele, mas ainda assim estava consciente de seu desejo de entrar na casa, caso tivesse a chance. Portanto, na terça-feira, pouco depois de escurecer, quando o patrão foi compelido a se retirar por um par de horas devido à extrema fatiga, eu fui até a sala e abri uma das janelas, convencida pela perseverança de Heathcliff a dar-lhe uma oportunidade de se despedir da imagem desbotada do que já fora seu ídolo. Ele não deixou de usufruir daquela chance, sendo cauteloso e breve, cauteloso demais até para denunciar sua presença na casa com o menor dos ruídos. De fato, eu não teria descoberto que ele estivera ali não fosse pelo discreto desalinho da mortalha que cobria o rosto do cadáver e pela mecha de cabelo claro que encontrei no chão, amarrada com um fio de prata. Ao examinar este último, percebi que fora retirado de um medalhão no pescoço de Catherine. Heathcliff havia aberto o fecho e jogado fora seu conteúdo, substituindo-o por uma mecha do próprio cabelo. Trancei os dois conjuntos de fios e os coloquei juntos no medalhão.

O senhor Earnshaw foi, é claro, convidado a comparecer ao enterro da irmã. Ele não enviou nenhuma recusa, mas nunca apareceu. Assim, além do marido, apenas os inquilinos da granja e os criados compunham os enlutados. Isabella sequer foi convidada.

O lugar de sepultamento de Catherine, para surpresa dos aldeões, não foi nem na capela, sob o monumento esculpido dos Linton, e nem na tumba de seus parentes do lado de fora. Seu túmulo foi escavado na encosta verde de um dos cantos do cemitério, onde o muro é tão baixo que as urzes e os mirtilos invadem pelo lado dos charcos, e a turfa quase encobre tudo. O marido de Catherine jaz no mesmo local agora, cada um com uma lápide simples e um bloco cinza e sem adornos a seus pés, a fim de marcar os túmulos.

# Capítulo 17

Aquela sexta-feira foi o último dia de tempo limpo que tivemos durante um mês. À noite, o clima virou: o vento mudou do sul para nordeste, trazendo primeiro a chuva, depois granizo e enfim a neve. No dia seguinte, era difícil imaginar que haviam se passado três semanas de verão, pois as prímulas e açafrões estavam soterrados sob os ventos invernais, as cotovias estavam silenciosas e os brotos das árvores mais precoces estavam picotados e escurecidos. E foi assim, sombria, fria e lúgubre que aquela manhã se arrastou! O patrão manteve-se no quarto, e eu tomei posse da sala solitária, convertendo-a em berçário. Lá estava eu, sentada com uma bonequinha chorosa em forma de criança sobre meus joelhos, balançando-a de um lado para outro e observando, enquanto isso, os flocos de neve que ainda se acumulavam na janela descortinada, quando de repente a porta se abriu e alguém entrou, sem fôlego e rindo! Por um minuto, minha raiva foi maior que meu espanto. Pensei que se tratasse de alguma das criadas, então gritei:

– Cale a boca! Como ousa mostrar sua frivolidade por aqui? O que o senhor Linton pensaria caso ouvisse?

– Peço desculpas! – respondeu uma voz familiar. – Mas sei que Edgar está na cama e não consigo me conter. – Ao dizer isso, a pessoa que falava avançou até o fogo, ofegante e abraçando o próprio corpo. – Vim correndo por todo o caminho desde Wuthering Heights! – ela continuou após uma pausa. Exceto nas partes em que quase saí voando. Nem sei contar quantas quedas eu sofri. Ah, estou toda dolorida! Mas não se preocupe, haverá uma explicação assim que for possível. Apenas me faça a bondade de sair e pedir ao cocheiro que me leve até Gimmerton, e peça a um criado para buscar um punhado de roupas em meu armário.

A intrusa era a senhora Heathcliff. Ela certamente não parecia em condições de dar risadas. Seu cabelo caía solto pelos ombros, pingando neve e água. Ela usava o mesmo vestido de donzela que costumava trajar, mais adequado à sua idade do que à sua posição: um vestido de saia e mangas curtas, sem adornos na cabeça ou no pescoço. A vestimenta era de seda fina e se agarrava ao corpo dela de tão encharcada. Seus pés estavam protegidos apenas por sandálias simples, e acrescente a isso um corte profundo sob a orelha, impedido apenas pelo frio de sangrar profusamente, um rosto pálido, arranhado e cheio de hematomas e um corpo que mal se aguentava em pé de tanto cansaço. Então o senhor pode imaginar que o susto que levei não foi nada dissipado depois que tive tempo de examiná-la.

– Minha querida jovem! – exclamei. – Não vou a lugar algum e nem ouvirei nada até que tire todas essas roupas e vista peças secas! E certamente não vou deixá-la ir a Gimmerton ainda esta noite, então não há necessidade de pedir a carruagem.

– Mas eu certamente vou – disse ela. – A pé ou a cavalo, ainda que eu não tenha objeções quanto a me vestir decentemente. Ah, veja como o sangue agora desce pelo meu pescoço! O fogo reavivou a ferida.

Isabella insistiu que eu cumprisse suas ordens antes de sequer me deixar tocá-la, e somente depois que o cocheiro foi instruído a se preparar e uma criada se pôs a organizar uma mala com algumas roupas mais necessárias foi que obtive o consentimento da jovem para remendar o machucado e para ajudá-la a trocar de vestido.

– Agora, Ellen – ela falou, assim que minha tarefa terminou e eu a coloquei sentada em uma poltrona diante da lareira com uma xícara de chá nas mãos. – Sente-se de frente para mim e coloque a bebê da pobre Catherine em outro lugar, não gosto de olhar para ela! Você deve pensar que não ligo para Catherine, já que me portei de modo tão tolo ao entrar na casa. Mas chorei amargamente, sim, mais do que qualquer pessoa teria motivos para chorar. Fui separada de Catherine sem que fizéssemos as pazes, você lembra, e nunca irei me perdoar. Mas apesar de tudo isso, não vou me compadecer por ele, aquela fera embrutecida! Ora, dê-me o atiçador! Esta é a última coisa dele que carrego comigo. – Ela retirou a aliança de ouro do terceiro dedo e a atirou ao chão. – E devo quebrá-la – ela prosseguiu, golpeando o objeto com um rancor infantil –, e então derretê-la! – A jovem arremessou a aliança entre as brasas. – Pronto! Ele que me compre outra, caso deseje ter-me de volta. Ele seria capaz de vir me procurar para implicar com Edgar. Não ouso ficar aqui, não quero que tal ideia se apodere de sua cabeça perversa! Além disso, Edgar também não foi muito gentil, certo? Não procurarei a ajuda de meu irmão e nem causarei mais problemas para ele. A necessidade me compeliu a buscar abrigo nesta casa. Contudo, se não soubesse que Edgar estava fora do caminho, eu teria ficado pela cozinha, lavado o rosto, aquecido meu corpo, feito você trazer o que eu queria e então partido novamente para qualquer lugar fora do alcance de meu maldito... daquele *goblin* encarnado! Ah, ele estava tão furioso! Imagine se tivesse me alcançado! É uma pena que Earnshaw não seja páreo para a força de Heathcliff, eu não teria corrido antes de vê-lo todo destruído caso Hindley fosse capaz de fazer isso!

– Bem, não fale tão depressa, minha jovem! – eu a interrompi. – Vai bagunçar o lenço que amarrei em seu rosto e fazer o corte sangrar novamente. Beba o seu chá, recupere o fôlego e pare de rir; infelizmente, o riso não tem lugar sob este teto, ainda mais em sua condição!

– Uma verdade inegável – respondeu a senhora Heathcliff. – Escute só aquela criança! Ela não para de chorar. Afaste-a de meus ouvidos por uma hora, não devo ficar mais que isso.

Toquei a sineta e deixei a bebê sob os cuidados de uma criada, e então indaguei o que havia levado a senhora Isabella a fugir de Wuthering Heights e sofrer tantos apuros, além de perguntar onde ela pretendia se estabelecer, já que se recusara a permanecer conosco.

– Eu deveria ficar, e gostaria disso – ela respondeu. – Ficaria para alegrar Edgar e ajudar a cuidar da bebê, e também porque a granja é meu verdadeiro lar. Mas afirmo que ele jamais permitiria tal coisa! Acha que Heathcliff suportaria me ver recuperar o viço e o ânimo, que suportaria sequer pensar que estamos tranquilos, sem decidir envenenar nosso conforto? Agora, tenho a satisfação de saber com certeza que ele me detesta. A ponto de ficar gravemente aborrecido de encontrar-me ao alcance das vistas ou dos ouvidos; percebo, quando me aproximo, que os músculos de seu rosto ficam involuntariamente contraídos em uma expressão de ódio, em parte por saber dos meus bons motivos para lhe retribuir o ódio, mas também por genuína aversão. Acredito que esta última seja forte o suficiente para que ele não me persiga pela Inglaterra, supondo que eu consiga mesmo escapar, e por isso devo ir embora. Já me recuperei de meu desejo inicial de ser morta por ele, agora prefiro que ele se mate! Heathcliff extinguiu meu amor de maneira eficaz, e por isso estou tranquila. Ainda posso me lembrar de como o amei, e vagamente sou capaz de imaginar que ainda poderia amá-lo outra vez se... Não, não! Mesmo que ele me desse atenção, sua natureza diabólica teria se revelado em algum momento. Catherine tinha um gosto terrivelmente pervertido para tanto estimar esse homem, ainda mais conhecendo-o tão bem. Monstro! Que possa ser apagado tanto da Criação quanto de minha memória!

– Calma, calma! Ele é um ser humano – falei. – Seja mais caridosa, há homens piores do que ele!

– Heathcliff não é humano – Isabella retrucou. – E não possui direito sobre a minha caridade. Dei a ele meu coração, e ele o pegou, apunhalou-o até a morte e depois o atirou de volta a mim. As pessoas sentem com o coração, Ellen, e, como ele destruiu o meu, não tenho meios para sentir pena de Heathcliff. Não teria pena ainda que ele lamentasse até o dia de sua morte e que chorasse lágrimas de sangue por Catherine! Não, de fato eu não sentiria pena alguma! – Nesse momento, Isabela começou a chorar, mas, limpando imediatamente as lágrimas dos cílios, ela recomeçou: – Você queria saber o que me levou a fugir afinal, certo? Fui compelida a tentar, pois consegui despertar em Heathcliff uma raiva de nível mais alto que sua maldade. Arrancar nervos com uma pinça em brasa requer mais frieza do que um simples golpe na cabeça. Ele foi forçado a abandonar a prudência diabólica da qual se gabava e passou à violência assassina. Senti prazer em ser capaz de irritá-lo, e foi esse sentimento que despertou meu instinto de autopreservação, e então me libertei. E, caso um dia eu caia novamente em suas mãos, Heathcliff terá direito a uma vingança.

E então Isabella contou o seguinte:

Ontem, você sabe, o senhor Earnshaw deveria ter comparecido ao funeral. Ele se manteve sóbrio visando a tal propósito. Toleravelmente sóbrio; pelo menos, não foi se deitar enlouquecido às seis horas para acordar ainda bêbado ao meio-dia. Por consequência, ele se levantou em um ânimo suicida, tão disposto a ir para a igreja quanto estaria de frequentar um baile, e, em vez disso, sentou-se perto do fogo e tragou copo atrás de copo de conhaque e gim.

Heathcliff, e estremeço só de dizer esse nome, tornou-se um estranho para a casa desde o último domingo. Se foram os anjos que o alimentaram ou seus parentes abaixo da terra, não sei dizer, mas ele não fez uma refeição conosco nesse meio-tempo. Sempre voltava durante a madrugada e subia em direção ao quarto para trancar-se sozinho, como se alguém fosse sonhar em querer sua companhia! E era lá que ficava, orando como um metodista; mas a divindade para a qual implorava era nada além de pó e cinzas, e Deus, quando mencionado, era curiosamente confundido com o próprio pai das trevas! Após concluir essas preciosas orações, que geralmente duravam até que o homem ficasse rouco, com a voz estrangulada na garganta, Heathcliff costumava sair novo, sempre em direção à granja! Pergunto-me como Edgar não chamou a guarda e o colocou sob custódia! Para mim, triste como estava pela perda de Catherine, era impossível não considerar tais períodos de libertação da opressão degradante como se fossem feriados.

Recuperei ânimo o suficiente para suportar os eternos sermões de Joseph sem chorar e para aprender a percorrer a casa de cima a baixo com passos mais leves que os de um ladrão. Você certamente não imagina por que eu choraria com algo que Joseph seja capaz de dizer, mas ele e Hareton são companhias detestáveis. Prefiro sentar-me com Hindley e escutar suas conversas abomináveis do que com "o patrãozinho" e seu fiel defensor, aquele velho odioso! Quando Heathcliff está em casa, muitas vezes sou obrigada a procurar a cozinha e a companhia daqueles dois, ou então morro de fome entre as câmaras úmidas e desabitadas do lugar. Quando Heathcliff não está, como foi o caso da última semana, coloco uma mesa e uma cadeira a um canto da lareira, e não importa o que o senhor Earnshaw esteja fazendo, pois ele não interfere em meus arranjos. Ele anda mais quieto agora, desde que não seja provocado. Mais para taciturno e deprimido do que furioso. Joseph afirma ter certeza de que o patrão é um homem mudado: que o Senhor tocou seu coração, salvando-o pelo fogo. Tenho dificuldades para identificar tais vestígios de mudança favorável, mas não é da minha conta.

Ontem à noite, sentei-me em meu canto, lendo alguns livros antigos até tarde, por volta da meia-noite.. Parecia tão desanimador subir as escadas, com a neve soprando lá fora e meus pensamentos continuamente voltados para o pátio do cemitério e a cova recém--cavada! Eu mal ousava erguer os olhos da página diante de mim e aquele cenário melancólico já instantaneamente usurpava seu lugar. Hindley estava sentado de frente para mim, a cabeça apoiada na mão, talvez refletindo sobre o mesmo tema. Havia parado de beber um grau abaixo da irracionalidade, e já fazia duas ou três horas que não se mexia e nem falava. Nenhum som podia ser escutado na casa, exceto pelos gemidos do vento, sacudindo as janelas de vez em quando, o crepitar das brasas e o estalar do meu cortador, que eu usava para diminuir o longo pavio das velas de tempos em tempos. Hareton e Joseph provavelmente já estavam dormindo profundamente em suas camas. Era tudo muito, muito triste: suspirei enquanto lia, pois era como se toda a alegria tivesse desaparecido do mundo e nunca mais pudesse ser restaurada.

Todo esse silêncio lúgubre foi finalmente quebrado pelo som do ferrolho da cozinha; Heathcliff havia retornado de sua vigília mais cedo que o normal, devido, suponho, a uma tempestade repentina. Mas aquela porta estava trancada, e nós o ouvimos contornar a casa para entrar pela outra. Fiquei de pé com uma expressão irrefreável em meus lábios, entregando o que eu sentia, o que induziu meu companheiro, que até então olhava fixamente a porta, a virar-se para mim.

– Vou mantê-lo lá fora por cinco minutos – exclamou. – A senhora se opõe?

– Não. No que depender de mim, pode mantê-lo lá fora a noite inteira – respondi. – Ande! Coloque a chave na porta e passe a fechadura.

Earnshaw realizou a tarefa antes que seu convidado alcançasse a porta da frente, e depois trouxe sua cadeira para o outro lado de minha mesa, inclinando-se sobre ela e procurando em meus olhos uma recíproca do ódio ardente que brilhava nos seus; como ele tanto parecia quanto se sentia um assassino, não foi exatamente isso o que encontrou em mim, mas descobriu o suficiente para se sentir encorajado a falar.

– Eu e você – ele disse – temos uma grande dívida a acertar com o homem lá fora! Se não fôssemos ambos covardes, poderíamos nos unir para cobrá-la. A senhora é tão mole quanto seu irmão? Está disposta a aturar tudo até o fim, sem nenhuma tentativa de obter reembolso?

– Eu já estou cansada de aturar – respondi. – E ficaria feliz com uma retaliação que não recaísse sobre meus ombros. Mas traição e violência são lanças apontadas para ambas as extremidades. Aqueles que recorrem a elas são ainda mais feridos que seus inimigos.

– Traição e violência são uma reparação justa para traição e violência! – gritou Hindley. – Senhora Heathcliff, não vou pedir que faça nada, apenas sente-se bem quieta e faça silêncio. Diga-me, consegue fazer isso? Estou certo de que a senhora sentiria tanto prazer quanto eu em testemunhar o fim da existência desse demônio. Ele será a sua morte caso a senhora não o detenha, e há de ser também a minha ruína. Maldito vilão infernal! Ele bate à porta como se já fosse o dono da casa! Prometa-me que vai segurar a língua e, antes que o relógio soe, pois faltam três minutos para a primeira hora da manhã, a senhora será uma mulher livre!

Então ele tirou do peito os instrumentos que descrevi para você em minha carta. Teria se virado para apagar a vela, mas eu o desarmei, agarrando seu braço.

– Não vou segurar minha língua! – falei. – O senhor não deve tocá-lo. Deixe que a porta continue fechada e cale a boca!

– Não! Já estou decidido e, por Deus, vou executar minha decisão! – gritou a criatura desesperada. – Farei uma gentileza à senhora, a despeito de si mesma, e justiça por Hareton! E não precisa se preocupar em me proteger. Catherine se foi. Não há ninguém vivo para lamentar por mim ou para sentir vergonha de meus atos, mesmo que eu cortasse minha própria garganta agora mesmo. E já é hora de acabar com isso!

Eu poderia muito bem ter lutado contra um urso ou tentado argumentar com um lunático. O único recurso que me restou foi correr até uma das venezianas e alertar a vítima pretendida sobre o destino que a aguardava.

– É melhor procurar abrigo em outro lugar esta noite! – exclamei, e minha voz saiu praticamente triunfante. – O senhor Earnshaw está determinado a atirar no senhor caso persista em entrar.

– É melhor você abrir essa porta, sua... – Heathcliff respondeu, dirigindo-se a mim mediante algum termo elegante que não desejo repetir.

– Então não vou mais me intrometer no assunto – retruquei outra vez. – Entre e leve um tiro, se é o que deseja. Já cumpri meu dever.

Com isso, fechei a janela e retomei meu lugar junto ao fogo, tendo comigo um estoque muito limitado de hipocrisia para sequer fingir qualquer ansiedade diante do perigo que ameaçava Heathcliff. Earnshaw xingou-me efusivamente, afirmando que eu ainda amava o vilão e referindo-se a mim com todos os tipos de pragas devido ao espírito vil que demonstrei. E eu, secretamente em meu coração (e sem que a consciência me censurasse), pensei que bênção seria para ele caso Heathcliff o livrasse da miséria, e que bênção seria para mim caso ele mandasse Heathcliff para sua verdadeira e certa morada! Enquanto eu me sentava, ainda nutrindo tais reflexões, o caixilho da janela atrás de mim foi jogado ao chão por um golpe deste último, e seu rosto negro apareceu pela abertura com uma expressão maligna. As traves da janela eram próximas demais para deixarem os ombros dele passassem, então sorri, exultante com minha ilusão de segurança. As roupas e os cabelos de Heathcliff estavam embranquecidos pela neve, e seus afiados dentes de canibal, revelados pelo frio e pela ira, cintilavam na escuridão.

– Isabella, deixe-me entrar, ou então farei com que se arrependa! – ele "latiu", como costuma dizer Joseph.

– Não posso cometer assassinato – respondi. – O senhor Hindley está de sentinela na porta com uma faca e uma pistola carregada.

– Deixe-me entrar pela porta da cozinha – ele falou.

– Hindley chegará lá antes de mim – expliquei. – E deve ser um amor pobre esse seu, se não consegue aguentar uma mísera nevasca! Somos deixados para dormir em paz em nossas camas enquanto brilha a lua de verão, mas, no instante em que uma rajada de inverno volta a soprar, você corre atrás de abrigo! Heathcliff, se eu fosse você, iria me esticar sobre a sepultura dela e morrer como um cãozinho fiel. Certamente o mundo não lhe parece mais um lugar digno para continuar vivendo, não é? Você realmente deixou clara para mim a ideia de que Catherine continha toda a alegria de sua vida, não consigo imaginar como você pretende sobreviver à perda dela.

– Ele está aí, não está? – exclamou meu companheiro no interior da casa, correndo até a abertura. – Se eu esticar o braço, sou capaz de golpeá-lo!

Receio, Ellen, que você vá me achar realmente perversa. Mas você não sabe de tudo o que aconteceu, então não me julgue. Eu não teria ajudado ou encorajado um ataque contra a vida de Heathcliff por nada no mundo. Mas posso desejar que ele morra. Por isso, fiquei terrivelmente desapontada e amedrontada com as possíveis consequências de minhas zombarias quando Heathcliff se atirou sobre a arma do senhor Earnshaw e a arrancou de suas mãos.

A carga da pistola explodiu, e a faca, ao saltar para trás, fechou-se sobre o pulso do próprio dono. Heathcliff a puxou com força total, cortando a carne pelo caminho, e depois enfiou a arma no bolso, ainda gotejando. Depois pegou uma pedra, derrubou a divisão entre as duas seções da janela e saltou para dentro. Seu adversário havia caído, inconsciente pela dor excessiva e pelo fluxo de sangue que jorrava de uma artéria ou veia importante. O rufião prosseguiu chutando e pisando no homem, batendo sua cabeça repetidas vezes contra as paredes, segurando-me com uma mão, enquanto isso, para evitar que eu chamasse Joseph. Heathcliff exerceu uma abnegação sobre-humana ao recusar matá-lo de uma vez. Sem fôlego, ele finalmente desistiu e arrastou o corpo aparentemente desfalecido para o sofá. Depois arrancou a manga da casaca de Earnshaw e fez um torniquete ao redor do ferimento com uma aspereza brutal, cuspindo e xingando durante o processo com a mesma energia que havia usado para chutar o dono da casa. Vendo-me em liberdade, não perdi tempo em procurar o velho criado, que, entendendo gradualmente o significado de meu relato apressado, correu para o andar de baixo, ofegante, descendo dois degraus de cada vez.

– O que se há de fazer agora? O que se há de fazer agora?

– Eis o que vamos fazer – trovejou Heathcliff. – Seu patrão está louco. Caso fique vivo por mais um mês, vou enviá-lo a um hospício. Como teve coragem de me trancar do lado de fora, seu cão desdentado? E você não fique aí resmungando e balbuciando. Venha, não vou ficar cuidando dele. Agora limpe tudo isso, e cuidado com sua vela: mais da metade desse sangue é conhaque!

– O senhor tentou matar o patrão? – exclamou Joseph, erguendo as mãos e os olhos em puro horror. – Nunca pensei que viveria para ver algo assim! Que o Senhor possa...

Heathcliff derrubou o homem de joelhos em cima do sangue e atirou-lhe uma toalha. Mas, em vez de começar a secar, Joseph uniu as mãos e iniciou uma oração, e aquela estranha homilia acabou provocando risadas de minha parte. Meu estado mental não me dava condições de me chocar com mais nada. Na verdade, fui tão insensível quanto alguns malfeitores costumam ser ao pé da forca.

– Ah, esqueci de você – falou o tirano. – Devia estar limpando também. Abaixe-se. Ousou conspirar com Hindley contra mim, sua víbora? Pronto, este é um trabalho digno da sua pessoa!

Ele me sacudiu até que meus dentes batessem e então me lançou ao lado de Joseph, que finalmente terminou suas súplicas e ficou de pé, jurando que partiria diretamente para a granja. O senhor Linton era um magistrado e precisaria investigar aquele caso ainda que tivesse cinquenta esposas mortas. Ele soou tão obstinado em sua resolução que Heathcliff julgou ser conveniente extrair de mim uma recapitulação dos fatos. Seguiu me pressionando e arfando de maldade enquanto eu relutantemente respondia a todas as suas perguntas. Necessitamos de muito trabalho para persuadir o velho de que não fora Heathcliff o agressor, especialmente por causa de minhas respostas forçadas. No entanto, o senhor Earnshaw logo o convenceu de que ainda estava vivo. Joseph apressou-se em administrar uma dose de álcool ao patrão, e, com sua ajuda, o homem recuperou o movimento e a consciência. Heathcliff, sabendo que o oponente não fazia ideia do tratamento que recebera enquanto estivera inconsciente, chamou-o de embriagado delirante, dizendo que não levaria em conta sua conduta atroz, mas que este deveria subir para a cama. Para minha alegria, Heathcliff nos deixou após tal conselho judicioso, e Hindley estirou-se ao pé da lareira. Corri para meu próprio quarto, maravilhada por ter escapado com tanta facilidade.

Nesta manhã, quando desci, cerca de trinta minutos antes do meio-dia, o senhor Earnshaw estava sentado junto ao fogo, mortalmente enfermo. O outro homem, seu gênio mau, quase tão abatido e medonho, estava encostado na coluna da chaminé. Nenhum dos dois parecia inclinado a almoçar, e, tendo esperado até que tudo na mesa esfriasse, fiz a refeição sozinha. Nada me impediu de almoçar com gosto, experimentando certa sensação de satisfação e superioridade, pois, em determinados intervalos, eu lançava um olhar para meus companheiros silenciosos e sentia o conforto de ter dentro de mim uma consciência tranquila. Depois que terminei, tomei a incomum liberdade de chegar perto do fogo, contornar a cadeira de Earnshaw e ajoelhar-me no canto a seu lado.

Heathcliff não olhou em minha direção, mas eu o encarei. Contemplei suas feições quase com tanta confiança quanto se ele estivesse transformado em pedra. Sua fronte, que antes eu achava tão viril e que agora me parece bastante diabólica, estava sombreada por nuvens pesadas. Seus olhos de basilisco estavam quase esmorecidos pela privação de sono, e pelo choro, talvez, porque seus cílios encontravam-se úmidos. Os lábios estavam desprovidos do sorriso feroz, selados em uma expressão de inexprimível tristeza. Se fosse qualquer outra pessoa, eu teria coberto meu rosto na presença de tanto dor. Mas como era ele, fiquei satisfeita, e, por mais ignóbil que pareça ser insultar um inimigo caído, não pude desperdiçar a chance de acertar um novo dardo, a fraqueza de Heathcliff foi a única oportunidade que tive para saborear o prazer de retribuir maldade com mais maldade.

– Que vergonha, minha jovem! – eu a interrompi. – É de se pensar que nunca abriu uma Bíblia na vida. Seu Deus aflige seus inimigos, certamente isso já deveria lhe bastar. É mesquinho e presunçoso adicionar à tortura feita pelo Criador!

– No geral, também penso assim, Ellen – ela disse. – Mas que miséria imposta a Heathcliff poderia me contentar, a menos que eu tenha participação nela? Prefiro até que ele sofra menos, desde que eu seja eu a causa de seus sofrimentos, e que ele *saiba* disso. Ora, eu lhe devo tanto. Só teria esperanças de perdoá-lo sob uma condição: apenas se ele me permitir tomar olho por olho e dente por dente, para cada fisgada de agonia uma nova agonia, até reduzi-lo ao meu nível. Como ele foi o primeiro a ferir, torná-lo o primeiro a implorar perdão, e aí sim, somente nesse momento, Ellen, eu poderia demonstrar alguma generosidade. Mas é quase impossível que um dia eu consiga me vingar, portanto não vou perdoá-lo.

Ela prosseguiu o relato:

Hindley queria um pouco de água, e entreguei-lhe um copo, perguntando como ele se sentia.

– Não tão doente quanto seria de meu agrado – ele respondeu. – Mas, sem falar em meu braço, cada centímetro de mim está doendo como se eu tivesse lutado contra uma legião de diabretes!

– Sim, e não é de se admirar – foi meu comentário seguinte. – Catherine costumava se gabar de ficar entre você e o dano físico, querendo dizer que certas pessoas não teriam coragem de machucá-lo por medo de ofendê-la. É ótimo que as pessoas não possam de fato se erguer do túmulo, ou então, noite passada, ela poderia ter sido testemunha de uma cena repulsiva! O senhor não está todo roxo, com cortes no peito e nos ombros?

– Não sei informar – ele respondeu. – Mas o que está querendo dizer? Ele se atreveu a me bater enquanto eu estava desmaiado?

– Pisou e chutou o senhor, e depois jogou-o ao chão – sussurrei. – E a boca de Heathcliff encheu-se de água para despedaçá-lo com os dentes, já que ele é apenas metade homem, se tanto, e o resto demônio.

O senhor Earnshaw ergueu os olhos, como eu, para o semblante de nosso inimigo em comum, que, absorto na própria angústia, parecia ignorar tudo ao redor. Quanto mais tempo ele passava ali de pé, mais suas feições revelavam a escuridão de seus pensamentos.

– Ora, se Deus me desse forças para estrangulá-lo em minha última agonia, eu iria feliz para o inferno – gemeu o impaciente dono da casa, contorcendo-se para levantar e afundando de volta no sofá, desesperado, convencido de sua incapacidade para lutar.

– Não, já basta que ele tenha dado cabo de um de vocês – observei em voz alta. – Na granja, todos sabem que sua irmã estaria viva, não fosse pelo senhor Heathcliff. Afinal, é preferível ser odiada do que amada por ele. Quando me lembro como éramos felizes, como Catherine era feliz antes que ele voltasse, chego a querer amaldiçoar tal dia.

Heathcliff provavelmente captou mais a verdade do que foi dito do que a intenção de quem proferia as palavras. Percebi sua atenção despertar, pois seus olhos derramaram lágrimas sobre as cinzas, e ele prendeu a respiração em suspiros sufocados. Encarei-o e ri com desdém. Aquelas janelas nubladas do próprio inferno brilharam por um instante em minha direção, mas o demônio que costumava espiar através delas, no momento, estava tão apagado e abatido que não tive medo de arriscar um novo som de escárnio.

– Levante-se e saia da minha frente – disse o enlutado. Ou pelo menos imaginei que tivesse pronunciado tais palavras, pois a voz dele saiu muito pouco inteligível.

– Peço desculpas – respondi. – Mas eu também amava Catherine, e o irmão dela necessita de assistência, o que, pelo bem dela, pretendo fornecer. Agora que está morta, eu a vejo em Hindley. O senhor Earnshaw tem exatamente os mesmos olhos, isso se você não tivesse tentado arrancá-los, deixando-os roxos e vermelhos, e ele tem também...

– Levante-se, sua idiota miserável, antes que eu a pisoteie até a morte! – ele gritou, fazendo um movimento que me levou a reagir também.

– Mas então – continuei, preparando-me para fugir –, se a pobre Catherine tivesse confiado em você e assumido o título ridículo, desprezível e degradante de senhora Heathcliff, ela logo seria testemunha de um quadro semelhante! E ela não teria aturado em silêncio esse seu comportamento abominável. Catherine teria encontrado um jeito de dar voz ao ódio e ao nojo que sentiria.

O encosto do sofá e a figura do senhor Earnshaw interpunham-se entre mim e ele; por isso, em vez de se esforçar para me alcançar, Heathcliff pegou uma faca de cozinha da mesa e atirou-a em minha cabeça. Fui atingida embaixo da orelha, interrompendo a frase que eu tentava proferir. Arrancando a faca, saltei para a porta e lancei outra frase, uma que espero tê-lo machucado mais fundo do que fez seu projétil. O último vislumbre que tive de Heathcliff foi dele correndo furioso, sendo contido pelos braços de seu anfitrião, e então ambos caíram embolados junto à lareira. Ao passar voando pela cozinha, pedi a Joseph que fosse socorrer seu patrão. Também esbarrei em Hareton, que pendurava uma ninhada de cãezinhos no encosto de uma cadeira, e, abençoada como uma alma que escapa do purgatório, corri, saltei e voei estrada íngreme abaixo. Depois, abandonando as curvas demarcadas, segui diretamente pelos charcos, precipitando-me, de fato, em direção às luzes da granja. E eu preferiria muito mais ser condenada a habitar perpetuamente as regiões infernais do que, ainda que por uma noite, encontrar-me mais uma vez sob o abrigo de Wuthering Heights.

❧

Isabella parou de falar e sorveu um gole de chá. Então ficou de pé e pediu que eu a ajudasse com a touca e com o xale que eu havia trazido, fazendo-se de desentendida sobre meus pedidos para que ficasse por mais uma hora. Ela subiu em uma cadeira, beijou os retratos de Edgar e Catherine, prestou uma homenagem similar a mim mesma e então seguiu para a carruagem, acompanhada por Fanny, que gania de alegria por ter recuperado a dona. E então Isabella se foi, para nunca mais visitar estas bandas; mas uma correspondência regular foi estabelecida entre ela e o patrão depois que as coisas ficaram mais calmas. Acredito que sua nova morada ficava ao sul, perto de Londres. Foi lá que teve o filho, nascido poucos meses após a fuga. Foi batizado como Linton, e, dali em diante, ela relatava que o menino era uma criança enferma e rabugenta.

O senhor Heathcliff, ao me encontrar certo dia na aldeia, perguntou-me onde Isabella morava. Recusei-me a contar. Ele comentou não desejar nada de importante, apenas que a esposa tomasse cuidado para não visitar o irmão, ela não iria vê-lo, nem que precisasse ele mesmo garantir tal coisa. Embora eu não tivesse fornecido nenhuma informação, Heathcliff acabou descobrindo mais tarde, por meio de alguns dos outros criados, o local de residência de Isabella e a existência da criança. Mesmo assim, não a perturbou, e suponho que essa tolerância seja fruto da aversão que sentia por ela. Quando me encontrava, ele vez por outra perguntava sobre o menino. Ao saber-lhe o nome, ele sorriu com desdém e comentou:

– Querem que eu o odeie também, não é?

– Acho que não queriam nem que o senhor ficasse sabendo da existência dele – respondi.

– Mas um dia tomarei a criança para mim – ele disse. – Assim que eu desejar. Podem esperar por isso!

Felizmente, a mãe morreu antes que tal coisa acontecesse, cerca de treze anos após o falecimento de Catherine, quando Linton tinha mais ou menos doze anos.

No dia seguinte à visita inesperada de Isabella, não tive oportunidade de falar com meu patrão; o senhor Edgar evitava conversas e não tinha ânimo para discutir questão alguma. Quando consegui fazer com que me ouvisse, notei-o satisfeito com o fato de a irmã ter deixado o marido, a quem ele abominava com uma intensidade que dificilmente parecia condizer com sua natureza branda. Tão profunda e sensível era sua aversão que o senhor Linton começou a evitar qualquer lugar onde pudesse ver ou ouvir falar de Heathcliff. Aliada ao luto, a ojeriza transformou-o em um completo eremita: abandonou o cargo de magistrado, deixou de frequentar a igreja, evitou a aldeia em todas as ocasiões e passou a uma vida de total reclusão entre os limites do parque e seus arredores, abrindo exceções somente para caminhadas solitárias pelos charcos e visitas ao túmulo da esposa, sobretudo à noite ou de manhã bem cedo, antes que outros andarilhos surgissem em seu caminho. Mas ele era uma alma boa demais para permanecer tanto tempo infeliz. *Ele* não orou para que o espírito de Catherine viesse assombrá-lo. O tempo trouxe resignação para o senhor Linton, tal como uma melancolia mais doce do que a alegria vulgar. Ele celebrava a recordação da esposa com um amor ardente e terno, aspirando pelo mundo melhor onde não tinha dúvidas de que ela estava.

O patrão também contava com consolo e afeições terrenas. Durante alguns dias, como eu falei, ele parecia indiferente à insignificante sucessora da falecida. Mas aquela frieza derreteu tão rápido quanto a neve de abril, e antes que a pequena coisinha pudesse balbuciar uma palavra ou dar um passo cambaleante, já empunhava um cetro de déspota no coração do homem. Chamava-se Catherine, mas o patrão nunca se dirigia a ela pelo nome inteiro, assim como nunca chamava a primeira Catherine pelo apelido, talvez por Heathcliff ter o hábito de fazê-lo. A menina sempre foi Cathy: aquilo constituía para o patrão tanto uma distinção da esposa como uma conexão com ela, e o apego do senhor Linton crescia muito mais pelo fato de a criança ser filha de Catherine do que de si mesmo.

Eu costumava compará-lo a Hindley Earnshaw, e ficava perplexa ao tentar explicar de modo satisfatório por que a conduta dos dois era tão oposta em circunstâncias semelhantes. Ambos haviam sido maridos afetuosos, e ambos eram apegados aos filhos. Eu não conseguia entender como não seguiam pelo mesmo caminho, fosse para o bem ou para o mal. Mas então eu pensava comigo mesma que Hindley, aparentemente o que tinha a cabeça mais forte, tristemente mostrava-se o pior e mais fraco. Quando seu navio fora atingido, o capitão abandonara o posto; e a tripulação, em vez de tentar salvá-la, precipitou-se rumo ao tumulto e à confusão, sem deixar esperanças para a infeliz embarcação. Linton, por outro lado, demonstrara a verdadeira coragem de uma alma leal e temente: confiou em Deus, e foi Deus a confortá-lo. Enquanto um deles manteve a esperança, o outro se desesperou; cada um escolheu o próprio fardo, e foram condenados de maneira justa a suportá-los. Mas não vai querer ficar ouvindo meus discursos de moral, senhor Lockwood. Decerto julgará todas essas coisas por si mesmo, da melhor maneira que puder. Ou, pelo menos, pensará em fazer isso, o que acaba dando no mesmo. O desfecho de Earnshaw prosseguiu conforme o esperado. Seguiu rapidamente a irmã; mal se passaram seis meses entre uma morte e outra. Nós, na granja, nunca tivemos notícias muito claras sobre seu estado de saúde prévio, e tudo que sei foi obtido enquanto eu ajudava nos preparativos do funeral. O senhor Kenneth veio dar a notícia para o patrão.

– Bem, Nelly – disse o homem, cavalgando até o pátio certa manhã, cedo demais para que eu não ficasse alarmada com o prenúncio instantâneo de más notícias –, agora será nossa vez de vivenciar o luto. Adivinhe quem foi que perdemos agora.

– Quem? – perguntei, agitada.

– Ora, dê um palpite! – respondeu Kenneth, desmontando e prendendo as rédeas em um gancho junto à porta. – E enxugue os olhos com a ponta do avental. Tenho certeza de que vai precisar.

– Certamente não foi o senhor Heathcliff, foi? – exclamei.

– O quê? Você teria lágrimas para gastar com ele? – disse o médico. – Não, Heathcliff é um jovem durão, parece estar radiante hoje. Acabei de vê-lo. Ele está recuperando a saúde depressa desde que perdeu a alma-gêmea.

– Quem foi então, senhor Kenneth? – repeti com impaciência.

– Hindley Earnshaw! Seu velho amigo Hindley – ele respondeu. – Meu confidente perverso, ainda que ele estivesse havia tempo selvagem demais para meu gosto. Viu só? Eu disse que derramaríamos lágrimas. Mas anime-se! Ele morreu fiel ao próprio caráter: bêbado como um rei. Pobre rapaz! Eu também sinto muito por ele. Não há como não sentir falta de um velho companheiro, embora ele tivesse os piores truques que um homem é capaz de imaginar e tenha me feito muitas trapaças. Ele mal tinha vinte e sete anos, ao que parece, a mesma idade que você. Quem acreditaria que vocês nasceram no mesmo ano?

Confesso que esse golpe foi mais duro para mim do que o choque pela morte da senhora Linton, a antiga amizade pairava em meu coração. Sentei-me na varanda e pranteei como se fôssemos parentes de sangue, pedindo que outro criado levasse o senhor Kenneth até o patrão. Não pude deixar de refletir sobre o seguinte questionamento: será que Hindley realmente havia morrido de modo natural? Não importava o que eu fizesse, a ideia me perseguia, tão exaustivamente obstinada que resolvi pedir uma licença para ir até Wuthering Heights e ajudar nas últimas obrigações para com o morto. O senhor Linton mostrou-se relutante em consentir, mas implorei com eloquência, apelando para a falta de amigos do falecido e afirmando que meu antigo patrão e irmão adotivo tinha tanto direito sobre meu serviço quanto o senhor Edgar. Além disso, lembrei-o de que o garoto Hareton era sobrinho de sua esposa e que, na ausência de parentes mais próximos, o senhor Linton deveria agir como guardião da criança. Falei também que o patrão deveria investigar em que estado a propriedade fora deixada e examinar as contas do cunhado. Na época, ele não estava apto a cuidar de tais questões, mas me pediu que falasse com seu advogado e finalmente consentiu em minha ausência. O advogado era o mesmo de Earnshaw, fui chamá-lo na aldeia e pedi que me acompanhasse. Este balançou a cabeça e me aconselhou a não perturbar Heathcliff, afirmando que, se aquilo fosse mesmo verdade, eu encontraria Hareton como pouco mais do que um mendigo.

– O pai dele morreu endividado – falou. – A propriedade está toda hipotecada, e a única chance para o herdeiro de sangue é tentar despertar algum interesse no coração de seu credor, para que assim este possa ficar inclinado a negociar com mais indulgência.

Quando cheguei a Wuthering Heights, expliquei que estava ali para garantir que os procedimentos fossem executados de maneira apropriada, e Joseph, que parecia bastante aflito, expressou satisfação com minha presença. O senhor Heathcliff disse não ver motivos para que eu fosse necessária, mas que eu podia ficar e ajudar com o funeral se assim desejasse.

– O certo – ele observou – seria enterrar o corpo daquele tolo em uma encruzilhada sem cerimônia alguma. Deixei-o sozinho por dez minutos ontem à tarde, e nesse intervalo o homem trancou as duas portas da casa, deixou-me do lado de fora e passou a noite bebendo até deliberadamente se matar! Arrombamos a porta nesta manhã, pois o ouvimos resfolegando feito um cavalo, e lá estava ele, jogado sobre o banco. Não acordaria nem sob açoites e escalpos. Mandei chamar Kenneth, e o médico veio, mas não antes que o animal virasse carniça, já estava morto, frio e rígido. Então você há de convir que toda essa comoção em volta dele é inútil!

O velho criado confirmou sua história, mas murmurou:

– Preferia que tivesse sido ele a ir buscar o médico! Eu teria cuidado melhor do patrão do que ele, e o patrão não estava morto quando eu saí, não mesmo!

Insisti que o funeral fosse respeitável. O senhor Heathcliff disse que eu também poderia fazer o que bem entendesse, desde que eu lembrasse que o dinheiro para aquilo tudo sairia de seu bolso. Ele manteve uma conduta severa e indiferente, que não denotava alegria nem tristeza: no máximo, expressava uma satisfação implacável frente a um trabalho difícil executado com sucesso. Observei apenas uma vez, de fato, algo como exultação em seu semblante, foi justamente quando as pessoas carregaram o caixão para fora da casa. Ele teve a hipocrisia de fazer papel de enlutado, e, antes de seguir o cortejo com Hareton, pôs a infeliz criança sobre a mesa e murmurou, com um gosto questionável:

– Agora, meu lindo rapaz, você é *meu*! E veremos se uma árvore não cresce tão torta quanto a outra quando submetida ao mesmo vento para dobrá-la!

O garotinho desavisado ficou satisfeito com aquele discurso. Brincou com a barba de Heathcliff e acariciou sua bochecha. Mas eu adivinhei o significado das palavras e comentei com aspereza:

– O garoto deve voltar comigo para a granja Thrushcross, senhor. Não há nada no mundo menos seu do que ele!

– Foi Linton que disse isso? – ele quis saber.

– É claro. Fui ordenada a vir buscar a criança – respondi.

– Bem – começou o canalha –, não vamos discutir sobre este assunto agora. Mas bem que tenho vontade de criar um garoto, então avise a seu patrão que, caso tente afastar Hareton de mim, vou suprir a falta da criança tomando posse de meu próprio filho. Não pretendo deixar Hareton ir sem disputa, mas certamente trarei o outro menino! Faça com que seu patrão lembre disso.

A sugestão foi suficiente para nos deixar de mãos atadas. Repeti seu conteúdo ao voltar, e Edgar Linton, já pouco interessado desde o início, não falou mais em interferir. Aliás, ainda que estivesse disposto, não creio que pudesse ter feito coisa alguma.

O convidado era agora senhor de Wuthering Heights, apresentou a posse da casa e provou ao advogado, que mais tarde provaria ao senhor Linton, que Earnshaw havia hipotecado cada metro de suas terras a fim de conseguir dinheiro para abastecer as próprias jogatinas. E ele, Heathcliff, era seu credor. Daquela maneira, Hareton, que àquela altura deveria ser o mais fino cavalheiro da vizinhança, foi reduzido a um estado de completa dependência frente ao inimigo inveterado do pai. Vive em sua própria casa como se fosse um criado, sem receber nenhum tipo de pagamento, incapaz de se endireitar devido à falta de amigos, ignorante com relação ao tanto que fora injustiçado.

# Capítulo 18

Os doze anos após aquele período sombrio foram os mais felizes da minha vida: minhas maiores preocupações nesta época eram as doenças bobas de nossa pequena dama, aquelas que ela precisava experimentar junto a todas as outras crianças, fossem ricas ou pobres. Quanto ao resto, ela cresceu feito um lariço depois dos primeiros seis meses, e também podia falar e andar, à sua maneira, antes que os charcos florescessem pela segunda vez sobre os restos mortais da senhora Linton. Ela foi a coisinha mais triunfante que já brilhou sobre uma casa desolada: um rosto de verdadeira beleza, com os lindos olhos escuros dos Earnshaw e a pele clara de feições delicadas dos Linton, além do cabelo loiro e encaracolado. Ela era espirituosa, mas não grosseira, qualificada por um coração sensível e vívido até demais em suas afeições. Tal capacidade para ligações intensas fazia com que me lembrasse da mãe. Ainda assim, não se parecia com ela: a menina conseguia ser suave e meiga como uma pombinha, com uma voz gentil e uma expressão pensativa. Sua raiva nunca era furiosa, e seu amor nunca era ardente, apenas profundo e terno. No entanto, é preciso reconhecer, ela tinha falhas para frustrar seus dons. A propensão a ser insolente era uma delas, e também uma perversa obstinação, algo comum de ser adquirido por crianças mimadas, sejam elas de bom temperamento ou irritadiças. Se por acaso um criado a contrariava, sempre ameaçava contar tudo ao pai. E se este a reprovava, mesmo mediante um olhar, era de se pensar que partira o coração da garota, não acredito que o patrão tenha algum dia proferido palavras duras para a filha. O senhor Linton tomou a educação de Cathy inteiramente para si e fez disso uma diversão. Felizmente, a curiosidade e o intelecto rápido da menina a tornaram uma aluna competente; ela aprendeu depressa e de modo ávido, honrando seus ensinamentos.

Até os treze anos, ela nunca havia saído sozinha dos limites do parque. Em raras ocasiões, o senhor Linton a levava consigo por pouco mais de um quilômetro, mas não confiava a menina a mais ninguém. Gimmerton era apenas um nome sem substância para os ouvidos de Cathy, e a capela era a única construção da qual se aproximava e adentrava, com exceção da própria residência. Wuthering Heights e o senhor Heathcliff não existiam para ela, era a reclusa perfeita e, aparentemente, plenamente satisfeita. Às vezes, de fato, ao inspecionar a região pela janela de seu quarto, costumava comentar:

– Ellen, quanto tempo levaria para caminhar até o topo daquelas colinas? Eu me pergunto o que há do outro lado... Seria o mar?

– Não, senhorita Cathy – eu geralmente respondia. – Apenas mais colinas, iguais a essas.

– E o que há naquelas rochas douradas quando se chega embaixo delas? – perguntou certa vez.

A descida abrupta de Penistone Crags atraiu particularmente sua atenção, sobretudo quando o sol poente brilhava sobre os topos altos, e toda a extensão da paisagem para além da rocha ficava na sombra. Expliquei que o lugar era apenas uma massa nua de pedras, com tão pouca terra que não nutriria sequer uma árvore raquítica.

– E por que elas continuam brilhando por tanto tempo depois que já é noite aqui? – ela insistiu.

– Porque estão muito mais elevadas do que nós – respondi. – A senhorita não conseguiria escalá-las, são muito altas e íngremes. No inverno, a geada sempre aparece por lá antes de chegar até nós, e já encontrei neve sob aquela depressão escura no lado nordeste em pleno verão!

– Ah, então você já esteve lá! – ela exclamou com alegria. – Nesse caso, quando eu for uma mulher, também poderei ir. Papai já esteve nas pedras, Ellen?

– O seu papai diria, senhorita, que não vale a pena visitá-las – falei depressa. – A charneca, onde a senhorita passeia com ele, é muito mais agradável, e o parque de Thrushcross é o lugar mais bonito do mundo.

– Mas eu já conheço o parque, e não conheço as pedras – ela murmurou baixinho. – Eu adoraria olhar ao meu redor, ali no topo mais alto. Minha pônei Minny poderia me levar até lá qualquer dia.

E depois que uma das criadas mencionou a Caverna das Fadas, Cathy ficou bastante inclinada a executar tal projeto, importunou o senhor Linton com esse assunto, e o homem prometeu que ela poderia fazer a jornada quando ficasse mais velha. Mas a senhorita Catherine media a própria idade em matéria de meses, e "Agora já tenho idade suficiente para visitar Penistone Crags?" era uma pergunta constante em sua boca. A estrada que levava ao local passava perto de Wuthering Heights, e o senhor Edgar não tinha coragem de perambular por ali. Então a menina recebia, com igual frequência, a mesma resposta: "Ainda não, meu amor, ainda não".

Já contei que a senhora Heathcliff viveu por mais uma dúzia de anos após deixar o marido. Formavam uma família de constituição delicada; ela e Edgar careciam da saúde vigorosa que geralmente se encontra por essas bandas. Não sei dizer qual foi a derradeira enfermidade de Isabella, conjecturo que ambos morreram da mesma coisa, uma espécie de febre, lenta no início, mas incurável, que consumia rapidamente a vida quando perto do fim. Ela escreveu para informar o irmão sobre o provável desfecho da doença da qual sofria fazia quatro meses e implorou que o senhor Edgar fosse até ela, se possível, pois havia muito a resolver. Além disso, ela desejava se despedir do irmão e entregar Linton com segurança em suas mãos. Tinha a esperança de que o tio cuidasse do menino assim como ela havia feito, pois o pai da criança, ela estava convencida de bom grado, não desejava assumir o fardo do sustento ou da educação do próprio filho. O patrão não hesitou em atender esse pedido, mesmo relutante como era para sair de casa ante os chamados mais costumeiros; ele voou para encontrá-la. Deixou Catherine sob minha exclusiva tutela durante sua ausência, com ordens reiteradas de que eu não deixasse a menina passear fora do parque, nem mesmo acompanhada por mim, e nem sequer cogitou a hipótese de Cathy sair sozinha.

Ele ficou fora por três semanas. Nos primeiros dois dias, minha pupila sentou-se a um canto da biblioteca, triste demais para ler ou brincar. Naquele estado, causava-me poucos problemas. Mas logo sobreveio um período de tédio impaciente e cansado, e, estando muito ocupada e velha demais para correr para cima e para baixo a diverti-la, arranjei um método para que a garota pudesse se entreter por conta própria. Comecei a mandá-la em pequenas rondas pelo terreno, ora a pé e ora montada em sua pônei, agradando-a com uma audiência paciente conforme ela relatava todas as suas aventuras reais e imaginárias ao retornar.

O verão brilhava em seu auge, e ela tomou tanto gosto por essas perambulações solitárias que muitas vezes ficava fora de casa da hora do desjejum até o chá, e então as noites eram gastas narrando suas histórias fantásticas. Eu não temia que ela passasse das fronteiras do parque porque os portões quase sempre eram vigiados e, ainda que estivessem ali escancarados, pensei que a menina dificilmente se aventuraria sozinha. Infelizmente, minha confiança mostrou-se equivocada. Catherine veio até mim, certa manhã por volta das oito horas, dizendo que naquele dia seria uma comerciante árabe atravessando o deserto com sua caravana, e que por isso eu deveria lhe fornecer provisões para si mesma e para seus animais: um cavalo e três camelos, estes últimos personificados por um cão sabujo e um par de perdigueiros. Reuni uma boa quantidade de guloseimas e as coloquei em uma cesta ao lado da sela, e a menina montou na pônei, tão radiante quanto uma fada, protegida pelo chapéu de aba larga e um véu de gaze que afastava o sol de junho. Saiu trotando com uma risada alegre, zombando de meu conselho cauteloso para que evitasse galopes e não voltasse muito tarde. A coisinha travessa não chegou a aparecer para o chá. Um dos viajantes, o sabujo, por ser um cão mais velho e afeito a uma vida fácil, voltou, mas não havia sinais de Cathy, de sua pônei e nem dos perdigueiros em direção alguma. Despachei emissários por várias das trilhas e, finalmente, saí vagando eu mesma para procurar a menina. Havia um trabalhador fazendo reparos em uma cerca ao redor de uma plantação nos limites do terreno. Perguntei se ele havia visto nossa jovem dama.

– Eu a vi de manhã – ele respondeu. – Ela me pediu para cortar um galho de aveleira, depois fez a pônei saltar a cerca-viva, ali onde é mais baixa, e foi embora galopando.

O senhor pode imaginar como me senti ao ouvir essa notícia. Entendi de imediato que ela devia ter ido até Penistone Crags.

– O que vai ser dessa menina? – eu gritei, abrindo caminho por uma das reentrâncias da cerca que o homem estava consertando e correndo diretamente para a estrada. Andei tão depressa como se estivesse em uma competição, quilômetro após quilômetro, até que uma curva revelou a vista de Wuthering Heights, mas não consegui detectar sinais de Catherine, fosse perto ou longe. Os penhascos ficam a cerca de dois quilômetros e meio da residência do senhor Heathcliff, o que soma cerca de seis quilômetros a partir da granja, então comecei a temer que a noite chegasse antes que eu pudesse alcançar os penhascos.

– E se ela tiver escorregado enquanto escalava as pedras? – murmurei. – E se estiver morta, ou com alguns ossos quebrados?

Aquele suspense me era realmente doloroso, e, a princípio, foi um delicioso alívio encontrar, ao passar correndo pela casa da fazenda, Charlie, o mais intrépido dos perdigueiros, deitado sob uma das janelas, com a cabeça inchada e uma orelha sangrando. Abri a porteira e saí correndo até a porta, batendo com veemência para entrar. Uma mulher que eu conhecia previamente, pois antes morava em Gimmerton, atendeu; ela estava trabalhando em Wuthering Heights como criada desde a morte do senhor Earnshaw.

– Ah – ela disse –, você veio buscar sua patroinha! Não tenha medo, ela está segura aqui, mas fico feliz de ver que não é o patrão.

– Então ele não está em casa? – arquejei, quase sem fôlego após caminhar tão rápido e com tanto alarme.

– Não, não – a mulher respondeu. – Tanto ele quanto Joseph estão fora, e acho que não voltam por uma hora ou mais. Entre e descanse um pouco.

Atravessei a soleira e deparei-me com minha ovelha desgarrada sentada perto da lareira, balançando-se em uma cadeirinha que fora de sua mãe quando criança. Seu chapéu estava pendurado na parede, e ela parecia perfeitamente à vontade, rindo e tagarelando no melhor dos humores com Hareton, agora um grande e forte rapaz de dezoito anos, que a olhava com curiosidade e espanto consideráveis, compreendendo muito pouco da fluente sucessão de comentários e perguntas que jorravam sem parar da língua da menina.

– Muito bonito, senhorita! – exclamei, escondendo minha felicidade sob feições zangadas. – Este foi o último passeio até seu pai voltar. Não confio na senhorita nem para cruzar a porta daqui por diante, sua coisinha travessa!

– Ora, Ellen! – ela falou com alegria, ficando de pé e correndo para meu lado. – Terei uma bela história para contar esta noite, e você já me encontrou. Por acaso já esteve aqui antes?

– Ponha aquele chapéu na cabeça e vamos voltar para casa agora mesmo – eu disse. – Estou terrivelmente chateada com você, senhorita Cathy, pois agiu extremamente mal! E não adianta fazer beicinho e chorar, nada disso compensará o problema que tive, vasculhando a região inteira à sua procura. E pensar que o senhor Linton me encarregou de mantê-la dentro de casa, e a senhorita trapaceou! Mostra que é mesmo uma raposinha astuta, e ninguém mais há de confiar na sua palavra.

– Mas o que eu fiz? – ela soluçou, instantaneamente ofendida. – Papai não me encarregou de nada, e ele não vai me repreender, Ellen. Ele nunca fica chateado como você!

– Ande, ande – repeti. – Deixe-me amarrar a fita do seu chapéu. Agora, não vamos fazer birra. Ah, que vergonha! A senhorita tem treze anos e age como um bebê!

Tal exclamação foi proferida depois que ela tirou o chapéu da cabeça e correu para perto da chaminé, fora de meu alcance.

– Ora, não seja tão dura com a mocinha bonita, senhora Dean – disse a criada. – Fomos nós que a fizemos parar, a menina preferia ter voltado logo para casa, com medo de que a senhora ficasse preocupada. Hareton se ofereceu para acompanhá-la, e achei mesmo que deveria, é uma estrada perigosa ali pelas colinas.

Hareton permaneceu com as mãos nos bolsos durante toda a discussão, sem jeito de falar, ainda que parecesse insatisfeito com a minha intromissão.

– E por quanto tempo devo ficar aqui esperando? – continuei, ignorando a interferência da outra mulher. – Vai escurecer daqui a dez minutos. Onde está sua pônei, senhorita Cathy? E onde está Fênix? Vou deixá-la para trás a menos que se apresse, então trate de se mexer.

– Minny está no pátio – ela respondeu. – E Fênix está preso lá também. Ele foi mordido, assim como Charlie. Eu ia contar tudo, mas você está de mau humor e não merece ouvir.

Peguei o chapéu novamente e tentei me aproximar para vesti-la, mas, percebendo que as pessoas da casa lhe eram favoráveis, Cathy começou a saltitar, dando voltas pelo cômodo, e, enquanto eu a seguia, correndo feito um camundongo por cima, por baixo e por trás dos móveis, tornando a perseguição ridícula. Foi quando comecei a gritar, profundamente irritada:

– Bem, senhorita Cathy, você estaria bem feliz de ir embora caso soubesse de quem é esta casa.

– É do seu pai, não é? – ela perguntou, virando-se para Hareton.

– Não... – ele respondeu, olhando para o chão e corando timidamente. Ele não suportava olhar fixamente nos olhos da garota, ainda que fossem iguais aos seus.

– Então de quem é? Do seu patrão? – ela insistiu.

O rapaz ficou ainda mais vermelho, mas por outra razão. Balbuciou uma praga e virou de costas.

– Quem é o patrão dele? – prosseguiu a incansável menina, dirigindo-se a mim. – Ele falou sobre "nossa casa" e "nossa gente". Pensei que fosse o filho do dono. E nunca me chamou de senhorita. Deveria ter feito isso se é um criado, não é?

Hareton escureceu como uma nuvem de tempestade ante aquele discurso infantil. Sacudi silenciosamente a tagarela e finalmente consegui vesti-la para partir.

– Certo, agora pegue minha montaria – ela disse, falando com o parente desconhecido do mesmo jeito que falaria com um dos cavalariços da granja. – E então pode vir comigo. Quero ver onde o caça-goblins se levanta nos charcos e ouvir sobre "as fadas e os fados", como você chama. Mas seja rápido! Qual é o problema? Mandei que fosse buscar minha montaria.

– Prefiro ver você no inferno do que ser seu criado! – rosnou o rapaz.

– Você *o quê*? – perguntou Catherine, estarrecida.

– Ver você no inferno, sua bruxa atrevida! – ele devolveu.

– Pronto, senhorita Cathy! Agora vê que arrumou uma ótima companhia – eu os interrompi. – Belas palavras para usar com uma jovem dama! Ande, não comece a discutir com ele. Venha, vamos procurar por Minny nós mesmas e sair logo daqui.

– Mas Ellen! – a menina exclamou, olhando-me fixamente com assombro. – Como ele ousa falar assim comigo? Ele não devia ser obrigado a fazer o que mando? Sua criatura perversa, vou contar tudo para o meu pai, e então você vai ver!

Hareton não pareceu intimidado com aquela ameaça, e por isso lágrimas de indignação brotaram nos olhos de Cathy.

– Traga minha pônei – ela exclamou, virando-se para a outra mulher. – E solte meu cachorro agora mesmo!

– Peça com educação – respondeu a criada. – A senhorita não perde nada ao ser um pouco civilizada. Embora o senhor Hareton não seja filho do patrão, ele é seu primo. E eu não fui contratada para servir a senhorita.

– *Ele*, meu primo! – gritou Cathy, deixando escapar uma risada desdenhosa.

– Sim, de fato – comentou a criada que a repreendera.

– Ora, Ellen! Não permita que eles digam tais coisas – ela falou, bastante perturbada. – Papai foi buscar meu primo em Londres, e ele é filho de um cavalheiro. Já esse... – ela parou, chorando a olhos vistos, chateada com a simples ideia de dividir um grau de parentesco com aquele parvo.

– Calma, calma! – sussurrei. – As pessoas podem ter muitos primos de todos os tipos, senhorita Cathy, e isso não é demérito algum. Só não merecem nossa companhia aqueles que são desagradáveis e perversos.

– Ele não é... ele não é meu primo, Ellen! – a garota continuou, reunindo novas tristezas com a reflexão e jogando-se em meus braços para fugir da descoberta.

Fiquei muito irritada com a senhorita Cathy e com a criada por suas revelações mútuas. Eu não tinha dúvidas de que a chegada do menino Linton, comunicada pela garota, seria relatada ao senhor Heathcliff, e estava confiante de que a primeira coisa que Catherine faria ao reencontrar o pai seria pedir-lhe uma explicação sobre o que a criada havia dito acerca de um possível parente selvagem.

Hareton, recuperando-se do desgosto de ser confundido com um serviçal, pareceu comover-se com a angústia de Cathy, depois de trazer a pônei até a porta, ele pegou, a fim de acalmá-la, um belo filhote *terrier* de perninhas curtas. Colocando o cachorrinho nas mãos da garota, mandou que ela calasse a boca, porque ele não havia feito nada. Interrompendo suas lamentações, Cathy ergueu os olhos para o primo em misto de espanto e horror, e então irrompeu novamente em lágrimas.

Mal pude conter um sorriso diante da antipatia para com o pobre sujeito, que no fim das contas era um jovem atlético e bem formado, de feições bonitas, robusto e saudável, mas vestido com roupas adequadas para as ocupações diárias de uma fazenda e para os passeios nos charcos em busca de coelhos e outros animais. Ainda assim, pensei ter detectado na fisionomia de Hareton uma mente possuidora de melhores qualidades do que a do pai. Coisas boas soterradas em uma vastidão de ervas daninhas cujo vigor excedia em muito a colheita negligenciada, mas que evidenciavam, de qualquer forma, um solo rico e capaz de render frutos exuberantes sob circunstâncias mais favoráveis. O senhor Heathcliff, creio eu, não o castigava fisicamente, graças à natureza destemida do garoto, que não oferecia nenhuma tentação nesse sentido, faltava-lhe a suscetibilidade tímida que o tornaria alvo de maus-tratos sob o julgamento de Heathcliff. A malevolência deste último parecia empregada em tornar o rapaz um bruto, pois Hareton jamais fora ensinado a ler ou escrever, nunca fora repreendido por seus maus hábitos, contanto que não aborrecessem seu tutor, e nunca dera um passo em direção à virtude ou sequer aprendera um único preceito contra o vício. Pelo que eu soube, Joseph também contribuiu muito para sua deterioração, devido a uma parcialidade tacanha que o levou a bajular e mimar Hareton quando criança, levando-o a considerar-se como chefe da antiga família. E assim como tinha o hábito de acusar Catherine Earnshaw e Heathcliff, quando crianças, de testar a paciência do patrão e fazê-lo buscar consolo na bebida devido a seus "modos pavorosos", ele agora atribuía todo o peso das falhas de Hareton sobre os ombros do usurpador de sua propriedade. Se o rapaz praguejava, não o corrigia, por mais culpado que fosse. Aparentemente, Joseph ficava satisfeito em ver o rapaz indo de mal a pior: admitia que Hareton estava arruinado e que sua alma permanecia entregue à perdição, mas então imaginava que seria Heathcliff a responder por tal pecado. Seria ele a ter nas mãos o sangue de Hareton, e havia um imenso consolo em tal pensamento. Joseph também havia incutido no jovem um orgulho por seu nome e por sua linhagem. Caso tivesse coragem, teria fomentado o ódio entre o garoto e o atual proprietário de Wuthering Heights, mas o pavor que tinha por Heathcliff beirava a superstição e, assim, limitava-se a proferir seus sentimentos em relação a este último murmurando insinuações e ameaças veladas. Não finjo conhecer intimamente o modo de vida que se levava em Wuthering Heights na época, falo apenas do que ouvia as pessoas comentando, pois eu pouco via. Os aldeões chamavam o senhor Heathcliff de sovina, afirmando ser um senhorio cruel e severo para com seus inquilinos. Mas a casa, por dentro, havia recuperado o antigo aspecto de conforto sob uma administração feminina, e as cenas de tumulto, comuns na época de Hindley, não eram mais encenadas entre suas paredes. O patrão andava sombrio demais para procurar a companhia de qualquer outra pessoa, fosse boa ou má. Ele ainda é assim, na verdade.

Esse assunto, no entanto, não serve para adiantar minha história. A senhorita Cathy havia rejeitado a oferta de paz do filhote *terrier*, exigindo a presença de seus próprios cães, Charlie e Fênix. Estes vieram mancando, de cabeça baixa, e então partimos todos para casa, cada um mais triste e aborrecido que o outro. Não consegui arrancar de minha jovem dama o que ela havia feito durante o dia, exceto, como imaginei, que o destino de sua peregrinação era Penistone Crags e que ela havia chegado sem problemas ao portão da casa da fazenda, quando então Hareton saiu por acaso acompanhado de alguns servos caninos, que por sua vez atacaram a comitiva. Os animais tiveram uma boa briga até que seus donos pudessem separá-los, e o incidente serviu como forma de apresentação. Catherine contou para Hareton quem ela era e para onde estava indo, e pediu-lhe que mostrasse o caminho, por fim seduzindo o jovem a acompanhá-la na aventura. O rapaz apresentou para ela os mistérios da Caverna das Fadas e de vinte outros lugares estranhos. Porém, rebaixada em seu conceito, não fui agraciada com nenhum detalhe das coisas interessantes que ela encontrou pelo caminho. Pude deduzir, contudo, que o guia havia permanecido em sua boa estima até o momento em que Cathy o ofendera, tomando-o por um criado. E a governanta de Heathcliff, por sua vez, ofendera Cathy ao dizer que os dois eram primos. Depois foi a linguagem de Hareton que machucou o coração da menina, logo ela, sempre tratada como "amor", "querida", "rainha" e "anjo" na granja, sendo insultada de modo tão descarado por um estranho! Ela não entendia, e tive muito trabalho para fazê-la prometer que não iria prestar queixas ao pai. Expliquei como o senhor Edgar se opunha aos habitantes de Wuthering Heights e como ficaria chateado caso soubesse que ela estivera lá. Porém, fui ainda mais enfática ao dizer que, se Cathy revelasse minha negligência ante as ordens do patrão, este talvez ficasse tão zangado que me colocasse para fora, e Cathy não suportou tal perspectiva. Ela deu sua palavra e manteve-se fiel por minha causa. Afinal de contas, ela era uma menininha gentil.

# Capítulo 19

Uma carta, debruada de preto, anunciou o dia do retorno de meu patrão. Isabella estava morta. Ele me escrevia para pedir que providenciasse o luto de sua filha e um quarto e as demais acomodações para o jovem sobrinho. Catherine ficou louca de alegria com a ideia de dar as boas-vindas ao pai, criando as expectativas mais otimistas com relação às inúmeras qualidades de seu primo "de verdade". E a noite em que ambos voltariam para a granja finalmente chegou. Desde cedo Cathy estivera ocupada em seus próprios assuntos, e depois, vestida com seu novo vestido preto – a pobrezinha! A morte da tia não lhe trouxera nenhuma tristeza palpável –, ela me obrigou, de tanta preocupação, a caminhar com ela pelo terreno a fim de recepcioná-los.

– Linton é apenas seis meses mais novo que eu – a menina tagarelava enquanto caminhávamos sem pressa sobre as curvas e depressões do gramado musgoso, protegidas pela sombra das árvores. – Como vai ser maravilhoso ter um amigo para brincar! Tia Isabella enviou uma linda mecha do cabelo dele para papai, era mais claro do que o meu, mais da cor do linho, e era igualmente bonito.

Tenho-o cuidadosamente guardado em uma caixinha de vidro, e sempre achei que seria um prazer conhecer seu dono. Ah! Estou feliz e... Papai, meu querido, querido papai! Venha, Ellen, vamos correr! Venha, corra!

E ela de fato correu, depois voltou e correu de novo, por diversas vezes antes que meus passos sóbrios alcançassem o portão. Então a garota sentou-se na grama à beira do caminho e tentou esperar pacientemente, o que se mostrou impossível; ela era incapaz de ficar quieta por um minuto.

– Como estão demorando! – ela exclamou. – Ah, estou vendo um pouco de poeira na estrada, eles estão vindo! Não! Quando é que vão chegar? Não podemos esperar um pouco mais para frente? Menos de um quilômetro, Ellen, apenas isso. Diga que sim... só até aquele monte de bétulas ali na curva!

Recusei com veemência. Por fim, o suspense terminou: a carruagem apareceu à vista. A senhorita Cathy gritou e esticou os braços assim que percebeu o rosto do pai olhando pela janela. O senhor Linton desceu, quase tão ansioso quanto a filha, e foi necessário um intervalo considerável até que ambos tivessem um pensamento sobrando para qualquer pessoa além de eles mesmos. Enquanto trocavam agrados, dei uma espiada na carruagem para conferir como estava o menino Linton. Ele dormia encostado a um canto, envolto em uma capa forrada de pele quente, como se estivéssemos no inverno. Era um garoto pálido, delicado e de traços femininos, que até poderia ser confundido com um irmão mais novo de meu patrão, tamanha era a semelhança, exceto por uma rabugice doentia em seu aspecto, algo que Edgar Linton nunca apresentou. Este último viu-me espiando e, depois de apertar minha mão, aconselhou-me a fechar a porta da carruagem e deixar o sobrinho em paz, pois a viagem fatigara o menino. Cathy gostaria de ter dado uma boa olhada no primo, mas o pai a chamou, e eles caminharam juntos pelo parque enquanto eu me apressava para avisar os criados.

– Escute, querida – falou o senhor Linton, dirigindo-se à filha ao parar no início das escadarias –, seu primo não é tão forte ou tão empolgado quanto você, e ele acabou de perder a mãe, lembre-se bem, não faz muito tempo. Portanto, não espere que ele brinque e corra de imediato com você. E não o incomode demais com nenhum falatório, deixe que ele fique quieto pelo menos hoje à noite, está bem?

– Sim, sim, papai – respondeu Catherine. – Mas quero vê-lo; ele não colocou a cabeça para fora sequer uma vez.

A carruagem parou, e o dorminhoco, sendo despertado, foi colocado no chão pelo tio.

– Esta é sua prima Cathy, Linton – disse o senhor Edgar, unindo as mãos das crianças. – Ela já gosta muito de você, e cuide para não a deixar preocupada com choros à noite. Tente ficar mais alegre agora; a viagem terminou, e você não tem nada além de descanso e diversão pela frente.

– Então deixe que eu vá para a cama – respondeu o garoto, encolhendo-se diante da saudação de Catherine e enxugando algumas lágrimas incipientes com os dedos.

– Venha comigo, meu bom garoto – sussurrei, guiando-o para o interior da casa. – Assim vai fazê-la chorar também, veja como ela já está triste por sua causa!

Não sei se foi mesmo por pena dele, mas a prima assumiu uma expressão tão infeliz quanto a do menino, voltando aos braços do pai. Os três entraram e subiram para a biblioteca, onde o chá já estava servido. Tratei de retirar o chapéu e o manto de Linton e o coloquei em uma cadeira perto da mesa. Mas mal havia sentado e já recomeçou a chorar. O patrão perguntou qual era o problema.

– Não consigo me sentar em uma cadeira – soluçou o garoto.

– Vá para o sofá, então, e Ellen vai levar o chá para você – respondeu o tio, paciente.

Convenci-me de que a viagem devia ter sido bastante extenuante para o patrão com aquele encargo doentio e irritadiço. Linton escorregou lentamente da cadeira e foi se deitar. Cathy levou um banquinho e sua xícara para perto dele. Ficou em silêncio no início, mas isso não durou por muito tempo. Ela resolveu transformar o primo em uma espécie de bichinho de companhia, assim como desejava, e começou a acariciar seus cachos, beijar suas bochechas e oferecer-lhe chá do próprio pires, como se ele fosse um bebê. E Linton apreciou o tratamento, pois não era muito melhor que isso, ele secou os olhos e produziu um sorriso tímido.

– Ah, ele vai se sair muito bem – disse o patrão para mim, após observá-los durante um minuto. – Vai se sair muito bem, desde que possamos ficar com ele, Ellen. A companhia de uma criança da mesma idade logo instilará em Linton um espírito renovado, e ele recobrará as forças assim que procurar por elas.

– Pois então, se é que vamos ficar com ele! – murmurei comigo mesma, sendo tomada por pesadas apreensões. Havia poucas esperanças de que aquilo acontecesse. E como um fracote daqueles poderia sobreviver em Wuthering Heights? Entre o próprio pai e Hareton, que belos amigos e instrutores ele teria. Mas nossas dúvidas foram rapidamente resolvidas, ainda mais cedo do que eu esperava. Eu havia acabado de subir com as crianças, após o chá. Aguardei até que Linton pegasse no sono, pois ele não permitiria que eu o deixasse antes disso, e então desci, estando de pé ao lado da mesa no corredor, a fim de acender uma vela para o senhor Edgar, quando uma criada saiu da cozinha e me informou que o empregado do senhor Heathcliff, Joseph, estava na porta e desejava falar com o patrão.

– Antes, vou perguntar o que ele deseja – falei, consideravelmente apreensiva. – É um horário bastante incomum para vir incomodar as pessoas, ainda mais quando estas acabam de chegar de uma longa viagem. Não acho que o patrão vá querer recebê-lo.

Mas Joseph já havia atravessado a cozinha enquanto eu pronunciava tais palavras, entrando pelo vestíbulo com a expressão mais hipócrita e azeda, segurando o chapéu em uma das mãos e a bengala na outra, limpando os sapatos no tapete.

– Boa noite, Joseph – falei com frieza. – Que negócios o trazem aqui?

– É com o patrão Linton que preciso falar – ele respondeu, dispensando-me com um gesto de desdém.

– O senhor Linton já se recolheu. A menos que tenha algo muito importante para dizer, estou certa de que o patrão não vai querer ouvir agora – prossegui. – É melhor você se sentar aí e passar o recado para mim.

– Qual é o quarto dele? – insistiu o sujeito, examinando as fileiras de portas fechadas.

Percebi que ele estava decidido a recusar minha mediação. Por isso, com muita relutância, subi à biblioteca para anunciar o visitante fora de hora, aconselhando o patrão a dispensá-lo até o dia seguinte.

Mas o senhor Linton não teve tempo de me autorizar a fazê-lo, pois Joseph viera nos meus calcanhares. Forçando passagem para dentro do cômodo, o homem plantou-se do outro lado da mesa, com as duas mãos apoiadas na bengala, e começou a falar em uma voz alta, como se antecipando algum tipo de oposição:

– Heathcliff me mandou buscar o filho, e não posso sair daqui sem o menino.

Edgar Linton ficou em silêncio por um minuto, e uma expressão de enorme tristeza obscureceu suas feições, ele já teria sentido pena do garoto por si mesmo, mas, recordando as esperanças e os temores de Isabella, os desejos que a falecida acalentava quanto ao filho e as recomendações que fizera para deixá-lo aos cuidados do tio, o senhor Linton passou a lamentar amargamente a perspectiva de entregá-lo, procurando, com todas as forças, uma maneira de evitar tal destino. Nenhum plano lhe veio à mente; a própria demonstração de um desejo de ficar com o garoto serviria apenas para deixar o requerente mais obstinado. Nada mais restava além de renunciar à guarda. No entanto, o patrão não quis acordar o menino no meio da noite.

– Diga ao senhor Heathcliff – ele respondeu calmamente – que seu filho irá para Wuthering Heights amanhã. O garoto está na cama, cansado demais para sair agora. Diga também a ele que a mãe da criança desejava manter Linton sob minha tutela e que, no momento, a saúde do garoto é bastante precária.

– Nada disso! – falou Joseph, batendo no chão com a bengala e assumindo um ar autoritário. – Não, isso não significa nada. Heathcliff não liga nadinha para a mãe ou para o senhor. Ele quer o garoto, e fique o senhor sabendo que tenho de levá-lo comigo!

– Mas não fará isso hoje – respondeu Linton, decidido. – Pode descer as escadas e repetir tudo o que eu disse para seu patrão. Ellen, mostre a saída. Ande...

Puxando o velho indignado pelo braço, o senhor Edgar colocou-o para fora da sala e trancou a porta.

– Muito bem! – gritou Joseph, afastando-se devagar. – Amanhã Heathcliff vai vir em pessoa, e aí quero ver o senhor colocá-lo para fora!

# Capítulo 20

Para evitar o perigo de ver tal ameaça cumprida, o senhor Linton encarregou-me de levar o menino para Wuthering Heights logo cedo na pônei de Catherine. E disse:

– Como a partir de agora não teremos nenhuma influência sobre o destino do garoto, para o bem ou para o mal, você não deve contar nada sobre o paradeiro dele para minha filha. Ela não deve se relacionar com ele, e é melhor que siga ignorando a proximidade entre nossas residências. Caso contrário, pode ficar inquieta e ansiosa para visitá-lo em Wuthering Heights. Basta dizer que o pai do garoto o convocou de repente e que ele foi obrigado a nos deixar.

Linton mostrou-se muito relutante em levantar da cama às cinco horas da manhã, e ficou surpreso ao ser informado de que deveria se aprontar para uma nova viagem. Tentei amenizar a situação, afirmando que ele passaria algum tempo com o pai, o senhor Heathcliff, e que este queria tanto vê-lo que não se dispôs a adiar tal prazer até que o filho se recuperasse da última jornada.

– Meu pai! – ele exclamou, estranhamente perplexo. – Mamãe nunca contou que eu tinha um pai. Onde ele mora? Prefiro ficar com meu tio.

– Ele mora a uma curta distância da granja – respondi. – Um pouco além daquelas colinas: não é muito longe, você pode caminhar até aqui quando estiver recuperado. E você devia estar contente por ir para casa ficar com ele. Você deve tentar amá-lo, assim como amou sua mãe, e então ele o amará de volta.

– Mas por que nunca ouvi falar dele antes? – perguntou Linton. – Por que mamãe e ele não moravam juntos, assim como fazem as outras pessoas?

– Ele tinha negócios que o prendiam ao norte – respondi. – E a saúde de sua mãe exigia que ela morasse no sul.

– E por que mamãe não falava nada sobre ele? – insistiu a criança. – Ela sempre falava sobre meu tio, e aprendi a amá-lo já há muito tempo. Como vou amar papai? Eu não o conheço.

– Ora, todas as crianças amam seus pais – falei. – Talvez sua mãe tenha pensado que, se o mencionasse com frequência, você iria preferir morar com seu pai. Mas vamos nos apressar. Uma cavalgada bem cedinho em uma bela manhã é melhor do que mais uma hora de sono.

– Ela vai conosco? – ele quis saber. – A garotinha que conheci ontem?

– Agora não – respondi.

– E meu tio? – o garoto continuou perguntando.

– Também não. Eu serei sua acompanhante até lá.

Linton voltou a afundar nos travesseiros, mergulhado em considerações mal-humoradas.

– Não vou sem meu tio – ele por fim choramingou. – Não sei para onde você pretende me levar.

Tentei persuadi-lo, apontando como era maldoso que ele demonstrasse relutância em encontrar o próprio pai. Ainda assim, ele resistiu com obstinação a qualquer tentativa de vesti-lo, e tive de pedir ajuda ao patrão para tirá-lo da cama. E o pobrezinho finalmente foi colocado em movimento, após várias garantias ilusórias de que sua ausência seria curta e de que o senhor Edgar e Cathy iriam visitá-lo, junto a outras promessas igualmente infundadas que inventei e reiterei de tempos em tempos ao longo do caminho. Depois de alguns instantes, o ar puro, perfumado de urzes, o sol brilhante e o galope suave de Minny aliviaram seu desânimo. Ele começou a fazer perguntas sobre a nova casa e seus habitantes com mais interesse e vivacidade.

– Wuthering Heights é um lugar tão agradável quanto a granja Thrushcross? – ele perguntou, virando-se para dar uma última olhada no vale, de onde pairava uma leve névoa, formando nuvens felpudas no horizonte azul.

– A casa não fica no meio de tantas árvores – respondi. – E não é tão grande, mas você terá uma linda vista da região ao redor. E o ar é melhor para sua saúde, mais fresco e seco. Talvez você ache a construção velha e escura à primeira vista, embora ela seja uma casa respeitável, a segunda melhor da vizinhança. E você fará passeios tão maravilhosos pelos charcos... Hareton Earnshaw, isto é, o outro primo da senhorita Cathy, e de certa maneira seu também, vai lhe mostrar todos os lugares bonitos. E então você poderá levar um livro quando o clima estiver bom e fazer de uma ravina verde o seu local de estudo. E, de vez em quando, seu tio poderá acompanhá-lo em uma caminhada. O senhor Edgar caminha com frequência pelas colinas.

– E como é meu pai? – o menino perguntou. – Ele é jovem e bonito, feito meu tio?

– Ele é tão jovem quanto seu tio – falei. – Mas tem cabelos e olhos pretos e parece mais severo. É mais alto e mais forte também. Assim que o vir, ele talvez não pareça tão gentil e amável, porque não é seu modo de ser. Porém, preste atenção, você deve ser sincero e cordial com ele, e então, naturalmente, ele vai gostar mais de você do que poderia qualquer tio, pois é filho dele.

– Cabelos e olhos pretos! – refletiu Linton. – Não consigo nem imaginar. Então eu não pareço com ele, certo?

– Não muito – respondi. *Nada mesmo*, pensei, examinando com pesar a pele branca e o corpo esguio de meu companheiro. Seus olhos grandes e lânguidos eram os mesmos da mãe, exceto que, a menos que fossem iluminados por alguma suscetibilidade mórbida, não tinham sequer vestígio de seu espírito cintilante.

– Que estranho que ele nunca tenha vindo visitar mamãe e eu! – ele murmurou. – Ele já me viu alguma vez? Se viu, deve ter sido quando eu era bebê. Não me lembro de nada a respeito dele!

– Ora, patrãozinho Linton – disse eu –, quinhentos quilômetros formam uma grande distância, e dez anos parecem um intervalo de tempo muito diferente para um adulto do que para uma criança feito você. É provável que o senhor Heathcliff tenha proposto visitá-lo de verão em verão, mas nunca teve uma oportunidade conveniente, e agora é tarde demais. Não o perturbe com perguntas deste tipo, vai apenas aborrecê-lo a troco de nada.

O garoto seguiu totalmente ocupado com as próprias divagações pelo restante do trajeto, até que paramos junto ao portão da casa da fazenda. Observei Linton, tentando captar as primeiras impressões do jovem através de seu semblante. Ele examinou com solene concentração a fachada esculpida, as venezianas fechadas, as groselheiras espinhentas e os abetos tortos, e então balançou a cabeça: em seus sentimentos privados, reprovara por completo o exterior da nova morada. Mas o garoto teve o bom senso de adiar possíveis reclamações: poderia existir alguma compensação na parte interna. Antes que desmontasse do cavalo, fui na frente e abri a porta. Eram seis e meia, e a família acabara de tomar o desjejum; a criada estava limpando e tirando as coisas da mesa. Joseph estava ao lado da cadeira do patrão, contando alguma história sobre um cavalo manco, e Hareton estava se arrumando para ir aos campos de feno.

– Olá, Nelly! – disse o senhor Heathcliff assim que me viu. – Temi ter de descer até lá e buscar eu mesmo minha propriedade. Você o trouxe, não foi? Vamos ver o que se há de fazer com o menino.

Então ele se levantou e foi até a porta, e Hareton e Joseph o seguiram com uma curiosidade explícita. O pobre Linton encarou assustado aqueles três rostos.

– Está parecendo – falou Joseph após uma inspeção severa – que ele se confundiu, patrão, e lhe mandou foi a filha!

Heathcliff, tendo encarado Linton até deixá-lo em agonia de tanta confusão, soltou uma risada desdenhosa.

– Deus! Que beleza! Que coisinha linda e encantadora! – ele exclamou. – Por acaso o criaram à base de caramujos e leite azedo, Nelly? Ah, maldito seja! É pior do que eu esperava, e o diabo sabe que eu não estava otimista!

Mandei que a criança trêmula e perplexa apeasse do cavalo e entrasse na casa. Ele não compreendeu totalmente o significado das palavras do pai, ou sequer se eram dirigidas a ele. Na verdade, Linton ainda não tinha certeza se que aquele homem estranho, rígido e zombeteiro era mesmo seu pai. Ele se agarrou a mim, tremendo cada vez mais, e, quando o senhor Heathcliff se sentou e chamou o menino, este escondeu o rosto em meu ombro e começou a chorar.

– Ora, ora – disse Heathcliff, estendendo a mão e arrastando o garoto à força até colocá-lo entre seus joelhos, erguendo a cabeça do filho pelo queixo. – Chega dessa besteira! Nós não vamos machucá-lo, Linton. Não é esse seu nome? Você é bem filho da sua mãe, por inteiro! Onde está minha parte nisso tudo, seu passarinho chorão?

Tirou o chapéu do menino e empurrou para trás seus grossos cachos louros, e então sentiu seus braços delgados e seus pequenos dedos. Durante o exame, Linton parou de chorar e ergueu os grandes olhos azuis para inspecionar aquele que o inspecionava.

– Sabe quem eu sou? – perguntou Heathcliff, tendo se convencido de que os membros da criança eram igualmente frágeis e franzinos.

– Não – disse Linton, um medo vago transparecendo no olhar.

– Mas ouso afirmar que já ouviu falar de mim?

– Não – o menino respondeu novamente.

– Não! Que vergonha para sua mãe nunca ter despertado sua consideração filial por minha pessoa! Você é meu filho, eis a verdade, e vou lhe dizer: sua mãe foi uma vadia perversa por deixá-lo sem saber o tipo de pai que tem. Agora pare de tremer e de ficar todo vermelho! Embora seja até bom para comprovar que você não tem o sangue branco. Seja um bom rapaz, e serei bom para você. Nelly, pode se sentar caso esteja cansada; caso contrário, volte para casa. Imagino que vá relatar nos mínimos detalhes tudo o que viu e ouviu para seu patrão na granja, e essa coisinha aqui não vai descansar enquanto você não for embora.

– Bem – respondi –, espero que seja gentil com o menino, senhor Heathcliff, ou não vai mantê-lo por muito tempo. Ele é seu único parente de sangue no mundo inteiro, o único que conhecerá... Lembre-se disso.

– Serei muito gentil com ele, não precisa ficar com medo – disse Heathcliff, rindo. – Apenas quero que mais ninguém o seja, serei ciumento em monopolizar seu afeto. E, para atestar minha bondade... Joseph, traga o desjejum para o garoto. Hareton, sua cria do inferno, vá para o trabalho. Sim, Nell – acrescentou, assim que os outros partiram –, meu filho é o provável herdeiro da casa onde você mora, e não desejo que ele morra até ter certeza de que sou seu sucessor. Além disso, ele é *meu*, e quero o triunfo de ver *meu* descendente tornar-se senhor de suas propriedades. Meu filho, contratando os filhos *deles* para cultivar a terra *deles* em troca de pagamento. Essa é a única consideração capaz de me fazer suportar o fedelho, eu o desprezo por ser quem é e o odeio pelas memórias que revive! Mas essa consideração é suficiente: ele está seguro comigo e será tratado com tanto cuidado quanto seu patrão cuida da própria prole. Tenho um quarto no andar de cima, mobiliado para ele com um belo estilo. Também contratei um tutor para vir três vezes por semana, percorrendo uma distância de trinta quilômetros, para ensiná-lo qualquer coisa que deseje aprender. E ordenei a Hareton que o obedeça. De fato, planejei tudo com o objetivo de preservar a superioridade do cavalheiro que há nele, mantendo-o como alguém acima dos demais. Lamento, contudo, que o garoto seja tão pouco merecedor do esforço. Se eu pudesse desejar alguma bênção no mundo, seria encontrar no menino um objeto digno de orgulho, e estou profundamente desapontado com o desgraçado chorão de cara azeda que encontrei!

Enquanto falava, Joseph voltou trazendo uma tigela de mingau de leite. Colocou-a diante de Linton, que remexeu a mistura caseira com ares de aversão, afirmando que não conseguiria comê-la. Percebi que o velho criado compartilhava amplamente do desprezo de seu patrão pela criança, embora fosse obrigado a guardar o sentimento para si, pois estava claro que Heathcliff desejava que seus subordinados tivessem deferência com o menino.

– Não consegue? – ele repetiu, perscrutando o rosto de Linton e abaixando a voz ao tom de um sussurro, temendo ser ouvido. – Mas o patrão Hareton nunca comeu nada diferente quando era pequeno. E o que servia para ele serve o bastante para você, é o que penso!

– Eu *não vou* comer! – respondeu Linton, ríspido. – Leve isso embora.

Joseph agarrou a comida com indignação e a trouxe até nós.

– Há algo de errado com essa refeição? – ele perguntou, enfiando a tigela embaixo do nariz de Heathcliff.

– E o que haveria de errado? – o outro respondeu.

– Ora! – disse Joseph. – Aquele sujeitinho fresco diz que não consegue comê-la. Mas suponho que já era de se esperar! A mãe era igual, éramos quase sujos demais para semear o milho que resultaria no pão que ela comia.

– Não mencione a mãe dele para mim – falou o patrão, irritado. – Dê algo que o menino consiga comer, apenas isso. Que tipo de refeição ele costuma fazer, Nelly?

Sugeri leite fervido ou chá, e a governanta recebeu instruções para preparar os alimentos. *Bem*, refleti, *ao menos o egoísmo do pai contribuirá para o conforto de Linton. Ele percebe a constituição delicada do garoto e entende que deve tratá-lo de modo decente. Devo consolar o senhor Edgar, informando-o sobre os rumos que a disposição de Heathcliff tomou*. Não tendo mais desculpas para ficar ali, tentei escapar sorrateiramente enquanto Linton se empenhava em repelir timidamente os avanços de um simpático cão pastor. Mas o menino estava alerta demais para ser enganado; enquanto eu fechava a porta, ouvi um grito, seguido pela frenética repetição das palavras "Não me deixe! Não quero ficar aqui! Não quero ficar aqui!".

Mas então a tranca foi erguida e depois novamente abaixada: não permitiram que ele saísse. Montei em Minny e a incitei a trotar. E foi assim que minha breve tutela se encerrou.

# Capítulo 21

Tivemos um enorme trabalho com a pequena Cathy naquele dia: ela levantou-se radiante, ansiosa para se juntar ao primo, e foram tantas as lágrimas e lamentações apaixonadas que seguiram a notícia de sua partida que o próprio senhor Edgar foi obrigado a acalmá-la, afirmando que Linton deveria voltar em breve, desde que, ele acrescentou, "pudesse pegá-lo", e não havia esperança alguma disso. A promessa pouco serviu para tranquilizá-la, mas o tempo é um remédio mais potente, embora ainda perguntasse em certas ocasiões ao pai quando Linton voltaria, as feições do primo haviam desvanecido tanto de sua memória que, no dia em que voltou a vê-lo, não o reconheceu.

Quando eu por acaso me encontrava com a governanta de Wuthering Heights, resolvendo assuntos em Gimmerton, costumava perguntar como o jovem patrãozinho estava se saindo, pois este vivia tão isolado quanto a própria Catherine, sem nunca ser visto. Pude deduzir, pelo que ela contava, que Linton continuava com a saúde debilitada e que era uma criança difícil. Ela disse que o senhor Heathcliff parecia gostar cada vez menos dele, ainda que tomasse o cuidado de esconder-lhe tal sentimento. Sentia antipatia até pelo som de sua voz, e não aguentava ficar no mesmo recinto que o garoto por muitos minutos. Raramente acontecia de conversarem. Linton estudava suas lições e passava as noites em um pequeno cômodo que chamavam de sala de estar, isso quando não ficava de cama o dia inteiro, era constantemente acometido por tosses, resfriados, comichões e dores de todos os tipos.

– E eu nunca conheci uma criatura tão medrosa – acrescentou a mulher –, muito menos alguém tão cuidadoso consigo mesmo. Ele acha que vai morrer se eu deixar a janela entreaberta durante a noite. "Ah, vai me matar, é uma lufada de brisa noturna!". E ele precisa do fogo aceso mesmo no meio do verão, e acredita que o cachimbo de Joseph é tóxico. Também precisa estar o tempo todo comendo doces e guloseimas, e leite, sempre leite, pouco se importando com a baixa quantidade que sobra para nós no inverno. E então ele se senta, envolto em um manto de peles na cadeira junto ao fogo, comendo torradas e bebericando água ou alguma outra bebida que põe para esquentar entre as chamas. E se Hareton, por piedade, chega para diverti-lo (Hareton não tem um gênio ruim, embora seja rude), é certo que logo irão se separar, um xingando e o outro chorando. Creio que o patrão fosse gostar de ver Earnshaw espancando Linton até cair caso este não fosse seu filho. E tenho certeza de que expulsaria o menino de casa se ficasse sabendo de metade dos melindres do garoto. Mas o patrão nem se dá a chance de ficar tentado; ele nunca frequenta a sala de estar e, quando Linton exibe esses comportamentos em sua presença, manda o garoto escada acima imediatamente.

Adivinhei, a partir desse relato, que a total falta de afeto tornara o jovem Heathcliff egoísta e desagradável, se é que já não era, e consequentemente meu interesse por ele diminuiu, ainda que eu me comovesse por sua falta de sorte e ficasse triste por ele não ter permanecido conosco. O senhor Edgar incentivava-me a obter mais informações. Imagino que pensasse muito em Linton e que até pretendesse se arriscar para vê-lo; certo dia, pediu-me que perguntasse à governanta se o menino costumava frequentar a aldeia. Ela disse que o jovem só estivera lá por duas vezes, a cavalo, acompanhando o pai. E nas duas vezes fingiu estar exausto pelos três ou quatro dias seguintes. Se bem me lembro, a governanta foi embora dois anos depois que ele chegou, e outra, a quem eu não conhecia, tomou seu lugar. Ela mora em Wuthering Heights até hoje.

Na granja, o tempo foi passando em seus costumeiros modos agradáveis até que a senhorita Cathy completou dezesseis anos. Nunca manifestávamos sinais de alegria em seu aniversário, pois era também o aniversário de falecimento da patroa. O pai dela invariavelmente passava aquele dia sozinho na biblioteca e, ao anoitecer, caminhava até o cemitério de Gimmerton, prolongando sua estadia por ali com frequência para além da meia-noite. Durante esse tempo, Catherine era deixada para se distrair por conta própria. Aquele 20 de março foi um lindo dia de primavera, e, quando o senhor Linton se retirou para a biblioteca, minha jovem dama desceu vestida para sair e me disse que havia pedido permissão para um passeio comigo pela charneca, e que o senhor Linton havia consentido, desde que não fôssemos longe e estivéssemos de volta dentro de uma hora.

– Então se apresse, Ellen! – ela exclamou. – Sei para onde desejo ir: no ponto em que está assentada uma colônia de abibes. Quero ver se já fizeram os ninhos.

– Isso deve ficar bem longe – respondi. – Essas aves não se reproduzem na orla dos charcos.

– Não é, não – ela disse. – Já cheguei bem perto com papai.

Vesti minha touca e saí depressa, e não pensei mais no assunto. Cathy ia saltitando na frente, voltava para meu lado e então partia novamente, como um jovem galgo. No início, diverti-me ouvindo as cotovias que cantavam por perto e ao longe, e desfrutei do doce e cálido sol. Fiquei observando a menina, minha companhia e meu deleite, com seus cachos dourados voejando soltos atrás dela, as bochechas brilhantes, tão suaves e puras em seu desabrochar quanto uma rosa selvagem, os olhos radiantes de um prazer sem reservas. Ela era uma criatura feliz naquela época, um anjo. É uma pena que não esteja contente hoje em dia.

– Bem – eu falei –, onde estão seus abibes, senhorita Cathy? Já deveríamos ter chegado à colônia: a cerca do parque da granja já ficou para trás há muito.

– Ah, é um pouco mais adiante, apenas um pouco, Ellen – ela continuava a dizer. – Vamos subir aquele pequeno morro, atravessar a encosta e, quando chegarmos do outro lado, eu já terei encontrado os abibes.

Mas eram tantos os morros e encostas a subir e atravessar que, por fim, comecei a sentir-me cansada, e falei que devíamos parar e dar meia-volta. Na verdade, gritei para ela: a menina havia me ultrapassado por um bom bocado. Ela ou não me ouviu ou não me deu atenção, pois continuou avançando, e fui obrigada a segui-la. Por fim, ela sumiu em uma depressão do terreno, e, antes que eu tornasse a avistá-la, ela já estava três quilômetros mais perto de Wuthering Heights do que da própria casa. Vi que ela fora abordada por dois homens, um dos quais eu estava convencida de ser o senhor Heathcliff em pessoa.

Cathy fora apanhada pilhando o terreno, ou, pelo menos, vasculhando atrás dos ninhos dos abibes. Wuthering Heights eram terras do senhor Heathcliff, e ele estava repreendendo a caçadora furtiva.

– Não peguei nada e nem encontrei ninho algum – ela dizia conforme eu tentava alcançá-los. A jovem estendeu as mãos abertas para corroborar sua declaração. – Eu nem queria levá-los, mas papai me disse que havia uma enorme quantidade deles aqui em cima, e eu queria ver os ovos.

Heathcliff relanceou para mim com um sorriso maldoso, expressando entender de quem ela falava e, consequentemente, como o detestava. Perguntou para Cathy quem era "papai".

– Senhor Linton da granja Thrushcross – ela respondeu. – Achei mesmo que o senhor não me conhecia, caso contrário jamais teria falado dessa maneira comigo.

– Então acredita que seu papai é muito querido e respeitado, hein? – ele disse com sarcasmo.

– E quem é o senhor? – perguntou Catherine, observando com curiosidade seu interlocutor. – Aquele lá eu já vi antes. É seu filho?

Ela apontou para Hareton, o outro homem presente, que não mudara nada além de ficar mais largo e mais forte naqueles dois anos, permanecendo tão desajeitado e rude como sempre fora.

– Senhorita Cathy – interrompi. – Em vez de uma, já estamos fora há três horas. Precisamos mesmo voltar.

– Não, aquele homem não é meu filho – respondeu Heathcliff, deixando-me de fora da conversa. – Mas eu tenho um, e a senhorita também já o encontrou antes. E, embora sua ama esteja com pressa, acho que tanto a senhorita quanto ela ficariam melhores se descansassem um pouco. Faria a gentileza de dar a volta neste campo de urzes e visitar minha casa? A senhorita voltaria mais depressa para a granja após um descanso, e seria muito bem-vinda em meu lar.

Sussurrei para Catherine que ela não podia, em hipótese alguma, aceitar o convite: era algo totalmente fora de cogitação.

– E por quê? – ela perguntou em voz alta. – Estou cansada de andar, e o chão está úmido: não posso me sentar aqui. Vamos, Ellen. Além disso, este senhor afirma que conheço seu filho. Creio que está enganado, mas acho que sei onde eles moram: na casa de fazenda que visitei quando retornei de Penistone Crags, não é?

– Exatamente – falou Heathcliff. – Vamos, Nelly, poupe seu fôlego, será divertido para a menina nos visitar. Hareton, vá na frente com a moça. E você vem comigo, Nelly.

– Não, ela não vai a lugar nenhum – exclamei, lutando para soltar o braço que o senhor Heathcliff segurava. Mas Catherine já estava praticamente na soleira da porta, contornando o campo de urzes a toda velocidade. Seu acompanhante não parecia muito inclinado a escoltá-la: Hareton virou às margens do caminho e desapareceu.

– Senhor Heathcliff, isso é muito errado – continuei. – Sabe que não pretende conseguir nada de bom. E lá a menina vai encontrar Linton, e tudo será relatado assim que voltarmos. E então serei eu a levar a culpa.

– Quero que ela veja Linton – o homem respondeu. – Ele parece estar melhor nos últimos dias, e não é sempre que está apto para receber convidados. E logo conseguiremos persuadi-la a manter a visita em segredo, que mal há nisso?

– O mal é que o pai dela me odiaria caso descobrisse que eu a deixei entrar na sua casa, e estou convencida de que o senhor tem más intenções para estar encorajando a menina assim.

– Meus desígnios são os mais honestos possíveis. Vou lhe contar todos os detalhes – ele disse. – Quero que os dois primos se apaixonem e se casem. Estou agindo com generosidade quanto a seu patrão: a mocinha dele não tem expectativas de futuro e, caso ela cumpra o que planejo, será imediatamente declarada herdeira junto com Linton.

– Se Linton morrer – comentei –, e a vida dele é um tanto incerta, Catherine já seria a herdeira.

– Não, não seria – Heathcliff respondeu. – Não há nenhuma cláusula no testamento que garanta isso: a propriedade iria para mim. Porém, para evitar mais disputas, desejo a união dos dois, e estou decidido a realizá-la.

– E eu estou decidida a não deixar que ela se aproxime desta casa nunca mais enquanto estiver comigo – retruquei conforme chegávamos ao portão, onde a senhorita Cathy já esperava por nós.

Heathcliff mandou que eu ficasse quieta e, precedendo-nos no caminho, apressou-se para abrir a porta. Minha jovem dama o olhava o tempo inteiro, como se não pudesse decidir exatamente o que pensar sobre o sujeito. Mas então Heathcliff sorria quando a olhava nos olhos e suavizava a voz ao falar com ela, e fui tola o suficiente para imaginar que a recordação da mãe pudesse impedi-lo de querer o mal da filha. Linton estava perto da lareira. Ele andara passeando pelos campos, pois ainda usava chapéu e estava chamando Joseph para trazer-lhe sapatos secos. Ele havia crescido muito para a idade, ainda a alguns meses de completar os dezesseis anos. Suas feições ainda eram belas, e os olhos e a pele estavam mais brilhantes do que eu me lembrava, ainda que essa cintilação fosse um efeito meramente temporário causado pelo ar salubre e pelos agradáveis raios de sol.

– Agora, me diga quem é esse – falou o senhor Heathcliff, virando-se para Cathy. – Consegue dizer?

– Seu filho? – ela disse, em dúvida, examinando primeiro um e depois o outro.

– Sim, sim – ele respondeu. – Mas essa é a primeira vez que a senhorita o vê? Pense! Ora, a senhorita tem a memória curta. Linton, você lembra de sua prima? Aquela que você tanto nos atormentava para visitar?

– O quê? Linton? – exclamou Cathy, iluminando-se de alegria com a surpresa de ouvir aquele nome. – Esse é o pequeno Linton? Está mais alto que eu! Você é Linton?

O rapaz deu um passo adiante e se apresentou. Cathy o beijou com fervor, e os dois contemplaram maravilhados as mudanças que o tempo promovera na aparência de cada um. Catherine já havia alcançado sua altura máxima, com uma silhueta tanto cheia quanto esguia, tanto elástica quanto firme, e todo seu aspecto cintilava de saúde e vigor. Já a aparência e os movimentos de Linton eram muito lânguidos, o corpo muito leve, mas havia certa graça em suas maneiras que mitigava tais defeitos e o impedia de parecer desagradável. Após trocar inúmeras provas de afeto com o rapaz, a prima foi até o senhor Heathcliff, parado junto à porta, dividindo sua atenção entre o que se passava lá dentro e o que se passava fora da casa. Na verdade, fingia observar o lado de fora, é claro, enquanto prestava atenção somente no que acontecia no interior da residência.

– Então o senhor é meu tio! – ela exclamou, esticando-se para beijá-lo. – Penso que gosto do senhor, ainda que a princípio tenha sido rude. Por que não nos visita na granja com Linton? É estranho morarem todos esses anos como vizinhos tão próximos e nunca terem nos visitado. O que aconteceu?

– Visitei a granja uma ou duas vezes antes de a senhorita nascer – ele respondeu. – Ora, maldição! Se a senhorita tem beijos sobrando, melhor oferecê-los para Linton: é um desperdício gastá-los comigo.

– Ellen, sua malvada! – exclamou Catherine, virando para me atacar em seguida com suas generosas carícias. – Ellen perversa! Tentou me impedir de entrar! Mas hei de fazer este caminho todas as manhãs a partir de agora. Posso, meu tio? Talvez eu traga papai também. O senhor não ficaria feliz de nos ver?

– É claro – respondeu o tio, mal reprimindo uma careta, fruto de sua profunda aversão a ambos os visitantes mencionados. – Mas espere... – ele prosseguiu, virando-se para a jovem. – Agora que pensei nisso, talvez seja melhor contar-lhe tudo. É que o senhor Linton tem uma má opinião sobre mim. Brigamos com muita ferocidade em certa altura de nossas vidas. Se mencionar sua visita para ele, é possível que vá proibi-la de voltar aqui. Portanto, é melhor que não conte nada para ele, a menos que não se importe de ficar sem ver seu primo. Você pode vir, se assim desejar, mas não deve mencionar suas visitas.

– Por que brigaram? – quis saber Catherine, consideravelmente abatida.

– Seu pai me considerava muito pobre para casar com a irmã dele – respondeu Heathcliff. – Ele ficou triste quando nos unimos. O orgulho do homem foi ferido, e ele nunca perdoará tal acontecimento.

– Mas isso é errado! – falou a jovem dama. – E um dia direi isso a ele. Mas Linton e eu não temos culpa nisso. Não virei aqui, então; é Linton que deve ir até a granja.

– É longe demais para mim – murmurou o primo. – Caminhar por seis quilômetros me mataria. Não, venha até nós de vez em quando, senhorita Catherine. Não precisa nos visitar todas as manhãs, mas uma ou duas vezes na semana.

O pai lançou ao filho um olhar amargo de desprezo.

– Receio estar perdendo meu tempo, Nelly – ele murmurou para mim. – A senhorita Catherine, como o tolo a chama, logo vai descobrir o verdadeiro valor de Linton e mandá-lo para o inferno. Antes pudesse ser Hareton! Acredita que, vinte vezes por dia, cobiço Hareton como filho, mesmo com toda a degradação? Eu teria amado o garoto, fosse ele outra pessoa. Mas acho que Hareton está a salvo do amor *dela*. Vou atiçá-lo contra aquela criatura inútil a menos que o menino se mexa de uma vez. Calculamos que ele dificilmente chegará aos dezoito anos. Ah, que o diabo leve essa coisinha insípida! Está tão absorto em secar os próprios pés que mal olha para a garota. Linton!

– Sim, meu pai – respondeu o rapaz.

– Você não tem nada por aí para mostrar à sua prima, nem mesmo um coelho ou uma toca de doninha? Leve-a ao jardim antes de trocar os sapatos, e mostre também seu cavalo no estábulo.

– Não prefere sentar-se aqui? – Linton perguntou para Cathy, em um tom que expressava muita relutância em sair novamente de casa.

– Eu não sei... – ela respondeu, lançando um olhar comprido na direção da porta, evidentemente ansiosa por mais atividade.

Linton continuou sentado e se encolheu para mais perto do fogo. Heathcliff ficou de pé e foi para a cozinha, saindo para o pátio e chamando por Hareton. O rapaz atendeu ao chamado, e logo os dois entraram juntos novamente. O jovem andara se lavando, como era possível perceber pelo brilho de suas bochechas e pelo cabelo molhado.

– Ah, vou perguntar *ao senhor*, meu tio – exclamou a senhorita Cathy, lembrando-se do que afirmara a governanta. – Esse aí não é meu primo, certo?

– Ele é – respondeu Heathcliff. – Sobrinho de sua mãe. A senhorita não gosta dele?

Catherine pareceu constrangida.

– Não acha que ele é um rapaz bonito? – o outro continuou.

A menina pouco civilizada ficou na ponta dos pés e sussurrou uma frase no ouvido de Heathcliff. Ele riu, e Hareton ficou vermelho. Percebi que o rapaz era muito sensível a suspeitas de desprezo e que obviamente tinha uma vaga noção de sua inferioridade. Mas seu patrão ou tutor tratou de desmanchar a carranca do rapaz ao exclamar:

– Você há de ser o favorito entre nós, Hareton! Ela disse que você é um... o que foi mesmo? Bem, algo muito lisonjeiro. Venha, você vai com ela dar uma volta pela fazenda. E comporte-se como um cavalheiro, veja bem! Nada de termos grosseiros, e não fique encarando a moça quando ela não estiver olhando para você, e nem escondendo o rosto quando ela olhar. Ao falar, diga as palavras devagar e permaneça com as mãos fora dos bolsos. Ande e mantenha-a entretida da melhor maneira que puder.

Heathcliff ficou observando o casal pela janela. Earnshaw mantinha o rosto completamente virado para longe de sua companheira. Parecia estudar aquela paisagem familiar com o interesse de um forasteiro e de um artista. Catherine arriscou um olhar malicioso para ele, expressando pouca admiração. Depois voltou sua atenção à procura de coisas interessantes, caminhando com alegria e cantarolando uma melodia para suprir a falta de conversas.

– Amarrei a língua dele – comentou Heathcliff. – Hareton vai passar o dia inteiro sem coragem de dizer uma única sílaba! Nelly, você lembra como eu era na idade dele, ou melhor, até mesmo alguns anos mais jovem. Eu alguma vez pareci tão estúpido? Tão "xucro", como Joseph costuma dizer?

– Ainda pior – respondi –, pois você era mais taciturno.

– Tenho apreço por ele – continuou Heathcliff, refletindo em voz alta. – O rapaz atendeu às minhas expectativas. Se tivesse nascido um tolo, eu não gostaria nem a metade dele. Mas o menino não é tolo, e posso compreender todos os seus sentimentos, pois eu também já os experimentei. Eu sei o que ele está sofrendo agora, por exemplo, sei exatamente pelo que passa. No entanto, é apenas o começo do que ele precisará sofrer. Hareton nunca será capaz de emergir desse poço de grosseria e ignorância. Eu agi sobre ele ainda mais depressa do que o patife do pai dele fez comigo, e fiz ainda pior, pois tornei-o orgulhoso da própria brutalidade. Eu o ensinei a desprezar tudo o que é civilizado, fazendo-o considerar tais coisas bobas e fracas.

Você não acha que, se pudesse vê-lo, Hindley ficaria tão orgulhoso do filho quanto fico em olhar o meu? Mas há uma diferença: um deles é como ouro sendo usado para pavimentar a rua, enquanto o outro é latão polido para imitar uma baixela de prata. Meu filho não tem nada de valioso, e, no entanto, terei o mérito de vê-lo ir tão longe quanto uma coisinha pobre assim consegue chegar. Já o filho dele possuía qualidades de primeira classe, todas perdidas: tornaram-se mais do que inúteis. Não me arrependo de nada; já ele, teria mais a lamentar do que qualquer pessoa além de mim seria capaz de conceber. E o melhor é que Hareton tornou-se profundamente apegado a mim! É preciso reconhecer que superei Hindley nisso. Se o falecido vilão pudesse se erguer da tumba para fazer-me pagar pelas injúrias cometidas contra o filho, eu teria o deleite de ver este mesmo filho enfrentar o pai, indignado por Hindley se atrever a criticar seu único amigo no mundo!

Heathcliff deixou escapar uma risada diabólica ante aquela ideia. Não respondi, pois percebi que ele não esperava uma resposta. Nesse ínterim, nosso jovem companheiro, que estava sentado longe demais para ouvir o que era dito, começou a manifestar sinais de inquietação, provavelmente arrependido de ter negado o prazer da companhia de Catherine por medo de ficar exausto. O pai notou seus olhares inquietos em direção à janela e também sua mão estendida, um tanto incerta, em direção ao chapéu.

– Levante-se de uma vez, garoto preguiçoso! – ele exclamou aos gritos. – Vá atrás deles! Estão logo após a curva, junto às colmeias.

Linton reuniu suas forças e abandonou a lareira. As venezianas estavam abertas e, depois que ele saiu, vi Cathy perguntando a seu guia tímido o que significava a inscrição entalhada sobre a porta. Hareton ergueu os olhos e coçou a cabeça como um verdadeiro palerma.

– É alguma porcaria escrita – ele respondeu. – Não consigo ler.

– Não consegue ler? – exclamou Catherine. – Eu consigo ler, está em inglês. Mas quero saber o motivo de estar ali.

Linton deu uma risadinha: foi a primeira manifestação de alegria que exibiu.

– Ele não conhece as letras – falou o primo. – Consegue acreditar na existência de alguém tão burro assim?

– Está tudo certo com ele? – a senhorita Cathy perguntou com um ar sério. – Ou ele tem... algum problema? Já o questionei duas vezes, e a cada vez ele me olha com uma cara tão estúpida que penso que não me entende. Certamente eu mal consigo compreendê-lo.

Linton voltou a rir, olhando com um semblante de provocação para Hareton, que decerto não parecia entender muita coisa do que se passava naquele momento.

– Não há nada com o que se preocupar além da preguiça, não é, Earnshaw? – disse o garoto. – Minha prima acha que você é um idiota. Agora você entende as consequências de desprezar "ficar olhando livros", como você diz. Já notou, Catherine, como ele tem a pronúncia horrível de Yorkshire?

– Ora, e de que diabos isso me serviria? – rosnou Hareton, mais disposto a responder ao companheiro de todos os dias. Ele estava prestes a adicionar novos argumentos, mas os outros jovens caíram em um acesso barulhento de riso. Minha frívola garota estava encantada ao descobrir que podia extrair diversão dos estranhos discursos de Hareton.

– Que uso tem o diabo nessa frase? – riu-se Linton. – Papai disse que você não deveria falar nenhuma palavra grosseira, e você mal consegue abrir a boca sem elas. Tente se comportar como um cavalheiro, ande!

– Se você não fosse mais moça que rapaz, eu o derrubaria agora mesmo, seu ripinha de madeira! – retrucou o bruto zangado, com o rosto queimando em uma mistura de raiva e mortificação, pois tinha consciência de estar sendo insultado e ficava constrangido por ressentir-se de tal situação.

O senhor Heathcliff, tendo escutado a conversa assim como eu, sorriu ao ver o rapaz partir, lançando imediatamente depois um olhar de singular aversão sobre o par petulante que permanecia conversando junto à soleira da porta. Linton encontrava animação suficiente enquanto discutia os defeitos e deficiências de Hareton, contando anedotas a respeito do rapaz, e Catherine, sem considerar a maldade que demonstravam, saboreava cada uma de suas palavras atrevidas e rancorosas. Passei a sentir mais desprezo por Linton do que compaixão, e desculpei seu pai, em certa medida, por considerá-lo tão baixo.

Ficamos até entardecer: não consegui arrancar a senhorita Cathy de lá antes disso. Felizmente, meu patrão não havia saído de seus aposentos, permanecendo ignorante quanto à nossa prolongada ausência. Enquanto caminhávamos para casa, cumpri meu papel e tentei alertá-la com relação ao tipo de caráter que tinham as pessoas que havíamos visitado, mas a garota enfiou na cabeça que tudo não passava de um preconceito de minha parte.

– Ah! – ela exclamou. – Você toma as dores de papai, Ellen. Você é parcial, eu sei, caso contrário não teria me enganado por tantos anos, dizendo que Linton morava longe daqui. Estou mesmo extremamente zangada, apenas feliz demais para demonstrar isso! E é melhor que segure a língua ao falar de *meu tio*. Ele é meu tio, lembre-se disso, e vou repreender papai por ter brigado com ele.

E assim a menina prosseguiu, até que desisti de tentar convencê-la de seus erros. Ela não mencionou a visita naquela noite, pois não chegou a ver o senhor Linton. Mas no dia seguinte tudo veio à tona, muito para meu desgosto, ainda que eu não estivesse de todo arrependida: pensei que o fardo de aconselhá-la e alertá-la seria suportado com mais eficiência por ele do que por mim. Mas o senhor Edgar era tímido demais para dar razões satisfatórias quanto ao porquê de querer a filha longe de qualquer ligação com os moradores de Wuthering Heights, e Catherine gostava de obter boas razões para cada mínima restrição que lhe atormentava os caprichos mimados.

– Papai! – ela exclamou logo após as saudações da manhã. – Tente adivinhar quem foi que encontrei ontem em meu passeio pelos charcos. Ah, papai, o senhor está assustado! O senhor não agiu direito, não é? Eu sei... Mas escute, e contarei como foi que o descobri. Assim como desmascarei Ellen, que está mancomunada com o senhor e ainda fingia ter pena de mim enquanto eu ansiava e sempre era desapontada ao esperar o retorno de Linton!

Ela ofereceu um relato fiel de sua excursão e de suas consequências, e meu patrão, embora tenha me lançado mais de um olhar de reprovação, nada disse até ela terminar. Então puxou a garota para si e perguntou se ela sabia por que o pai havia escondido a proximidade de Linton da própria filha. Estaria ela pensando ser apenas para privá-la de um prazer incapaz de causar qualquer mal?

– É porque o senhor não gosta do senhor Heathcliff – ela respondeu.

– Então você acredita que me importo mais com meus próprios sentimentos do que com os seus, Cathy? – ele disse. – Não, não é porque detesto o senhor Heathcliff, mas sim porque o senhor Heathcliff me detesta. Ele é um homem terrivelmente diabólico, que se delicia ao enganar e arruinar aqueles a quem odeia, caso receba a menor oportunidade. Eu sabia que você não poderia manter contato com seu primo sem também conviver com ele, e eu sabia que ele iria detestá-la por minha causa. Portanto, para seu próprio bem e nada mais, tomei precauções para que não voltasse a encontrar Linton. Eu pretendia explicar tudo isso a você quando ficasse mais velha, e lamento ter me atrasado.

– Mas o senhor Heathcliff foi bastante cordial, papai – observou Catherine, nada convencida. – Ele não se opôs que eu e Linton nos víssemos. Disse que eu poderia frequentar sua casa sempre que desejasse e que apenas não deveria lhe contar, pois vocês haviam brigado, e o senhor não o perdoaria por ter se casado com a tia Isabella. E o senhor realmente não o perdoou. É o único culpado nisso tudo: ele ao menos está disposto a deixar que sejamos amigos, Linton e eu, enquanto o senhor não está.

Meu patrão, percebendo que Cathy não aceitaria sua palavra quanto ao caráter maligno do tio, ofereceu a ela um vislumbre apressado sobre a conduta de Heathcliff para com Isabella e também sobre a maneira com a qual o homem tomara posse de Wuthering Heights. Não suportou avançar muito mais no assunto, pois, embora falasse pouco a respeito, ainda sentia o mesmo horror e ódio pelo antigo inimigo, sentimentos presentes em seu coração desde a morte da senhora Linton. Sua amarga reflexão constante era de que a esposa ainda poderia estar viva, não fosse por Heathcliff, e de que, a seus olhos, o homem parecia um assassino. A senhorita Cathy, pouco familiarizada com qualquer má ação, exceto pelos próprios atos mínimos de desobediência, injustiça e capricho, frutos de um temperamento intenso e também da imprudência, mas dos quais ela sempre se arrependia no mesmo dia, ficou atônita diante da escuridão de espírito capaz de pairar e acobertar uma vingança por anos, deliberadamente levando seus planos a cabo sem uma gota de remorso. Ela pareceu tão profundamente impressionada e chocada com aquela nova faceta da natureza humana, algo até então excluído de seus estudos e vivências, que o senhor Edgar considerou desnecessário prosseguir com o assunto. Ele simplesmente acrescentou:

– Daqui por diante, querida, já sabe por que desejo que evite aquela casa e aquela família. Agora volte às suas antigas ocupações e distrações, e não pense mais neles.

Catherine beijou o pai e sentou-se em silêncio para estudar durante um par de horas, como de costume. Depois acompanhou-o pela propriedade, e o resto do dia transcorreu normalmente. Mas, à noite, quando subiu para seu quarto e eu fui até lá para ajudá-la a se despir, encontrei a menina chorando, ajoelhada ao lado da cama.

– Ah, que coisa, criança tola! – exclamei. – Se tivesse problemas de verdade, sentiria vergonha de desperdiçar lágrimas nesta pequena contrariedade. Jamais teve sequer uma sombra de tristeza de verdade, senhorita Catherine. Suponha, por um minuto, que eu e o patrão estivéssemos mortos, e você estivesse sozinha no mundo: como se sentiria? Compare a situação atual a uma aflição como essa e agradeça pelos amigos que cultiva, em vez de ficar por aí desejando mais.

– Não estou chorando por mim, Ellen – ela respondeu. – É por ele. Linton espera me ver outra vez amanhã, e há de ficar tão decepcionado: ele vai esperar por mim, e não poderei ir!

– Besteira! – falei. – Acha que ele pensa tanto em você quanto você pensa nele? Ele não tem Hareton como companhia? São poucas as pessoas que chorariam ao perder uma amizade que só viram duas vezes, em duas tardes. Linton entenderá o que aconteceu e não se preocupará mais com você.

– Será que não posso escrever um bilhete para informá-lo do motivo pelo qual não farei a visita? – ela perguntou, ficando de pé. – E que tal mandar os livros que prometi emprestar a ele? Os livros de Linton não são tão bons quanto os meus, e ele queria muito lê-los depois que mencionei como eram interessantes. Não posso, Ellen?

– Mas não mesmo! Certamente que não! – respondi, decidida. – Então ele escreveria de volta para você e isso nunca terminaria. Não, senhorita Catherine, essa relação deve ser abandonada por completo: é o que seu pai espera, e providenciarei para que seja assim.

– Mas como pode um pequeno bilhete...? – ela recomeçou, assumindo ares de quem implora.

– Silêncio! – interrompi. – Não vamos começar a discutir sobre bilhetes. Vá para a cama.

Ela me lançou um olhar muito travesso, tão travesso que eu não quis oferecer seu beijo de boa-noite. Com grande desgosto, cobri a garota e fechei a porta, mas, pensando melhor no meio do caminho, retornei sem fazer barulho e eis o que encontrei: a senhorita de pé à mesa com um pedaço de papel em branco à frente e um lápis na mão, o qual, culpada, ela imediatamente escondeu quando entrei.

– Não achará ninguém para entregar esse bilhete depois que escrevê-lo, Catherine – falei. – E agora vou apagar sua vela.

Levei o apagador à chama da vela, recebendo um tapa na mão e um petulante "sua malvada!" ao fazê-lo. E então a deixei novamente, e a jovem passou o ferrolho na porta com um de seus piores e mais rabugentos estados de espírito. A carta foi finalizada e entregue ao destino por um leiteiro vindo da aldeia, algo que só fiquei sabendo tempos depois. Semanas se passaram, e Cathy recobrou o bom humor, embora tenha se tornado afeita a se esgueirar pelos cantos sozinha. Com frequência, eu me aproximava dela enquanto a menina estava lendo, e ela ficava assustada e se curvava sobre o livro, evidentemente tentando escondê-lo, e pude perceber margens de papel solto por entre as páginas. Ela também aprendeu a descer de manhã cedo e ficar perambulando pela cozinha, como se esperasse por algo. Além disso, mantinha uma pequena gaveta no armário da biblioteca, na qual mexia por horas e cuja chave tinha o especial cuidado de remover ao sair.

Um dia, enquanto ela inspecionava a gaveta, notei que os brinquedos e pequenos objetos que antes compunham seu conteúdo haviam se transmutado em pedaços dobrados de papel. Minha curiosidade e minhas suspeitas foram despertadas, e decidi espiar aquele seu tesouro misterioso. Assim, à noite, tão logo ela e o patrão se retiraram ao andar de cima, fui até lá e logo encontrei, entre minhas chaves, uma que se encaixasse na fechadura. Depois de abrir a gaveta, esvaziei-a em meu avental e levei o conteúdo comigo, a fim de inspecioná-lo à vontade em meu quarto. Embora eu já suspeitasse, fiquei realmente surpresa ao descobrir uma pilha de correspondências, quase diárias, talvez, de Linton Heathcliff: respostas a cartas enviadas pela jovem dama. As com datações mais antigas eram tímidas e curtas, mas, gradualmente, os escritos se expandiam em copiosas cartas de amor, tolas, como esperado devido à idade do escritor, mas com toques aqui e ali que me pareciam emprestados de uma fonte mais experiente. Algumas das cartas passavam uma estranha mistura de ardor e banalidade em seus componentes, começando por um sentimento forte e terminando no estilo afetado e prolixo com a qual um menino se dirigiria a uma amante incorpórea e fantasiosa. Se tais palavras satisfaziam Cathy, não sei dizer, mas a mim pareciam não mais que baboseiras sem valor. Depois de ler tantas cartas quanto achei adequado, amarrei-as com um lenço e as coloquei de lado, trancando a gaveta agora vazia.

Seguindo o hábito, minha jovem dama desceu cedo na manhã seguinte e foi até a cozinha. Observei-a seguir até a porta após a chegada de um certo rapaz, e, enquanto a criada enchia as jarras, Cathy enfiou algo no bolso do paletó do leiteiro e arrancou outra coisa lá de dentro. Dei a volta no jardim e fiquei esperando o mensageiro. O rapaz defendeu valorosamente o tesouro a ele confiado, chegando a derramar o leite entre nós, mas, por fim, consegui capturar a epístola e ameaçá-lo de graves consequências caso não fosse imediatamente embora. Permaneci junto ao muro e examinei a composição afetuosa de senhorita Cathy. Era mais simples e eloquente que a do primo: mais bonita e ainda mais tola. Balancei a cabeça e retornei para a casa imersa em pensamentos. Como fazia um dia úmido, ela não pôde se divertir perambulando pelo parque; por isso, ao fim de seus estudos matinais, a garota recorreu ao consolo da gaveta. O pai encontrava-se lendo à mesa, e eu, propositalmente, fui trabalhar em algumas das franjas descosturadas da cortina da janela, mantendo a vista fixa nas reações de Cathy. Jamais um pássaro, voando de volta a seu ninho saqueado, antes repleto de crias estridentes, demonstrou um desespero mais completo em seus voejos e gritos angustiados do que a senhorita Catherine com seu único "Ah!", uma mudança que transfigurou seu outrora feliz semblante. O senhor Linton ergueu os olhos.

– Qual o problema, meu amor? Você se machucou? – ele quis saber.

O tom e o olhar do pai a convenceram de que não fora *ele* a descobrir seu tesouro.

– Não, papai! – ela arquejou. – Ellen! Ellen! Suba as escadas comigo, estou passando mal!

Obedeci à convocação e acompanhei-a para fora do recinto.

– Ah, Ellen! Você as pegou – ela começou a dizer assim que ficamos sozinhas, caindo de joelhos. – Ah, entregue-as para mim, e eu nunca, nunca mais farei isso de novo! Não conte para papai. Você ainda não contou para ele, contou? Diga que não contou. Eu fui muito malvada, mas não vou mais fazer isso!

Empregando uma grande severidade em meus modos, ordenei que ela ficasse de pé.

– Então – exclamei –, parece que você foi longe demais, senhorita Catherine. Espero que sinta vergonha! Anda estudando uma bela coleção de porcarias em seus momentos de lazer, com certeza, dignas de serem publicadas! O que acha que o patrão pensará depois que eu mostrar essas cartas para ele? Ainda não mostrei, mas não fique aí imaginando que guardarei seus segredos ridículos. Que vergonha! E deve ter sido você a tomar a iniciativa de escrever tantos absurdos. Linton não teria pensado em começar algo assim, tenho certeza.

– Não fui eu! Não fui eu! – soluçou Cathy, prestes a partir seu coração. – Eu sequer pensei que iria amá-lo até que...

– *Amá-lo*! – exclamei, com tanto desdém quanto pude empregar na palavra. – *Amá-lo*! Onde já se viu algo assim? Eu poderia muito bem falar que amo o moleiro que visita a granja uma vez por ano para comprar nosso milho. É muito amor, de fato! Nutrido pelas duas vezes em que viu Linton durante quatro horas de sua vida! Eis aqui as suas baboseiras infantis. Vou levá-las até a biblioteca, e então veremos o que seu pai dirá sobre tanto *amor*.

Ela se esticou para alcançar as preciosas epístolas, mas as mantive acima da cabeça. Então ela despejou novas súplicas frenéticas, pedindo que eu queimasse as cartas – qualquer coisa em vez de mostrá-las ao pai. E eu, estando de fato tão inclinada a rir quanto a repreendê-la, pois considerava tudo aquilo fruto de uma vaidade juvenil, consenti até certa medida e perguntei:

– Se eu concordar em queimá-las, você promete de coração que não enviará ou receberá novas cartas ou livros, porque sei que você mandou livros, nem mechas de cabelo, anéis ou brinquedos?

– Nós não trocamos brinquedos – exclamou Catherine, o orgulho superando a vergonha.

– Nem objeto algum, então, minha jovem? – eu disse. – A menos que prometa, estou de saída.

– Eu prometo, Ellen! – ela gritou, segurando meu vestido. – Ah, coloque-as no fogo, ande, coloque!

Porém, quando comecei a abrir espaço usando o atiçador, o sacrifício pareceu-lhe doloroso demais para ser suportado. Cathy suplicou com todas as forças que eu poupasse uma ou duas das cartas.

– Deixe-me ficar com uma ou duas, Ellen, em nome de Linton!

Desatei o lenço e comecei a soltá-las pelas beiradas, e a chama cresceu na lareira.

– Vou ficar com uma, sua desgraçada cruel! – a menina gritou, lançando as mãos ao fogo e puxando alguns fragmentos carbonizados às custas dos próprios dedos.

– Muito bem, assim terei o que mostrar para seu pai! – respondi, despejando o resto das cartas no fogo e me virando outra vez para a porta.

Ela deixou seus pedaços chamuscados caírem de novo nas chamas, fazendo um gesto para que eu concluísse a imolação. Assim foi feito. Agitei as cinzas e enterrei-as sob uma pá de carvão. Cathy, com uma intensa sensação de dor, retirou-se em silêncio para seus aposentos. Voltei a descer e falei ao patrão que o mal-estar da jovem estava quase passando, mas que eu achava melhor mantê-la deitada um pouco. Cathy não quis almoçar, mas reapareceu na hora do chá, pálida e de olhos vermelhos, com um aspecto maravilhosamente abatido em seu exterior. Na manhã seguinte, respondi à carta com um bilhete que dizia: "Pedimos ao senhor Heathcliff que não mais envie correspondências à senhorita Linton, pois ela não as receberá". A partir de então, o leiteiro voltou à granja com os bolsos vazios.

# Capítulo 22

O verão chegava ao fim, dando lugar ao outono; já havíamos passado da Festa de São Miguel, mas a colheita atrasara naquele ano, e alguns de nossos campos ainda não estavam limpos. O senhor Linton e a filha caminhavam com frequência entre os ceifeiros, permanecendo até o anoitecer para observar os últimos carregamentos. Com as noites passando a ser frias e úmidas, o patrão acabou contraindo um forte resfriado que se instalou com obstinação em seus pulmões, confinando-o dentro de casa por todo o inverno, praticamente sem dar trégua.

A pobre Cathy, afugentada de seu pequeno romance, estava consideravelmente mais triste e desanimada desde o término, e o pai insistia que lesse menos e fizesse mais exercícios. Mas ela não tinha a companhia do senhor Edgar, então julguei ser meu dever suprir tal falta, tanto quanto fosse possível, pela minha própria companhia. Uma substituição ineficiente, pois eu apenas conseguia dispensar duas ou três horas entre minhas numerosas tarefas diurnas para lhe seguir os passos, e era óbvio que ela não achava minha companhia tão agradável quanto a dele.

Certa tarde de outubro, ou talvez no início de novembro – uma tarde úmida e fresca, com a turfa e as trilhas farfalhando devido às folhas molhadas e murchas e o céu azul e gelado escondido pelas nuvens, enormes massas cinzentas que cresciam depressa a oeste como presságios de chuva abundante –, pedi à jovem dama que renunciasse ao passeio, pois eu estava certa de que teríamos um aguaceiro. Ela recusou meu pedido. A contragosto, vesti uma capa e peguei uma sombrinha para acompanhá-la em uma caminhada até os fundos do parque, um trajeto que ela costumava fazer sempre que estava entristecida. Tal coisa invariavelmente coincidia com uma piora do senhor Edgar, algo que o homem nunca confessava, mas que nós duas adivinhávamos ante o silêncio crescente e a melancolia do patrão. Ela foi na frente, deprimida, não havia mais correr ou saltitar em seus percursos, ainda que o vento frio pudesse muito bem tê-la deixado tentada a ir mais rápido. Muitas vezes, pelo canto do olho, pude notá-la erguendo a mão para limpar algo da bochecha. Olhei ao redor, procurando um meio de distraí-la de seus pensamentos. De um lado da estrada, erguia-se uma encosta alta e acidentada, onde aveleiras e carvalhos raquíticos e de raízes meio expostas mantinham-se duvidosamente de pé, o solo era pouco firme para as árvores, e ventos fortes já haviam inclinado algumas delas quase na horizontal. Durante o verão, a senhorita Catherine adorava escalar os troncos e se sentar nos galhos, balançando-se a quase seis metros do chão. Eu, satisfeita com sua agilidade e seu coração leve e infantil, considerava apropriado repreendê-la sempre que a via em tal situação, mas de modo que ela soubesse que não precisava descer dali. A menina ficava em seu berço embalado pela brisa da hora do almoço até a hora do chá, fazendo nada além de cantar para si mesma antigas canções, com as quais eu a embalara ainda bebê, ou então observando os pássaros, inquilinos conjuntos do local, que alimentavam os filhotes e os incentivavam a voar. Às vezes, ficava apenas aninhada, de olhos fechados, em parte refletindo e em parte sonhando, mais feliz do que as palavras poderiam expressar.

– Veja, senhorita! – exclamei, apontando para uma reentrância sob as raízes de uma árvore retorcida. – O inverno ainda não chegou aqui. Há uma pequena flor ali adiante, o último botão da multidão de campânulas que cobriam esses gramados durante julho com sua névoa lilás. Por que não sobe até lá e a recolhe para mostrar a seu pai?

Cathy fitou longamente a flor solitária que tremia em seu abrigo terroso, respondendo por fim:

– Não, não quero tocá-la. Parece melancólica, não acha?

– Sim – comentei –, quase tão faminta e abatida quanto você com essas bochechas pálidas. Vamos dar as mãos e correr. Você está tão deprimida que penso ser capaz de lhe acompanhar o ritmo.

– Não – ela repetiu antes de continuar andando, parando de vez em quando para contemplar um pouco de musgo, um tufo de grama esbranquiçada ou um fungo espalhando seu laranja vívido sobre montes de folhagens marrons. De vez em quando, a mão de Cathy se levantava e ia até o lado escondido de seu rosto.

– Catherine, meu bem, por que está chorando? – perguntei, aproximando-me dela e colocando o braço em seu ombro. – Não precisa chorar pelo resfriado de seu pai. Agradeça por não ser nada pior.

A partir dali a jovem parou de restringir as lágrimas, sua respiração tornou-se sufocada pelos soluços.

– Ah, mas vai ser algo pior – ela disse. – E o que farei depois que papai e você me deixarem sozinha? Não consigo esquecer suas palavras, Ellen, elas estão sempre em meus ouvidos. Como a vida estará mudada, como o mundo ficará triste quando papai e você estiverem mortos.

– Ninguém pode afirmar que você não morrerá antes de nós – respondi. – É errado tentar prever desgraças. Esperamos que ainda nos restem anos e anos antes de qualquer um de nós partir. O patrão é jovem, e eu sou forte, mal tenho quarenta e cinco anos. Minha mãe viveu até os oitenta, uma dama disposta até o fim. E suponhamos que o senhor Linton seja poupado até os sessenta. Isso ainda representaria mais anos do que você tem de vida, senhorita. Não lhe parece tolice ficar de luto por uma calamidade com mais de vinte anos de antecedência?

– Mas a tia Isabella era mais nova que papai – ela comentou, erguendo os olhos com uma tímida esperança de obter mais consolo.

– Sua tia Isabella não tinha a mim nem a você para cuidar dela – respondi. – Ela não era tão feliz quanto o patrão, não tinha muito pelo que viver. Tudo o que você precisa fazer é esperar a recuperação de seu pai e animá-lo, deixando que ele a veja alegre. Evite deixá-lo ansioso por qualquer motivo, lembre-se disso, Cathy! Não vou mentir: você poderia matá-lo ao ser indisciplinada e imprudente, nutrindo uma afeição tola e fantasiosa pelo filho de um certo alguém que gostaria de ver seu pai no túmulo. Não permita que o senhor Edgar descubra que você andou sofrendo por uma separação que ele mesmo julgou ser conveniente.

– Não me preocupo com nada na vida além da doença de papai – respondeu minha companheira. – Nada me importa em comparação ao papai. E eu nunca, nunca, ah, nunca, enquanto eu respirar, farei ou direi qualquer coisa para aborrecê-lo. Eu o amo mais do que a mim mesma, Ellen, e sei disso: oro todas as noites para viver mais que ele, pois prefiro ser infeliz ao perdê-lo do que vê-lo sofrer em meu lugar. Isso prova que eu o amo mais do que a mim mesma.

– São belas palavras – respondi. – Mas suas ações também devem provar esse discurso. Depois que ele estiver restabelecido, trate de não esquecer as resoluções que tomou na hora do medo.

Enquanto conversávamos, chegamos perto de um portão que se abria para a estrada. Minha jovem, novamente iluminada como o sol, escalou o muro e sentou-se no topo, estendendo as mãos para alcançar algumas frutinhas que floresciam escarlates nos galhos mais altos das roseiras silvestres sombreando aquele lado do percurso. Os frutos mais baixos já haviam desaparecido, mas apenas os pássaros e Cathy, em sua posição atual, conseguiam tocar nos que ficavam acima. Ao se esticar para alcançá-los, o chapéu da menina caiu, e, como o portão estava trancado, ela propôs descer pelo outro lado a fim de recuperá-lo. Pedi que ela tomasse cuidado para não cair, e a garota desapareceu com agilidade. Mas seu retorno não foi tão fácil: as pedras eram lisas e bem cimentadas, e as roseiras e amoreiras não ajudavam na subida. Eu, como uma tola, não lembrei disso até ouvir Cathy rir e exclamar:

– Ellen! Você precisará buscar a chave, ou então precisarei correr até o chalé do porteiro. Não consigo escalar o muro por este lado!

– Fique onde está – respondi. – Trouxe meu molho de chaves no bolso, talvez eu consiga abrir o portão. Caso não consiga, eu mesma vou até lá.

Catherine se divertia, dançando de um lado para o outro diante da porta enquanto eu experimentava as chaves maiores uma após a outra. Havia acabado de tentar a última delas, percebendo que não serviria, e estava prestes a correr para casa o mais rápido possível quando um ruído de aproximação me deteve. Era o trote de um cavalo. A dança de Cathy também parou.

– Quem está aí? – sussurrei.

– Ellen, eu gostaria que você pudesse abrir o portão... – murmurou de volta minha companheira, assustada.

– Ora, senhorita Linton! – exclamou uma voz profunda, a voz do cavaleiro. – Fico feliz de encontrá-la. Não tenha pressa em entrar, pois tenho uma explicação a pedir e desejo obtê-la.

– Não devemos nos falar, senhor Heathcliff – respondeu Catherine. – Papai diz que o senhor é um homem mau que odeia tanto ele quanto a mim, e Ellen repete o mesmo.

– Isso não importa – disse Heathcliff (pois era ele). – Suponho que não odeio meu filho, e é a respeito dele que exijo sua atenção. Sim, a senhorita tem mesmo motivos para corar. Dois ou três meses atrás, você não tinha por hábito escrever para Linton? Brincando de enamorados, não foi? Ambos mereciam ser açoitados por isso! A senhorita em especial, sendo a mais velha e a menos sensível, ao que parece. Tenho suas cartas comigo, e, se demonstrar qualquer atrevimento, hei de mostrá-las ao seu pai. Presumo que cansou de se divertir e abandonou a brincadeira, não é? Bem, você arremessou Linton em um verdadeiro atoleiro de desânimo. Ele estava falando sério, apaixonado de verdade. E tão certo como estou vivo, ele está perecendo por sua causa, que lhe partiu o coração com tamanha inconstância, e não de modo figurado, mas sim verdadeiramente. Ele piora a cada dia, mesmo que Hareton tenha feito dele motivo de piada por seis semanas e eu tenha usado de métodos ainda mais severos, tentando afugentá-lo da própria idiotice. Linton estará sob o gramado antes do verão a menos que você lhe restaure a saúde!

– Como pode mentir tão descaradamente para a pobre criança? – exclamei pelo outro lado do muro. – Por favor, volte a cavalgar! Como pode ser capaz de deliberadamente contar inverdades tão mesquinhas? Senhorita Cathy, vou quebrar a fechadura com uma pedra: não acredite nesses absurdos vis. Deve entender que é impossível uma pessoa morrer de amor por quem mal conhece.

– Não sabia que contávamos com bisbilhoteiras – murmurou o vilão recém-descoberto. – Querida senhora Dean, gosto de você, mas não aprecio sua traição – ele acrescentou em voz alta. – Como pode *a senhora* mentir tão descaradamente, afirmando que odeio essa "pobre criança"? E inventar histórias dignas do bicho-papão para mantê-la longe de minha porta? Catherine Linton, e seu nome já é para mim uma alegria, minha linda moça, estarei fora de casa durante toda esta semana: vá e veja se não falei a verdade. Ande, seja gentil! Apenas imagine seu pai no meu lugar e Linton no seu, e então pense o que acharia de seu amante descuidado caso ele se recusasse a dar um passo para reconfortá-la, mesmo após as súplicas do próprio pai, e não recaia, por pura estupidez, no mesmo tipo de erro. Juro, por minha salvação, que Linton está a caminho do túmulo, e que ninguém além da senhorita pode salvá-lo.

A fechadura cedeu, e atravessei para o outro lado.

– Eu juro que Linton está morrendo – repetiu Heathcliff, olhando fixamente para mim. – E a dor e a decepção estão acelerando a morte dele. Nelly, se não quer deixá-la ir, então vá ver por si mesma. Não retornarei antes de uma semana, e acho que seu patrão não teria muitas objeções quanto a deixá-la visitar o primo.

– Passe para cá – falei, puxando Cathy pelo braço e meio que a forçando a atravessar o portão novamente, pois a garota se demorava, observando com um olhar preocupado as feições do orador, por sua vez severo demais para deixar transparecer a falsidade.

Heathcliff incitou o cavalo para mais perto e, inclinando-se, comentou:

– Senhorita Catherine, admito ter pouca paciência com Linton. Hareton e Joseph têm ainda menos. Devo admitir que o rapaz vive em um cenário rude. Ele anseia por gentileza, assim como por amor; e uma palavra gentil de sua parte serviria como o melhor dos remédios. Não se preocupe com as advertências cruéis da senhora Dean, e sim procure ser generosa e vá vê-lo. Ele sonha dia e noite com a senhorita, e é impossível persuadi-lo de que a senhora não o odeia, já que não lhe escreve e nem o visita.

Fechei o portão e o apoiei com uma pedra para suprir a fechadura quebrada. Coloquei minha protegida sob a sombrinha, pois a chuva começava a atravessar os galhos das árvores, um alerta para que não nos atrasássemos. Nossa pressa impediu que trocássemos qualquer comentário sobre o encontro com Heathcliff durante a volta para casa, mas adivinhei, por instinto, que o coração de Catherine se encontrava anuviado por uma dupla escuridão. Suas feições eram tão tristes que nem pareciam dela; era evidente que a menina considerava verdade cada sílaba do que ouvira.

Quando entramos, o patrão já havia se recolhido para descansar. Cathy foi até o quarto do pai para perguntar como este se sentia, mas ele tinha adormecido. Ela voltou e pediu que eu me sentasse a seu lado na biblioteca. Tomamos juntas o chá, e depois a jovem se deitou no tapete e avisou-me para não falar nada, pois estava cansada. Peguei um livro e fingi ler. Assim que supôs me ver absorta em tal ocupação, Cathy recomeçou seu pranto silencioso: parecia ser sua distração favorita na época. Permiti que ela desfrutasse um pouco das lágrimas, mas logo depois comecei a tagarelar, ridicularizando e fazendo pouco de todas as afirmações do senhor Heathcliff sobre o filho, como se tivesse certeza de que a menina fosse concordar comigo. Ai de mim! Eu não possuía a habilidade para neutralizar o efeito que Heathcliff havia produzido, justamente o que ele pretendia alcançar com suas palavras.

– Você pode estar certa, Ellen – ela respondeu. – Mas não vou ficar tranquila até ter certeza. Preciso dizer a Linton que não tive culpa por parar de escrever, e assegurar-lhe de que não vou mudar de ideia.

De que adiantava qualquer raiva ou protesto diante da credulidade tola de Catherine? Naquela noite, separamo-nos de maneira hostil. Porém, no dia seguinte, vi-me na estrada para Wuthering Heights ao lado da pônei de minha obstinada patroinha. Não suportei testemunhar sua tristeza, seu semblante pálido e abatido, seus olhos pesados. Cedi, na tênue esperança de que o próprio Linton pudesse provar, ao nos receber, como era pouco fundamentada a história que o pai contara.

# Capítulo 23

A noite chuvosa tinha dado lugar a uma manhã nublada, em parte geada e em parte garoa, com riachos temporários que cruzavam nossas trilhas e borbulhavam pelos terrenos elevados. Meus pés estavam completamente molhados, eu estava irritada e sem ânimo, um humor perfeitamente adequado para usufruir de situações desagradáveis. Entramos na casa da fazenda pela cozinha, tentando verificar se o senhor Heathcliff não estava mesmo em casa, pois eu depositava pouca fé em suas afirmações.

Joseph parecia estar sentado em uma espécie de Elísio particular aos pés de um fogo crepitante, com um litro de cerveja na mesa ao lado e grandes pedaços de bolo de aveia tostado, o cachimbo preto e curto na boca. Catherine correu até as chamas para se aquecer. Perguntei se o patrão estava em casa. Minha pergunta permaneceu tanto tempo sem resposta que cheguei a imaginar que o velho havia ficado surdo, e então a repeti mais alto.

– Não, não! – ele rosnou, ou ao menos gritou pelo nariz. – Não mesmo! Podem ir voltando por onde vieram!

– Joseph! – gritou uma voz mal-humorada ao mesmo tempo que eu, vinda da sala mais ao fundo. – Quantas vezes preciso chamar você? Restam apenas algumas cinzas vermelhas agora. Joseph! Venha agora mesmo.

Vigorosas baforadas e um olhar resoluto para a lareira indicavam que o criado não atenderia ao apelo. Também não vimos nem a governanta e nem Hareton. A primeira devia ter saído para cumprir alguma tarefa, enquanto o outro, possivelmente, estava trabalhando. Reconhecemos tratar-se da voz de Linton e entramos.

– Ah, espero que você morra passando fome em um sótão! – falou o menino, confundindo nossa entrada com a de seu criado negligente.

Ele se interrompeu ao perceber o erro, e a prima voou até ele.

– É você, senhorita Linton? – ele disse, erguendo a cabeça do braço de uma enorme poltrona na qual se reclinava. – Não, não me beije, isso tira meu fôlego. Puxa vida! Papai disse que a senhorita viria – o menino prosseguiu após se recuperar um pouco do abraço de Catherine, que, por sua vez, o encarava de maneira bastante penitente. – Pode, por favor, fechar a porta? Ela ficou aberta, e aquelas... aquelas criaturas *detestáveis* não trazem mais carvão para o fogo. Está tão frio!

Aticei as brasas e fui buscar eu mesma um balde de carvão. O inválido queixou-se de ficar coberto de cinzas, mas apresentava uma tosse persistente e parecia febril e enfermo, portanto não repreendi seu temperamento.

– Bem, Linton – murmurou Catherine assim que as feições do primo relaxaram. – Está feliz de me ver? Posso fazer algum bem?

– Por que não veio me ver antes? – ele perguntou. – Deveria ter vindo em vez de mandar cartas. Cansou-me terrivelmente escrever aqueles longos bilhetes. Eu preferiria muito mais ter falado diretamente com a senhorita. Agora não aguento mais falar e nem fazer qualquer outra coisa. Gostaria de saber onde está Zillah! Será que você pode dar uma olhada na cozinha? – O menino olhou em minha direção.

Eu não havia recebido nenhum agradecimento por meu serviço anterior, e, sem disposição para correr de um lado para outro a serviço do menino, respondi:

– Não há ninguém lá fora a não ser Joseph.

– Estou com sede – ele exclamou, aflito, desviando o rosto. – Zillah fica o tempo inteiro passeando em Gimmerton desde que papai saiu, é um horror! Sou obrigado a descer até aqui, pois resolveram que ninguém vai me ouvir escada acima.

– Seu pai é atencioso com você, senhor Heathcliff? – perguntei, notando que os avanços amigáveis de Catherine eram interrompidos.

– Atencioso? Ele faz com que os outros sejam um pouco mais atenciosos, ao menos – exclamou. – Os desgraçados! Sabe, senhorita Linton, aquele Hareton bruto ri de mim! Eu o detesto! De fato, detesto a todos, são seres odiosos.

Cathy começou a procurar por um pouco de água. Encontrou uma jarra na cômoda, encheu um copo e o trouxe. Linton pediu que ela adicionasse uma colher de vinho de uma garrafa sobre a mesa. Tendo engolido um pouco do líquido, pareceu mais tranquilo, e disse que a prima era muito gentil.

– E está feliz de me ver? – ela disse, reiterando a pergunta e ficando satisfeita ao detectar o tímido vislumbre de um sorriso.

– Sim, estou. É algo novo ouvir uma voz como a sua! – respondeu o garoto. – Mas andei aborrecido com a senhorita por não ter vindo me visitar. Papai jurou que foi culpa minha: chamou-me de coisinha lamentável, lenta e sem valor. Disse que a senhorita me desprezava e que, se fosse ele em meu lugar, já seria mais senhor da granja do que seu pai àquela altura. Mas a senhorita não me despreza, não é, senhorita...?

– Gostaria que me chamasse de Catherine ou Cathy – interrompeu minha jovem dama. – E desprezar você? Não! Ao lado de papai e Ellen, amo você mais do que qualquer outra pessoa vivente. Não amo o senhor Heathcliff, porém, e não me atreveria a vir aqui quando ele voltar. Ele vai passar muitos dias fora?

– Não muitos – respondeu Linton. – Mas ele vai com frequência até os charcos desde que a temporada de caça começou, e é possível ficar uma ou duas horas comigo na ausência dele. Diga que vai ficar. Penso que eu não devia ser rabugento com você, pois você não me provocaria e estaria sempre pronta a me ajudar, não é?

– Sim – disse Catherine, penteando os longos e macios cabelos do primo. – Se ao menos eu pudesse ter o consentimento de papai, passaria metade do meu tempo com você. Belo Linton! Queria que fôssemos irmãos.

– Então você gostaria de mim tanto quanto de seu pai? – observou o garoto, mais animado. – Mas papai diz que, se fosse minha esposa, você me amaria ainda mais do que a seu pai ou qualquer outro. Então prefiro que seja minha esposa.

– Não, eu nunca amaria ninguém mais do que a meu pai – Cathy retrucou com seriedade. – E as pessoas odeiam suas esposas, às vezes, mas nunca seus irmãos e suas irmãs. E, se você fosse meu irmão, moraria conosco, e papai teria tanto apreço por você quanto tem por mim.

Linton negou que alguém pudesse odiar a esposa, mas Cathy afirmou que sim e, em sua sabedoria, observou que o próprio pai do garoto tinha aversão à sua tia. Tentei impedir aquela língua imprudente, mas não obtive sucesso antes que ela contasse tudo o que sabia. O senhor Heathcliff, muito irritado, atestou que tudo aquilo era falso.

– Foi papai que me falou isso, e papai não conta mentiras – a menina respondeu, atrevida.

– Já o *meu* pai despreza o seu! – exclamou Linton. – Diz que é um idiota sorrateiro.

– E o seu é um homem perverso – retrucou Catherine. – E você é muito mal-educado para se atrever a repetir o que ele diz. Seu pai deve ter sido mesmo horrível para que a tia Isabella o abandonasse daquele jeito.

– Ela não abandonou meu pai – disse o garoto. – Você não deve me contradizer.

– Abandonou sim! – bradou minha jovem dama.

– Bem, então vou lhe contar uma coisa – falou Linton. – Sua mãe odiava seu pai. Pronto!

– Ah! – exclamou Catherine, furiosa demais para continuar.

– Ela amava o meu pai – acrescentou o menino.

– Seu pequeno mentiroso! Agora eu o odeio! – ela ofegou, o rosto ficando vermelho de raiva.

– Ela amava! Amava sim! – cantarolou Linton, afundando-se no encosto da poltrona e inclinando a cabeça a fim de desfrutar da agitação de sua adversária, de pé atrás dele.

– Calado, senhor Heathcliff – eu falei. – Essa é outra das histórias de seu pai, imagino.

– Não é, e trate de segurar a língua – ele respondeu. – Ela amava, ela amava, Catherine! Ela amava, amava sim!

Cathy, fora de si, deu um violento empurrão na cadeira, fazendo com que o menino caísse sobre um dos braços da poltrona. Ele foi imediatamente acometido por uma tosse sufocante que logo encerrou seu triunfo. Durou tanto que até eu fiquei assustada. Quanto à prima, chorou com todas as forças, horrorizada pela própria maldade, ainda que não tenha dito nada. Segurei Linton até o ataque passar. Depois ele me empurrou para longe e baixou a cabeça em silêncio. Catherine também reprimiu suas lamentações. Sentou-se de frente para o primo e observou solenemente o fogo.

– Como se sente agora, senhor Heathcliff? – perguntei após esperar por dez minutos.

– Gostaria que *ela* estivesse se sentindo como eu – respondeu. – Coisinha mais cruel e rancorosa! Hareton nunca pôs as mãos em mim, nunca me bateu na vida. Eu estava me sentindo melhor hoje, e agora... – a voz do menino desvaneceu em um gemido.

– Eu não bati em você! – murmurou Cathy, mordendo o lábio para evitar outro arroubo de emoção.

Linton suspirou e gemeu como alguém sob grande sofrimento, e continuou assim por mais de vinte minutos aparentemente, a fim de afligir a prima, pois sempre que ouvia um soluço abafado por parte desta, empregava dores e calvários renovados nas inflexões de sua voz.

– Lamento tê-lo machucado, Linton – ela disse por fim, atormentada além do que considerava suportável. – Mas eu não teria me machucado com um empurrãozinho daquele, e não fazia ideia de que seria diferente com você. Mas não está muito ferido, não é, Linton? Não deixe que eu vá para casa achando que lhe fiz mal. Responda! Fale comigo.

– Não posso falar com você – ele murmurou. – Você me machucou tanto que ficarei acordado a noite inteira, sufocando com essa tosse. Se já tivesse passado por algo assim, saberia, mas você estará dormindo confortavelmente enquanto eu estiver em agonia, sem ninguém ao meu lado. Eu me pergunto como você faria para atravessar noites terríveis assim! – E então o menino começou a chorar alto, cheio de pena por si mesmo.

– Já que tem por hábito passar noites terríveis – disse eu –, não será a senhorita Catherine a arruinar seu bem-estar, seria do mesmo jeito caso ela nunca tivesse vindo. No entanto, ela não o perturbará novamente, e talvez você fique mais tranquilo depois que o deixarmos.

– Devo ir? – perguntou Catherine com tristeza, inclinando-se sobre o primo. – Quer que eu vá embora, Linton?

– Você não pode desfazer o que foi feito – ele respondeu com ironia, encolhendo-se diante dela. – A menos que torne as circunstâncias ainda piores, provocando-me até me deixar com febre.

– Bem, então devo ir? – ela repetiu.

– Deixe-me em paz, pelo menos – o garoto falou. – Não suporto seu falatório.

Cathy ainda se demorou, resistindo aos meus apelos para que fôssemos embora. Mas, como Linton não olhou para nós e nem falou nada, ela finalmente andou em direção à porta, e eu a acompanhei. Fomos interrompidas por um grito. Linton havia deslizado de seu assento até a pedra da lareira, contorcendo-se com a perversidade de uma birra infantil, determinado a ser o mais irritante e hostil possível. Avaliei sua disposição a partir de seus comportamentos, e entendi de imediato que seria loucura tentar acalmá-lo. O mesmo não fez minha companheira; Catherine correu de volta para ele, aterrorizada, ajoelhando-se e chorando, acalmando e suplicando ao primo até que o garoto ficasse quieto por pura falta de ar, em vez de pelo remorso de tê-la deixado preocupada.

– Vou colocá-lo no sofá – falei. – E então Linton pode rolar o quanto quiser, não podemos ficar aqui para vigiá-lo. Espero que esteja convencida, senhorita Cathy, de que não é a pessoa certa para beneficiá-lo e de que a condição de saúde do rapaz não é ocasionada por nenhum apego que tenha por você. Pronto, aí está! Vamos embora, assim que perceber que não há ninguém para se preocupar com suas bobagens, ele se sentirá apto a permanecer quieto.

Cathy posicionou uma almofada sob a cabeça do primo e ofereceu-lhe um pouco de água. Ele rejeitou o copo e se revirou na almofada, agitado, como se esta fosse feita de pedra ou madeira. A garota tentou ajeitá-la de um modo mais confortável.

– Não consigo ficar assim – ele disse. – Não está alto o suficiente.

Catherine colocou uma segunda almofada por cima da primeira.

– Agora está alto demais – murmurou a coisinha irritante.

– Como devo fazer, então? – ela perguntou, desesperada.

Linton enroscou-se em Catherine, que estava meio ajoelhada ao lado do assento, e fez do ombro dela seu suporte.

– Não, isso não vai funcionar – falei. – Vai ter que se contentar com a almofada, senhor Heathcliff. A jovem dama já perdeu tempo demais por aqui, não podemos ficar mais nem cinco minutos.

– Sim, sim, nós podemos – respondeu Cathy. – Ele está gentil e paciente agora. Está começando a pensar que eu ficaria ainda mais miserável que ele esta noite caso acreditasse que o fiz piorar com minha visita, e então eu jamais me atreveria a retornar. Fale a verdade, Linton, pois deixarei de vir caso o tenha machucado.

– Você precisa vir para me curar – o garoto respondeu. – Precisa vir, porque me machucou, você sabe que sim, e muito! Eu não estava tão doente assim quando você chegou, estava?

– Mas você adoeceu por conta própria de tantas lágrimas e acessos de raiva. Eu não fiz tudo isso sozinha – falou a prima. – No entanto, seremos amigos a partir de agora. E você quer ter a mim como amiga, gostaria de me ver às vezes, não é?

– Já disse que sim – ele respondeu com impaciência. – Sente-se no sofá e deixe-me ficar apoiado no seu joelho. Era como mamãe costumava fazer, e passávamos tardes inteiras juntos. Sente-se bem parada e não fale. Mas pode cantar, se souber fazer isso, ou pode declamar uma boa balada, longa e interessante, uma daquelas que você prometeu me ensinar. Ou uma história, mas preferia uma balada. Pode começar.

Catherine recitou a mais longa que foi capaz de lembrar. A tarefa agradou enormemente a ambos. Linton pediu outra, e depois mais outra, apesar de minhas incansáveis objeções, e assim continuaram até o relógio bater as doze horas e ouvirmos Hareton no pátio, chegando para o almoço.

– E amanhã, Catherine, você voltará aqui amanhã? – perguntou o jovem Heathcliff, segurando a barra de seu vestido conforme a garota se levantava com relutância.

– Não – respondi. – E nem no dia seguinte.

Ela, no entanto, sem dúvida ofereceu uma resposta diferente, pois o rosto de Linton se iluminou quando a menina se abaixou e sussurrou em seu ouvido.

– Lembre-se de que não virá vê-lo amanhã, senhorita! – comecei a falar assim que saímos da casa. – Espero que não esteja sonhando com isso, certo?

Ela sorriu.

– Ah, pois tomarei providências – eu prossegui. – Vou mandar que consertem aquela fechadura, e não deixarei que escape de jeito nenhum.

– Posso pular o muro – ela disse em meio a risadas. – A granja não é uma prisão, Ellen, e você não é minha carcereira. Além disso, tenho quase dezessete anos, sou uma mulher. Estou certa de que Linton se recuperaria mais rápido sob meus cuidados. Sou mais velha que ele, você sabe, e menos infantil, não acha? Com um leve incentivo, ele logo estará fazendo o que eu mandar. Ele é um doce queridinho quando se comporta direito. Eu o mimaria o tempo inteiro caso fosse meu. Nunca mais iríamos brigar depois que nos acostumássemos com a presença um do outro. Você não gosta dele, Ellen?

– Gostar? – exclamei. – O garoto é o pior deslize temperamental e doente que já lutou para chegar à juventude! Felizmente, como conjectura do senhor Heathcliff, ele não durará até os vinte. Duvido que vá ver a primavera, de fato. Será uma perda mínima para a família quando o menino cair morto. Sorte a nossa que o pai o levou: quanto mais fosse tratado com gentileza, mais enfadonho e egoísta o rapaz se tornaria. Fico feliz de saber que ele não tem chances de ser seu marido, senhorita Catherine.

Minha companheira ficou profundamente contrariada ao ouvir tal discurso. Falar sobre a morte de Linton com tanta indiferença lhe feria os sentimentos.

– Ele é mais novo do que eu – respondeu Cathy após um prolongado intervalo de reflexão. – E por isso deve viver por mais tempo. Ele vai, ele *precisa*, viver tanto quanto eu. Linton está tão forte agora quanto da primeira vez que veio ao norte. Estou certa disso. É apenas um resfriado que o incomoda, assim como no caso de papai. Você diz que meu pai vai ficar curado; por que não aconteceria o mesmo com meu primo?

– Certo, certo – exclamei. – Então não temos com o que nos preocupar. Mas ouça, senhorita, e lembre-se bem disso, pois vou manter minha palavra: se tentar ir novamente até Wuthering Heights, com ou sem minha companhia, informarei tudo ao senhor Linton. A menos que o patrão permita, essa amizade com seu primo não será reavivada.

– Já foi reavivada – murmurou Cathy, aborrecida.

– Então não deve continuar – falei.

– Isso nós veremos – foi a resposta da garota, e ela saiu a galope, deixando-me para acompanhar a retaguarda.

Nós duas chegamos em casa antes do almoço. O patrão supôs que estivéssemos vagando pelo parque e, portanto, não exigiu maiores explicações sobre nossa ausência. Assim que entrei, apressei-me para trocar os sapatos e as meias molhadas, mas ter passado tanto tempo sentada em Wuthering Heights acabou trazendo-me um infortúnio. Na manhã seguinte, fiquei de cama, e depois passei três semanas incapacitada de cumprir minhas funções, uma calamidade pela qual eu nunca havia passado e, agradeço por isso, uma que nunca voltei a experimentar.

A patroinha comportou-se como um anjo ao vir cuidar de mim e alegrar minha solidão, pois o confinamento me deixara extremamente abatida. É algo cansativo para um corpo vigoroso e ativo, mas poucos são os que têm ainda menos motivos para reclamar do que eu. No instante em que Catherine saía do quarto do senhor Linton, aparecia ao lado de minha cama. O dia da menina era dividido entre nós, e nenhuma distração tomava-lhe o tempo. Ela chegava a negligenciar as refeições, os estudos e as brincadeiras. Era mesmo a enfermeira mais dedicada que já se viu. Devia ter um coração bastante cálido para, amando o pai com a força que demonstrava, ainda me oferecer tanto. Falei que os dias de Cathy eram divididos entre nós, mas, na verdade, o patrão se recolhia cedo, e eu geralmente não precisava de nada depois das seis horas, de modo que a noite era somente dela. Pobrezinha! Nunca considerei o que ela poderia estar fazendo após o chá. E embora eu frequentemente notasse, quando ela vinha me desejar boa-noite, que suas bochechas estavam coradas e que seus dedos finos apresentavam um tom rosado, atribuí a cor ao calor da biblioteca em vez de às gélidas travessias pelos charcos.

# Capítulo 24

Ao cabo de três semanas, consegui sair do quarto e me mover pela casa. Na primeira ocasião que fiquei de pé após anoitecer, pedi a Catherine que lesse para mim, pois meus olhos ainda continuavam fracos. Estávamos na biblioteca, e o senhor Edgar já havia ido se deitar. A menina concordou, parecendo-me um tanto de má vontade. Imaginando que era meu tipo de livro que não a agradava, pedi que fosse ela a escolher o título. Cathy escolheu um de seus livros favoritos e avançou firmemente na história por cerca de uma hora, quando então começou a fazer perguntas frequentes.

– Ellen, você não está cansada? Não acha melhor se deitar agora? Vai ficar doente permanecendo acordada por tanto tempo, Ellen.

– Não, não, querida, não estou cansada – eu respondia o tempo inteiro.

Percebendo que eu não desistiria, ela ensaiou outro método a fim de demonstrar seu desgosto com a ocupação. Começou a bocejar, espreguiçando-se, e disse:

– Ellen, eu estou cansada.

– Então pare de ler e vamos conversar – respondi.

Foi ainda pior: ela tornou-se inquieta e suspirante, e permaneceu olhando o relógio até as oito, quando finalmente foi para o quarto derrotada pelo sono, ou ao menos foi o que pensei a julgar por seu semblante pesado e rabugento e pelo constante esfregar dos olhos. Na noite seguinte, Cathy pareceu ainda mais impaciente. Na terceira noite desde minha recuperação, queixou-se de dor de cabeça e me deixou sozinha. Achei aquela conduta estranha e, tendo ficado solitária por muito tempo, resolvi subir e perguntar se ela estava melhor, e pedir-lhe para que viesse se deitar no sofá em vez de permanecer no escuro lá em cima. Mas não encontrei nenhuma Catherine no segundo andar e muito menos no primeiro. Os criados afirmavam não ter visto a garota. Fui escutar a porta do senhor Edgar: tudo estava em silêncio. Voltei ao quarto dela, apaguei minha vela e sentei-me ao lado da janela.

A lua estava brilhando forte, e salpicos de neve cobriam o chão. Pensei que ela poderia, talvez, ter cismado de caminhar pelo jardim a fim de se refrescar. E de fato percebi uma silhueta se esgueirando pelo lado interno da cerca do parque, mas não se tratava de minha jovem dama. Ao sair para a luz, reconheci um dos cavalariços. Ele ficou observando a estrada por um período considerável, depois começou a andar depressa, como se tivesse identificado algo. Então reapareceu logo depois, conduzindo a pônei de senhorita Catherine. E lá estava ela, recém-desmontada, caminhando ao lado do criado. O homem levou a montaria furtivamente pelo gramado na direção do estábulo. Cathy entrou pelo batente da janela da sala de estar e veio se esgueirando em silêncio até o quarto onde eu a esperava. Abriu a porta com cuidado, retirou os sapatos cheios de neve, desamarrou o chapéu e estava prestes a tirar a capa, ignorante com relação à minha espionagem, quando de repente me ergui e revelei minha presença. A surpresa deixou-a petrificada por um instante; ela soltou uma exclamação inarticulada e parou ali, imóvel.

– Minha querida senhorita Catherine – comecei, ainda muito impressionada com suas recentes gentilezas para já iniciar qualquer repreensão –, por onde cavalgava a essa hora? E por que tentou me enganar inventando uma história? Por onde andou? Fale!

– Fui até os fundos do parque – ela gaguejou. – E não inventei história alguma.

– E não andou por mais nenhum lugar? – exigi saber.

– Não – foi sua resposta aos sussurros.

– Ora, Catherine! – exclamei com tristeza. – Sabe que está agindo errado, ou não seria levada a contar uma mentira. Isso me deixa magoada. Eu preferia passar três meses doente a ouvir você arquitetar mentiras deliberadas.

A menina se jogou para frente e, explodindo em lágrimas, lançou os braços ao redor de meu pescoço.

– Ah, Ellen, tenho tanto medo de deixá-la zangada – ela disse. – Prometa que não vai ficar zangada, e então contarei toda a verdade. Odeio ter de escondê-la.

Sentamo-nos juntas no banco sob a janela. Garanti que não iria repreendê-la, fosse lá o que estivesse escondendo – um segredo que eu já adivinhara, é claro. Então ela começou:

Eu estava em Wuthering Heights, Ellen, e não deixei de ir lá um só dia desde que você adoeceu, exceto por três vezes enquanto você estava de cama e nos dois dias depois que se recuperou. Dei alguns livros e gravuras para Michael e pedi que ele preparasse Minny todas as noites e depois a levasse de volta aos estábulos. Lembre-se de também não ficar zangada com ele. Eu costumava chegar a Wuthering Heights às seis e meia e permanecer por lá até as oito e meia, e então galopava para casa. E não fui para me divertir: na maioria das vezes, senti-me muito aborrecida. Somente às vezes era divertido, talvez uma vez por semana. A princípio, pensei que teria uma tarefa enorme pela frente até persuadi-la a me deixar cumprir a promessa que fiz a Linton, pois dei minha palavra de que voltaria a visitá-lo no dia seguinte. Mas, quando você ficou de cama pela manhã, poupei-me do trabalho. Enquanto Michael consertava a fechadura do portão durante a tarde, tomei posse da chave e disse a ele que precisava ver meu primo, pois este estava doente e não poderia vir até a granja. Falei também como papai se oporia à minha partida. Então negociei com ele sobre Minny. Michael gosta de ler e está para ir embora depois que se casar, então ofereceu-se para fazer o que eu queria caso pudesse pegar alguns livros emprestados da biblioteca. Mas preferi dar a ele meus próprios livros, o que foi ainda melhor.

Na minha segunda visita, Linton parecia estar de bom humor, e Zillah (é o nome da governanta) limpou o quarto e acendeu um belo fogo para nós, dizendo que poderíamos fazer o que bem entendêssemos, já que Joseph havia saído para o grupo de orações e Hareton estava fora com seus cães, roubando faisões de nossos bosques, segundo ouvi. Zillah me trouxe um pouco de vinho quente e pão de gengibre, parecendo ainda mais amável que o normal. Linton sentou-se na poltrona, e eu fiquei na pequena cadeira de balanço junto à pedra da lareira, e rimos e conversamos com muita alegria. Descobrimos ter muito a dizer, planejamos para onde iríamos e o que faríamos no verão. Não vou repetir essa parte, pois sei que você acharia boba.

Houve um momento, porém, em que quase brigamos. Linton disse que a maneira mais agradável de passar um dia quente de julho era permanecer deitado da manhã à noite em uma colina arborizada em meio aos charcos, com as abelhas zumbindo sonhadoras entre as flores e as cotovias cantando bem lá no alto, sob um céu azul de sol eternamente brilhante e sem nuvens. Essa era a ideia dele quanto a um perfeito paraíso feliz. Já a minha dizia respeito a escalar uma árvore verde e farfalhante, com o vento oeste soprando e nuvens imaculadas de tão brancas passando sobre mim. E não apenas cotovias, mas também tordos, melros, pintarroxos e cucos despejando melodias por todos os lados, e os charcos à distância, entremeados por vales frescos ao entardecer. A grama alta ao redor ondularia ao sabor da brisa, com as florestas, as águas correntes e o mundo inteiro desperto e vívido de alegria. Linton só queria ficar deitado em um êxtase de paz. Eu queria que tudo brilhasse e dançasse em um jubileu glorioso. Falei que o paraíso dele parecia meio morto, e ele disse que o meu parecia bêbado. Afirmei que acabaria pegando no sono naquele lugar, e ele disse que jamais seria capaz de respirar em meu paraíso. Acabou ficando muito irritado. Por fim, concordamos em tentar as duas coisas, assim que o clima permitisse. Trocamos beijos e voltamos a ser amigos.

Após ficarmos sentados por uma hora, olhei para a grande sala com seu assoalho liso e sem carpete e pensei como seria bom brincar ali caso removêssemos a mesa. Pedi a Linton que chamasse Zillah para nos ajudar, e então poderíamos jogar uma partida de cabra-cega, a governanta deveria tentar nos pegar, assim como você costumava fazer, Ellen. Ele não concordou, não entendeu qual seria a graça. Mas consentiu em jogar bola comigo. Encontramos duas em um armário, em meio à uma pilha de brinquedos velhos, piões, argolas, raquetes e petecas. Uma delas era marcada com a letra C, enquanto a outra tinha um H. Eu quis ficar com a C, porque representava Catherine, e Linton podia ficar com a H de Heathcliff. Mas então o enchimento da peteca H havia se perdido, e Linton ficou chateado. Eu ganhava constantemente nas brincadeiras, e ele ficou novamente irritado. Começou a tossir e voltou para a poltrona. Naquela noite, porém, ele recuperou o bom humor bem depressa, ficou encantado com duas ou três canções bonitas, as *suas* canções, Ellen! Quando fui obrigada a ir embora, Linton implorou e suplicou que eu voltasse na noite seguinte. E então acabei prometendo. Minny e eu voltamos para casa leves como o ar, e sonhei com Wuthering Heights e meu querido primo até de manhã.

Fiquei triste no dia seguinte. Em parte porque você estava mal, mas em parte porque desejava que meu pai soubesse de minhas incursões e aprovasse o que eu estava fazendo. Mas o luar estava lindo após o chá, e, conforme eu cavalgava, a melancolia me abandonou. Pensei comigo mesma que teria outra noite feliz, assim como meu primo, o que me deixava ainda mais satisfeita. Trotei até os jardins da fazenda, e já estava dando a volta pelos fundos quando aquele tal Earnshaw veio ao meu encontro, segurou minhas rédeas e mandou que eu usasse a porta da frente. Ele deu um tapinha no pescoço de Minny e comentou tratar-se de um belo animal. Era como se quisesse conversar comigo. Mas falei apenas para ele deixar minha égua em paz, ou então levaria um coice. Earnshaw respondeu em seu sotaque vulgar:

– Não causaria muito estrago um coice miúdo desse. – Ele sorriu e examinou as patas de minha montaria.

Fiquei tentada a fazê-lo experimentar, mas o rapaz se afastou para abrir a porta e, ao soltar a tranca, ergueu os olhos para a inscrição acima da soleira e disse, com uma mistura patética de constrangimento e empolgação:

– Senhorita Catherine! Agora consigo ler.

– Que maravilha – exclamei. – Por favor, deixe-me ouvi-lo. Talvez você esteja *mesmo* ficando mais esperto!

Ele leu devagar, demorando-se em cada sílaba até formar o nome: Hareton Earnshaw.

– E os números? – exclamei, encorajando-o após perceber que o rapaz havia empacado.

– Ainda não sei ler esses – ele respondeu.

– Ora, seu estúpido! – falei, rindo com sinceridade de seu fracasso. O tolo ficou me encarando com um meio sorriso nos lábios e uma carranca nos olhos, como se não tivesse certeza se deveria compartilhar ou não de minha alegria. Ele não sabia dizer se meu riso vinha de uma familiaridade agradável ou se vinha, o que era verdade, do mais puro desprezo. Desfiz aquela dúvida ao recuperar repentinamente o ar sério e pedir que se afastasse, pois eu viera visitar Linton e não ele. Earnshaw enrubesceu, como pude perceber sob o luar, tirou a mão do trinco e se esgueirou para longe, uma pintura mortificada da vaidade. Suponho que estava se imaginando tão qualificado quanto Linton por saber soletrar o próprio nome e que ficou maravilhosamente desconcertado por eu não compartilhar do sentimento.

– Pare, querida senhorita Catherine! – eu a interrompi. – Não vou repreendê-la, mas não gostei nada de sua conduta. Se estivesse lembrada de que Hareton é seu primo tanto quanto o senhor Heathcliff, teria percebido como foi impróprio agir dessa maneira. Pelo menos, é uma ambição louvável que o rapaz deseje ser tão qualificado quanto Linton, é provável que não tenha aprendido a ler somente para se exibir. Você o deixou envergonhado da própria ignorância antes, não tenho dúvidas, e Hareton desejava apenas remediar a situação para agradá-la. É muita falta de educação debochar de suas tentativas imperfeitas. Seria a senhorita menos rude caso tivesse sido criada nas mesmas condições que ele? Hareton era uma criança tão sagaz e inteligente quanto você, e fico triste que o rapaz seja desprezado hoje em dia só porque o maldoso Heathcliff o tenha tratado com tanta injustiça.

– Ora, Ellen, você não vai chorar por causa disso, vai? – ela exclamou, surpresa em escutar a seriedade em minha voz. – Mas espere e você saberá se foi para me agradar que Hareton aprendeu o abecedário, e também se vale mesmo a pena ser civilizada com aquele bruto.

Cathy prosseguiu com o relato:

Entrei na casa. Linton estava deitado no sofá e ergueu um pouco o corpo para me dar as boas-vindas.

– Estou doente esta noite, Catherine, meu amor – ele disse. – Você terá de se encarregar de toda a conversa, deixe-me apenas ouvir. Venha se sentar ao meu lado. Eu sabia que você não quebraria sua palavra, e farei com que prometa de novo antes de ir embora.

Eu sabia que não deveria provocá-lo, pois estava doente. Então falei com suavidade e não fiz perguntas, evitando deixá-lo irritado de qualquer maneira. Eu havia trazido alguns dos meus melhores livros para ele. Linton pediu que eu lesse um pouco de cada um, e eu estava prestes a obedecer quando Earnshaw escancarou a porta, pois havia se enfurecido após um momento de reflexão. Ele avançou direto para nós, agarrando Linton pelo braço e erguendo-o do assento.

– Vá para seu quarto! – ele disse, a voz quase inarticulada de tanta ira. Seu rosto parecia inchado e repleto de cólera. – Leve a menina com você quando ela vier visitar. Mas você não vai me deixar do lado de fora. Saiam daqui os dois!

Ele praguejou contra nós e sequer deu tempo para que Linton respondesse: quase o atirou para a cozinha. E, enquanto eu o seguia para fora da sala, cerrou os punhos como se também desejasse me bater. Fiquei com medo por um instante e acabei derrubando um dos livros. Hareton chutou o volume em minha direção e depois bateu a porta. Ouvi uma risada maligna e estridente junto ao fogo e, virando-me, deparei-me com aquele Joseph odioso, esfregando as mãos ossudas e tremendo.

– Eu tinha certeza que ele um dia lhe ensinaria uma lição! É um ótimo rapaz! Tem o gênio certo dentro de si! *Ele* sabe, sim, sim, ele sabe, tanto quanto eu, quem devia ser o patrão de quem. Ora, ora! Ele o colocou direitinho no lugar! Ora, ora!

– Para onde devemos ir? – perguntei a meu primo, desconsiderando a zombaria do velho desgraçado.

Linton estava pálido e trêmulo. Ele não parecia nada bonito naquele momento, Ellen. Não mesmo! Ele parecia assustador, com o rosto magro e os olhos grandes exibindo uma expressão de fúria frenética e impotente. Ele agarrou a maçaneta da porta e sacudiu, mas estava trancada por dentro.

– Vou matá-lo se não me deixar entrar! Vou matá-lo! – ele mais gritou do que disse. – Demônio! Demônio! Vou matá-lo, mato mesmo!

Joseph deixou escapar novamente sua risada grasnada.

– Olhe só, aí está o pai! – ele exclamou. – Esse aí é o pai! Todos nós temos um pouco dos dois lados dentro do corpo. Não ligue, meu rapaz Hareton, não tenha medo, ele não pode lhe alcançar!

Segurei as mãos de Linton e tentei afastá-lo, mas ele gritou de um jeito tão chocante que não ousei continuar. Por fim, seus gritos foram sufocados em um terrível acesso de tosse. Sangue jorrou de sua boca, e Linton caiu no chão. Corri para o pátio, doente de preocupação, chamando o mais alto que pude por Zillah. Ela logo me escutou, estava ordenhando as vacas em um galpão por trás do celeiro e, vindo apressada de lá, perguntou o que estava acontecendo. Eu mal tinha fôlego para explicar, então a arrastei para dentro, procurando Linton. Earnshaw havia saído para examinar o dano causado, e estava conduzindo a pobre criatura ao andar de cima. Zillah e eu subimos atrás dele, mas o rapaz me barrou no alto da escada e disse que eu não deveria entrar. Mandou-me voltar para casa. Exclamei que ele havia matado Linton e que eu iria *sim* entrar. Joseph trancou a porta e declarou que eu não "haveria de fazer aquilo", perguntando se eu era "tão amalucada quanto o menino". Fiquei lá chorando até a governanta reaparecer. Zillah afirmou que meu primo estava um pouco melhor, mas que não suportaria todos aqueles gritos e confusões, e então ela praticamente me pegou e me obrigou a voltar para a sala.

Ellen, eu estava prestes a arrancar os cabelos! Solucei e chorei tanto que meus olhos ficaram turvos, e o canalha pelo qual você nutre tanta simpatia ficou de frente para mim, mandando-me calar a boca vez por outra e negando ter qualquer culpa naquilo. Por fim, Earnshaw ficou assustado com minhas ameaças de contar tudo a papai, dizendo que ele deveria ser preso e enforcado, e começou a gaguejar. Depois correu para esconder a própria aflição covarde. E nem assim me livrei dele: quando finalmente me convenceram a partir e me afastei por algumas centenas de metros do lugar, o rapaz emergiu repentinamente das sombras à beira da estrada, deteve Minny e segurou meu braço.

– Senhorita Catherine, estou triste – ele começou –, mas foi bem ruim que...

Acertei-lhe com meu chicote, imaginando que ele fosse tentar me matar. Earnshaw me soltou e trovejou uma de suas horríveis imprecações, e eu galopei para casa, quase totalmente fora de mim.

Não fui lhe desejar boa-noite naquele dia, e nem fui a Wuthering Heights na noite seguinte. Queria muito ir, mas estava estranhamente nervosa, às vezes, temia descobrir que Linton havia morrido, e, às vezes, estremecia só de pensar em esbarrar com Hareton. Só fui tomar coragem no terceiro dia, ou, ao menos, não suportei mais tamanho suspense. Saí escondida mais uma vez. Fui às cinco horas, a pé; imaginei que poderia me esgueirar sem ser vista e subir até o quarto de Linton. No entanto, os cães notaram minha aproximação. Zillah veio me receber, e disse que "o rapaz estava quase remendado", conduzindo-me até um pequeno cômodo, limpo e acarpetado, onde, para minha inexprimível alegria, encontrei Linton deitado em um sofá, lendo um de meus livros. Mas ele não quis falar comigo e nem olhar em meu rosto durante uma hora inteira, Ellen; Linton possui um temperamento bastante infeliz. E imagine como fiquei confusa quando ele abriu a boca somente para proferir a mentira de que fora eu a culpada pelo alvoroço, e que Hareton era inocente! Incapaz de responder, exceto por intermédio da raiva, levantei-me e saí da sala. Ele chamou por mim com um débil "Catherine!". Linton não estava esperando ser respondido daquela forma, mas resolvi não voltar atrás, e o dia seguinte foi o segundo em que fiquei em casa, decidida a não mais visitá-lo. Mas foi tão terrível dormir e acordar sem ouvir qualquer notícia de meu primo que minha resolução arrefeceu antes de se tornar completamente estabelecida. Se antes parecia errado fazer o trajeto até lá, agora parecia um equívoco deixar de ir. Michael veio perguntar-me se deveria selar Minny. Respondi que sim, e considerei estar cumprindo uma espécie de dever enquanto a montaria me conduzia pelas colinas. Fui obrigada a passar diante das janelas até chegar ao pátio, de nada adiantava tentar esconder minha presença.

– O patrãozinho está em casa – falou Zillah, vendo-me caminhar em direção à sala de estar.

Entrei na residência. Earnshaw também estava lá, mas retirou-se imediatamente do recinto. Linton estava sentado na poltrona grande, quase adormecido. Caminhando até a lareira, comecei em um tom sério, em parte desejando poder cumprir o que dizia:

– Como não gosta de mim, Linton, e já que pensa que venho com o propósito de fazê-lo piorar, inventando que faço isso todas as vezes, este é nosso último encontro. Vamos nos despedir, e você vai dizer ao senhor Heathcliff que não deseja mais me ver e que ele não deve inventar mentiras sobre esse assunto.

– Sente-se e tire o chapéu, Catherine – ele respondeu. – Você é uma pessoa tão mais feliz que eu, deveria ser alguém melhor. Papai fala tanto sobre meus defeitos e demonstra tanto desprezo por mim que é natural que eu duvide de mim mesmo. Fico na dúvida sobre ser tão inútil quanto ele com frequência me acusa de ser, e então sinto-me tão irritado e amargo que odeio todo mundo! Não valho nada, tenho um gênio ruim e um espírito ruim quase sempre, e, se quiser, você pode dizer adeus, estará livre de todos esses aborrecimentos. Faça-me apenas uma justiça, Catherine: acredite que, se eu pudesse, seria tão doce, gentil e bondoso quanto você. Eu aceitaria essas coisas de boa vontade, até mais do que desejo sua felicidade e sua saúde. E acredite: sua bondade me fez amá-la com mais força do que se fosse digno de tal amor. E embora eu não tenha conseguido, e nem consiga, esconder de você minha verdadeira natureza, lamento muito e me arrependo disso. E vou seguir me lamentando e me arrependendo até morrer!

Senti que ele falava a verdade, e senti que deveria perdoá-lo. E, caso brigássemos no momento seguinte, eu deveria perdoá-lo mais uma vez. Acabamos nos reconciliando, mas choramos, nós dois, por todo o tempo em que permaneci na casa. Não inteiramente de tristeza, ainda que eu de fato lamentasse por Linton ter um temperamento tão distorcido. Ele nunca deixará que seus amigos fiquem à vontade, pois nem mesmo ele fica à vontade! Continuei frequentando o pequeno recinto de Linton desde aquela noite, pois o pai dele voltou para casa no dia seguinte.

Por cerca de três vezes, creio eu, fomos felizes e esperançosos assim como na primeira noite. O resto de minhas visitas foi triste e cheio de percalços: ora por causa do egoísmo e rancor de Linton, ora por causa de sua doença. Mas aprendi a suportar esses dois primeiros com quase tão pouco rancor quanto suportava a última. O senhor

Heathcliff evitava minha presença propositalmente, quase não o vi. Na verdade, cheguei mais cedo que de costume durante o domingo passado e ouvi o senhor Heathcliff ralhando de modo cruel com Linton por causa de sua conduta na noite anterior. Não sei como ele poderia saber disso, a menos que tenha escutado atrás da porta. Linton certamente havia se comportado de maneira irritante, mas aquilo não era problema para ninguém além de mim mesma, e interrompi o sermão do senhor Heathcliff para dizer-lhe isso. O homem caiu na gargalhada e foi embora, afirmando estar feliz por eu ter aquela opinião sobre o tema. Desde então, aconselhei Linton a sussurrar quando quiser falar coisas amargas. Bem, Ellen, você ouviu a história inteira. Não posso ser impedida de ir até Wuthering Heights, ou então causarei o mal de duas pessoas, ao passo que, caso você não conte nada a meu pai, minhas visitas não perturbarão a tranquilidade de ninguém. Você não vai contar, não é? Será muito cruel se você contar.

– Isso eu só vou decidir amanhã, senhorita Catherine – respondi. – É algo que requer reflexão, e, portanto, vou deixá-la descansar enquanto penso sobre o assunto.

Acabei pensando em voz alta, na presença do patrão, andei diretamente do quarto da filha para o do pai. Contei-lhe toda a história, exceto pelas conversas com o primo e por qualquer menção a Hareton. O senhor Linton ficou alarmado e angustiado, até mais do que ele admitiria para mim. Pela manhã, Catherine descobriu minha traição, e soube também que suas visitas secretas haviam chegado ao fim. Em vão ela chorou e lutou contra a proibição, implorando ao pai que tivesse pena de Linton. Tudo o que conseguiu foi a promessa de que o patrão escreveria a Linton, dando-lhe permissão para visitar a granja conforme desejasse, mas explicando que não deveria esperar por Catherine em Wuthering Heights. Talvez, se conhecesse o temperamento do sobrinho e seu estado de saúde, o pai teria achado por bem recusar até mesmo aquele mínimo consolo.

# Capítulo 25

– Essas coisas aconteceram no inverno passado, senhor – disse a senhora Dean –, pouco mais de um ano atrás. No inverno passado, eu não imaginava que, ao cabo de outros doze meses, estaria divertindo um forasteiro com as histórias da família! No entanto, quem sabe por quanto tempo o senhor será um forasteiro? É muito jovem para ficar acomodado, morando sozinho. E imagino que ninguém possa ver Catherine Linton e não amá-la. O senhor está rindo, mas então por que parece sempre tão animado e interessado quando falo sobre ela? Por que me pediu para pendurar o retrato dela acima da lareira? E por que...?

– Pare, minha boa amiga! – exclamei. – É bem possível que eu deva amá-la, mas será que ela me amaria? Tenho dúvidas demais para arriscar minha tranquilidade caindo em tentação. Além disso, meu lar não é aqui. Pertenço ao mundo agitado e devo voltar aos seus braços. Mas prossiga. Catherine obedeceu às ordens do pai?

– Obedeceu – continuou a governanta.

❧

A afeição de Catherine pelo pai ainda era o sentimento dominante em seu coração, e o senhor Edgar não falou por meio da raiva. Falou com a filha usando a profunda ternura de quem está prestes a deixar um tesouro em meio a perigos e inimigos, com apenas a memória de suas palavras para lhe servir de guia. Ele chegou a me dizer, alguns dias depois:

– Gostaria que meu sobrinho escrevesse, Ellen, ou que viesse nos visitar. Diga com sinceridade, o que acha dele? Mudou para melhor, ou existe alguma perspectiva de melhora conforme ele se torna um homem?

– Ele é muito delicado, senhor – respondi. – E dificilmente chegará à idade adulta. Mas posso dizer que não se parece com o pai. Se a senhorita Catherine tiver a infelicidade de se casar com ele, Linton não estaria fora do controle da esposa, a menos que ela cometa a tolice de ser indulgente além da medida. No entanto, patrão, o senhor terá muito tempo para conhecê-lo e decidir se Linton é adequado para sua filha, ele ainda precisa de mais quatro anos para alcançar a maioridade.

O senhor Edgar suspirou e, caminhando até a janela, olhou para a igreja de Gimmerton. Fazia uma tarde de neblina, mas o sol de fevereiro brilhava um pouco, possibilitando que distinguíssemos os dois abetos do pátio e as lápides esparsamente espalhadas.

– Venho orando com frequência – ele disse, um pouco em tom de monólogo –, ansiando pela aproximação do que está por vir. Mas agora começo a recuar e a sentir medo. Achei que a lembrança do dia em que desci naquele vale como noivo seria menos doce que a expectativa de que logo, em questão de meses ou possivelmente semanas, eu seria carregado e depositado naquela cova solitária! Ellen, tenho sido muito feliz com minha pequena Cathy. Pelas noites de inverno e os dias de verão, ela representou uma esperança viva ao meu lado. Mas tenho sido igualmente feliz ao meditar sozinho entre aquelas pedras, sob a velha igreja, deitado durante as longas noites de junho, no monte verde do túmulo de sua mãe, desejando, ansiando pelo momento que pudesse estar deitado sob a terra. O que posso fazer por Cathy? Como devo deixá-la? Eu não me importaria nem por um momento que Linton fosse filho de Heathcliff ou que tomasse Catherine de mim caso o jovem pudesse consolá-la após minha perda. Eu não me importaria que Heathcliff alcançasse seus objetivos e triunfasse em tomar minha última bênção! Mas se Linton for indigno, apenas uma ferramenta débil do progenitor, então não posso abandoná-la com ele! E por mais difícil que seja sobrepujar seu espírito alegre, devo perseverar em deixá-la triste enquanto eu viver, e solitária depois que eu morrer. Ó querida, prefiro entregá-la a Deus e depositá-la na terra comigo.

– Entregue-a para Deus do jeito que está, patrão – respondi. – E então, se perdermos o senhor, e que Deus nos livre disso, sob a providência d'Ele, continuarei amiga e conselheira de sua filha até o fim. A senhorita Catherine é uma boa menina, não receio vê-la cometendo erros de propósito, e aqueles que cumprem seus deveres sempre são recompensados no fim.

A primavera avançou. Ainda assim, o patrão não recuperou de verdade as forças, ainda que tenha retomado suas caminhadas pela propriedade com a filha. Para suas noções inexperientes de menina, aquilo em si era um sinal de melhora. E então as bochechas do senhor Edgar ficavam vermelhas e seus olhos pareciam brilhar, e Cathy sentia plena certeza de sua recuperação. No décimo sétimo aniversário da jovem, o patrão não foi ao cemitério. Estava chovendo, e por isso comentei:

– Com certeza não vai sair esta noite, não é, senhor?

– Não, este ano vou adiar um pouco mais minha visita – ele respondeu.

O senhor Edgar escreveu novamente para Linton, expressando seu grande desejo em vê-lo. E, se o rapaz enfermo estivesse apresentável, não tenho dúvidas de que o pai haveria de deixá-lo vir. Mas, do jeito que estava, foi instruído a enviar uma resposta, insinuando que o senhor Heathcliff se opunha a futuras visitas à granja, mas que a gentil lembrança do tio o encantava, e que ele esperava poder encontrá-lo de vez em quando em suas caminhadas e pedir-lhe pessoalmente que a prima e ele não permanecessem completamente separados por muito tempo.

Aquela parte da carta era simples, provavelmente escrita pelo próprio Linton. Heathcliff sabia que podia confiar no filho para implorar com eloquência pela companhia de Catherine. Dizia assim:

*Eu não peço que ela venha me visitar aqui, mas devo ficar para sempre sem vê-la porque meu pai me proíbe de frequentar sua casa e o senhor a proíbe de vir à minha? De vez em quando, cavalgue com ela para as proximidades de Wuthering Heights e deixe-nos trocar algumas palavras em sua presença! Não fizemos nada para merecer essa separação, e não é de mim que o senhor sente raiva: não tem motivos para desgostar de mim, o senhor mesmo reconhece. Querido tio! Envie-me um bondoso bilhete pela manhã e saia para me encontrar em qualquer lugar que preferir, exceto na granja Thrushcross. Creio que uma conversa o convenceria de que o caráter de meu pai difere do meu. Ele afirma que sou mais seu sobrinho do que filho dele. E, embora eu tenha defeitos que me tornam indigno de Catherine, ela os desculpou. Em nome de sua filha, o senhor deveria fazer o mesmo. O senhor também pergunta sobre minha saúde. Estou melhor, mas, enquanto permanecer isolado de toda esperança, condenado à solidão e à presença daqueles que nunca gostaram e nunca gostarão de mim, como posso ser alegre e saudável?*

Edgar, embora sentisse pena do sobrinho, não pôde consentir com o pedido, pois estava incapaz de acompanhar Catherine. Afirmou que talvez no verão eles pudessem se encontrar. Enquanto isso, desejava que Linton continuasse mandando cartas de vez em quando, e comprometeu-se a enviar por escrito todos os conselhos e carinhos que pudesse oferecer ao rapaz, estando ciente de sua posição precária naquela família. Linton concordou, e, caso estivesse sem supervisão, provavelmente teria estragado tudo enchendo suas missivas de reclamações e lamentos. Mas o pai o mantinha sob forte vigilância e, é claro, insistia que todas as palavras de meu patrão lhe fossem mostradas. Assim, em vez de escrever seus peculiares sofrimentos e angústias pessoais, temas predominantes de seus pensamentos, o rapaz insistia na proibição cruel que o mantinha afastado de sua amiga e amada. Sugeriu que o senhor Linton deveria permitir um encontro em breve, ou então temeria estar sendo enganado de propósito com promessas vãs.

Cathy era uma aliada poderosa dentro de casa. Juntos, afinal persuadiram o patrão a consentir com uma cavalgada ou caminhada junto à cerca dos charcos próximos à granja, uma vez por semana e sob minha tutela, pois o senhor Edgar ainda estava adoentado quando entramos em junho. Embora o patrão reservasse anualmente parte de sua renda para a fortuna da filha, tinha o desejo natural de que esta pudesse reter a casa de seus ancestrais, ou pelo menos retornar para ela após algum tempo, e considerou que a única perspectiva de Catherine seria uma união com o herdeiro. O senhor Edgar não fazia ideia de que o sobrinho estava declinando tão rápido quanto ele. Ninguém sabia disso, creio eu, nenhum médico frequentava Wuthering Heights, e ninguém encontrou o menino Linton a fim de relatar sua real condição para nós. De minha parte, comecei a acreditar que meus pressentimentos eram falsos e que o rapaz devia mesmo estar se recuperando, pois ele mencionava cavalgar e andar pelos charcos, parecendo mesmo disposto a realizar tais objetivos. Eu não podia conceber que um pai tratasse uma criança moribunda com tanta tirania e maldade quanto, o que eu só soube depois, Heathcliff tratara Linton, obrigando-o a aparentar entusiasmo. O homem redobrou esforços em seus planos avarentos e maldosos, temendo ser derrotado pela ameaça da morte.

# Capítulo 26

Já havíamos passado pelo auge do verão quando Edgar relutantemente cedeu às súplicas dos dois jovens, e Catherine e eu partimos em nossa primeira cavalgada para encontrar seu primo. Era um dia abafado e modorrento, sem sol, mas o com o céu salpicado de nuvens finas demais para ameaçar chuva. Nosso local de encontro fora fixado no marco de pedra junto à encruzilhada. Chegando lá, porém, um menino pastor, despachado como mensageiro, disse-nos que o "senhor Linton estava um pouquinho depois, para o lado de Wuthering Heights, e que ele ficaria muito feliz se pudéssemos andar mais alguns metros".

– Parece que o senhor Linton esqueceu a primeira condição imposta pelo tio – comentei. – Ele nos mandou continuar nas terras da granja, e, se formos para lá, sairemos delas.

– Bem, vamos virar os cavalos assim que o encontrarmos – respondeu minha companheira. – Assim nossa excursão seguirá em direção à granja.

No entanto, quando o alcançamos, e isso nos levou a menos de quinhentos metros de sua porta, descobrimos que Linton não estava a cavalo. Fomos forçadas a desmontar e deixar que nossas montarias pastassem. O rapaz permaneceu deitado sobre a vegetação, esperando nossa abordagem, e não se levantou até que estivéssemos a alguns passos de distância. Então ele se ergueu tão debilmente, parecendo tão pálido que exclamei no mesmo instante:

– Ora, senhor Heathcliff, não está apto a desfrutar um passeio esta manhã. Parece tão doente!

Catherine examinou o primo com pesar e espanto, mudando a exclamação de felicidade em seus lábios por outra de alarme. As alegres saudações pelo encontro há muito adiado foram trocadas por um questionário ansioso: a menina queria saber se ele estava pior que o normal.

– Não, estou melhor, estou melhor! – ele ofegou, tremendo e segurando a mão de Cathy como se buscando apoio, os grandes olhos azuis fitando timidamente a prima. As olheiras que rodeavam aqueles olhos transformavam em ferocidade abatida a expressão lânguida que ele outrora possuíra.

– Mas você andou piorando – insistiu a jovem. – Está pior que da última vez que o vi. Está mais magro, e...

– Estou cansado – Linton a interrompeu depressa. – Está muito quente para caminhar, vamos descansar aqui. Às vezes passo mal pelas manhãs. Papai diz que estou crescendo muito depressa.

Pouco satisfeita, Cathy se sentou, e o primo reclinou-se ao lado dela.

– Parece com o seu paraíso – ela falou, esforçando-se para alegrar o encontro. – Você lembra dos dois dias que combinamos de passar no local e da maneira que cada um de nós achava mais agradável? O dia de hoje está quase como você queria, exceto pelas nuvens. Mas elas estão tão macias e suaves, acabam sendo melhores que o sol. Na próxima semana, caso possa, devemos ir ao parque da granja e tentar o meu paraíso.

Linton não parecia lembrar do que ela estava falando, e evidentemente apresentava dificuldades para sustentar qualquer tipo de conversa. Sua falta de interesse pelos assuntos que ela introduzia e sua igual incapacidade de contribuir com aquele encontro eram tão óbvios que Catherine não conseguia esconder a decepção.

Uma mudança indefinida ocorrera na pessoa e nas maneiras de Linton. A mesquinhez, que poderia ser remediada com carinho até tornar-se afeto, deu lugar a uma apatia desinteressada. Havia nele menos do temperamento rabugento de uma criança que se queixa e implica de propósito a fim de ser acalentada, e mais da melancolia egocêntrica de um inválido confirmado, que repele qualquer consolo e considera a alegria alheia como um insulto. Catherine reparou, tanto quanto eu, que o rapaz considerava mais um castigo do que um presente ter de suportar nossa companhia. Ela não se fez de rogada, sugerindo logo que fôssemos para casa. De modo inesperado, a sugestão da prima fez Linton despertar da letargia, lançando-o a um estranho estado de agitação. Ele olhou com temor na direção de Wuthering Heights, implorando que Catherine ficasse pelo menos por mais meia hora.

– Mas acho que você se sentiria mais confortável em casa do que sentado aqui – falou Cathy. – E pelo que vejo, hoje não sou capaz de entretê-lo com minhas histórias, canções ou falatórios. Você se tornou mais maduro do que eu nos últimos seis meses, e já não gosta de minhas distrações. Do contrário, se eu pudesse diverti-lo, ficaria de bom grado.

– Fique aqui para descansar – ele respondeu. – E, ah, Catherine, não pense nem diga que eu estou *muito* doente. É apenas o tempo abafado e o calor que me deixam entorpecido. Caminhei bastante antes de você chegar, até mais do que estou acostumado. Diga ao meu tio que estou saudável o bastante, está bem?

– Vou dizer a ele que *você* me mandou falar isso, Linton. Eu não poderia atestar por mim mesma – comentou minha jovem, intrigada pela afirmação obstinada do garoto sobre algo que era claramente uma mentira.

– E volte aqui na próxima quinta-feira – ele prosseguiu, evitando o olhar perplexo da prima. – E agradeça ao meu tio por permitir a sua vinda... meus maiores agradecimentos, Catherine. E... caso você encontre meu pai e ele pergunte sobre mim, não o faça pensar que fui muito quieto ou estúpido. Não fique triste e abatida como está agora... ele ficará com raiva.

– Não me importo com a raiva do senhor Heathcliff – exclamou Cathy, imaginando que o primo tentava protegê-la.

– Mas eu me importo – disse Linton, estremecendo. – *Não* o ponha contra mim, Catherine, pois ele é muito difícil.

– Ele é severo com você, senhor Heathcliff? – perguntei. – Teria ele se cansado da indulgência e passado a um ódio ativo ao invés de passivo?

Linton ergueu os olhos para mim, mas não respondeu. Após ficar sentada ao lado do garoto por mais dez minutos, durante os quais a cabeça de Linton pendeu sonolenta em seu peito e ele não proferiu absolutamente nada além de gemidos abafados de cansaço ou dor, Cathy tentou se distrair colhendo mirtilos, compartilhando comigo os frutos de sua caçada. Não ofereceu mirtilos ao primo, pois percebeu que qualquer perturbação apenas o deixaria mais cansado e incomodado.

– Já passou meia hora, Ellen? – ela sussurrou por fim em meu ouvido. – Não entendo por que precisamos ficar, e papai estará nos esperando.

– Bem, não devemos deixá-lo dormindo – respondi. – Espere que ele acorde, seja paciente. Você estava tão ansiosa para partir, mas seu desejo de encontrar o pobre Linton logo se dissipou!

– E por que ele queria me ver? – retrucou Catherine. – Eu gostava mais dele antes, mesmo com seus humores zangados, do que com esse temperamento esquisito de agora. É como se este encontro fosse uma tarefa, algo que ele é obrigado a realizar por medo de receber sermões do pai. Mas não virei apenas para satisfazer o senhor Heathcliff, seja lá qual fosse o motivo que ele tivesse para fazer Linton sofrer essa penitência. E, embora eu esteja feliz por encontrá-lo melhor de saúde, lamento que ele esteja tão menos simpático e afetuoso comigo.

– Então acredita que ele está melhor de saúde? – perguntei.

– Sim – a garota respondeu. – Ele sempre foi exagerado com seus sofrimentos, você sabe. Ele não está perfeitamente bem, como me mandou dizer a papai, mas é bem possível que esteja melhor.

– Então pensamos diferente, senhorita Catherine – comentei. – Eu diria que o rapaz está muito pior.

E então de repente Linton acordou alarmado do cochilo, em um terror perplexo, perguntando se alguém havia chamado seu nome.

– Não – falou Catherine –, a não ser em seus sonhos. Não sei como consegue dormir ao ar livre em plena manhã.

– Pensei ter escutado meu pai – ele arquejou, observando os morros acima de nós. – Estão certas de que ninguém me chamou?

– Certeza absoluta – respondeu a prima. – Ellen e eu estávamos apenas discutindo a respeito de sua saúde. Você está realmente mais forte, Linton, do que quando nos separamos no inverno? Se este for o caso, sei de uma coisa que não se tornou mais forte: o seu apreço por mim. Fale, você está mais forte?

As lágrimas jorraram dos olhos de Linton conforme ele respondeu:

– Sim, sim, eu estou!

E, ainda sob o encanto de uma voz imaginária, o olhar do rapaz vagou para baixo e para cima, buscando detectar sua fonte.

Cathy ficou de pé.

– Devemos nos despedir por hoje – ela disse. – E não vou esconder que fiquei tristemente desapontada com nosso encontro, embora eu não vá mencionar isso a ninguém além de você, e não é porque tenho medo do senhor Heathcliff.

– Silêncio – murmurou Linton –, cale-se, pelo amor de Deus! Ele está vindo!

O garoto se agarrou ao braço de Catherine, tentando detê-la. Mas, ao ouvir aquele aviso, ela rapidamente se desvencilhou e assobiou para Minny, que a obedeceu como um cachorrinho.

– Estarei aqui na próxima quinta-feira – gritou Cathy, saltando para a sela. – Adeus. Seja rápida, Ellen!

E foi assim que o deixamos, quase sem perceber nossa partida, tão absorto estava em antecipar a aproximação do pai. Antes de chegarmos em casa, o descontentamento de Catherine foi suavizado, transformando-se em uma sensação de pena e arrependimento, em grande parte misturada com dúvidas vagas e inquietantes sobre a real condição de Linton, tanto física quanto social. Dúvidas que eu compartilhava, embora a tenha aconselhado a não falar muita coisa, pois uma segunda visita nos traria uma melhor capacidade de avaliação. O patrão pediu um relato de nosso passeio. Os agradecimentos do sobrinho lhe foram devidamente relatados, e a senhorita Cathy mencionou com sutileza os acontecimentos restantes. Também ofereci respostas simples, pois mal sabia o que era melhor esconder e o que era melhor revelar.

# Capítulo 27

Sete dias se passaram, cada um deles marcando o próprio curso de acordo com a rápida alteração do estado de Edgar Linton. A agitação dos meses anteriores agora acontecia no avanço das horas. Gostaríamos de ter mantido Catherine ainda iludida, mas a mente rápida da garota recusou-se a ser enganada, adivinhava em segredo a condição do pai, refletindo sobre a terrível probabilidade que amadurecia gradualmente em certeza. Quando a quinta-feira chegou, ela não teve coragem de mencionar o passeio. Fiz isso por ela, obtendo permissão do senhor Edgar para mandá-la sair de casa, pois a biblioteca, onde o pai passava diariamente um curto período de tempo, o único instante em que suportava parar sentado, e o quarto do patrão haviam se tornado o mundo inteiro de Catherine. Ela lamentava cada momento em que não estava curvada sobre o travesseiro dele ou sentada a seu lado. O semblante da jovem tornou-se pálido devido à vigilância e à tristeza, e o senhor Edgar alegremente a dispensou, imaginando que ela teria uma feliz mudança de cenário e de companhia, inspirado pela esperança de que ela não fosse deixada inteiramente sozinha após sua morte.

Pelo que pude perceber dos vários comentários que deixava escapar, o patrão tinha uma ideia fixa de que, como o sobrinho parecia-se com ele fisicamente, também se pareceria com ele em personalidade, pois as cartas de Linton traziam pouco ou nenhum vestígio de seu caráter defeituoso. E eu, movida por uma perdoável fraqueza, abstive-me de corrigir o erro: perguntava-me de que adiantaria perturbar os últimos momentos do homem com informações que ele não tinha poder nem oportunidade para tirar vantagem.

Adiamos nossa excursão até a tarde, um entardecer dourado de agosto. O ar das colinas estava tão cheio de vida que nos levava a crer que qualquer um que o respirasse, ainda que morrendo, poderia reviver. O rosto de Catherine era exatamente como a paisagem: sombras e raios solares passando em rápida sucessão. Mas as sombras descansavam por mais tempo, enquanto o sol era mais passageiro. O pobre coraçãozinho da garota a censurava até mesmo por aquele esquecimento fugaz dos cuidados que prestava ao pai.

Vimos Linton observando no mesmo local em que havíamos nos encontrado antes. Minha jovem patroa desmontou e disse-me que, como estava decidida a permanecer por pouco tempo, seria melhor que eu segurasse suas rédeas e não descesse do animal. Discordei, pois não arriscaria perder de vista o encargo que me fora confiado sequer por um minuto, então escalamos a encosta do morro juntas. O jovem senhor Heathcliff nos recebeu bastante empolgado nesse dia: mas não a empolgação do bom humor ou da alegria; parecia mais a empolgação nascida do medo.

– Está tarde! – ele disse, falando rápido e com certa dificuldade. – Seu pai não anda muito doente? Achei que você não viria.

– *Por que* você não pode ser sincero? – gritou Catherine, engolindo seus cumprimentos. – Por que não pode dizer de uma vez que não queria me ver? É estranho, Linton, que pela segunda vez tenha me trazido até aqui com o propósito de aparentemente perturbar a nós dois e nenhum outro motivo além disso!

Linton estremeceu e ergueu os olhos para ela, em parte suplicando e em parte envergonhado, mas a paciência da prima não era grande o suficiente para suportar aquele comportamento enigmático.

– Meu pai *está* muito doente – ela disse –, então por que sou convocada a abandonar a cabeceira dele? Por que não mandou me absolver da promessa que fiz, já que não desejava vê-la cumprida? Ande! Quero uma explicação, brincadeiras e gracejos estão completamente banidos de minha mente, não posso lidar com os seus fingimentos agora!

– Meus fingimentos! – ele murmurou. – Onde estão eles? Pelo amor de Deus, Catherine, não fique tão zangada! Despreze-me o quanto quiser, sou mesmo um desgraçado covarde e sem valor. Não há como me desprezar o suficiente, mas não sou digno da sua raiva. Odeie o meu pai, e poupe-me somente para o desprezo.

– Ridículo! – gritou Catherine, afogueada. – Seu garoto tolo e ridículo! E vejam isso! Ele treme como se eu fosse realmente lhe bater! Você não precisa clamar por desprezo, Linton, qualquer pessoa entregaria tal sentimento espontaneamente aos seus serviços. Saia daqui! Vou voltar para casa. É uma loucura arrastá-los para longe da lareira a fim de fingir... nem sei o que estamos fingindo. Solte meu vestido! Se eu tivesse pena de suas lágrimas e de seu semblante assustado, você deveria rejeitar tal comiseração. Ellen, explique para ele como essa conduta é vergonhosa. Levante-se e não degrade a si mesmo como se fosse um réptil miserável... Não faça isso!

Com o rosto banhado em lágrimas e uma expressão de agonia, Linton atirou seu corpo enfraquecido ao chão, parecia convulsionar devido a um estranho terror.

– Ah! – ele soluçou. – Eu não aguento mais! Catherine, Catherine, sou também um traidor, e não me atrevo a contar nada! Mas, caso me deixe para trás, então eu serei morto! Querida Catherine, minha vida está em suas mãos. Você disse que me amava e, se me ama, então isso não vai lhe custar muito. Você não vai embora, não é? Gentil, doce e bondosa Catherine! E talvez você *vá* consentir, e então ele vai deixar que eu morra junto com você!

Minha jovem dama, testemunhando a intensa angústia do rapaz, abaixou-se para ajudá-lo a se levantar. O antigo sentimento de ternura indulgente venceu a irritação, e ela tornou-se inteiramente comovida e alarmada.

– Consentir em fazer o quê? – ela perguntou. – Ficar aqui? Explique o significado dessa conversa esquisita, e então o farei. Você segue contradizendo suas próprias palavras, o que me deixa confusa! Fique calmo e seja franco, e então confesse de uma vez o que está pesando em seu coração. Você não me machucaria, não é, Linton? Se pudesse evitar, não deixaria que nenhum inimigo me prejudicasse, não é? Prefiro acreditar que é um covarde por si mesmo, mas não um covarde que trairia a própria melhor amiga.

– Mas meu pai me ameaçou – engasgou-se o menino, entrelaçando os dedos finos uns aos outros. – Tenho medo dele, tenho medo! Não me atrevo a contar!

– Ah, tudo bem! – falou Catherine em desdenhosa compaixão. – Guarde seu segredo, então. *Eu* não sou covarde. Salve a si mesmo, não tenho medo.

A atitude magnânima de Catherine provocou novas lágrimas em Linton: ele chorou de modo descontrolado, beijando-lhe as mãos. Ainda assim, não foi capaz de reunir coragem para falar. Eu cogitava qual poderia ser aquele mistério, decidida a não permitir que Catherine jamais sofresse para beneficiar o primo ou qualquer outra pessoa, quando ouvi um farfalhar em meio às urzes e olhei para cima: era o senhor Heathcliff quase junto a nós, descendo de Wuthering Heights. Ele não desperdiçou um único vislumbre na direção de meus companheiros, embora estivesse perto o suficiente para ouvir os soluços de Linton. Saudando-me no tom quase cordial que não usava com mais ninguém, e de cuja sinceridade não pude evitar duvidar, ele disse:

– Que felicidade vê-la tão perto de minha casa, Nelly. Como andam as coisas na granja? Conte para nós. Corre o boato – ele acrescentou, baixando a voz – de que Edgar Linton está no leito de morte. Talvez tenham exagerado sua doença?

– Não, meu patrão está mesmo morrendo – respondi. – Isso é verdade. Será uma ocasião triste para todos nós, mas uma bênção para ele!

– Quanto tempo você acredita que ele vá durar? – Heathcliff quis saber.

– Não sei.

– Porque... – ele prosseguiu, observando os dois jovens, que ficaram imóveis diante daquele olhar. Linton parecia não se aventurar a se mexer ou sequer erguer a cabeça, e Catherine não conseguia se mover por causa do primo. – Porque aquele rapaz ali parece determinado a me derrotar, e eu ficaria grato ao tio do garoto se pudesse ser rápido e partir antes dele! Ora! O filhote está jogando esse jogo há muito tempo? Dei a ele algumas lições quanto a choramingar. Em geral, ele fica animado demais na presença da senhorita Linton?

– Animado? Não, ele demonstra estar muito aflito – respondi. – Só de vê-lo, devo dizer que, em vez de perambular com a amada pelas colinas, o garoto deveria estar na cama, nas mãos de um médico.

– Ele vai estar, daqui a um ou dois dias – murmurou Heathcliff. – Mas primeiro... Levante-se, Linton! Levante! – gritou. – Não rasteje pelo chão, levante-se agora mesmo!

Linton havia afundado novamente, prostrado, em outro acesso de medo impotente, suponho que por causa dos olhares do pai, já que não havia mais nada capaz de produzir tal humilhação. O garoto fez várias tentativas de obedecer, mas suas poucas forças foram aniquiladas naquele instante, e ele caiu para trás com um gemido. O senhor Heathcliff avançou sobre ele e ergueu o filho para que se encostasse em uma elevação de turfa.

– Agora – ele disse com ferocidade reprimida – estou ficando com raiva, e se você não controlar esse seu espírito miserável... Dane-se! Levante-se de uma vez!

– Vou me levantar, pai – o menino arquejou. – Apenas me deixe sozinho, ou então desmaiarei. Estou certo de que fiz tudo o que o senhor queria. Catherine irá lhe dizer que fui... que fui... muito alegre. Ah! Fique comigo, Catherine, dê-me sua mão.

– Segure a minha – falou o pai. – Fique de pé. Pronto, agora ela vai lhe dar o braço. Isso mesmo, olhe para ela. É de se imaginar que sou o próprio diabo para provocar tamanho horror, não acha, senhorita Linton? Tenha a bondade de acompanhar meu filho até em casa. Ele começa a tremer se encosto nele.

– Linton, querido! – cochichou Catherine. – Não posso ir até Wuthering Heights, papai proibiu. Seu pai não vai machucá-lo, por que está com tanto medo?

– Nunca poderei entrar de novo naquela casa – ele respondeu. – Eu *não vou* entrar de novo sem você!

– Pare! – exclamou o pai. – Respeitaremos os escrúpulos filiais da senhorita Catherine. Nelly, leve Linton para dentro, e seguirei sem demora seus conselhos quanto ao médico.

– Fará bem em segui-los – respondi. – Mas devo permanecer ao lado da patroinha. Cuidar de seu filho não é de minha conta.

– Você é muito inflexível – falou Heathcliff. – Sei disso. Mas serei forçado a beliscar este bebê e fazê-lo gritar até despertar sua caridade. Venha então, meu herói. Está disposto a voltar sob minha escolta?

Heathcliff aproximou-se mais uma vez, fingindo querer capturar a frágil criatura, mas Linton recuou e se agarrou à prima, implorando que ela o acompanhasse, utilizando-se de uma insistência frenética que não admitia recusa. Por mais que eu desaprovasse a situação, não pude impedi-la. Na verdade, como ela mesma poderia ter dito que não? Não tínhamos como saber o que tanto o enchia de pavor, mas lá estava Linton, impotente sob as garras do medo, e qualquer adição ao sentimento parecia capaz de deixá-lo chocado e fora de si. Chegamos ao limite. Catherine entrou na casa, e fiquei esperando até que a jovem conduzisse o inválido para uma cadeira, esperando que ela fosse sair logo depois. Foi quando o senhor Heathcliff, empurrando-me para frente, exclamou:

– Minha casa não foi acometida pela peste, Nelly, e hoje estou com bom humor para ser hospitaleiro. Sente-se e permita que eu feche a porta.

Ele não só fechou como também trancou a porta. Fiquei assustada.

– Vocês devem tomar o chá antes de voltar para casa – ele acrescentou. – Estou sozinho. Hareton saiu para levar o gado até os Lees, e Zillah e Joseph tiraram o dia de folga. Embora eu esteja acostumado a ficar sozinho, prefiro ter uma companhia interessante, caso possa escolher. Senhorita Linton, sente-se perto de meu filho. Dou-lhe o que tenho: é um presente que dificilmente merece ser aceito, mas não tenho nada mais para oferecer. O presente é Linton, quero dizer. Ora, a menina fica me encarando! É estranho o sentimento selvagem que experimento em relação a qualquer criatura que pareça sentir medo de mim! Tivesse eu nascido em um lugar com leis menos rígidas e gostos menos sensíveis, teria o prazer de dissecar lentamente esses dois por uma noite inteira.

Então ele respirou fundo, golpeou a mesa e praguejou para si mesmo:

– Pelos infernos! Eu os odeio.

– Não tenho medo do senhor! – exclamou Catherine, que não pôde ouvir a última parte do que ele havia dito. Ela se aproximou, os olhos escuros brilhando de cólera e determinação. – Entregue-me a chave, ficarei com ela! – falou a garota. – Eu não comeria ou beberia aqui nem se estivesse morrendo de fome.

Heathcliff manteve a chave na mão que descansava sobre a mesa. Ele ergueu os olhos, tomado por uma espécie de surpresa diante de tamanha ousadia, ou, possivelmente, ao lembrar de quem a jovem havia herdado aquela voz e aquele olhar. Catherine agarrou o objeto e quase conseguiu arrancá-lo da mão do homem, mas a ação trouxe Heathcliff de volta ao presente, e ele recuperou a chave depressa.

– Agora, Catherine Linton – disse ele –, é melhor se afastar, ou então terei de derrubá-la, e isso deixaria a senhora Dean enlouquecida.

Apesar do aviso, Catherine agarrou-lhe novamente a mão fechada e também seu conteúdo.

– Nós vamos embora! – ela repetiu, esforçando-se ao máximo para fazer relaxar aqueles músculos de ferro. Descobrindo que suas unhas não causavam impressão suficiente, aplicou os dentes com toda força.

Heathcliff virou em minha direção com um olhar que me impediu de interferir por um momento. Catherine estava concentrada demais nos dedos para notar o semblante do homem. Ele abriu a mão de repente, renunciando ao objeto da disputa, mas, antes que a garota segurasse a chave com firmeza, ele a puxou com a mão livre e, colocando-a sobre os joelhos, administrou-lhe uma chuva de tapas terríveis em ambos os lados da cabeça, cada um suficiente para cumprir suas ameaças e derrubá-la de fato caso não estivesse sendo segurada.

Diante daquela violência diabólica, investi furiosa contra ele.

– Seu canalha! – comecei a gritar. – Canalha!

Um aperto no peito fez-me silenciar; sou corpulenta, logo perco o fôlego; e, com aquilo e a raiva, cambaleei vertiginosamente para trás, sentindo-me prestes a sufocar ou estourar uma veia. A cena acabou em dois minutos. Catherine, agora liberta, colocava as mãos nas têmporas e parecia não saber se as duas orelhas ainda estavam no mesmo lugar. Ela tremia como uma vara verde, a pobrezinha, encostada junto à mesa em perfeita perplexidade.

– Sei como castigar crianças, veja bem – disse o patife, severo, abaixando-se para recuperar a chave que havia caído no chão. – Vá para junto de Linton, conforme mandei. Pode chorar à vontade!

Amanhã serei seu pai, o único que você terá dentro de alguns dias, e então experimentará muito mais de onde isso veio. Já vi que aguenta bastante, não é nenhuma fracote. Receberá uma dose diária se eu perceber esse temperamento diabólico novamente em seus olhos!

Cathy correu para mim em vez de para Linton. Ajoelhando-se, colocou a bochecha em chamas no meu colo, chorando alto. O primo havia se encolhido em um canto da sala, quieto como um rato, feliz, ouso dizer, pelo fato de o castigo ter recaído em outro que não ele mesmo. O senhor Heathcliff, percebendo nossa confusão, levantou-se e foi depressa preparar o chá por conta própria. As xícaras e pires já estavam postos. Ele serviu o chá e me entregou uma xícara.

– Afaste esse rancor – falou. – E vá ajudar seu bichinho travesso e o meu com o chá. Não está envenenado, embora tenha sido preparado por mim. Vou sair para buscar os cavalos.

Nosso primeiro pensamento, depois que Heathcliff saiu, foi procurar algum lugar para forçar nossa saída. Tentamos a porta da cozinha, mas estava trancada pelo lado de fora. Olhamos as janelas, mas eram estreitas demais até para a silhueta esbelta de Cathy.

– Senhor Linton – exclamei, concluindo que estávamos realmente presas. – O senhor sabe o que seu diabólico pai pretende fazer, e deve nos contar, ou então vou estapear suas orelhas do mesmo modo que ele fez com sua prima.

– Sim, Linton, você precisa contar – falou Catherine. – Foi por sua causa que entrei aqui, e será uma ingratidão perversa caso se recuse.

– Dê-me um pouco de chá, estou com sede. Depois contarei para vocês – ele respondeu. – Senhora Dean, afaste-se. Não gosto de você tão em cima de mim. Ora, Catherine, você está deixando suas lágrimas caírem na minha xícara. Não vou beber isso. Traga outra.

Catherine empurrou outra xícara para o rapaz e enxugou o rosto. Senti-me enojada pela compostura daquele pequeno desgraçado agora que não temia mais pela própria vida. A angústia que exibira lá fora havia diminuído assim que o menino entrou em Wuthering Heights, então imaginei que ele fora ameaçado com uma terrível demonstração de ira caso falhasse em nos atrair até a casa, e, depois de feito isso, Linton não tinha mais nada de imediato para sentir medo.

– Papai quer nos ver casados – ele continuou após beber um pouco do líquido. – Ele sabe que seu pai não nos deixaria casar agora e tem medo de que eu morra se esperarmos mais tempo. Portanto, devemos nos casar pela manhã, e você deve ficar aqui a noite toda. Caso faça o que ele deseja, poderá voltar para casa no dia seguinte e me levar junto.

– Levá-lo junto, sua criatura lamentável! – exclamei. – Casar vocês? Ora, o homem está louco! Ou acha que somos um bando de tolos. Acredita que aquela bela jovem, aquela garota saudável e vigorosa, vai se amarrar a um macaquinho moribundo feito você? Acalenta mesmo a ideia de que alguém, quanto mais a senhorita Catherine Linton, iria recebê-lo como marido? Merecia ser açoitado por nos trazer até aqui por meio de truques covardes, e não venha me fazer essa cara de tonto! Estou bem disposta a sacudi-lo com rigor por essa desprezível traição e por sua presunção imbecil.

Eu de fato o chacoalhei levemente, mas aquilo provocou um ataque de tosse em Linton, fazendo o rapaz recorrer à estratégia habitual de gemer e chorar, e então Catherine me repreendeu.

– Ficar aqui a noite inteira? Não mesmo – ela disse, olhando ao redor com atenção. – Ellen, vou sair daqui nem que precise queimar aquela porta.

E ela teria mesmo dado cabo de sua ameaça naquele minuto, mas Linton levantou-se, temendo novamente pela própria e amada pele. Ele a agarrou com seus braços fracos, soluçando:

– Você não se casaria comigo para me salvar? Não me deixaria voltar para a granja? Ah, querida Catherine! Você não pode ir embora e me deixar. Você precisa obedecer a meu pai. *Precisa*!

– Devo obedecer a meu próprio pai – ela respondeu. – Livrá-lo deste suspense cruel. A noite toda fora! O que ele pensaria? Já deve estar angustiado a esta altura. Vou abrir caminho nem que seja quebrando ou queimando uma saída. Fique quieto! Você não corre perigo, mas, se me atrapalhar... Linton, eu amo papai mais do que a você!

O terror mortal que o garoto sentia pela raiva do senhor Heathcliff devolveu a ele sua eloquência covarde. Catherine estava quase comovida, mas, ainda assim, insistiu que deveria voltar para casa e tentou também suplicar, persuadindo Linton a subjugar aquela agonia egoísta. Enquanto eles se ocupavam com a discussão, nosso carcereiro entrou mais uma vez.

– Seus animais saíram trotando para longe – ele disse. – Ora, Linton! Choramingando de novo? O que ela anda fazendo com você? Ande, ande, pare com isso e vá para a cama. Em um mês ou dois, meu rapaz, você será capaz de retribuir-lhe as tiranias de agora com uma mão vigorosa. Está ansiando por um amor puro, não é? Nada mais no mundo, e ela vai se casar com você! Ande, vá para a cama. Zillah não estará aqui esta noite, terá de retirar as roupas sozinho. Silêncio! Pare de fazer barulho! Quando estiver em seu quarto, não chegarei perto de você, não precisa ficar com medo. Você por acaso deu um jeito de administrar mais ou menos a situação. Cuidarei do resto.

Heathcliff disse aquelas palavras enquanto segurava a porta aberta para o filho passar, e este realizou sua saída exatamente como faria um cachorrinho que suspeita poder levar um beliscão rancoroso do próprio dono. A porta voltou a ser trancada. Heathcliff aproximou-se da lareira, na frente da qual eu e minha patroinha nos encontrávamos em silêncio. Catherine ergueu os olhos e, instintivamente, levou a mão ao rosto, pois a presença do homem revivia sensações dolorosas. Qualquer outra pessoa seria incapaz de encarar aquele ato infantil com severidade, mas Heathcliff fez uma careta para Cathy e murmurou:

– Ah! Não tem medo de mim? Pois sua coragem está bem disfarçada, a senhorita parece terrivelmente amedrontada!

– Eu *estou* com medo agora – ela respondeu –, porque, se eu permanecer aqui, papai ficará infeliz, e como vou suportar deixá-lo infeliz quando ele... Quando ele... Senhor Heathcliff, deixe-me ir para casa! Prometo me casar com Linton. Papai gostaria que eu fizesse isso, e amo meu pai. Por que deseja me forçar a algo que estou disposta a fazer por vontade própria?

– Deixe que ele se atreva a forçá-la – exclamei. – Há lei na Terra, graças a Deus! Ela existe, mesmo neste lugar afastado. Eu o denunciaria mesmo que fosse meu filho, e este é um crime sem o benefício do clero!

– Silêncio! – disse o rufião. – Para o diabo com esse seu clamor! Não quero ouvir você falando. Senhorita Linton, hei de me divertir muito ao pensar que seu pai estará sofrendo; talvez não consiga nem pegar no sono, tamanha a satisfação. Não poderia ter achado um meio melhor de assegurar sua permanência sob meu teto pelas próximas vinte e quatro horas do que me informando tal coisa. Quanto à sua promessa de se casar com Linton, cuidarei para que a mantenha, pois a senhorita não deixará este lugar até vê-la cumprida.

– Mande Ellen, então, deixe-a avisar papai de que estou bem! – exclamou Catherine, chorando amargamente. – Ou case-me agora mesmo. Pobre papai! Ellen, ele vai achar que nos perdemos. O que vamos fazer?

– Ah, não! Ele pensará que a senhorita se cansou de cuidar dele e que fugiu em busca de um pouco de diversão – respondeu Heathcliff. – Não pode negar que entrou em minha casa por vontade própria, desprezando a proibição de seu pai. E é perfeitamente natural que queira se divertir na sua idade, e que esteja farta de cuidar de um homem doente, sendo ele *nada além* de seu pai. Catherine, os dias felizes de Edgar terminaram assim que começaram os seus. Ele a amaldiçoou, ouso dizer, por vir ao mundo. Pelo menos foi o que eu fiz. Seria apropriado que ele a amaldiçoasse antes de partir. Eu me juntaria a ele. Não a amo! Como poderia? Vá chorar longe de mim. Pelo que vejo, será sua principal diversão futura, a menos que Linton compense as outras perdas. A prudência de seu pai julga ser possível. As cartas cheias de conselhos e consolos de Edgar me divertiram bastante. Na última delas, Edgar recomendou que minha pequena joia tomasse cuidado com a joia dele, e que fosse gentil após conquistá-la. Cuidadoso e gentil, isso é muito paternal. Mas Linton requer qualquer estoque de cuidado e gentileza para si mesmo, e sabe muito bem como bancar o jovem tirano. Ele torturaria quantos gatos fossem possíveis, desde que estes estivessem com os dentes arrancados e as garras aparadas. Garanto à senhorita que terá belas histórias a contar sobre a *bondade* de Linton quando voltar para casa.

– Isso mesmo! – falei. – Continue explicando o caráter de seu filho. Mostre a semelhança que tem consigo mesmo, e então, espero, a senhorita Cathy pensará duas vezes antes de se casar com esse pavão!

– Não estou muito preocupado em falar sobre as qualidades amáveis do garoto no momento – respondeu Heathcliff. – Porque ou ela o aceita ou continua prisioneira, e você junto a ela, até que seu patrão morra. Posso manter ambas detidas e bem escondidas aqui. Se duvida, encoraje a menina a quebrar a promessa, e então terá oportunidade de julgar com seus próprios olhos!

– Não vou quebrar minha promessa – falou Catherine. – Caso com Linton nesta mesma hora caso possa ir para a granja Thrushcross depois. Senhor Heathcliff, é um homem cruel, mas não um demônio. Não pode, movido por mera malícia, destruir irrevogavelmente toda a minha felicidade. Se papai acreditar que o deixei de propósito e morrer antes do meu retorno, como eu suportaria viver? Já desisti de chorar, mas vou me ajoelhar aqui, aos seus pés, e não vou me erguer e nem tirar os olhos de seu rosto até que o senhor me encare! Não, não me dê as costas! *Olhe*! Não encontrará nada em mim para provocá-lo. Eu não o odeio. Não estou com raiva por ter me batido. O senhor nunca amou *ninguém* em toda a sua vida, tio? *Nunca*? Ah! O senhor precisa me olhar pelo menos uma vez. Estou tão infeliz que o senhor não poderia evitar lamentar por mim.

– Mantenha esses seus dedos de salamandra longe de mim e trate de se mexer, ou então vou chutá-la! – gritou Heathcliff, repelindo a garota com brutalidade. – Prefiro ser abraçado por uma serpente. Como diabos pensa ser capaz de me bajular? Eu a *detesto*!

O homem encolheu os ombros e sacudiu-se, de fato, como se a própria carne estivesse arrepiada de aversão, empurrando sua cadeira para trás. Ergui-me, pronta para abrir a boca e começar uma verdadeira torrente de insultos, mas fui silenciada ainda na primeira frase pela ameaça de que seria atirada sozinha em outro cômodo caso pronunciasse sequer outra sílaba. O dia estava escurecendo, e ouvimos vozes junto ao portão do jardim. Nosso anfitrião saiu de imediato: tinha pleno domínio de sua pessoa, ao contrário de nós. Houve uma conversa de dois ou três minutos, e então ele retornou sozinho.

– Achei que fosse seu primo Hareton – comentei para Catherine. – Gostaria que ele chegasse! Quem sabe ele possa tomar nosso partido?

– Eram três criados da granja, enviados para procurá-las – falou Heathcliff, tendo me escutado. – Você devia ter aberto a veneziana e gritado. Mas posso jurar que a garotinha aqui está feliz por você não ter feito isso, Nelly. Ela está feliz por ser obrigada a ficar, tenho certeza.

Ao tomar conhecimento daquela chance desperdiçada, ambas demos vazão ao nosso desespero sem mais reservas, e ele garantiu que pranteássemos até as nove horas. Então mandou que subíssemos as escadas pela cozinha até o quarto de Zillah. Sussurrei para que minha companheira obedecesse; talvez pudéssemos passar pela janela do quarto, ou então entrar no sótão e sair pela claraboia. A janela, no entanto, era tão estreita quanto as do outro andar, e o alçapão do sótão estava fora de nosso alcance: estávamos novamente trancadas. Nenhuma de nós se deitou. Catherine montou guarda junto às venezianas e aguardou ansiosa pelo amanhecer. Um suspiro profundo foi a única resposta que consegui obter dela após meus frequentes pedidos para que tentasse descansar. Sentei-me em uma cadeira e a balancei para frente e para trás, julgando com severidade minhas muitas negligências ao dever. Ocorreu-me que todas as desgraças de meus patrões eram frutos de meus atos. Não é verdade, sei disso, mas pensei assim naquela noite sombria, e mesmo o próprio Heathcliff parecia menos culpado do que eu.

Ele veio às sete horas, perguntando se a senhorita Linton já estava de pé. Ela correu imediatamente para a porta e respondeu que sim.

– Então venha – ele disse, abrindo a porta e puxando-a para fora.

Levantei-me a fim de seguir a jovem, mas Heathcliff girou novamente a chave na fechadura. Comecei a exigir minha libertação.

– Seja paciente – o homem respondeu. – Mandarei seu desjejum daqui a pouco.

Bati nos painéis da porta e sacudi o trinco com raiva. Catherine perguntou por que motivo eu continuava presa. O homem respondeu que eu deveria aguentar por mais uma hora, e então eles foram embora. Esperei por mais duas ou três horas. Por fim, ouvi passos, e não eram os de Heathcliff.

– Trouxe algo para você comer – falou uma voz. – Abra a porta.

Obedeci avidamente e dei de cara com Hareton, carregando comida suficiente para durar um dia inteiro.

– Pegue – ele acrescentou, empurrando a travessa em minhas mãos.

– Fique por um minuto – eu comecei a dizer.

– Não! – Hareton exclamou, indo embora a despeito de quaisquer súplicas que eu pudesse derramar para detê-lo.

E lá permaneci, trancada o dia inteiro e a noite inteira, e também no dia seguinte e no outro depois deste. Foram cinco noites e quatro dias ao todo, sem ver ninguém além de Hareton, uma vez a cada manhã. E o rapaz era um carcereiro exemplar, ignorava qualquer tentativa de apelar para seu senso de justiça ou compaixão.

# Capítulo 28

Na quinta manhã, ou talvez já fosse a tarde, passos diferentes aproximaram-se da porta, mais leves e mais curtos, e, dessa vez, a pessoa entrou no cômodo. Era Zillah, vestindo seu xale vermelho, uma touca de seda preta na cabeça e uma cesta de vime pendurada no braço.

– Meu Deus! Senhora Dean! – ela exclamou. – Ora, há boatos sobre a senhora correndo em Gimmerton. Pensei que tivesse afundado nos pântanos de Blackhorse, a patroinha junto e tudo, até o senhor Heathcliff me contar que a senhora havia sido encontrada e que ele a abrigara aqui! Meu Deus! A senhora deve ter ficado ilhada na charneca, não é? Quando tempo passou naquele buraco? Meu patrão a salvou, senhora Dean? Mas não está muito magra... não foi tão ruim assim, certo?

– Seu patrão é um verdadeiro canalha! – retruquei. – Mas ele pagará por isso. Ele não precisava inventar essa história, a verdade será posta às claras!

– O que está dizendo? – perguntou Zillah. – Não foi o patrão que inventou essa história, é um rumor que estão contando por toda a aldeia sobre a senhora ter se perdido nos charcos. Falei para Earnshaw ao entrar: "Puxa, senhor Hareton, aconteceram coisas estranhas desde que parti. É uma pena o que houve com a pobre moça e com a simpática Nelly Dean". Ele ficou me olhando. Achei que não tivesse escutado nada sobre o caso, então contei-lhe o boato. O patrão escutou e apenas sorriu para si mesmo, dizendo: "Se elas andaram pelos charcos, então agora já saíram, Zillah. Nelly Dean está alojada em seu quarto neste exato minuto. Diga a ela para sair de lá assim que subir, aqui está a chave. As águas pantanosas entraram na cabeça dela, e ela teria saído correndo para casa se pudesse, mas a mantive parada até que recuperasse a razão. Pode mandá-la para a granja imediatamente, caso a mulher esteja em condições, e leve uma mensagem minha. Diga que a jovem dama chegará a tempo para o funeral do magistrado".

– O senhor Edgar não está morto? – arquejei. – Ah! Zillah, Zillah!

– Não, não, fique sentada, minha boa senhora – ela respondeu. – Ainda está muito fraca. O senhor Edgar não está morto. O doutor Kenneth acredita que o homem pode durar mais um dia. Encontrei com ele na estrada e perguntei.

Em vez de me sentar, agarrei meus pertences e me apressei em descer, encontrando o caminho livre. Ao entrar na casa, procurei alguém capaz de me dar informações sobre Catherine. O lugar estava inundado pela luz do sol, com a porta escancarada, mas não parecia haver ninguém por perto. Enquanto eu hesitava entre sair de uma vez ou voltar para procurar a patroinha, uma tosse leve chamou minha atenção para a lareira. Linton estava deitado no sofá, seu único ocupante, chupando uma bala açucarada e seguindo meus movimentos com olhos apáticos.

– Onde está a senhorita Catherine? – exigi saber com severidade, supondo que, ao encontrá-lo assim sozinho, eu pudesse assustar o garoto até obter informações.

Ele continuou lambendo a bala com a maior das inocências.

– Ela saiu? – perguntei.

– Não – Linton respondeu. – Está no andar de cima. Ela não vai sair, não vamos deixar.

– Ora se você não vai deixar, seu idiota! – exclamei. – Leve-me ao quarto dela imediatamente ou farei você sair cantando.

– Seria papai a fazer você cantar, caso tentasse chegar ao quarto dela – o garoto respondeu. – Ele diz que não devo ser mole com Catherine, pois é minha esposa e é uma vergonha que queira me deixar. Ele diz que ela me odeia e que deseja me ver morto para ficar com o dinheiro. Mas não vou deixar que fique com ela, e Catherine não vai voltar para casa! Nunca vai voltar! Pode chorar e adoecer o quanto quiser!

Ele retomou sua ocupação, fechando as pálpebras como se pretendesse adormecer.

– Senhor Heathcliff – retomei –, esqueceu toda a bondade de Catherine no inverno passado, quando afirmou amá-la, e ela então lhe trouxe livros e cantou canções, vindo muitas vezes em meio a vento e neve somente para vê-lo? Ela chorou quando deixou de vir por uma noite, pensando que você ficaria desapontado, e então você disse que ela era cem vezes boa demais para você. E agora resolve acreditar nas mentiras que seu pai conta, embora saiba que ele detesta ambos. Juntou-se a ele contra a menina. Mas que bela gratidão, não acha?

Os cantos da boca de Linton caíram, e ele tirou a bala dos lábios.

– Acha que ela veio até Wuthering Heights porque o odiava? – continuei. – Pense por si mesmo! Quanto ao dinheiro, ela nem sabe que o senhor ficará com alguma coisa. Falou que ela está doente, e mesmo assim você a deixou sozinha lá em cima, em uma casa desconhecida! Você, que já sentiu o que é ser tão negligenciado! É capaz de sentir pena de si mesmo, assim como Cathy tinha pena de você, mas não consegue ter pena da garota! Eu derramei lágrimas, senhor Heathcliff, veja você. Uma senhora idosa, apenas uma criada. Enquanto o senhor, após fingir tanto afeto e tendo motivos para praticamente venerá-la, guarda cada lágrima para si mesmo e fica aí deitado muito à vontade. Ah! O senhor é um garoto egoísta e sem coração!

– Não posso ficar com ela – Linton respondeu com irritação. – Não ficarei lá sozinho. Ela começa a chorar, e não consigo suportar isso. E ela não desiste, ainda que eu ameace chamar meu pai. Eu o chamei uma vez, e ele ameaçou estrangulá-la caso não ficasse quieta, mas ela recomeçou no instante em que ele saiu do quarto, gemendo e se lamentando a noite toda, mesmo que eu gritasse de aflição por não conseguir dormir.

– O senhor Heathcliff saiu de casa? – perguntei, percebendo que aquela criatura miserável não era capaz de se compadecer com as torturas mentais sofridas pela prima.

– Ele está no pátio – o rapaz respondeu –, falando com o doutor Kenneth. Ele diz que meu tio está enfim morrendo de verdade. Fico feliz, pois serei o senhor da granja depois dele. Catherine sempre falou como se a casa pertencesse a ela. Mas não é! É minha; meu pai diz que tudo o que ela tem é meu. Todos os livros bons que a ela pertencem são meus. Catherine ofereceu-se para me dar dois livros, seus lindos pássaros e a pônei caso eu pegasse a chave do nosso quarto e a deixasse sair, mas falei que ela não tinha nada para me oferecer, pois já era tudo meu. E então ela chorou e tirou um pequeno medalhão do pescoço, dizendo que eu poderia ficar com ele. Eram duas imagens em uma moldura de ouro; de um lado, a mãe de Catherine, e do outro, meu tio, ainda jovens. Isso aconteceu ontem, e eu disse que aquilo era meu também e tentei tomar o medalhão. Mas a coisinha malvada não deixou: ela me empurrou e me machucou. Eu gritei, porque sei que isso a assusta. Ela ouviu papai chegando e quebrou as dobradiças do medalhão para dividir as imagens, depois me entregou o retrato da mãe. A outra metade ela tentou esconder, mas papai perguntou qual era o problema e eu expliquei. Ele tomou a parte do medalhão que eu tinha e ordenou que ela entregasse a parte dela para mim. Catherine se recusou, então papai... ele a derrubou no chão sob tapas, arrancou o medalhão da corrente e esmagou-o com o pé.

– E gostou de ver Catherine apanhando? – perguntei. Eu tinha meus desígnios para encorajá-lo a falar.

– Eu fechei os olhos – Linton respondeu. – Faço isso quando meu pai bate em um cachorro ou cavalo, porque ele bate muito forte. Mas fiquei satisfeito no início, porque Catherine merecia ser punida por me empurrar. No entanto, quando papai foi embora, ela me levou até a janela e me mostrou a bochecha cortada por dentro, junto aos dentes, e sua boca estava enchendo de sangue. E então ela reuniu os pedacinhos do retrato e foi sentar-se com o rosto contra a parede. Não fala comigo desde então. Às vezes acho que é porque não consegue falar de tanta dor. Não gosto de pensar nisso. Mas ela é muito travessa por nunca parar de chorar, e está parecendo tão pálida e selvagem que me deixa com medo.

– E você consegue pegar a chave se assim desejar?

– Sim, quando estou no andar de cima – ele respondeu. – Mas não posso subir agora.

– Em que quarto está? – perguntei.

– Ah – Linton exclamou. – Não vou contar para *você* onde a chave está. É nosso segredo. Ninguém, nem Hareton e Zillah, deve saber. Ora! Você me deixou cansado, saia daqui, saia agora! – Ele escondeu o rosto nos braços e voltou a fechar os olhos.

Achei que seria melhor ir embora antes de encontrar com o senhor Heathcliff, e então enviar o resgate de minha jovem a partir da granja. Chegando lá, o espanto de meus colegas de criadagem, assim como a alegria, foi intenso. Quando souberam que a pequena patroinha também estava a salvo, dois ou três se apressaram em direção à porta do senhor Edgar para dar a notícia, mas preferi contar tudo eu mesma. Quão mudado eu o encontrei, mesmo após aqueles poucos dias! Ele jazia como uma imagem de tristeza e resignação, aguardando a morte. Parecia muito jovem; embora sua idade real fosse de trinta e nove, era possível julgá-lo pelo menos dez anos mais moço. Ele pensava em Catherine, pois murmurava o nome da filha. Toquei a mão dele e falei:

– Catherine está vindo, patrão querido! – sussurrei. – Ela está viva e bem, e espero que nos alcance ainda esta noite.

Tremi ao contemplar os primeiros efeitos da notícia; o senhor Linton tentou se levantar, olhando ansioso ao redor do cômodo, e então voltou a se afundar na cama, desfalecido. Assim que se recuperou, relatei nossa visita compulsória e nossa detenção em Wuthering Heights. Contei que Heathcliff havia me forçado a entrar, o que não era bem verdade. Falei o mínimo possível contra o menino Linton e preferi não descrever toda a conduta brutal de seu pai. Minha intenção era não adicionar amargura, se eu pudesse evitar, à xícara já transbordante de meu patrão.

O senhor Edgar adivinhou que um dos propósitos de seu inimigo era garantir a posse de todos os objetos e propriedades para o filho, ou melhor, para si mesmo. No entanto, por que Heathcliff não esperava até que o atual dono da granja morresse era um enigma para meu patrão. Ele ignorava o quão próximos ele e o sobrinho estavam de deixar o mundo. Ainda assim, sentiu que seu testamento deveria ser alterado, em vez de deixar a fortuna de Catherine à disposição desta, determinou que o dinheiro fosse colocado na mão de curadores para que a garota usasse ao longo da vida, e para os filhos desta, caso tivesse, após sua morte. Dessa forma, a fortuna não cairia nas mãos de Heathcliff se Linton viesse a falecer.

Tendo recebido suas ordens, despachei um homem para buscar o advogado, e mais quatro, munidos de armas, para livrar minha jovem dama de seu carcereiro. Ambas as partes demoraram até muito tarde. O criado que fora sozinho foi o primeiro a voltar. Disse que o senhor Green, o advogado, estava fora quando ele chegou em sua casa e que precisou esperar duas horas até que voltasse, quando então o senhor Green informara ter um breve assunto na aldeia que precisava ser resolvido, mas que o advogado prometera estar na granja antes do amanhecer. Os quatro homens também voltaram desacompanhados. Trouxeram a notícia de que Catherine estava doente, enferma demais para deixar o quarto, e que por isso Heathcliff não permitira que eles a vissem. Tratei de reprimir os quatro estúpidos por terem acreditado naquela história que eu nem mesmo tive coragem de contar ao patrão. Resolvi enviar um bando inteiro até Wuthering Heights ao raiar do dia e literalmente atacar a casa, a menos que a prisioneira fosse entregue a nós. O pai *iria* ver a filha, eu jurei e voltei a jurar, nem que aquele demônio precisasse ser abatido na própria soleira caso tentasse impedir!

Felizmente, fui poupada da viagem e do transtorno. Eu havia descido as escadas às três horas para buscar uma jarra de água quando uma batida forte na porta me fez pular de susto.

– Ah, deve ser Green – falei, tentando me recompor. – É apenas o senhor Green.

Continuei andando, com a intenção de enviar outra pessoa para abrir a porta, mas as batidas se repetiram, não muito alto, mas ainda insistentes. Coloquei a jarra sobre o corrimão e apressei-me para atender ao chamado eu mesma. A lua cheia estava brilhando lá fora. Não era o advogado. Minha jovem e doce dama em pessoa agarrou-se a meu pescoço, soluçando.

– Ellen, Ellen! Papai está vivo?

– Sim! – exclamei. – Sim, meu anjo, ele está, e Deus seja louvado por você estar segura conosco mais uma vez!

Ela queria correr escada acima, sem fôlego como estava, para o quarto do senhor Linton, mas a obriguei a se sentar em uma cadeira, fiz com que bebesse água e lavei seu rosto pálido, esfregando-o com meu avental até que ficasse corado. Então falei a ela que eu deveria ir primeiro e contar sobre sua chegada, implorando que ela dissesse ao pai que seria feliz com o jovem Heathcliff. Catherine me encarou, mas, compreendendo rapidamente os motivos que me levavam a aconselhar aquela mentira, garantiu-me que não reclamaria.

Eu não aguentaria presenciar tal reencontro. Fiquei parada do lado de fora do recinto por mais de vinte minutos, e depois mal me aventurei a chegar perto da cama. Tudo voltou aos eixos, no entanto. O desespero de Catherine era tão silencioso quanto a alegria do pai. Ela o apoiou em calmaria, pelo menos aparentemente, e o senhor Edgar fixava na filha olhos que pareciam dilatados de tanto êxtase.

Ele morreu feliz, senhor Lockwood, pois morreu assim. Beijando o rosto de Catherine, murmurou:

– Estou indo para perto dela, e você, querida criança, um dia virá até nós!

O senhor Edgar nunca mais se moveu ou voltou a falar, mas continuou a manter aquele olhar extasiado e radiante até que, discretamente, seu pulso parou de pulsar e sua alma partiu. Ninguém soube dizer o minuto exato de sua morte, pois não houve luta.

Fosse por Catherine já ter gasto todas as lágrimas ou fosse a dor pesada demais para deixar o choro fluir, a menina ficou ali sentada com os olhos secos até o sol nascer. Também ficou lá até o meio-dia, e teria ficado até a noite caso eu não tivesse insistido para que descansasse um pouco. Foi bom eu tê-la tirado de lá, pois o advogado apareceu na hora do jantar, tendo visitado Wuthering Heights primeiro a fim de receber instruções sobre como se portar. Havia se vendido ao senhor Heathcliff:, este fora o motivo de ter postergado o chamado de meu patrão. Felizmente, nenhum desses assuntos mundanos passou pela cabeça do senhor Edgar para perturbá-lo após o retorno da filha.

O senhor Green encarregou-se de dar ordens a tudo e a todos do lugar. Mandou que todos os criados, exceto por mim mesma, deixassem suas posições. Chegou ao ponto de usar sua autoridade para insistir que Edgar Linton não fosse enterrado ao lado da esposa, e sim na capela, com sua família. Porém, havia o testamento para impedi-lo, além de meus protestos em voz alta contra qualquer violação ao documento. O funeral foi organizado às pressas. Catherine, agora senhora Heathcliff, foi deixada para ficar na granja até o cadáver do pai ser enterrado.

Ela me contou que sua angústia havia finalmente inspirado Linton a correr o risco de libertá-la. A garota ouvira os criados enviados por mim discutindo à porta, e entendeu a resposta dada por Heathcliff. Aquilo a deixou desesperada. Linton, que fora levado à saleta logo depois que saí, foi convencido a trazer a chave antes que o pai voltasse a subir. O rapaz teve a astúcia de girar a fechadura para frente e depois para trás, mas sem fechar a porta. Na hora de ir para a cama, implorou para dormir com Hareton, e teve seu pedido atendido pela primeira vez. Catherine fugiu antes do amanhecer. Ela não ousou experimentar as portas, temendo alarmar os cães. Preferiu procurar pelos cômodos vazios e examinar as janelas. Por sorte, ao encontrar a janela do quarto de sua mãe, passou com facilidade pelas venezianas e desceu até o chão, segurando-se no tronco de um pinheiro. Seu cúmplice, apesar dos tímidos artifícios, foi penalizado por ter participado da fuga.

# Capítulo 29

Na noite após o funeral, minha jovem dama e eu estávamos sentadas na biblioteca, ora meditando tristemente sobre a perda – uma de nós desesperada –, ora nos aventurando a conjecturar sobre o futuro sombrio. Havíamos concordado que o melhor destino para Catherine seria a permissão de continuar uma residente da granja, ao menos enquanto durasse a vida de Linton, ele teria permissão para se juntar à esposa, e eu continuaria como governanta. Parecia um arranjo favorável demais para ser verdade. No entanto, criei esperanças e comecei a me animar com a perspectiva de manter minha morada e meu emprego e, acima de tudo, ficar com minha jovem e amada patroa. Foi quando um criado, um dos que haviam sido despedidos, mas que ainda não fora embora, precipitou-se pelo cômodo e disse:

– Aquele diabo do Heathcliff está vindo pelo pátio. Devo fechar a porta na cara dele?

Mesmo que estivéssemos loucas o suficiente para ordenar tal coisa, não teríamos tempo. Heathcliff não teve cerimônias ao bater e anunciar o próprio nome, ele era o patrão, e usou de tais privilégios para entrar diretamente sem precisar dizer uma única palavra. O som da voz de nosso informante o atraiu para a biblioteca. Ele entrou e gesticulou para que o homem saísse, fechando a porta.

Era o mesmo cômodo no qual ele fora conduzido, como convidado, dezoito anos antes. A mesma lua brilhava pela janela; a mesma paisagem de outono estava lá fora. Ainda não havíamos acendido uma vela, mas todo o recinto era visível, até mesmo os retratos nas paredes: o rosto esplêndido da senhora Linton e as feições graciosas de seu marido. Heathcliff avançou até a lareira. O tempo também o havia afetado pouco. Ali estava o mesmo homem: o rosto de tom escuro um tanto mais pálido e composto, seu corpo alguns quilos mais pesado, talvez, porém nenhuma outra diferença. Catherine tinha ficado de pé ao vê-lo, movida pelo impulso de sair correndo.

– Quieta! – ele disse, prendendo-a pelo braço. – Chega de fugir! Para onde iria? Vim levá-la para casa, e espero que seja uma filha obediente e que não encoraje mais nenhum desacato por parte de meu filho. Fiquei confuso sobre como punir o garoto quando descobri o papel de Linton em seus planos, ele é delicado feito uma teia de aranha, e qualquer beliscão poderia dar cabo do rapaz. Mas verá pelo olhar dele que o menino recebeu o que merecia! Eu o levei para baixo uma noite, ainda anteontem, e apenas o coloquei sentado em uma cadeira, sem jamais tocá-lo. Mandei Hareton sair, e ficamos só nós dois na sala. Após duas horas, chamei Joseph para subir com ele novamente. Desde então, minha presença é tão potente sobre os nervos de Linton quanto um fantasma, e imagino que ele continue me vendo com frequência, mesmo quando não estou por perto. Hareton diz que ele desperta e grita a cada hora da noite, chamando por você para protegê-lo contra mim. E, quer aprecie ou não seu precioso marido, terá de vir comigo, ele é responsabilidade sua agora. Entrego a você qualquer interesse que eu pudesse ter pelo rapaz.

– Por que não deixa Catherine continuar aqui e envia o senhor Linton para ficar com ela? – implorei. – O senhor odeia ambos, não sentiria falta deles, ambos seriam apenas um incômodo diário para seu coração monstruoso.

– Estou procurando um inquilino para a granja – ele respondeu. – E certamente quero meus filhos sob minhas vistas. Além do mais, a mocinha deve fazer por merecer o próprio sustento. Não vou criá-la cheia de luxos e ociosidade depois que Linton morrer. Seja rápida e vá se arrumar, agora mesmo. E não me obrigue a levá-la à força.

– Eu vou – disse Catherine. – Linton é tudo que me resta no mundo para amar, e, embora o senhor tenha feito o possível para torná-lo odioso aos meus olhos, e eu aos dele, não conseguiu fazer com que odiássemos um ao outro. Eu o desafio a machucá-lo enquanto eu estiver por perto, e o desafio a tentar me assustar!

– Você é mesmo uma paladina arrogante – retrucou Heathcliff. – Mas não gosto o suficiente de você para machucar Linton: a senhorita terá todas as alegrias deste tormento até o fim, enquanto durar. Não serei eu a torná-lo odioso, será o próprio espírito doce do garoto que fará tal coisa. Ele está amargo como bile por causa de sua fuga e das consequências dela, não espere agradecimentos por sua nobre devoção. Eu o ouvi pintar um lindo quadro para Zillah, contando o que faria se fosse tão forte quanto eu. A inclinação está lá, e a própria fraqueza aguçará a inteligência de Linton até que encontre um substituto para a força.

– Sei que ele tem um temperamento ruim – falou Catherine. – Ele é seu filho. Mas tenho a sorte de possuir um temperamento melhor, e assim posso perdoá-lo. Sei que Linton me ama, e, por essa razão, eu o amo. Senhor Heathcliff, o senhor não tem *ninguém* para amá-lo. Por mais miseráveis que nos torne, ainda teremos a vingança de pensar que toda sua crueldade é fruto de uma miséria ainda maior. O senhor é *miserável*, não é? Solitário como o próprio diabo, e tão invejoso quanto ele? *Ninguém* o ama, *ninguém* chorará quando o senhor morrer! Eu não queria estar na sua pele!

Catherine falava com uma espécie de triunfo lúgubre na voz. Parecia decidida a entrar no espírito da nova família e extrair prazer a partir da dor de seus inimigos.

– Se ficar aí parada mais um minuto, é você que vai se arrepender de estar na própria pele – ameaçou o sogro. – Vá de uma vez, bruxa, e pegue suas coisas!

A garota retirou-se com desdém. Na ausência dela, comecei a implorar pela posição de Zillah em Wuthering Heights, oferecendo-me para trocar de lugar com ela, mas Heathcliff não permitiu de modo algum. Mandou que eu ficasse em silêncio e, então, pela primeira vez, permitiu-se olhar ao redor da sala e observar os quadros. Após estudar o da senhora Linton, falou:

– Levarei este para minha casa. Não é que eu precise dele, mas... – Ele se virou abruptamente para o fogo e prosseguiu, seu rosto apresentando o que, na falta de palavra melhor, chamarei de sorriso: – Vou contar o que fiz ontem! Pedi ao sacristão que estava cavando a sepultura de Linton que ele removesse a terra da tampa do outro caixão e o abri. Cheguei a pensar em ficar por ali quando voltei a ver o rosto... Ainda é o rosto dela! O homem teve trabalho para me tirar de lá. Disse que ela se desmancharia caso o ar soprasse sobre o corpo, então deixei um lado do caixão aberto e o cobri de terra. Não o lado virado para Linton, maldito seja! Queria que ele pudesse ser lacrado sob chumbo. Subornei o coveiro para que ele abra o lado correspondente de meu caixão quando eu morrer, e que me deslize para perto dela também. Assim, quando o tempo fizer Linton nos alcançar, ele não saberá distinguir quem é quem!

– O senhor é muito maldoso, senhor Heathcliff! – exclamei. – Não tem vergonha de incomodar os mortos?

– Não incomodei ninguém, Nelly – ele respondeu. – Apenas dei a mim mesmo um pouco de alívio. Ficarei muito mais tranquilo agora, e, depois que eu morrer, você terá muito mais chances de me manter sob a tumba. Se eu perturbei Catherine? Não! Foi ela que me perturbou noite e dia durante dezoito anos, de modo incessante e sem remorsos, até a noite passada. Ontem senti-me tranquilo. Sonhei que dormia o sono final ao lado daquela figura adormecida, meu coração já parado e meu rosto frio encostado contra o dela.

– E se ela tivesse se dissolvido em terra, ou coisa pior, o que o senhor teria sonhado? – perguntei.

– Sonharia estar me dissolvendo com ela, e ficaria ainda mais feliz! – ele respondeu. – Acha que temo mudanças desse tipo? Eu esperava tal transformação ao levantar a tampa, mas estou ainda mais satisfeito de que este processo não começará até que eu esteja lá para compartilhá-lo. Além disso, a menos que eu tivesse encontrado uma impressão distinta em seus traços imóveis, este estranho sentimento dificilmente haveria de sumir. Começou de modo estranho. Você sabe como fiquei desvairado após a morte de Catherine, orando eternamente a cada madrugada para que ela viesse me visitar em espírito! Tenho uma forte crença na existência de fantasmas, estou convicto de que eles podem e devem existir entre nós! No dia em que ela foi enterrada, a neve caiu. Naquela noite, fui ao cemitério. O vento soprava tão desolado quanto o inverno, e tudo à minha volta parecia solitário. Não tive medo de que o marido tolo de Catherine fosse aparecer vagando pelo vale àquela hora, e ninguém mais tinha o que fazer por lá. Estando sozinho, consciente de que sete palmos de terra solta eram a única barreira entre nós, falei para mim mesmo: "Eu a terei novamente em meus braços! Se ela estiver fria, será pelo vento nortenho que também me causa arrepios; se estiver imóvel, estará apenas adormecida". Peguei uma pá na cabana de ferramentas e comecei a cavar com todas as forças, até arranhar o caixão. Então passei a trabalhar com as mãos, e a madeira começou a ceder sob os pregos. Eu estava prestes a alcançar meu objetivo quando tive a impressão de ouvir o suspiro de alguém logo acima, à beira da sepultura, abaixando-se em minha direção. Então murmurei: "Se eu pudesse ao menos arrancar essa tampa, iria desejar apenas que jogassem pás de terra sobre nós dois!". Comecei a puxar com ainda mais desespero. Escutei um novo suspiro, perto de minha orelha. Era como se pudesse sentir seu hálito quente deslocando o vento e o granizo. Eu sabia que nenhuma criatura de carne e osso estava por perto, mas, tão certo quanto você percebe a aproximação de alguma silhueta no escuro, mesmo que não consiga discerni-la, também senti que Cathy estava lá. E não sob mim, mas andando na terra. Uma sensação repentina de alívio aflorou de meu coração para cada membro. Abandonei minha tarefa angustiante e senti-me consolado de imediato, incrivelmente consolado. A presença dela estava ao meu lado, e permaneceu comigo enquanto eu enchia a sepultura, acompanhando-me até em casa. Pode rir, se quiser, mas garanto que você seria capaz de encontrá-la por lá. Eu estava certo de tê-la ao meu lado, e não pude deixar de conversar com Cathy. Quando cheguei a Wuthering Heights, apressei-me ansioso em direção à porta. Porém me lembro de que estava trancada, pois aquele maldito Earnshaw e minha esposa haviam resolvido me deixar do lado de fora. Lembro-me de chutá-lo sem parar até que perdesse o fôlego, e então correr escada acima para o quarto que costumava dividir com ela. Procurei em volta com impaciência, sentindo-a perto de mim, eu quase podia vê-la, mas ainda assim *não fui capaz*! Eu poderia ter transpirado meu próprio sangue, tamanha era a agonia de meu anseio, o fervor de minhas súplicas por apenas um vislumbre! Não recebi nenhum. Ela demonstrou ser, como sempre foi em vida, um verdadeiro demônio para mim! Desde então, às vezes mais e às vezes menos, tenho sido alvo dessa tortura insuportável, infernal! Uma tortura que mantém meus nervos em tal estado de tensão que, se não tivesse fibra, já teria sucumbido como a fraqueza de Linton. Quando me sentava em casa com Hareton, parecia que iria encontrá-la ao sair; quando caminhava pelos charcos, parecia que a veria de novo ao entrar. Quando ficava ausente, apressava-me a retornar, pois ela devia estar em algum lugar de Wuthering Heights, eu bem sabia! E quando resolvia dormir em seu quarto... saía escorraçado de lá. Não conseguia me deitar ali, pois, no momento em que fechava os olhos, Cathy estava do lado de fora da janela, deslizando os painéis da arca, entrando no quarto ou até mesmo repousando sua adorável cabeça sobre o mesmo travesseiro que usava quando menina. E então eu precisava abrir os olhos para ver. E assim os abria cem vezes a cada noite, sempre ficando desapontado! Era um tormento! Muitas vezes cheguei a gemer alto, a ponto de fazer o velho patife do Joseph acreditar, sem nenhuma dúvida, que minha consciência bancava o demônio dentro de mim. Agora, desde que a vi, sinto-me em paz, ao menos um bocado. Foi uma maneira estranha de cometer assassinato, não aos poucos, mas em frações da espessura de fios de cabelo, iludindo-me com o fantasma de uma esperança durante dezoito anos!

O senhor Heathcliff fez uma pausa e enxugou a testa. Seu cabelo estava grudado no rosto, molhado de suor. Ele tinha os olhos fixos nas brasas vermelhas da lareira, e suas sobrancelhas não estavam franzidas, mas sim elevadas junto às têmporas, diminuindo o aspecto sombrio de suas feições, mas transmitindo, em vez disso, uma aparência peculiar de perturbação, uma dolorosa tensão mental com relação ao assunto que o absorvia. Ele não se dirigia a mim de todo, portanto mantive o silêncio. Não gostava de ouvi-lo falar! Após um curto período, Heathcliff voltou a contemplar o quadro, tirou-o da parede e o encostou contra o sofá para admirá-lo melhor. Enquanto permanecia ocupado na tarefa, Catherine entrou, anunciando que estava pronta e que Minny deveria ser selada.

– Envie-me este quadro amanhã – falou Heathcliff para mim. Depois, virando para a jovem, acrescentou: – Você pode se virar sem um pônei, está fazendo uma bela noite e você não vai precisar de montarias em Wuthering Heights. Para os passeios que irá fazer, seus pés se sairão muito bem. Venha comigo.

– Adeus, Ellen! – sussurrou minha querida patroinha. Quando ela me beijou, seus lábios pareciam feitos de gelo. – Venha me visitar, Ellen, não esqueça.

– Cuide para não fazer nada disso, senhora Dean! – falou o novo pai de Catherine. – Quando eu desejar falar com você, virei até aqui. Não quero saber de você bisbilhotando em minha casa!

Ele fez sinal para que a garota fosse na frente, e, lançando um olhar por cima do ombro que me partiu o coração, ela obedeceu. Eu os observei, de minha posição na janela, caminhando pelo jardim. Heathcliff prendeu o braço de Catherine sob o seu, ainda que ela evidentemente tentasse resistir no início, e, com passadas rápidas, ele a levou para a alameda, onde então as árvores ocultaram ambos.

# Capítulo 30

Cheguei a fazer uma visita a Wuthering Heights, mas não vejo Catherine desde que ela foi embora. Joseph segurou a porta quando perguntei como andava a garota, impedindo-me de entrar. Disse que a senhora Linton estava "agitada" e que seu patrão não estava em casa. Zillah me contou algumas coisas sobre a situação da residência, pois de outro jeito eu dificilmente saberia quem morreu e quem continuava vivo. Pude adivinhar, pelo modo como a mulher falava, que esta considerava Catherine arrogante e antipática. Minha pequena dama pediu ajuda para Zillah assim que chegou na casa, mas o senhor Heathcliff falou para a criada seguir com suas tarefas e deixar a nora cuidar de si mesma, e Zillah, sendo uma pessoa egoísta e de mente estreita, concordou de bom grado. Catherine demonstrou um aborrecimento infantil perante aquela negligência, retribuindo-a com desprezo. Assim, pôs o nome de minha informante na lista de seus inimigos como se a mulher tivesse de fato lhe causado um grande mal. Tive uma longa conversa com Zillah cerca de seis semanas atrás, um pouco antes de o senhor chegar na região, quando então nos encontramos nos pântanos. Eis o que ela me contou:

A primeira coisa que a senhora Linton fez ao chegar em Wuthering Heights foi subir as escadas correndo sem nem mesmo desejar boa-noite para mim e Joseph. Ela se trancou no quarto de Linton e ficou lá até de manhã. Depois, enquanto o patrão e Earnshaw faziam o desjejum, a menina desceu toda alvoroçada e perguntou se alguém poderia chamar o médico, pois o primo estava muito doente.

– Sabemos disso! – respondeu Heathcliff. – Mas a vida dele não vale um tostão, e não pretendo gastar um tostão com Linton.

– Mas eu não sei o que fazer – ela disse. – Se ninguém me ajudar, ele vai morrer!

– Ponha-se daqui para fora! – gritou o patrão. – E nunca mais me obrigue a ouvir uma palavra sobre Linton! Ninguém aqui se importa com o que será dele. Caso se importe, faça o papel de enfermeira. E se não for fazer isso, tranque-o e deixe o garoto lá.

Então ela começou a me atazanar, e respondi que já estava farta daquele assunto repetitivo. Todos nós tínhamos tarefas, e a dela era cuidar de Linton. O senhor Heathcliff havia recomendado que eu deixasse a responsabilidade sobre os ombros da nora.

Como aqueles dois se saíam juntos, não sei dizer. Linton parecia sofrer muito, gemendo dia e noite. A menina pouco descansava, dava para perceber pelo seu rosto pálido e dos olhos pesados. Ela às vezes entrava na cozinha em extrema agitação, parecendo querer implorar por ajuda, mas preferi não desobedecer ao patrão, nunca ouso desobedecê-lo, senhora Dean. Embora achasse errado ninguém chamar o doutor Kenneth, não era da minha conta dar conselhos ou fazer reclamações, e sempre me poupei de fazer qualquer intromissão. Por uma ou duas vezes, depois de todos terem se recolhido, aconteceu de eu abrir novamente a porta e encontrá-la chorando no topo da escada. Mas então eu fechava a porta depressa, com medo de ser induzida a agir. Eu sentia pena dela, de verdade, mas ainda assim não desejava perder o emprego, a senhora bem sabe.

Por fim, certa noite ela entrou com audácia em meu quarto e me assustou ao dizer:

– Fale ao senhor Heathcliff que o filho dele está morrendo. Dessa vez tenho certeza que está. Levante-se imediatamente e vá avisá-lo.

Tendo transmitido seu recado, a garota desapareceu novamente. Fiquei durante mais de vinte minutos apenas ouvindo e me tremendo. Nada se mexia, a casa estava silenciosa. Pensei comigo mesma: "A menina estava enganada e já deu um jeito na situação. Não preciso incomodar ninguém". Voltei a cochilar. Mas meu sono foi interrompido uma segunda vez pelo toque agudo da sineta, a única que temos, instalada propositalmente para Linton. O patrão me chamou, querendo saber qual era o problema e avisando que não toleraria ouvir aquele barulho outra vez.

Repeti para ele a mensagem de Catherine. O senhor Heathcliff praguejou e, alguns minutos depois, saiu com uma vela acesa e seguiu para o quarto do casal. Fui atrás dele. A senhora Heathcliff estava sentada à cabeceira da cama com as mãos cruzadas sobre os joelhos. O sogro aproximou-se, segurou a vela junto ao rosto de Linton, observou o garoto e tocou em seu rosto. Então virou-se para a jovem.

– Bem, Catherine... – ele disse. – Como se sente agora?

Ela continuou calada.

– Como você se sente, Catherine? – repetiu o senhor Heathcliff.

– Ele está em segurança, e eu estou livre – a garota respondeu. Depois prosseguiu com uma amargura incapaz de ser ocultada: – Eu deveria me sentir bem, mas o senhor me deixou por tanto tempo sozinha lutando contra a morte que agora tudo o que vejo e sinto é apenas morte! Eu me sinto como a morte!

E a menina estava parecendo mesmo morta! Dei a ela um pouco de vinho. Hareton e Joseph, que haviam sido acordados pela campainha e pelos sons dos passos, e que até então ouviam nossa conversa do lado de fora, entraram no quarto. Joseph estava satisfeito, creio eu, com a perda do garoto. Hareton parecia um tanto perturbado, embora estivesse mais interessado em observar Catherine do que Linton. Mas o patrão mandou que Earnshaw voltasse para a cama, não queria a ajuda dele. Em seguida, fez Joseph levar o corpo até seus aposentos e mandou que eu retornasse aos meus. A senhora Heathcliff foi deixada sozinha.

Pela manhã, ele mandou-me dizer à garota que esta devia descer para o desjejum. Ela havia se despido e parecia pronta para dormir.

Falou que se sentia doente, o que dificilmente me causou surpresa. Relatei aquilo ao senhor Heathcliff, e ele respondeu:

– Bem, deixe-a em paz até depois do funeral, e suba de vez em quando para conferir o que ela precisa. Assim que a menina se sentir melhor, venha me avisar.

Cathy permaneceu por quinze dias no andar de cima, de acordo com Zillah, que a visitava duas vezes por dia e que poderia ter sido um pouco mais amigável caso suas tentativas de gentileza não fossem orgulhosa e prontamente repelidas.

Heathcliff subiu uma única vez para lhe mostrar o testamento de Linton. Ele havia legado todos os pertences que possuía, e que deveriam ser da esposa, para o pai. A pobre criatura foi ameaçada ou induzida ao ato durante a semana de ausência de Cathy, na época em que o tio faleceu. Já as terras, por Linton ser menor de idade, foram deixadas de fora. Ainda assim, o senhor Heathcliff tomou posse e as manteve em nome do filho e da nora, acredito que por meios legais. De qualquer maneira, Catherine, sem dinheiro e sem amigos, não era capaz de ameaçar seu império.

Zillah contou-me mais coisas:

Ninguém chegava perto da porta da garota, exceto quando eu precisava subir até lá. Ninguém perguntava nada sobre ela. A primeira vez que Catherine desceu foi em uma tarde de domingo. Ela havia exclamado, quando eu trouxera seu almoço, que não suportava mais ficar ali no frio, e falei a ela que o patrão estava de saída para a granja Thrushcross, e que nem eu e nem Earnshaw a impediríamos de descer. Então, assim que ouviu o cavalo de Heathcliff trotando, a menina apareceu vestida de preto, os cachos louros penteados para trás das orelhas de um jeito tão simples quanto uma quacre: ela não era capaz de desembaraçá-los.

Joseph e eu costumamos frequentar a igreja aos domingos. ("A igreja, o senhor sabe, está sem pároco agora", explicou a senhora Dean. "Eles dizem que o lugar é dos metodistas ou batistas, não sei dizer qual dos dois, e lá em Gimmerton a chamam de capela".) Joseph já havia saído, mas achei melhor ficar em casa. É melhor para os jovens que fiquem sob a supervisão dos mais velhos, e Hareton, com toda sua timidez, não era nenhum modelo de bom comportamento. Deixei que o rapaz soubesse que a prima muito provavelmente viria se sentar conosco e que ela era alguém acostumada a ver o domingo sendo respeitado. Portanto, Hareton deveria por bem deixar suas armas e suas tarefas de lado enquanto a menina estivesse presente. Ele enrubesceu com a notícia e começou a observar as mãos e as roupas. O óleo e a pólvora sumiram no mesmo minuto. Percebi que ele pretendia fazer companhia à prima, e imaginei por seu comportamento que o rapaz queria parecer apresentável. Então, rindo como nunca me atreveria a rir caso o patrão estivesse por perto, ofereci-me para ajudá-lo, caso fosse de seu agrado, e fiz algumas brincadeiras com o embaraço dele. Hareton ficou taciturno e começou a praguejar.

– Bem, senhora Dean – falou Zillah, vendo-me insatisfeita com seus modos –, a senhora acha que sua jovem dama é boa demais para o senhor Hareton, e por acaso está certa. Mas reconheço que adoraria deixar o orgulho da garota um pouco mais fraco. O que toda a educação e delicadeza podem fazer por ela agora? É tão pobre quanto eu ou você. Mais pobre até, ouso dizer, pois a senhora tem suas economias e eu faço o possível para juntar algo pelo caminho.

Hareton permitiu que Zillah o ajudasse, e ela o adulou até deixá-lo de bom humor, de maneira que, quando Catherine desceu, ele quase se esqueceu dos insultos anteriores que havia recebido e tentou mostrar-se agradável por causa da governanta.

Então Zillah contou o seguinte:

A mocinha entrou no recinto tão fria quanto um pingente de gelo e tão altiva quanto uma princesa. Levantei-me e ofereci a ela meu lugar na poltrona. Mas ela torceu o nariz para minha civilidade. Earnshaw ficou de pé também, e pediu que ela viesse ao sofá a fim de se sentar perto do fogo, pois ele tinha certeza de que a prima sentia frio.

– Estou passando frio há um mês ou mais – ela respondeu, despejando as palavras com o tom mais desdenhoso que pôde.

Depois ela mesma pegou uma cadeira e a posicionou a certa distância de nós dois. Após ficar sentada ali até se aquecer, Catherine passou a olhar em volta, e, descobrindo alguns livros sobre o guarda-louças, ficou de pé no mesmo instante e se esticou para alcançá-los.

Mas estavam altos demais. O primo, após observá-la por um momento, por fim tomou coragem de ir ajudá-la. Ela estendeu o vestido, e Hareton depositou sobre o tecido os primeiros volumes que foi capaz de alcançar.

Foi um grande avanço para o rapaz. Ela não agradeceu, mas ele ainda assim sentiu-se satisfeito por Catherine ter aceitado sua ajuda. Até se aventurou a ficar por lá enquanto a garota examinava os livros, e apontou o que o atraía em algumas das antigas figuras que eles continham. Hareton nem mesmo se intimidou com o estilo atrevido com o qual ela arrancava as páginas dos dedos dele, contentando-se em recuar um pouco e ficar observando a prima em vez dos livros. Catherine continuou lendo, ou ao menos procurando algo para ler. A atenção dele, aos poucos, tornou-se bastante centrada no estudo dos cachos grossos e sedosos da garota. De sua posição, Hareton não podia ver o rosto dela, e nem ela podia vê-lo. E, talvez não totalmente consciente do que fazia, mas atraído assim como uma criança é levada a investigar uma vela, passou do olhar ao toque, estendeu a mão e acariciou um cacho, com tanto cuidado quanto se estivesse segurando um passarinho. Podia muito bem ter enfiado uma faca no pescoço de Catherine, tamanha foi a ira com que a garota se virou.

– Afaste-se agora mesmo! Como você ousa me tocar? O que está fazendo aí parado? – ela gritou em um tom de desgosto. – Não suporto você! Vou subir novamente caso tente chegar perto de mim.

O senhor Hareton recuou, o semblante o mais patético possível. Foi se sentar muito quieto na poltrona enquanto Catherine folheava seus volumes por outra meia hora. Por fim, Earnshaw finalmente atravessou o cômodo e sussurrou para mim:

– Zillah, pode pedir que ela leia para nós? Estou cansado de não fazer nada, e eu gosto... eu gostaria de ouvi-la lendo! Não diga que fui eu, faça de conta que foi um pedido seu.

– O senhor Hareton deseja que leia para nós, madame – eu falei de imediato. – Ele acharia uma enorme gentileza de sua parte e ficaria muito grato.

Ela franziu a testa e, erguendo os olhos, respondeu:

– Tenham o senhor Hareton e todos vocês a bondade de entender que rejeito qualquer pretensão de gentileza que vocês demonstrem a hipocrisia de me oferecer! Eu os desprezo, não tenho nada a dizer para qualquer um aqui! Na época em que eu teria dado minha vida por uma palavra amável, ou mesmo para ver um rosto amigo, todos vocês se afastaram. Mas não vou ficar aqui reclamando! Desci por causa do frio, não foi para diverti-los nem para desfrutar de suas companhias.

– E o que eu podia ter feito? – começou Earnshaw. – Como é que a culpa é minha?

– Ah, você é mesmo uma exceção! – respondeu a senhora Heathcliff. – Nunca senti falta de sua enorme consideração.

– Mas eu me ofereci mais de uma vez, e pedi... – disse o rapaz, afogueando-se diante daquele atrevimento. – Pedi ao senhor Heathcliff que me deixasse fazer a vigília do seu lado e...

– Cale a boca! Prefiro estar na rua ou em qualquer outro lugar do que ouvindo sua voz desagradável em meus ouvidos! – disse a dama.

Hareton murmurou que, no que dependesse dele, ela poderia muito bem ir para o inferno. Desembainhando suas armas, parou de se conter e foi cuidar de suas ocupações dominicais. Estava falante agora, até demais, e Catherine logo achou por bem voltar à solidão do andar de cima. Mas a geada havia se instalado, e, a despeito de seu orgulho, ela foi forçada a cada vez mais suportar nossa presença. No entanto, tomei cuidado para que minha boa natureza não se tornasse mais motivo de escárnio; desde então, tenho sido tão seca quanto ela, e Catherine não tem aliados ou amigos entre nós. E nem merece ter algum, pois basta que alguém lhe dirija a palavra para que a moça responda sem o menor respeito. Ela desacata até o patrão, e o desafia a aplicar-lhe corretivos. E então, quanto mais se machuca, mais venenosa fica.

A princípio, ouvindo aquele relato de Zillah, fiquei determinada a abandonar meu posto, alugar uma cabana e fazer Catherine morar comigo. Mas o senhor Heathcliff permitiria tanto que isso acontecesse quanto deixaria Hareton morar sozinho em outra casa. Não consigo ver uma solução, no momento, a menos que ela possa se casar de novo, e tal esquema não cabe a mim ser providenciado.

E assim terminou a história da senhora Dean. Apesar da profecia do médico, estou rapidamente recuperando minhas forças. Embora seja apenas a segunda semana de janeiro, planejo sair a cavalo dentro de um ou dois dias e cavalgar até Wuthering Heights, a fim de informar meu senhorio de que passarei os próximos seis meses em Londres e que, se assim desejar, ele pode procurar outro inquilino para tomar meu lugar após outubro. Não desejo nem um pouco passar outro inverno aqui.

# Capítulo 31

Ontem foi um dia claro, calmo e gelado. Fui até Wuthering Heights como pretendia: minha governanta implorou que eu levasse um pequeno bilhete para sua jovem senhora, e não recusei, pois a boa mulher não concebia nada estranho em tal pedido. A porta da casa estava aberta, mas o portão zeloso encontrava-se trancado, assim como no dia de minha última visita. Bati no portão e invoquei Earnshaw, vindo entre os canteiros do jardim. Ele o destrancou e deixou que eu entrasse. O sujeito é de um tipo rústico tão bonito quanto se pode esperar. Observei-o com atenção dessa vez, mas ele aparenta fazer o mínimo para tirar proveito de suas qualidades.

Perguntei se o senhor Heathcliff estava em casa. Ele disse que não, mas que o homem estaria de volta para o almoço. Eram onze horas, então anunciei minha intenção de entrar para esperá-lo. Hareton imediatamente largou as ferramentas e me acompanhou, mais na condição de cão de guarda do que como substituto para meu anfitrião.

Entramos juntos. Catherine estava lá, ajudando a preparar alguns vegetais para a refeição que se aproximava. Parecia mais mal-humorada e menos espirituosa do que da primeira vez que eu a vira. Mal ergueu os olhos em sinal de reconhecimento, prosseguindo com sua tarefa no mesmo desprezo de antes pelas boas regras de educação. Não retribuiu minha reverência e meu bom-dia sequer com o mais leve reconhecimento.

*Ela não parece tão amável quanto a senhora Dean gostaria de me persuadir a acreditar. É uma lindeza, de fato, mas não é um anjo*, pensei.

Earnshaw, carrancudo, mandou que ela levasse suas coisas para a cozinha.

– Leve você mesmo – ela disse, empurrando os alimentos para longe assim que terminou de prepará-los. Então se retirou para um banquinho próximo à janela e começou a esculpir figuras de pássaros e feras nas cascas de nabo que trazia no colo.

Aproximei-me dela, fingindo querer olhar o jardim. E, segundo imaginei, deixei cair habilmente o bilhete da senhora Dean no joelho da jovem, sem que Hareton sequer notasse. Mas a garota perguntou em voz alta:

– E o que é isso? – Ela atirou o papel para longe.

– Uma carta de uma velha conhecida, a governanta da granja – respondi, irritado com a moça por ter exposto meu ato de bondade e temendo que ela pudesse ter imaginado tratar-se de um bilhete de minha parte. Ela teria ficado contente em recuperar a carta após ouvir essa informação, mas Hareton foi mais rápido. Ele agarrou o papel e o colocou no colete, afirmando que o senhor Heathcliff deveria ser o primeiro a ler. Diante disso, Catherine desviou o rosto de nós em silêncio e, furtivamente, tirou um lenço do bolso e começou a enxugar os olhos. O primo, depois de lutar por um instante para conter seus sentimentos mais amenos, puxou a carta do colete e a deixou cair no chão ao lado da jovem do jeito mais rude que pôde encontrar. Catherine agarrou o papel e o leu com ansiedade, e então me fez algumas perguntas a respeito dos moradores da granja, tanto das pessoas como dos animais. Contemplando as colinas, ela murmurou, em um monólogo:

– Gostaria de estar cavalgando com Minny lá embaixo! Gostaria de estar escalando aquelas pedras! Ah! Estou cansada... estou *paralisada*, Hareton! – Ela então recostou a linda cabeça no parapeito da janela, entre um bocejo e um suspiro, recaindo em um estado de abstraída tristeza, pouco se importando ou sequer notando que a observávamos.

– Senhora Heathcliff – falei, após permanecer calado por algum tempo –, não sabe que sou um conhecido seu? Tão íntimo que até acho estranho a senhora não me dirigir a palavra. Minha governanta não se cansa de falar e de elogiar sua pessoa. Ficará muito desapontada caso eu volte sem notícias suas, a não ser o fato de que recebeu a carta e não disse nada!

Ela pareceu refletir sobre aquele discurso, perguntando:

– Ellen gosta do senhor?

– Sim, gosta muito – respondi, um tanto hesitante.

– Diga a ela – a jovem continuou – que eu gostaria de responder a essa carta, mas que não tenho material para escrita, nem mesmo um livro do qual possa arrancar uma folha.

– Nem mesmo um livro! – exclamei. – Se me dá a liberdade de perguntar, como a senhora planeja continuar vivendo aqui sem eles? Embora conte com uma vasta biblioteca, sinto-me frequentemente entediado na granja. Tire os livros de mim, e então ficarei desesperado!

– Eu sempre os lia, enquanto os tinha comigo – disse Catherine. – Mas o senhor Heathcliff nunca lê, então colocou na cabeça que deveria destruí-los. Faz semanas que não vejo um livro. Uma vez, vasculhei a coleção de teologia de Joseph, o que o deixou profundamente irritado, e outra vez, Hareton, encontrei um estoque secreto de livros em seu quarto. Um pouco de latim e grego, alguns contos e poesia; todos velhos amigos. Eu os trouxe para cá, e então você os levou, assim como uma gralha rouba talheres de prata, pelo simples prazer de roubar! Eles são inúteis para você, ou então os escondeu por maldade, pensando que, já que é incapaz de apreciá-los, ninguém mais deveria lê-los. Talvez tenha sido a sua *inveja* a aconselhar o senhor Heathcliff e a fazê-lo levar embora meus tesouros? Mas a maior parte deles encontra-se escrita em meu cérebro e gravada em meu coração, e disso você não poderá me privar!

Earnshaw ficou vermelho depois que a prima trouxe à luz seus acúmulos literários secretos, e gaguejou uma negação indignada quanto àquelas acusações.

– O senhor Hareton desejava apenas aumentar seu conhecimento – eu falei, vindo em socorro ao jovem. – Ele não é invejoso, apenas deseja corresponder às suas qualidades. Ele será um ótimo estudante daqui a alguns anos.

– E quer que eu me afunde até virar uma idiota enquanto isso – respondeu Catherine. – Sim, eu o ouço tentando soletrar e ler para si mesmo, e que belos erros ele comete! Gostaria que repetisse sua leitura de *A balada de Chevy Chase* como fez ontem, foi bastante engraçado. Escutei tudo, e ouvi você folheando o dicionário para procurar as palavras difíceis, e depois praguejando porque não sabia ler as definições!

O jovem evidentemente detestava ser ridicularizado por sua ignorância, e ainda mais por tentar remediá-la. Tive uma noção semelhante e, lembrando-me da anedota da senhora Dean sobre a primeira vez em que tentara dissipar a escuridão na qual o rapaz fora criado, tratei de comentar:

– Ora, senhora Heathcliff, todos nós começamos de algum lugar, e todos nós tropeçamos e cambaleamos de início. Se nossos mestres tivessem demonstrado desprezo em vez de prestar auxílio, ainda estaríamos tropeçando e cambaleando.

– Ah! – ela respondeu. – Não tenho nenhum desejo de impedir os avanços de Hareton. Ainda assim, ele não tem direito de se apropriar do que é meu e tornar seu conteúdo ridículo por meio de erros vis e pronúncias malfeitas! Esses livros, tanto prosa quanto verso, são sagrados para mim devido a outras lembranças, e odeio vê-los insultados e profanados em sua boca! Além disso, Hareton escolheu meus títulos favoritos, os que mais gosto de ler, como se por maldade deliberada.

O peito de Hareton subiu e desceu em silêncio por um minuto: ele lutava contra um forte sentimento de mortificação e ira, algo nada fácil de reprimir. Fiquei de pé e, com uma noção cavalheiresca de tentar aliviar o constrangimento do rapaz, assumi um posto junto à porta, contemplando a paisagem lá fora. Ele seguiu meu exemplo e abandonou o recinto. Mas logo reapareceu, trazendo meia dúzia de volumes nas mãos, os quais atirou ao colo de Catherine, exclamando:

– Tome! Não quero mais ouvir, ler ou pensar nessas coisas outra vez!

– Agora não quero mais – ela respondeu. – Vou associá-los a você e então detestá-los.

A garota abriu um dos volumes, com traços óbvios de ter sido bastante manuseado, e leu um trecho usando o tom arrastado de um principiante. Então riu e atirou o livro para longe.

– E escutem este – ela prosseguiu, provocante, declamando os versos de uma antiga balada no mesmo estilo de voz.

Mas o amor-próprio de Hareton não suportaria novos tormentos: percebi, e não desaprovei totalmente, que o rapaz aplicava uma correção manual à língua insolente. A pequena infeliz havia feito o possível para ferir os sentimentos agudos, ainda que incultos, do primo. Uma disputa física era a única maneira da qual Hareton dispunha para equilibrar as coisas e dar o troco a quem lhe ofendia. Depois, ele recolheu os livros e atirou-os ao fogo. Li em seu semblante a angústia que lhe causou oferecer tal sacrifício à própria cólera. Imaginei que, à medida que os livros queimavam, ele rememorava o prazer que os textos ofereciam, além do triunfo e do prazer vindouro que esperava receber deles no futuro. Imaginei ter adivinhado também qual era o incentivo para seus estudos secretos. Hareton se contentara com o trabalho braçal e as rudes distrações animalescas até o dia em que Catherine cruzou seu caminho. A vergonha de ser desprezado e a esperança de receber a aprovação da prima foram seus primeiros estímulos rumo a objetivos mais elevados. E em vez de evitar o desprezo da jovem e ganhar sua admiração, seus esforços para educar-se haviam produzido justamente o resultado contrário.

– Sim, isso é tudo de bom que um bruto feito você poderia tirar de um livro! – gritou Catherine, passando a língua no lábio machucado e observando o incêndio com olhos indignados.

– É melhor que segure essa sua língua – o rapaz respondeu com ferocidade.

A agitação impediu que Hareton continuasse falando. Ele avançou depressa para a porta, e abri caminho para que passasse. Porém, antes de o jovem cruzar a soleira, foi interceptado pelo senhor Heathcliff, subindo pelo caminho pavimentado, que lhe segurou o ombro e perguntou:

– O que foi que aconteceu, meu rapaz?

– Nada, nada – ele disse, e se desvencilhou para desfrutar sozinho da mágoa e da raiva.

Heathcliff o observou indo embora e suspirou.

– Seria estranho se eu contrariasse a mim mesmo – ele murmurou, ignorando minha presença atrás dele. – Mas, quando procuro o pai de Hareton em seu rosto, é *ela* que encontro, cada dia mais! Como diabos ele pode ser assim? Mal consigo encará-lo.

O senhor Heathcliff pôs os olhos no chão e entrou na casa, melancólico. Havia uma expressão inquieta e angustiada em seu semblante, algo que eu nunca reparara. Ele também parecia mais magro. Sua nora, ao percebê-lo chegar através da janela, fugiu imediatamente para a cozinha, de modo que fiquei sozinho.

– Fico feliz de vê-lo fora de casa novamente, senhor Lockwood – ele disse, respondendo ao meu cumprimento. – Em parte por motivos egoístas, não acho que conseguiria substituir prontamente a sua perda no meio desta desolação. Já me perguntei mais de uma vez o que poderia tê-lo trazido à região.

– Um capricho fútil, temo dizer – foi minha resposta. – Ou ao menos é um capricho fútil que está para me levar embora. Devo partir para Londres na próxima semana. Vim avisá-lo de que não pretendo manter a granja Thrushcross além dos doze meses que acordei em alugá-la. Acho que não vou mais morar na casa.

– Ah, certamente... Está cansado de permanecer banido do mundo, não é? – ele disse. – Mas se veio implorar para não pagar pelos meses que passará ausente, o senhor perdeu a viagem, eu nunca desisto de exigir de alguém o que me é devido.

– Não vim pleitear nada disso – exclamei, consideravelmente irritado. – Se o senhor desejar, podemos acertar as pendências agora mesmo. – Puxei minha caderneta do bolso.

– Não, não – ele respondeu com frieza. – O senhor deixará para trás o suficiente para cobrir suas dívidas, caso não volte. Não estou com tanta pressa. Sente-se e almoce conosco. Um convidado que não pretende repetir a visita costuma ser bem recebido. Catherine, traga as coisas. Onde está você?

Catherine reapareceu, carregando uma bandeja com garfos e facas.

– Você pode almoçar com Joseph – murmurou Heathcliff de lado. – E fique na cozinha até que ele vá embora.

Ela obedeceu prontamente àquelas instruções. Talvez não se sentisse tentada a transgredi-las. Vivendo entre palhaços e misantropos, ela provavelmente não era capaz de apreciar companhia melhor quando a encontrava.

Com o senhor Heathcliff sombrio e taciturno de um lado e Hareton completamente em silêncio do outro, fiz uma refeição desprovida de alegria e me despedi deles logo cedo. Eu preferia ter saído pelos fundos, a fim de dar uma última olhada em Catherine e irritar o velho Joseph, mas Hareton recebera ordens de buscar meu cavalo, e meu anfitrião em pessoa escoltou-me até a porta, de modo que não pude realizar meu desejo.

– Como é triste a vida naquela casa! – refleti ao descer cavalgando pela estrada. – Teria sido mais romântico do que um conto de fadas para a senhora Linton Heathcliff caso tivéssemos nos afeiçoado, assim como pretendia sua amada ama, e migrado juntos para a atmosfera agitada da cidade!

# Capítulo 32

## 1802

Em setembro deste ano, fui convidado a desbravar os charcos de um amigo mais ao norte e, durante minha jornada até sua morada, vi--me inesperadamente a cerca de vinte quilômetros de Gimmerton. O cavalariço de uma estalagem à beira da estrada estava segurando um balde de água para refrescar meus cavalos quando uma carroça cheia de grãos verdes, recém-colhidos, passou por ele, e então o homem comentou:

– Essa aí vem de Gimmerton, sabe? Eles atrasam a colheita em três semanas do resto do pessoal.

– Gimmerton? – repeti. Minha estadia naquela localidade já havia se tornado uma recordação distante e anuviada. – Ah! Sim. Qual a distância até lá?

– Uns vinte quilômetros pelas colinas. E a estrada é ruim – ele respondeu.

Fui tomado por um impulso repentino de visitar a granja Thrushcross. Ainda não era meio-dia, e pensei que poderia passar a noite tão bem em meu próprio teto quanto em uma estalagem. Além disso, seria fácil reservar um dia para acertar as coisas com meu senhorio, e assim me poupar do trabalho de visitar novamente aquela vizinhança. Tendo descansado um pouco, ordenei a meu criado que descobrisse o caminho até a aldeia, e, quase levando nossos animais à exaustão, percorremos a distância em cerca de três horas.

Deixei o criado na aldeia e desci o vale sozinho. A igreja cinzenta parecia ainda mais cinzenta, e o cemitério solitário, ainda mais solitário. Distingui uma ovelha da charneca aparando a grama baixa entre as sepulturas. O tempo estava ameno e quente, quente demais para viajar, mas o calor não me impediu de apreciar a paisagem encantadora acima e abaixo. Caso tivesse presenciado aquela vista mais perto de agosto, tenho certeza de que ficaria tentado a perder um mês em tal local isolado. Se no inverno não havia nada mais sombrio, no verão não havia nada mais divino do que aqueles vales cercados por colinas e aquelas encostas íngremes e onduladas da charneca.

Cheguei na granja antes do crepúsculo e bati à porta, mas seus habitantes haviam se retirado para as partes de trás da casa, a julgar pela fumaça fina e azulada que saía pela chaminé da cozinha, e por isso não me ouviram. Dei a volta até o pátio. Na varanda, uma garota de nove ou dez anos estava sentada, bordando, enquanto uma mulher idosa reclinava-se contra os degraus, meditando em meio a baforadas do cachimbo.

– A senhora Dean está em casa? – perguntei à mulher.

– A senhora Dean? Não! – ela respondeu. – Ela não mora mais aqui. Agora fica em Wuthering Heights.

– Então a senhora é a governanta? – prossegui.

– É, eu cuido da casa.

– Bem, sou o senhor Lockwood, o patrão. Gostaria de saber se há algum quarto pronto para me hospedar. Desejo passar a noite.

– O patrão! – ela gritou, espantada. – Ora, quem saberia dizer que o senhor estava vindo? O senhor devia ter avisado. Não há nada seco ou organizado dentro da casa, nada mesmo!

Ela se desfez do cachimbo e entrou apressada, seguida pela garota. Também entrei. Logo percebi que o que ela dizia era verdade, e que, além disso, minha aparição fora de hora a havia perturbado. Pedi à mulher que se recompusesse. Eu sairia para um passeio, e, enquanto isso, ela tentaria preparar um canto da sala para o jantar e um quarto onde eu pudesse dormir. Nada de varrer ou espanar a poeira; seriam necessários apenas um bom fogo aceso e lençóis secos. Ela parecia disposta a dar o seu melhor, ainda que tenha usado uma escova em vez do atiçador para mexer as brasas e empregado erroneamente diversas outras ferramentas de seu ofício. Mas me retirei, confiando na habilidade da criada em prover um lugar de descanso na ocasião de meu retorno. Wuthering Heights era o objetivo proposto para minha excursão. Então pensei melhor e dei meia-volta assim que passei pelo pátio.

– Está tudo bem em Wuthering Heights? – perguntei à mulher.

– Está, até onde sei! – ela respondeu, afastando-se depressa com um recipiente repleto de cinzas quentes.

Gostaria de ter perguntado qual seria o motivo que levara a senhora Dean a abandonar a granja, mas era impossível atrasar a criada no meio daquela crise, então me virei e saí, caminhando devagar, com o brilho do sol poente em minhas costas e a leve glória da lua nascente em meu rosto – um astro desaparecendo enquanto o outro crescia – até deixar o parque e escalar a estrada pedregosa que se ramificava até a residência do senhor Heathcliff. Antes de avistar a casa, tudo o que restava do dia era uma fraca luz âmbar ao oeste. Ainda assim, na presença de uma lua tão esplêndida, eu era capaz de enxergar cada pedregulho e cada folha de grama pelo caminho. Não precisei pular o portão nem bater, ele se abriu ao meu toque. *Eis aqui uma melhoria*, pensei. E notei mais uma, através de minhas narinas, a fragrância de goivos e outras flores silvestres, flutuando no ar por entre o pomar da propriedade.

Tanto as portas quanto as venezianas estavam abertas. Ainda assim, como costuma ocorrer nos distritos carvoeiros, um belo fogo vermelho iluminava a lareira. O conforto obtido por aquela vista compensa o calor em excesso, tornando-o suportável. Mas a casa de Wuthering Heights é tão grande que seus habitantes contam com muito espaço para fugir da influência das chamas, de modo que seus residentes se encontravam não muito longe de uma das janelas. Mesmo antes de entrar, eu podia tanto vê-los quanto ouvi-los conversando e, por consequência, de fato vi e ouvi, movido por um misto de curiosidade e inveja, que crescia à medida que eu me demorava.

– Con-*trário*! – disse uma voz, doce feito um sino de prata. – É a terceira vez, seu asno! Não vou ensinar de novo. Trate de aprender, ou vou puxar seus cabelos!

– Contrário, então – respondeu o outro com a voz mais profunda, porém suave. – E agora me beije por ser tão dedicado.

– Não, leia primeiro do jeito certo, sem errar.

O orador masculino começou sua leitura. Ele era jovem, estava vestido de modo respeitável e sentado à mesa, com um livro aberto diante de si. Suas belas feições cintilavam de prazer, enquanto os olhos permaneciam vagando com impaciência entre as páginas do livro e uma pequena mão pálida que repousava em seu ombro e que, vez por outra, aplicava-lhe um tapa ao detectar qualquer sinal de desatenção. A dona da mão estava logo atrás. Seus cachos claros e brilhosos mesclavam-se contra a silhueta morena do rapaz sempre que ela se curvava para supervisionar seus estudos. E seu rosto... Era uma sorte que ele não pudesse ver o rosto dela, ou então jamais permaneceria concentrado daquele jeito. Eu podia vê-la, no entanto, e mordi o lábio, arrependido por desperdiçar a chance de fazer algo além de apenas contemplar sua beleza sobrepujante.

A tarefa foi cumprida, embora não livre de erros, mas o aluno reivindicou ainda assim sua recompensa. Recebeu pelo menos cinco beijos, os quais ele generosamente devolveu. Então eles vieram para a porta e, pela conversa, entendi que estavam prestes a sair em um passeio pelo charcos. Achei que, caso mostrasse minha infeliz presença nas vizinhanças, Hareton Earnshaw haveria de me condenar mentalmente às profundezas do inferno, senão pela própria boca. Então, sentindo-me muito mesquinho e maligno, dei a volta e me esgueirei para buscar refúgio na cozinha. O acesso também estava desimpedido por aquele lado, e minha velha amiga Nelly Dean estava à porta, costurando e cantarolando uma canção, interrompida constantemente por uma voz que vinha lá de dentro, proferindo palavras ásperas de desprezo e intolerância, distantes o suficiente de qualquer tonalidade musical.

– Prefiro tê-los gritando no meu ouvido de manhã até a noite do que ouvir você cantando! – falou o habitante da cozinha, em resposta a algum comentário feito por Nelly e que não consegui escutar. – É uma maldita vergonha que eu não possa abrir a Bíblia sem que você saia entoando glórias ao Satanás e a qualquer outra maldade assustadora que já pisou no mundo! Ah! Você é uma bela de uma inútil, e a menina é mais ainda. O pobre do garoto estará perdido entre vocês. Pobre rapaz! – ele acrescentou com um gemido. – Ele está enfeitiçado, tenho certeza. Ah, Senhor, venha julgar essas duas, pois não há lei ou justiça entre os que nos governam!

– Não mesmo, ou então estaríamos sentados em fogueiras, eu suponho – retrucou a cantora. – Mas fique quieto, meu velho, e leia sua Bíblia como um bom cristão, não se importe comigo. Estou cantando "O Casamento da Fada Annie", uma linda canção, boa para bailes.

A senhora Dean estava prestes a recomeçar quando entrei, e, reconhecendo-me no mesmo instante, ela ficou de pé em um pulo, exclamando:

– Ora, Deus o abençoe, senhor Lockwood! Como ousa aparecer desse jeito? Está tudo fechado na granja Thrushcross. O senhor deveria ter nos avisado!

– Dei um jeito de me acomodar por lá durante minha estadia – respondi. – Partirei novamente pela manhã. E como foi que acabou transportada para cá, senhora Dean? Conte-me.

– Zillah foi embora, e o senhor Heathcliff mandou que eu viesse logo depois que o senhor partiu para Londres, para ficar aqui até o seu retorno. Mas, por favor, entre! Veio andando de Gimmerton esta tarde?

– Vim da granja – respondi. – Enquanto preparam minhas acomodações por lá, pretendo concluir meus negócios com seu patrão, pois não sei quando terei outra oportunidade no futuro próximo.

– Que negócios, senhor? – falou Nelly, conduzindo-me para dentro da casa. – O patrão não se encontra no momento, e só vai retornar mais tarde.

– O aluguel – respondi.

– Ah! Então é com a senhora Heathcliff que deve conversar – a mulher comentou. – Ou então comigo. Ela ainda não aprendeu a administrar os próprios bens, então eu a ajudo. Não há mais ninguém.

Ela deve ter percebido minha expressão de surpresa.

– Ah! Vejo que não soube da morte de Heathcliff – ela continuou.

– Heathcliff está morto! – exclamei, atônito. – Quando isso aconteceu?

– Já faz três meses. Mas sente-se e deixe que eu leve seu chapéu, e então contarei tudo. Espere, o senhor ainda não comeu nada, não é?

– Não precisa, pedi que me fizessem o jantar em casa. Sente-se também. Nunca sonhei que o senhor Heathcliff pudesse estar morto!

Conte-me como isso aconteceu. Disse que não esperava que eles voltassem cedo. Os jovens, quero dizer.

– E não espero. Tenho de repreendê-los todas as noites por suas perambulações tardias, mas eles não ligam para minhas críticas. Ao menos tome um gole de nossa velha cerveja, senhor, vai lhe fazer bem. O senhor parece cansado.

Ela se apressou em buscar a bebida antes que eu tivesse a chance de recusar, e ouvi Joseph perguntar "se não era um escândalo gritante a mulher ter pretendentes com aquela idade. E então oferecer a cerveja da adega do patrão! Era muita vergonha ter de viver e ver aquilo".

A senhora Dean não ficou para retaliar, voltando no mesmo minuto acompanhada por uma caneca de prata reluzente, cujo conteúdo elogiei com sinceridade. Depois disso, ela me forneceu a continuação da história de Heathcliff. O homem teve um fim "estranho", como ela expressou.

⁂

Fui chamada a Wuthering Heights cerca de quinze dias após o senhor nos deixar, e obedeci com alegria, pensando no bem de Catherine. Meu primeiro encontro com ela deixou-me entristecida e chocada: como a garota estava diferente desde a nossa separação! O senhor Heathcliff não explicou suas razões para mudar de ideia quanto à minha vinda para cá. Apenas disse que precisava de meus serviços e que estava cansado de ver Catherine; mandou que eu transformasse a saleta em sala de estar e que mantivesse a jovem comigo. Ele já achava demais ter de vê-la uma ou duas vezes por dia. Catherine pareceu feliz com tal arranjo. Aos poucos, contrabandeei um grande número de livros da granja e outros artigos de seu agrado, e me congratulei por mantermos um relativo conforto. Mas a ilusão não durou muito. Catherine, que a princípio mostrava-se satisfeita, tornou-se irritadiça e inquieta em um breve período de tempo. Por um lado, ela estava proibida de sair para além do jardim, e ela se aborrecia por estar confinada aos estreitos limites da propriedade enquanto a primavera se aproximava. Por outro lado, eu era obrigada a deixá-la com frequência para realizar as tarefas da casa, e ela reclamava de solidão: preferia brigar com Joseph na cozinha a ficar sentada em paz sem companhia.

Eu não me importava com suas escaramuças, mas Hareton era frequentemente forçado a procurar abrigo na cozinha quando o patrão queria a casa só para si! E, embora inicialmente ela deixasse o cômodo quando ele aparecia ou viesse me ajudar em minhas ocupações, evitando falar com ele ou tecer comentários sobre o garoto, e embora Hareton continuasse sempre tão carrancudo e silencioso quanto fosse possível, Catherine mudou seu comportamento após um tempo. Tornou-se incapaz de deixá-lo quieto. Falava com ele, comentando sobre sua estupidez e ociosidade, expressando sua admiração por ele suportar aquela vida e por conseguir passar um dia inteiro sentado olhando para o fogo e cochilando.

– Ele é igualzinho a um cachorro, não é, Ellen? – a jovem observou certa vez. – Ou a um cavalo que puxa carroças? Ele faz seu trabalho, come e dorme eternamente! Que mente vazia e sombria deve ter! Você chega a sonhar, Hareton? E caso sonhe, do que se trata? Ah, mas você não está falando comigo!

Então ela o encarava, mas o rapaz não abria a boca e nem retribuía seu olhar.

– Talvez ele esteja sonhando agora mesmo – ela prosseguiu. – Está contraindo o ombro assim como Juno costuma fazer. Pergunte a ele, Ellen.

– O senhor Hareton vai pedir ao patrão que a mande para o andar de cima se você não se comportar! – eu disse. Ele não havia apenas contraído os ombros, mas também cerrado os punhos, como se estivesse tentado a usá-los.

– Sei por que Hareton nunca fala enquanto estou na cozinha – Catherine exclamou em outra ocasião. – Ele tem medo que eu ria dele. Ellen, o que você acha? Hareton tentou aprender a ler sozinho certa vez. Depois que ri de suas trapalhadas, ele queimou os livros e parou de tentar. Não é um tolo?

– E você não foi maldosa? – falei. – Responda.

– Talvez tenha sido – ela continuou. – Mas não esperava que ele fosse tão tolo. Hareton, se eu lhe entregasse um livro, você o pegaria? Vamos tentar!

Ela pôs um livro que estivera lendo nas mãos dele. O rapaz o atirou para longe e resmungou que torceria o pescoço da prima caso ela não o deixasse em paz.

– Bem, vou colocá-lo aqui – ela disse. – Está na gaveta da mesa. Agora vou me deitar.

Catherine então sussurrou que eu observasse se Hareton iria ou não tocar no livro, depois foi embora. Mas ele nem mesmo se aproximou. Foi o que relatei para ela na manhã seguinte, para sua grande decepção. Percebi que a jovem lamentava o mau humor e a indolência perseverante de Hareton, sua consciência a reprovava por tê-lo feito desistir dos estudos, e isso ela fizera com eficácia. Mas a engenhosidade de Catherine estava trabalhando para remediar o ferimento, enquanto eu passava ferro ou fazia outras atividades que me exigiam ficar parada e que não poderiam ser feitas na sala de estar, ela trazia algum volume divertido e o lia em voz alta para mim. Quando Hareton estava lá, ela costumava fazer uma pausa em alguma parte interessante e então abandonava o livro em algum lugar. Fazia isso repetidas vezes, mas o rapaz era obstinado feito uma mula e, em vez de morder a isca, passou a fumar com Joseph nos dias de chuva. Os dois se sentavam como autômatos, em de cada lado do fogo, o mais velho felizmente surdo demais para ouvir "as tolices perversas de Catherine", como costumava chamar, e o mais novo fazendo o melhor que podia para ignorá-las. Nas noites de tempo ameno, o jovem saía em suas expedições de caça, e Catherine bocejava e suspirava, provocando-me para que eu falasse com ela, mas fugindo para o pátio ou jardim no momento em que eu começava. Como último recurso, ela chorava e afirmava estar cansada de viver: sua existência era inútil.

O senhor Heathcliff, que a cada dia se tornava menos inclinado a conviver em sociedade, praticamente baniu Earnshaw de seus aposentos. Devido a um acidente no início de março, o rapaz tornou-se um elemento fixo da cozinha durante alguns dias. Sua arma disparara sozinha enquanto ele estava nas colinas, e um estilhaço cortou seu braço. Ele perdeu uma boa quantidade de sangue antes de chegar em casa. Por consequência, ele foi, forçosamente, condenado a ficar junto à lareira e à tranquilidade até se recuperar. Convinha a Catherine tê-lo ali, e, de qualquer modo, isso a fez odiar como nunca seu quarto no andar de cima. Ela me pressionava a encontrar tarefas para realizar lá embaixo, pois assim podia me acompanhar.

Na segunda-feira de Páscoa, Joseph foi para a feira de Gimmerton levando o gado, e, à tarde, eu estava ocupada em passar a roupa de cama na cozinha. Earnshaw estava sentado ao lado da chaminé, taciturno como sempre, enquanto minha pequena patroa gastava o tempo em fazer desenhos nas vidraças, variando sua distração com o cantarolar abafado de canções, exclamações sussurradas e olhares rápidos de aborrecimento e impaciência na direção do primo, que não parava de fumar e olhar para o fogo. Quando avisei que não conseguia mais trabalhar com ela tapando a luz da janela, Catherine mudou para perto da lareira. Dei pouca atenção ao que ela fazia, mas, em pouco tempo, ouvi-a começar a falar:

– Eu descobri, Hareton, que eu quero... que estou feliz por... que eu gostaria que você fosse meu primo agora, caso você não estivesse tão zangado e tão ríspido comigo.

Hareton não lhe deu resposta.

– Hareton, Hareton, Hareton! Está me ouvindo? – ela insistiu.

– Saia daqui! – ele rosnou em sua intransigente aspereza.

– Dê-me esse cachimbo – ela disse, erguendo a mão com cuidado e retirando o objeto da boca do jovem.

Antes que ele tivesse a chance de recuperá-lo, o cachimbo foi quebrado e atirado ao fogo. Hareton praguejou e fez menção de ir buscar outro.

– Pare! – ela exclamou. – Precisa me escutar primeiro, e não consigo falar com toda essa fumaça flutuando no meu rosto.

– Vá para o diabo! – ele bradou com ferocidade. – Deixe-me em paz!

– Não – ela insistiu. – Não vou fazer isso. Não sei o que fazer para que volte a falar comigo, e você está determinado a não me entender. Quando o chamo de estúpido, não significa nada, não significa que o desprezo. Ande, preste atenção em mim, Hareton, você é meu primo, e pode me considerar como tal.

– Não quero ter nada a ver com você, seu orgulho imundo ou suas malditas zombarias ardilosas! – ele respondeu. – Prefiro ir ao inferno, de corpo e alma, do que sequer olhar de lado para você novamente. Saia agora mesmo da minha frente!

Catherine franziu a testa e retirou-se para junto do parapeito da janela, mordendo o lábio e tentando, por meio do murmúrio de uma melodia excêntrica, esconder uma tendência crescente a cair no choro.

– Você deveria ser amigo de sua prima, senhor Hareton – eu interrompi –, pois ela está arrependida das maldades que cometeu.

Seria ótimo para você. Viraria outro homem caso a tivesse como companheira.

– Companheira! – ele exclamou. – Como, se ela me odeia e não me acha digno nem de limpar seus sapatos? Não, nem que eu virasse um rei, eu nunca mais vou ser motivo de riso enquanto tento alcançar suas boas graças!

– Não sou eu que o odeio, é você que me odeia! – choramingou Cathy, abandonando qualquer disfarce de sua aflição. – Você me odeia tanto quanto o senhor Heathcliff, ou até mais.

– E você é uma maldita mentirosa – começou Earnshaw. – Ora, se não fui eu que tomei seu partido e deixei Heathcliff com raiva uma centena de vezes? E isso enquanto você zombava de mim, me desprezava e... Continue me atormentando, e então entrarei ali e falarei pra ele que você me afugentou da cozinha!

– Não sabia que você tomava meu partido – a garota respondeu, enxugando os olhos. – Eu estava infeliz e amarga com todos na época, mas agora agradeço e imploro que me perdoe. O que posso fazer além disso?

Ela voltou a se aproximar da lareira e estendeu a mão com sinceridade. Hareton ficou sombrio e fechou o rosto como uma verdadeira tempestade, mantendo os punhos cerrados e resolutos, encarando o chão. Catherine, por instinto, deve ter percebido que era apenas o orgulho, e não o desagrado, que o levava adotar aquela conduta, pois, após um momento de indecisão, ela deu um passo à frente e depositou um beijo gentil na bochecha de Hareton. A pequena bruxa pensou que eu não a tinha visto e, recuando, voltou a seu posto na janela, bastante recatada. Balancei a cabeça em reprovação, ao que ela corou e sussurrou:

– Ora! O que eu deveria ter feito, Ellen? Ele não quis apertar minha mão e nem olhar para mim. Eu precisava mostrar de algum jeito que gosto dele... que desejo ser sua amiga.

Não sei dizer se o beijo convenceu Hareton, ele foi muito cuidadoso nos primeiros minutos para manter o rosto escondido, e, quando finalmente o ergueu, parecia perdido e sem saber para onde olhar.

Catherine se ocupou em embrulhar com capricho um belo livro em papel branco, amarrando-o com um pedaço de fita. Endereçou o pacote ao "Senhor Hareton Earnshaw". Desejava que eu fosse sua embaixatriz e que levasse o presente até seu destinatário.

– E diga a ele que, se aceitar o livro, eu virei para ensiná-lo a ler direito – falou a jovem. – E que, se ele recusar, então vou subir e nunca mais volto a provocá-lo.

Levei a encomenda e repeti a mensagem, sendo ansiosamente observada por minha empregadora. Hareton não abriu as mãos, então depositei o livro em seus joelhos. Ao menos ele não o jogou fora. Voltei ao trabalho. Catherine apoiou a cabeça e os braços na mesa, até que ouviu o leve farfalhar do embrulho sendo rasgado. Então ela se esgueirou e foi se sentar silenciosamente ao lado do primo. Este tremia, o rosto brilhando. Toda a grosseria e rudeza o haviam abandonado; ele não conseguia reunir coragem, a princípio, para pronunciar uma sílaba sequer em resposta ao olhar questionador de Catherine e à petição que ela lhe murmurava.

– Diga que me perdoa, Hareton, por favor. Você pode me fazer tão feliz se disser apenas uma palavra.

Ele murmurou algo inaudível.

– E você vai ser meu amigo? – acrescentou Catherine.

– Não, você teria vergonha de mim todos os dias de sua vida – ele respondeu. – E quanto melhor me conhecer, mais vergonha vai sentir. Eu não suportaria isso.

– Então você não vai ser meu amigo? – ela disse, sorrindo tão doce quanto o mel, aconchegando-se mais perto dele.

Não consegui ouvir mais nenhuma conversa entre os dois. Porém, ao virar para olhá-los novamente, percebi rostos tão radiantes curvados sobre a página do livro que não duvidei de que o tratado de paz havia sido ratificado por ambas as partes. Os inimigos, dali em diante, tornaram-se aliados juramentados.

O texto que estudavam era cheio de gravuras suntuosas, e tanto elas como a posição em que se encontravam dispunham de charme o suficiente para manter os jovens impassíveis até que Joseph voltasse para casa. O homem, coitado, ficou perfeitamente pasmo diante daquele espetáculo, vendo Catherine sentada no mesmo banco que Hareton Earnshaw, com a mão em seu ombro. Joseph ficou ainda mais confuso ao perceber como seu favorito tolerava a presença da garota, afetado demais até mesmo para se permitir tecer comentários quanto ao assunto naquela noite. Sua emoção revelou-se apenas pelos imensos suspiros que deixou escapar enquanto abria solenemente sua Bíblia sobre a mesa e depositava nela os recibos de sua caderneta, produtos das transações daquele dia. Ao fim da tarefa, ele pediu que Hareton se levantasse.

– Leve isso ao patrão, meu rapaz – ele disse. – E fique por lá. Vou para meu próprio quarto. Esta cozinha não é decente e nem apropriada para nós: devemos dar o fora e procurar outro lugar.

– Venha, Catherine – falei. – Também precisamos "dar o fora" daqui: já terminei de passar ferro. Está pronta para subir?

– Ainda não são nem oito horas! – a jovem respondeu, levantando-se de má vontade. – Hareton, vou deixar o livro sobre a lareira, e amanhã trago outros volumes.

– Qualquer livro que deixar por aí eu vou tomar e levar embora – disse Joseph. – E vai ser bem difícil voltar a encontrá-lo, então fique à vontade!

Cathy ameaçou fazer retaliações à biblioteca do velho criado e, sorrindo ao passar por Hareton, subiu as escadas cantando: ouso dizer que com o coração mais leve do que nunca sob aquele teto, exceto, talvez, durante suas primeiras visitas a Linton.

A intimidade iniciada ali cresceu rapidamente, ainda que tenha encontrado interrupções temporárias. Earnshaw não podia tornar-se civilizado em um passe de mágica, e minha jovem dama não era lá nenhuma filósofa ou modelo de paciência. Porém, com ambas as mentes voltadas para a mesma direção, com uma amando e desejando estimar e o outro amando e desejando ser estimado, eles, no fim, deram um jeito de se acertar.

Como pode ver, senhor Lockwood, o coração da senhora Heathcliff é fácil de ser conquistado. Mas, agora, estou feliz pelo fato de o senhor não ter tentado. A glória de todos os meus desejos será presenciar a união de ambos. No dia do casamento, não hei de invejar ninguém, pois não haverá mulher mais feliz do que eu em toda a Inglaterra!

# Capítulo 33

Na manhã seguinte àquela segunda-feira, com Earnshaw ainda incapaz de cumprir seus afazeres habituais, e, portanto, permanecendo confinado em casa, descobri depressa que seria impossível manter Catherine a meu lado, como nos outros dias. Ela desceu antes de mim e saiu para o jardim, onde vira o primo realizando alguma tarefa leve. Quando fui chamá-los para o desjejum, vi que Catherine havia persuadido Hareton a limpar uma grande área de solo, removendo os arbustos de groselha enquanto planejavam juntos a importação de algumas mudas da granja.

Fiquei apavorada com a devastação que haviam causado em apenas meia hora, as groselheiras-pretas eram as meninas dos olhos de Joseph, e a garota havia decidido montar seu canteiro de flores bem no lugar delas.

– Ora! Isso será mostrado ao patrão no minuto em que Joseph descobrir – exclamei. – E que desculpa vocês darão por tomar tamanha liberdade com o jardim? Vai ser um belo de um tormento por causa disso, vocês verão! Senhor Hareton, imaginei que teria mais juízo antes de sair e fazer toda essa bagunça só porque Catherine pediu!

– Esqueci que as amoras eram de Joseph – respondeu Earnshaw, um tanto confuso. – Mas direi a ele que fui eu que as arranquei.

Nós sempre fazíamos as refeições com o senhor Heathcliff. Eu ocupava o posto de patroa na hora de fazer o chá e cortar as carnes, então minha presença era sempre requisitada à mesa. Catherine costumava se sentar perto de mim, mas, naquele dia, foi para junto de Hareton. Logo me dei conta de que a garota não seria mais discreta ao disfarçar sua amizade do que fora em disfarçar sua hostilidade.

– Preste atenção, lembre-se de não falar com seu primo e nem dar muita atenção para ele – foram as instruções que sussurrei para ela antes de entrarmos na sala. – Isso com certeza irritaria o senhor Heathcliff, e então ele ficaria bravo com vocês.

– Não farei nada – respondeu Catherine.

No minuto seguinte, ela estava junto de Hareton, colocando prímulas em seu prato de mingau.

O rapaz não ousava falar com ela ali, e mal ousava encará-la. Ainda assim, Catherine seguiu provocando, até que por duas vezes ele precisou segurar o riso. Endureci minha expressão, e então a garota olhou para o senhor Heathcliff. Ele estava com a mente ocupada por outros assuntos que não seus companheiros de mesa, a julgar por seu semblante. Catherine ficou séria por um instante, examinando-o com profunda atenção. Depois ela se virou e retomou as brincadeiras, e, por fim, Hareton deixou escapar uma risada abafada. O senhor Heathcliff teve um sobressalto, e seus olhos percorreram rapidamente nossos rostos. Catherine confrontou-o com a costumeira expressão que ele tanto abominava, um misto de nervosismo e desafio.

– É bom que esteja fora do meu alcance – exclamou Heathcliff. – Que demônio a possuiu para fazê-la me encarar assim, continuamente, com esses olhos infernais? Coloque-os para baixo! E não me deixe lembrar outra vez sobre sua existência. Achei que a tivesse curado de sair rindo por aí.

– Fui eu – murmurou Hareton.

– O que foi que disse? – quis saber o patrão.

Hareton olhou para seu prato e não repetiu a confissão. O senhor Heathcliff o observou por um tempo antes de retomar silenciosamente seu desjejum e suas reflexões interrompidas. Os jovens prudentemente se separaram, e nós estávamos quase terminando a refeição, de modo que não previ novas perturbações para o momento. Mas então Joseph apareceu na porta, revelando, por entre lábios trêmulos e olhos furiosos, que o ultraje cometido contra seus preciosos arbustos fora detectado. Devia ter visto Cathy e o primo no jardim antes de examiná-lo, pois, enquanto sua mandíbula tremia como o ruminar de uma vaca, de modo a tornar suas palavras difíceis de entender, ele começou:

– Quero pedir minhas contas e dar o fora daqui! Eu pretendia *morrer* aqui, onde servi por sessenta anos. Até pensei em levar meus livros e minhas coisas para o sótão, e deixar a cozinha só para eles, pelo bem da paz. Seria difícil abrir mão da lareira, mas pensei poder muito bem fazer isso! Mas não... Ela tirou também meu jardim, e em nome de meu coração, patrão, não vou tolerar uma atitude dessa! O senhor pode aceitar essa tirania, se quiser, mas eu não estou acostumado a isso, um homem velho não se acostuma fácil com novos fardos. Eu prefiro fazer por merecer minha comida e minha bebida segurando um martelo na estrada!

– Calma, calma, seu idiota! – interrompeu Heathcliff. – Pare com isso! Qual é sua reclamação? Não vou interferir em nenhuma briga sua com Nelly. Por mim, ela pode muito bem enfiá-lo no depósito de carvão.

– Não estou falando de Nelly! – respondeu Joseph. – Eu não me daria ao trabalho por Nelly, essa coisinha asquerosa e inútil que ela é. Deus seja louvado! Ela não é capaz de roubar a alma de ninguém! Nunca foi bonita a ponto de deixar alguém embasbacado. Estou falando dessa menina assustadora e desgraçada que enfeitiçou nosso rapaz com seus olhos grandes e seus modos impertinentes, até que... Não! Quase me parte o coração! Ele esqueceu tudo que fiz por ele, tudo o que ensinei... Saiu para o jardim e derrubou uma fileira inteira das minhas maiores groselheiras – E então o homem começou a se lamentar abertamente, desgovernado pelos sentimentos feridos e temendo a ingratidão e a circunstância perigosa de Earnshaw.

– O imbecil por acaso está bêbado? – perguntou o senhor Heathcliff. – Hareton, é você quem ele está acusando de alguma coisa?

– Eu arranquei dois ou três dos arbustos – respondeu o jovem. – Mas vou colocá-los de volta.

– E por que foi que os arrancou? – quis saber o patrão.

Catherine, muito sábia, colocou a língua para trabalhar.

– Nós queríamos plantar algumas flores no lugar – ela gritou. – Sou a única culpada aqui, pois pedi a Hareton que arrancasse os arbustos.

– E quem diabos lhe deu permissão para tocar em um único galho do jardim? – quis saber o sogro de Catherine, bastante surpreso. – E quem mandou *você* obedecer? – ele acrescentou, virando-se para Hareton.

Este último estava sem palavras. A prima respondeu em seu lugar:

– Não devia ficar se lamentando porque enfeitei alguns metros de terreno quando foi o senhor que tomou todas as minhas terras!

– Suas terras, sua vagabunda insolente! Você nunca possuiu terra alguma – exclamou Heathcliff.

– E também o meu dinheiro – a garota continuou, devolvendo o olhar irado do homem enquanto mordia uma crosta de pão, as sobras de seu desjejum.

– Silêncio! – ele gritou. – Cale a boca e vá embora!

– E também as terras de Hareton e o dinheiro dele – insistiu a criaturinha inconsequente. – Hareton e eu somos amigos agora. Contarei a ele sobre o senhor!

O patrão pareceu ficar confuso por um instante: empalideceu e ficou de pé, olhando-a durante todo esse tempo com uma expressão mortífera de ódio.

– Se me bater, Hareton baterá no senhor – ela disse. – Então é melhor voltar a se sentar.

– Se Hareton não a colocar daqui para fora, vou enviá-los aos tapas até o inferno! – trovejou Heathcliff. – Bruxa maldita! Ousa tentar virá-lo contra mim? Tire-a já daqui! Ouviu bem? Atire-a na cozinha! Eu vou matá-la, Ellen Dean, se deixar essa garota aparecer de novo sob as minhas vistas!

Hareton tentou, aos sussurros, persuadir Catherine a sair.

– Arraste-a para longe! – Heathcliff gritou com selvageria. – Ou prefere ficar para conversar? – Então ele se aproximou dela para executar o próprio comando.

– Hareton não vai mais obedecê-lo, seu homem terrível – falou Catherine. – Logo ele o odiará tanto quanto eu o odeio.

– Chega! Chega! – murmurou o jovem rapaz em tom de reprovação. – Não vou deixar que fale assim com ele. Já chega.

– Mas vai deixar que ele me bata? – ela exclamou.

– Então venha comigo – Hareton sussurrou com gravidade.

Mas já era tarde demais: Heathcliff segurara Catherine.

– Agora vá *você* embora! – ele falou para Earnshaw. – Bruxa maldita! Desta vez ela conseguiu me provocar além da conta, e vou fazer com que se arrependa para sempre!

O homem a segurava pelos cabelos. Hareton tentou soltar seus cachos, suplicando que o outro não a machucasse daquela vez. Os olhos negros de Heathcliff brilharam, e ele parecia pronto para rasgar Catherine em pedaços. Eu já estava a meio caminho de ir socorrê-la quando, então, os dedos do patrão relaxaram de repente, passou a segurá-la pelos braços, encarando fixamente o rosto da jovem. Em seguida, cobriu os olhos com a mão, parando um momento para se recompor, e, virando-se novamente para Catherine, falou com a voz controlada:

– Você precisa aprender a não me colocar neste estado, ou qualquer dia desses vou realmente matá-la! Vá ficar com a senhora Dean e mantenha-se com ela. Deixe que somente ela escute as suas insolências. Quanto a Hareton Earnshaw, se eu o pegar dando ouvidos a você, mandarei o garoto embora para ganhar o próprio sustento! Seu amor fará dele um pária e um pedinte. Nelly, leve-a embora, e deixem-me em paz todos vocês! Saiam!

Conduzi minha jovem dama para fora dali, ela estava feliz demais por ter escapado para tentar resistir. O outro nos seguiu, e o senhor Heathcliff ficou com a sala toda para ele até a hora do almoço. Aconselhei Catherine a fazer a refeição no andar de cima, mas, assim que percebeu o assento dela vazio, o patrão mandou que eu fosse chamá-la. Ele não falou com ninguém, comeu muito pouco e saiu logo depois, indicando que não voltaria antes do anoitecer.

Os dois novos amigos tomaram conta da casa durante aquela ausência, e vi Hareton interromper severamente a prima quando esta tentou lhe revelar detalhes sobre a conduta do sogro com relação ao pai deste. Hareton afirmou não permitir que qualquer palavra fosse proferida em depreciação a Heathcliff e que não se importaria mesmo que o patrão fosse o próprio demônio, pois ainda assim ficaria a seu lado. Preferiria que Catherine brigasse com ele, como costumava fazer, do que sair atacando o senhor Heathcliff daquele jeito. Catherine estava ficando irritada, mas Hareton encontrou um meio de fazê-la segurar a língua: perguntou o que a garota acharia de vê-lo falando mal de seu finado pai. Ela então compreendeu que Earnshaw mantinha a reputação de Heathcliff guardada para si mesmo, e que era atado a ele por vínculos mais fortes do que a razão seria capaz de romper – correntes forjadas pelo hábito, de modo que seria cruel tentar afrouxá-las. Catherine demonstrou ter um bom coração a partir dali, e evitou reclamar ou expressar sua antipatia pelo patrão. Depois confessou-me ter se arrependido de tentar provocar uma briga entre ele e Hareton. Na verdade, não creio que ela tenha dito sequer mais uma sílaba contra seu opressor, ao menos não na presença do primo.

Após essa ligeira discordância ter terminado, eles viraram amigos de novo, tão ocupados quanto possível em suas várias tarefas enquanto aluno e professora. Fui sentar-me com eles depois de terminar meus serviços. Senti-me tão tranquila e consolada ao observá-los que nem percebi o tempo passando. O senhor sabe que, de certo modo, considero ambos como meus filhos. Sempre me orgulhei da garota, e, agora eu tinha certeza, o outro logo se tornaria uma fonte idêntica de satisfação. A natureza honesta, calorosa e inteligente de Hareton afastou rapidamente as nuvens de ignorância e degradação nas quais ele fora criado, e os elogios sinceros de Catherine serviam como estímulos para seus esforços. Sua mente agora iluminada servia para abrilhantar suas feições, acrescentando espírito renovado e nobreza a seu aspecto: eu mal podia acreditar que aquele era o mesmo indivíduo que eu encontrara no dia em que viera buscar minha pequena dama em Wuthering Heights após sua aventura pelos penhascos. O crepúsculo avançou enquanto eu admirava os dois trabalhando, e com ele voltou nosso patrão. O senhor Heathcliff chegou de modo inesperado, entrando pela porta da frente, e teve uma visão completa de nós três antes que tivéssemos tempo de erguer a cabeça para olhá-lo. *Bem*, refleti comigo mesma, *nunca houve visão mais agradável ou mais inocente do que esta, e será uma grande vergonha caso ele tente repreendê-los*. A luz avermelhada do fogo brilhava sobre suas belas figuras, revelando rostos animados por um entusiasmo infantil, pois, embora Hareton tivesse vinte e três anos e

Catherine dezoito, ambos tinham tantas novidades a sentir e aprender que não experimentavam e nem deixavam transparecer o desencanto da maturidade sóbria.

Hareton e Catherine levantaram os olhos ao mesmo tempo para encarar o senhor Heathcliff. Talvez o senhor ainda não tenha notado que eles têm exatamente os mesmos olhos, os olhos de Catherine Earnshaw. A Cathy de agora não tem outra semelhança com a mãe, exceto a largura da testa e uma certa curvatura nas narinas que a faz parecer altiva mesmo sem querer. Já em Hareton a semelhança vai mais longe: sempre foi grande, mas naquele momento parecia particularmente impressionante, pois os sentidos do rapaz estavam em alerta e suas faculdades mentais haviam despertado para atividades que não lhe eram habituais. Suponho que a semelhança tenha desarmado o senhor Heathcliff. O patrão caminhou até a lareira em evidente agitação. Mas então ele contemplou Hareton e conteve seus sentimentos, ou, melhor dizendo, alterou sua natureza, pois ainda estavam lá. Retirou o livro da mão do jovem e olhou para as páginas abertas, depois o devolveu sem tecer comentários, apenas sinalizando para que Catherine saísse dali. O companheiro a seguiu logo atrás, e eu estava prestes a me retirar também quando Heathcliff me chamou e pediu para que eu ficasse.

– É um desfecho pobre, não acha? – ele comentou, tendo refletido um pouco sobre a cena que acabara de testemunhar. – Um final absurdo para meus esforços violentos. Uso alavancas e picaretas para demolir as duas casas, treino para ser capaz de realizar feitos dignos de Hércules e, quando tudo está pronto e bem ao meu alcance, descubro que a vontade de arrancar sequer uma telha de suas moradas desapareceu! Meus antigos inimigos não foram capazes de me vencer, e agora seria o momento ideal para executar minha vingança sobre seus representantes. Eu poderia fazer isso, e ninguém viria me impedir. Mas onde está o propósito? Não me interesso em golpear, não me incomodo nem em levantar a mão! Soa como se eu tivesse trabalhado esse tempo todo apenas para no fim exibir um belo ato magnânimo. Mas está longe de ser o caso. Eu perdi a capacidade de usufruir da destruição alheia, e já estou muito acomodado para destruir a troco de nada. Nelly, há uma estranha mudança se aproximando. Neste momento já me encontro sob sua sombra. Tenho tão pouco interesse em minha vida cotidiana que mal me lembro de comer e beber. Esses dois que acabaram de deixar a sala são os únicos objetos que ainda retêm alguma aparência material distinta para mim, e tal aparência me causa uma dor que beira a agonia. Não quero comentar sobre *ela*, e nem desejo pensar nisso; mas eu sinceramente gostaria que a garota fosse invisível, sua presença invoca apenas sensações enlouquecedoras. Já *ele* mexe de modo diferente comigo, e, no entanto, eu nunca mais o veria se pudesse fazer isso sem parecer um louco! Talvez você pensasse que ando bem inclinado a me tornar um louco caso eu tentasse descrever os mil tipos de associações e memórias que Hareton desperta ou personifica – ele acrescentou, fazendo um esforço para sorrir. – Mas sei que não comentará nada do que eu digo, e minha mente é tão eternamente contida em si mesma que fico tentado, finalmente, a abri-la para alguém.

"Cinco minutos atrás, Hareton parecia uma personificação de minha própria juventude em vez de outro ser humano. Sinto tantas coisas por ele que seria impossível explicar racionalmente. Em primeiro lugar, a surpreendente semelhança do rapaz com Catherine o torna terrivelmente ligado a ela. Porém, isso que você poderia supor ter mais poder para prender minha imaginação é, na verdade, o que tem menos, pois o que é que para mim não está relacionado a Catherine? O que é que não me faz lembrar de sua pessoa? Não posso nem olhar para este piso, pois os traços dela estão esculpidos nos ladrilhos! Em cada nuvem, em cada árvore... Enchendo o ar da noite, capturada mediante vislumbres por cada objeto durante o dia. Estou cercado por sua imagem! Os rostos dos homens e mulheres mais comuns e até minhas próprias feições zombam de mim com uma certa semelhança. O mundo inteiro é uma terrível coleção de lembretes de que Catherine existiu e de que eu a perdi! Bem, a aparência de Hareton é como o fantasma de meu amor imortal, de meus esforços selvagens para assegurar meus direitos, de minha degradação, orgulho, felicidade e angústia...

"Mas é loucura repetir tais pensamentos para você: permitirá apenas que saiba porque, embora eu relute em estar sempre sozinho, a companhia do rapaz não me traz nenhum benefício, sendo na realidade um agravante para o tormento constante em que me encontro, o que em parte contribui para minha indiferença quanto ao relacionamento de Hareton com a prima. Não consigo mais prestar atenção nesses dois".

– Mas o que o senhor está querendo dizer com *mudança*, senhor Heathcliff? – perguntei, alarmada pelos modos do homem, ainda que, de acordo com meu julgamento, ele não corresse risco de cair desmaiado ou morto, era muito forte e saudável. E, quanto à razão, ele desde a infância sentia prazer em refletir sobre temas sombrios, entretendo-se com fantasias estranhas. Heathcliff podia ter uma fixação quanto ao seu falecido ídolo, mas em qualquer outra área suas faculdades mentais eram tão sólidas quanto as minhas.

– Não saberei o que está por vir até que aconteça – ele disse. – Não tenho uma ideia concreta sobre o que seja.

– O senhor não está se sentindo doente, não é? – perguntei.

– Não, Nelly, não estou.

– Então não tem medo da morte? – insisti.

– Medo? Não! – ele respondeu. – Não tenho qualquer medo, pressentimento ou esperanças de morrer. Por que deveria? Com minha constituição rígida e modo de vida moderado, além de ocupações pouco perigosas, devo permanecer acima do solo até que mal me reste um fio de cabelo preto em minha cabeça, e provavelmente assim será. E ainda assim não suporto continuar neste estado! Preciso me lembrar de respirar, e praticamente relembrar meu coração de bater! É como comprimir uma mola rígida: é por compulsão que realizo sem pensar o menor dos atos, e é por compulsão que noto qualquer coisa viva ou morta que não esteja associada a uma ideia universal. Possuo apenas um desejo, e todo o meu ser e minhas faculdades anseiam por alcançá-lo. Estão ansiando por tanto tempo, e com tanta firmeza, que estou convencido de poder alcançá-lo, e muito em breve, pois este devorou minha existência: fui engolido pela expectativa de sua realização. Essas confissões não me aliviaram, mas podem explicar algumas fases do temperamento que demonstro, que de outra maneira seriam inexplicáveis. Ó Deus! É uma longa luta, gostaria que já tivesse acabado!

Ele começou a andar pelo cômodo, murmurando coisas terríveis para si mesmo até me deixar inclinada a acreditar, assim como Joseph tinha feito, que a consciência do homem havia transformado seu coração em um inferno terreno. Perguntei-me como tudo aquilo poderia terminar. Embora Heathcliff raramente deixasse revelar aquele estado de espírito sequer em sua aparência, eu não tinha dúvidas de que fosse seu humor habitual, ele mesmo afirmara isso. Mas nenhuma alma teria conjecturado tal coisa ao observar sua conduta no dia a dia. O senhor não pensou isso ao conhecê-lo, senhor Lockwood, e na época deste relato ele ainda era o mesmo de antes: apenas mais inclinado à solidão contínua, e talvez ainda mais lacônico quando tinha companhia.

# Capítulo 34

Durante alguns dias após aquela noite, o senhor Heathcliff evitou nos encontrar no horário das refeições. Ainda assim, não consentia formalmente em excluir Hareton e Cathy. Tinha aversão a ceder tão completamente aos próprios sentimentos, preferindo se ausentar; e alimentar-se uma vez a cada vinte e quatro horas parecia sustento suficiente para ele.

Certa noite, após a família já estar na cama, ouvi o senhor Heathcliff descer as escadas e sair pela porta da frente. Não o ouvi retornar e, pela manhã, descobri que ainda não havia voltado. Estávamos em abril, o tempo era agradável e quente, com a grama tão verde quanto a chuva e o sol poderiam tê-la tornado. As duas macieiras-anãs, coladas ao muro sul, estavam em plena floração. Após o desjejum, Catherine insistiu que eu trouxesse uma cadeira e fosse cuidar de minhas costuras sob a sombra dos abetos nos fundos da casa, assim como convenceu Hareton, que havia se recuperado perfeitamente do acidente, a cavar e organizar seu pequeno jardim, transferido para aquele canto sob a influência das queixas de Joseph. Eu me deleitava confortavelmente com a fragrância da primavera ao redor e com o belo azul lá no alto quando minha jovem, que tinha corrido até o portão a fim de procurar raízes de prímula para um canteiro, retornou com apenas metade da tarefa feita para nos informar que o senhor Heathcliff estava chegando.

– E ele falou comigo – ela acrescentou, com a expressão perplexa.

– O que ele disse? – quis saber Hareton.

– Falou para que eu me afastasse o mais rápido possível – Catherine respondeu. – Mas parecia tão diferente do normal que fiquei parada por um momento para observá-lo.

– Quão diferente? – perguntou o rapaz.

– Ora, quase cintilante e feliz. Não, nada de *quase*. Ele estava *muito* animado, selvagem e feliz! – ela respondeu.

– Caminhadas noturnas costumam deixá-lo satisfeito – comentei, fingindo fazer pouco caso. Na verdade, estava tão surpresa quanto Cathy, e ansiosa para verificar a veracidade da afirmação, pois ver o patrão feliz não era um espetáculo muito comum. Arrumei uma desculpa para entrar. Heathcliff estava parado sob a porta aberta, pálido e trêmulo. Tinha, no entanto, um estranho brilho de alegria nos olhos, o que alterava a aparência de seu rosto como um todo.

– Deseja tomar o desjejum? – perguntei. – O senhor deve estar com fome após perambular a noite toda! – Meu objetivo era descobrir por onde ele estivera, mas sem indagar diretamente.

– Não, não estou com fome – ele respondeu, virando a cabeça para falar em tom de desprezo, como se adivinhasse que eu tentava investigar os motivos de seu bom humor.

Fiquei perplexa. Não sabia se era uma oportunidade adequada para oferecer minhas advertências.

– Não acho que seja certo alguém passar tanto tempo fora de casa em vez de estar na cama – observei. – Não é sensato, não com esse tempo úmido. Atrevo-me a dizer que o senhor vai acabar fortemente resfriado ou febril: agora mesmo está parecendo ter algum problema!

– Nada além do que sou capaz de suportar – respondeu Heathcliff. – E suportarei com prazer, desde que me deixe em paz. Entre e não me aborreça.

Obedeci. Enquanto passava, notei que ele respirava tão depressa quanto um gato.

*Pois sim*, refleti sozinha, *logo teremos uma doença por aqui. Sou incapaz de conceber o que ele andou fazendo.*

Ao meio-dia, Heathcliff sentou-se para almoçar conosco, recebendo de mim um prato bem cheio, como se para compensar o desjejum anterior.

– Não estou resfriado e nem com febre, Nelly – ele comentou, fazendo alusão ao meu discurso matinal. – E estou pronto para fazer jus à comida que você me oferece.

Ele pegou o garfo e a faca e já estava prestes a começar quando a inclinação pareceu se extinguir de repente. Pousando os talheres sobre a mesa, olhou com ansiedade para a janela, e então se levantou e saiu. Nós o vimos andando de um lado a outro pelo jardim enquanto terminávamos a refeição. Earnshaw resolveu perguntar o motivo de o patrão não querer almoçar: achava que tínhamos o magoado de alguma forma.

– Bem, ele está vindo ou não? – Catherine quis saber quando o primo retornou.

– Não – Hareton respondeu. – Mas ele não está zangado. Parece realmente satisfeito como nunca, só ficou impaciente porque perguntei a mesma coisa duas vezes. Então mandou que eu viesse ficar com você, perguntando como diabos eu poderia desejar a companhia de qualquer outra pessoa.

Coloquei o prato dele junto ao fogão para manter a comida aquecida. Ele voltou após uma ou duas horas, depois que o cômodo já estava vazio, e não parecia nem um pouco mais tranquilo: trazia a mesma expressão sobrenatural – porque era sobrenatural – de alegria por baixo das sobrancelhas escuras. A mesma tonalidade exangue, com os dentes aparecendo aqui e ali em uma espécie de sorriso. O corpo de Heathcliff tremia, não como alguém que estremece de frio ou fraqueza, mas do modo como vibra uma corda bem esticada. Mais uma forte excitação do que de fato um tremor.

Pensei em perguntar qual era o problema, pois quem mais perguntaria? Então exclamei:

– Andou ouvindo boas notícias, senhor Heathcliff? O senhor parece estranhamente animado.

– E de onde me apareceriam boas notícias? – ele disse. – Estou animado pela fome, mas parece que não devo comer.

– Seu almoço está aqui – respondi. – Por que não come um pouco?

– Não quero – ele murmurou depressa. – Vou esperar o jantar. E, Nelly, de uma vez por todas, imploro que mantenha Hareton e a outra longe de mim. Não quero ser incomodado por ninguém, desejo ficar com este lugar só para mim.

– Existe alguma nova razão para este banimento? – indaguei. – Diga-me por que está agindo de modo tão esquisito, senhor Heathcliff. Por onde andou ontem à noite? Não pergunto por mera curiosidade, mas...

– Mas você está formulando a pergunta por mera curiosidade – ele me interrompeu com uma risada. – Ainda assim, vou respondê-la. Ontem à noite, eu estava no limiar do inferno. Hoje, estou olhando para meu céu. Estou mantendo os olhos nele, com menos de um metro a nos separar! E agora é melhor que você vá embora! Se não ficar bisbilhotando, não verá ou ouvirá nada que a assuste.

Como eu já limpara a lareira e retirara a mesa, fui embora, mais perplexa do que nunca.

O senhor Heathcliff não voltou a sair da casa naquela tarde, e ninguém se intrometeu em sua solidão até que, às oito horas, achei por bem levar-lhe uma vela e o jantar, ainda que ele não tivesse me convocado. O patrão estava encostado no peitoril de uma janela aberta, mas sem observar a paisagem lá fora, seu rosto estava virado para a escuridão interior do cômodo. O fogo havia se transformado em cinzas, repleto do ar úmido e ameno da noite nublada. Estava tudo tão quieto que era possível ouvir não apenas o murmúrio do riacho de Gimmerton, mas também suas marolas e gorgolejos sobre os seixos ou as pedras maiores que não podia encobrir. Deixei escapar uma exclamação de descontentamento diante da lareira apagada e me apressei em fechar as janelas, uma após a outra, até chegar na que ele ocupava.

– Devo fechar esta? – perguntei, com o objetivo de despertá-lo, pois o homem não se mexia.

A vela brilhou sob suas feições conforme eu falava. Oh, senhor Lockwood, não sou capaz de expressar o susto terrível que experimentei com aquela visão momentânea! Aqueles olhos escuros e profundos! Aquele sorriso e a palidez medonha! Pensei estar vendo um *goblin* no lugar do senhor Heathcliff e, em meu horror, deixei a vela inclinar-se contra a parede, deixando-nos no escuro.

– Sim, feche a janela – ele respondeu em sua voz habitual. – Ora, como você é desajeitada! Por que está segurando a vela de lado? Ande, vá buscar outra.

Corri para fora em um tolo estado de pavor. Falei para Joseph que o patrão queria uma vela nova e que lhe acendessem o fogo, pois não ousava eu mesma voltar para lá no momento.

Joseph enfiou algumas brasas na pá e foi até lá, mas então as trouxe de volta logo em seguida, segurando a bandeja do jantar na outra mão e explicando que o senhor Heathcliff estava indo se deitar e não desejava comer nada até a manhã seguinte. Nós o ouvimos subindo as escadas. Ele não seguiu para o quarto de sempre, preferindo entrar no cômodo com a cama de painéis. A janela que se encontra ali, como já mencionei antes, é larga o suficiente para que uma pessoa consiga atravessar, e ocorreu-me que o patrão pudesse estar planejando outra excursão noturna sem que suspeitássemos de nada.

– Ele por acaso é um morto-vivo ou um vampiro? – perguntei-me. Já havia lido sobre tais horrendos demônios encarnados. Mas então me propus a refletir sobre como eu o havia criado na infância e o observado crescer até a juventude, acompanhando-o por quase toda a vida. Era absurdo ceder àquela sensação de horror. Ainda assim, a superstição sussurrava enquanto eu cochilava: "E de onde veio aquela coisinha escura, abrigada por um bom homem para então causar-lhe a ruína?". Comecei, meio que em sonhos, a refletir sobre uma ascendência adequada para Heathcliff. Repetindo as meditações que fizera acordada, repassei toda sua existência outra vez com algumas variações sinistras. Por fim, imaginei sua morte e seu funeral, dos quais tudo o que lembro é de estar extremamente aborrecida com a tarefa de inventar uma inscrição para o túmulo. Lembro-me de ter consultado o sacristão, e, como o falecido não tinha sobrenome e nem idade certa, éramos obrigados a nos contentar com uma única palavra: "Heathcliff". Isso acabou se tornando realidade. Se o senhor for ao cemitério, lerá na lápide dele apenas o nome e a data de sua morte.

O amanhecer me restaurou o bom senso. Assim que pude enxergar alguma coisa, levantei-me e fui ao jardim para verificar se havia pegadas sob a janela de Heathcliff. Não encontrei nenhuma. *Ele ficou em casa*, pensei, *e hoje estará se sentindo bem*. Preparei o desjejum para a família, como de costume, mas avisei a Hareton e Catherine que não esperassem o patrão descer, pois este dormiria até tarde. Os jovens preferiram comer ao ar livre, sob as árvores, e arrumei uma pequena mesa para acomodá-los.

Quando entrei novamente na casa, encontrei o senhor Heathcliff no andar de baixo. Ele e Joseph estavam conversando sobre assuntos da fazenda. O patrão dava instruções claras e minuciosas sobre o tema discutido, mas falava depressa, virando a cabeça o tempo todo para o lado e trazendo a mesma expressão animada de antes, talvez até mais pronunciada. Quando Joseph deixou a sala e Heathcliff sentou-se em seu lugar habitual, coloquei uma caneca de café à sua frente. Ele a puxou para mais perto. Em seguida, apoiou os braços na mesa e, conforme eu supus, passou a examinar uma parte específica da parede oposta, observando para cima e para baixo com olhos febris e inquietos, demonstrando tanto interesse que parou de respirar por quase meio minuto.

– Ora, ande – exclamei, empurrando um pouco de pão contra seus dedos. – Coma e beba enquanto ainda está quente. Já faz quase uma hora que coloquei a mesa.

Ele não me deu atenção, mas sorriu. Eu preferia vê-lo rangendo os dentes do que sorrindo daquele jeito.

– Senhor Heathcliff! Patrão! – bradei. – Pelo amor de Deus, não fique olhando para lá como se estivesse vendo coisas.

– Pelo amor de Deus, não grite tão alto – ele respondeu. – Vire-se e responda: estamos sozinhos aqui?

– É claro – foi minha resposta. – É claro que estamos.

Ainda assim, acabei obedecendo involuntariamente à ordem, como se não tivesse certeza. Com um gesto da mão, o senhor Heathcliff abriu espaço na mesa entre os itens do desjejum e se inclinou sobre o tampo a fim de observar melhor o que chamava sua atenção.

No momento em questão, percebi que não era a parede que ele observava, pois, prestando atenção apenas em seu rosto, era como se o homem olhasse para algo a cerca de dois metros de distância. E fosse lá o que estivesse vendo, aquilo aparentemente lhe transmitia prazer e dor ao mesmo extremo, ou ao menos era o que sugeria a expressão angustiada, porém arrebatada, de seu semblante. O objeto imaginário também não era fixo, os olhos do senhor Heathcliff o perseguiam com incansável diligência e, mesmo ao falar comigo, não se afastavam dele. Em vão tentei lembrá-lo sobre seu estado de jejum prolongado. E, quando se mexia para tocar na comida a fim de atender minhas súplicas, quando estendia a mão para agarrar um pedaço de pão, seus dedos se fechavam antes de alcançar o alimento, permanecendo sobre a mesa esquecidos de seu objetivo.

Sentei-me, um verdadeiro modelo de paciência, e tentei atrair a atenção absorta de meu patrão para longe da divagação envolvente, até que ele ficou irritado e se levantou, perguntando por que eu não o deixava fazer as refeições quando bem entendesse. Disse-me que, da próxima vez, eu não deveria ficar esperando, bastaria colocar as coisas na mesa e ir embora. Com essas palavras, ele saiu de casa, caminhando lentamente através do jardim e desaparecendo após o portão.

As horas foram passadas em ansiedade, e outra noite se aproximou. Não me retirei para descansar até que já fosse bem tarde e, quando o fiz, não consegui dormir. Heathcliff voltou depois da meia-noite. Em vez de ir para a cama, fechou-se na sala. Fiquei escutando, virando-me na cama, até que finalmente me vesti e desci as escadas. Era cansativo demais permanecer deitada, tendo o cérebro atormentado por centenas de dúvidas inúteis.

Distingui os passos do senhor Heathcliff, caminhando incansável pelo cômodo. De vez em quando, ele quebrava o silêncio com uma inspiração profunda, mais parecida com um gemido. Também murmurava palavras desconexas, e consegui apenas identificar o nome de Catherine e um punhado de termos desvairados de carinho ou sofrimento. Falava como se estivesse na presença de outra pessoa, baixo e com sinceridade, como se arrancasse as palavras das profundezas de sua alma. Não tive coragem de entrar diretamente no cômodo, mas desejava tirá-lo do devaneio, então caminhei até o fogo da cozinha e aticei as brasas, raspando as cinzas. Aquilo o atraiu mais rápido do que eu esperava. O patrão abriu a porta de imediato e disse:

– Nelly, venha até aqui. Já é de manhã? Traga sua vela.

– Estamos perto das quatro horas – respondi. – Se o senhor deseja uma vela para subir as escadas, pode acendê-la aqui no fogo.

– Não, não quero subir ao andar de cima – ele falou. – Entre e acenda-me a lareira, e venha fazer qualquer tarefa que esteja fazendo aqui na sala.

– Preciso avivar o carvão em brasa antes de levá-lo a qualquer lugar – respondi, pegando uma cadeira e o fole.

Enquanto isso, o senhor Heathcliff vagava de um lado para outro em um estado que se aproximava da loucura. Seus suspiros eram constantes, tão intensos que não deixavam espaço para a respiração normal.

– Quando amanhecer, mandarei buscar Green – ele disse. – Desejo investigar alguns aspectos legais com ele enquanto ainda sou capaz de refletir sobre tais assuntos e agir com calma. Ainda não escrevi meu testamento, e não sei o que fazer com minhas propriedades. Gostaria de poder aniquilá-las da face da Terra.

– Melhor não falar desse jeito, senhor Heathcliff – eu o interrompi. – Esqueça seu testamento por um tempo, o senhor ainda viverá para repensar suas muitas injustiças! Nunca pensei vê-lo com os nervos fora de ordem: mas no momento eles estão maravilhosamente fora de ordem, e quase inteiramente por sua própria culpa. A maneira como o senhor passou os últimos três dias seria capaz de derrubar um Titã. Coma alguma coisa e descanse um pouco. O senhor só precisa olhar no espelho para entender que precisa de ambos. Suas bochechas estão encovadas e seus olhos injetados de sangue, assim como uma pessoa morrendo de fome e cega de tanto sono.

– Não é por minha culpa que não me alimento ou descanso – ele respondeu. – Garanto a você que não planejei nada disso. Eu farei as duas coisas assim que puder. Mas você também não pode pedir a um homem lutando contra o afogamento que descanse quando ele está a uma braçada da costa! Primeiro devo alcançar a margem, e então descansar. Bem, deixemos o senhor Green para lá. Quanto a repensar minhas injustiças, não cometi nenhuma injustiça e não me arrependo de nada. Estou muito feliz, ainda que não o suficiente. A felicidade de minha alma está matando meu corpo, e ainda assim não é capaz de se satisfazer.

– Felicidade, patrão? – exclamei. – Mas que estranha felicidade! Se fosse capaz de me escutar sem ficar com raiva, eu poderia lhe dar alguns conselhos que fariam do senhor alguém mais feliz.

– Quais conselhos? – ele quis saber. – Fale.

– Tem ciência, senhor Heathcliff – falei –, de que desde os treze anos o senhor leva uma vida egoísta e pouco cristã, e que provavelmente não colocou uma Bíblia nas mãos durante todo esse período? Deve ter esquecido do que há nesse livro, e talvez não tenha mais tempo de pesquisar tais ensinamentos. Que mal haveria em chamar alguém, algum pároco de qualquer denominação, não importava qual, para explicar-lhe os preceitos e mostrar ao senhor o quanto havia se desviado deles? Quão impróprio o senhor parecerá ao céu, a menos que ocorra uma mudança antes de o senhor morrer?

– Estou mais agradecido do que com raiva, Nelly – ele disse –, pois acaba de me lembrar sobre a maneira com que desejo ser enterrado. Devo ser levado ao cemitério durante a noite. Se quiserem, você e Hareton podem me acompanhar. E preste atenção, fique de olho para que o sacristão obedeça às minhas ordens sobre os dois caixões! Nenhum ministro precisa comparecer, e ninguém precisa fazer qualquer discurso sobre mim. Já lhe disse que estou prestes a alcançar *meu* Paraíso, portanto o céu dos outros não tem nenhum valor ou apelo sobre mim.

– Supondo que o senhor insista com esse jejum obstinado até morrer de fome, o que acontece caso se recusem a enterrá-lo sob solo sagrado na igreja? – comentei, chocada por sua herege indiferença. – Como deveríamos proceder?

– Não vão fazer isso – ele respondeu. – E se fizerem, cabe a você me transferir secretamente. Caso seja negligente, provarei a você, na prática, que os mortos nunca são aniquilados em sua totalidade!

Assim que ouviu os outros membros da casa despertando, o senhor Heathcliff se retirou para o próprio covil, me fazendo respirar aliviada. Porém, à tarde, enquanto Joseph e Hareton trabalhavam, o patrão voltou à cozinha e, com um olhar desvairado, pediu que eu entrasse e me sentasse na sala, queria ter alguém a seu lado. Recusei, dizendo-lhe claramente que suas conversas e comportamentos estranhos me assustavam e que eu não dispunha de coragem ou vontade para fazer-lhe companhia sozinha.

– Creio que você me considera um demônio – ele falou entre suas risadas sombrias. – Algo horrível demais para viver sob um teto decente. – Em seguida, virando-se para Catherine, que também estava presente e ficou atrás de mim quando o homem se aproximou, ele acrescentou, meio zombeteiro: – *Você* viria, meu bem? Não vou machucá-la. Não! Para você, eu pareço algo ainda pior do que o demônio. Bem, existe *uma* pessoa que não recua quando me vê! Por Deus! A menina é incansável. Ah, dane-se! Não há carne ou sangue que aguente, nem mesmo o meu.

Ele não solicitou a companhia de mais ninguém. Ao anoitecer, voltou para o quarto. Durante toda a noite e por boa parte da manhã seguinte, ouvimos o patrão gemer e murmurar para si mesmo. Hareton estava ansioso para entrar no quarto, mas pedi que ele pprimeiro fosse buscar o senhor Kenneth para examinar o patrão. Quando o médico veio, pedi licença e tentei abrir a porta, mas estava trancada, e Heathcliff mandou que fôssemos para o inferno. Ele estava se sentindo melhor e desejava ficar sozinho, e então o médico foi embora.

A noite que se seguiu foi bastante úmida: de fato, choveu até amanhecer. E, enquanto eu realizava minha caminhada matinal ao redor da casa, notei que a janela do quarto do patrão estava completamente aberta, deixando a chuva entrar. Pensei que ele não poderia estar na cama, pois a chuvarada o teria deixado encharcado dos pés à cabeça. O patrão devia ter levantado ou saído de casa. Mas resolvi não enlouquecer mais com aquilo, além de tomar coragem e descobrir de uma vez o que havia acontecido.

Tendo conseguido destrancar a porta com outra chave, corri para abrir os painéis, pois o quarto estava vazio. Empurrando as peças rapidamente de lado, espiei o interior da arca. O senhor Heathcliff estava lá, deitado de costas. Seus olhos encontraram os meus de uma maneira tão penetrante e feroz que me deixou assustada, e então ele pareceu sorrir. Eu não conseguia acreditar que estivesse morto, mas seu rosto e seu pescoço estavam lavados de chuva, as roupas de cama pingando, seu corpo perfeitamente imóvel. A veneziana, balançando de um lado para outro, arranhava uma das mãos que repousava sobre o peitoril da janela, e ainda assim nenhum sangue escorria pela pele ferida. Quando o toquei com meus dedos, não pude mais duvidar: ele estava rígido e morto!

Fechei a janela. Penteei seu comprido cabelo preto para longe da testa. Tentei fechar seus olhos; apagar, se possível, a expressão assustadora e vívida de exultação antes que outra pessoa viesse vê-lo. Mas os olhos de Heathcliff não se fechavam: pareciam zombar de meus esforços, e seus lábios entreabertos e os dentes brancos e afiados riam de mim! Tomada por outro acesso de covardia, clamei por Joseph.

O criado veio correndo e soltou uma exclamação, mas recusou-se terminantemente a mexer no corpo.

– O demônio já carregou a alma dele – bradou. – E por mim pode levar a carcaça na barganha também! Credo! Como ele parece terrível sorrindo desse jeito para a morte!

E assim o velho pecador prosseguiu rindo e zombando. Pensei até que fosse dar uma cambalhota ao redor da cama. Mas então, voltando a se recompor de repente, Joseph caiu de joelhos, ergueu as mãos e agradeceu aos céus pela restauração dos direitos de seu legítimo patrão e da antiga família.

Fiquei chocada com aquele terrível acontecimento, e minha memória inevitavelmente retornou ao passado com uma espécie de tristeza opressora. Mas o pobre Hareton, o mais injustiçado de nós, foi o único que sofreu de verdade e profundamente pelo senhor Heathcliff. Permaneceu sentado ao lado do cadáver durante toda a noite, chorando com amargura. Ele apertava sua mão e beijava aquele rosto sarcástico e selvagem que qualquer outra pessoa evitaria contemplar, lamentando-se com a dor pungente que brota com naturalidade dos corações generosos, ainda que duros feito aço temperado.

O senhor Kenneth não soube determinar a causa de sua morte. Escondi dele o fato de Heathcliff não ter engolido nada durante quatro dias, temendo arrumar problemas. Mas estou convencida de que o jejum não foi proposital, era uma consequência de sua estranha doença, não a causa.

Nós o enterramos, para o choque de toda a vizinhança, exatamente como ele desejava. Earnshaw, eu, o sacristão e mais os seis homens que carregavam o caixão éramos os únicos a formar o cortejo. Os seis homens partiram após baixá-lo na sepultura, mas ficamos para vê-lo coberto de terra. Hareton, com o rosto lavado em lágrimas, arrancou um pouco de grama e a depositou sobre o monte marrom; hoje, ela cresce tão suave e verde quanto nas covas vizinhas, e espero que o ocupante do túmulo também esteja dormindo em paz. Mas as pessoas da região, caso o senhor pergunte, jurariam pela própria Bíblia que o homem ainda *caminha*, afirmam tê-lo visto perto da igreja, pelos charcos e até no interior desta casa. Tolices, o senhor diria, e penso o mesmo. No entanto, aquele velho ali na cozinha afirma enxergar os dois pela janela de seu quarto a cada dia de chuva após a morte do senhor Heathcliff. E algo estranho aconteceu comigo há mais ou menos um mês. Eu estava indo para a granja ao entardecer. Era uma tarde escura, que ameaçava tempestade, e, ao virar a curva após Wuthering Heights, encontrei um garotinho com uma ovelha e dois cordeirinhos diante de si. Ele estava chorando bastante, e supus que os cordeirinhos estivessem nervosos e por isso se recusando a obedecer.

– Qual o problema, meu rapazinho? – perguntei.

– O senhor Heathcliff está lá em cima da encosta com uma mulher – ele choramingou. – Não tenho coragem de passar.

Não vi nada, mas nem a ovelha e nem o garoto seguiam adiante, então mandei que ele pegasse a estrada mais abaixo. A criança provavelmente imaginara os fantasmas enquanto cruzava sozinho a charneca, lembrando das bobagens que ouvira os pais e os amigos repetindo. Ainda assim, não gosto mais de ficar no escuro, e detesto ficar sozinha nesta casa sombria. É algo que não consigo controlar. Ficarei feliz quando Catherine e Hareton se mudarem para a granja.

❧

– Então eles vão morar na granja? – perguntei.

– Sim – respondeu a senhora Dean. – Assim que se casarem, o que acontecerá no dia de Ano-Novo.

– E quem vai morar em Wuthering Heights?

– Ora, Joseph tomará conta da casa, e talvez traga um rapaz para lhe fazer companhia. Eles vão morar na cozinha, e o restante da propriedade ficará trancado.

– Para uso dos fantasmas que decidirem habitá-la? – comentei.

– Não, senhor Lockwood – falou Nelly, balançando a cabeça. – Acredito que os mortos estejam em paz, mas ainda assim não é certo falar sobre eles com leviandade.

Naquele momento, o portão do jardim foi aberto; os dois jovens estavam voltando do passeio.

– Aqueles ali não têm medo de nada – resmunguei, observando pela janela a aproximação de Catherine e Hareton. – Juntos, seriam capazes de enfrentar Satanás e todas as suas legiões.

Quando os dois chegaram na soleira e pararam uma última vez para admirar a lua, ou, para ser mais exato, para admirar um ao outro sob a luz do astro, senti-me irresistivelmente impelido a fugir mais uma vez. Depositando minhas lembranças nas mãos da senhora Dean e desconsiderando as reclamações da mulher por minha grosseria, desapareci pela cozinha assim que o casal abriu a porta. Ao sair desse jeito, teria provavelmente confirmado a opinião de Joseph quanto aos namoricos indiscretos de sua colega, não tivesse o velho felizmente me reconhecido como um sujeito respeitável mediante o doce tilintar de um soberano a seus pés.

Minha caminhada para casa tornou-se mais longa após um desvio em direção à capela. Ao passar por seus muros, percebi como a decadência havia progredido em apenas sete meses; muitas das janelas exibiam reentrâncias escuras nas quais faltavam os vidros, e as telhas de ardósia projetavam-se aqui e ali para fora do telhado, esperando para serem gradualmente removidas mediante as iminentes tempestades de outono.

Procurei e logo descobri três lápides na encosta junto aos charcos. A do meio, cinzenta e já meio encoberta, a de Edgar Linton, enfeitada apenas pela relva e pelo musgo que subiam pela base, e a de Heathcliff, ainda nua.

Demorei-me entre os túmulos, sob aquele céu límpido. Observei as mariposas esvoaçando por entre as urzes e as campânulas, ouvi o vento suave soprando pela grama e me perguntei como alguém poderia imaginar um sono tão inquieto para aqueles adormecidos em uma terra tão tranquila.